河南省"十四五"普通高等教育规划教材

中国现当代文学史

主　编　张厚萍　丁青山
副主编　赵晓菲　郑积梅　任　瑜
　　　　赵　璞　靳静静　孔会侠
　　　　郑琳娜　穆海亮

南京大学出版社

图书在版编目(CIP)数据

中国现当代文学史 / 张厚萍,丁青山主编. -- 南京:南京大学出版社,2021.7(2025.8重印)
ISBN 978 - 7 - 305 - 24724 - 8

Ⅰ. ①中… Ⅱ. ①张… ②丁… Ⅲ. ①中国文学—现代文学史②中国文学—当代文学—文学史 Ⅳ. ①I209.6

中国版本图书馆 CIP 数据核字(2021)第 137684 号

出版发行　南京大学出版社
社　　址　南京市汉口路 22 号　　　　邮　编　210093
书　　名　**中国现当代文学史**
　　　　　ZHONGGUO XIANDANGDAI WENXUESHI
主　　编　张厚萍　丁青山
责任编辑　曹　森　　　　　　　编辑热线　025 - 83686756

照　　排　南京南琳图文制作有限公司
印　　刷　南京鸿图印务有限公司
开　　本　787 mm×1092 mm　1/16 开　印张 14.5　字数 335 千
版　　次　2025 年 8 月第 1 版第 5 次印刷
ISBN 978 - 7 - 305 - 24724 - 8
定　　价　45.00 元

网址:http://www.njupco.com
官方微博:http://weibo.com/njupco
微信服务号:NJUYUNSHU
销售咨询热线:(025)83594756

编　委　会

前　言

目前较多出版发行的《中国现当代文学史》教材基本是主要针对汉语言文学和新闻类专业的课程安排而编写的内容,内容深且杂,比较注重史料的丰富性,作家和作品相对弱一些,不太适合其他普通类专业学生使用。为此我们编写组对中国现当代文学史的内容根据实际教学需要进行了一些适度调整,从内容组织上文学史的部分尽量简洁明了,重点突出不同时期文学史的特征,侧重作家和作品分析,并增加了21世纪文学的最新内容,满足普通类专业学生的需求。

根据普通类专业的特点以及培养目标,精编教学内容,兼顾文学史和作家的整体性。课程的设计和内容的选择始终围绕着育人主线,以培养有丰富人文素养、审美鉴赏能力以及塑造健全人格的社会生力军为目标。在作家和篇目的选择上注重作家文体的代表性,篇目的经典性、人文性、审美性与普通类专业的共振性。

教材的主要特色:

一是精编教学内容,满足普通专业的教学需要以及非中文专业的需求。粗线条勾勒文学史,重点突出各时段的特点以及作家和作品。二是选编内容的深广度以非中文专业的培养目标为基点,注重审美、人文、青春类的作家和作品。三是凸显新文科学科融合的特点,尤其是在作业设计上,将文学与戏剧、影视有机结合,利用出版融合的理念,通过二维码的形式提供更多的线上资源,读者可以直接扫码免费获取相关资料从而深入学习该部分内容。

教材的创新点:

一是作家、作品始终贯穿育人主线,并重点突出。鲁迅这一章,注重培养学生的思辨力;冰心的作品突出"爱的哲学";巴金的《家》侧重家庭教育;史铁生的《我与地坛》侧重挫折教育、生死观以及对母爱博大的理解和感恩等。二是教材内容选择的专业针对性和情感性并重。针对非中文专业以及大学生的特点,特意增选一些与青春、成长教育相关的作家、作品。在篇目的选择上如王安忆的《雨,沙沙沙》、铁凝的《哦,香雪》等,注重真挚友情以及朦胧的爱情等。三是增加了戏曲内容,传承传统文化,增强文化自信。戏剧史部分增加了戏曲内容,让学生感受戏曲文化的源远流长、博大精深。为此还专门增加了德艺双馨、守正创新的戏曲作家陈涌泉的内容部分。四是在内容上吸收了新的研究成果以及新的作家作品，包括 2020 年的一些作品。

该教材是我们结合自己多年非中文专业的实际教学情况和教学效果而编写的。该教材适合小学教育以及汉语言以外的其他本、专科以及各级各类高职、高专普通专业。

全书由张厚萍负责大纲、主体内容的设计以及统稿。具体章节负责撰写的分工是：

张厚萍，第一章第九、十节；第二章第七、九、十节；第三章第七节；第四章第五节；第五章第四、十二节；第六章第五节。赵晓菲，第一章第一节；第二章第一节；第三章第一、四节；第四章第一节；第五章第一、六、八节。郑积梅，第一章第二、四节；第二章第二节；第三章第二、五节；第四章第二节；第五章第二节；第六章第一节。任瑜，第一章，第六节；第二章第四、五、六节；第五章第七节。靳静静，第一章第五、七节；第二章第三、八节；第三章第三、六节。赵璞，第一章，第三、八节；第五章第五、十、十一节。郑琳娜，第四章第三节；第五章第三节；第六章第二节。丁青山，第四章第四节；第五章第九节；第六章第四节。孔会侠，第六章第三节。穆海亮，第六章第六节。王璐和郑留燕负责作业设计以及课件的统一整理。

此次教材编写，得到了教育专家陈冬花和侯宏业的全力支持，南京大学出版社高度重视，编辑曹森参与了全过程，在此表示诚挚的感谢。

本书在编写过程中，参考、借鉴了有关专家、学者的研究成果，在此对其一并表示由衷的谢意！书稿虽进行了认真地书写修改，但是仍然会存在着一些不妥、疏漏之处，我们希望广大使用此书的师生们予以批评指正，只有在不断的完善过程中，我们的教材才能终于完美。

编者
2021 年 5 月

目　录

第一章
20 年代文学(1917—1927)

扫码查看
本章资源

💡 学习目标

了解 20 世纪 20 年代中国五四文学思潮以及诗歌、小说、散文、戏剧的主要代表性作家及作品。

📄 本章摘要

1915 年开始的新文化运动和 1917 年开启的文学革命,促成了中国现代文学的发生,文学社团蜂起,文学成就显著,"人的文学"深入人心。胡适的《尝试集》是现代白话诗的最初尝试,徐志摩、闻一多的"三美"创作原则,提升了白话诗的品位,而郭沫若的《女神》真正代表白话诗的水准。现代文学之父鲁迅以"内容的深切和格式的特别"开启了现代小说各个流派的创作,问题小说、自我抒情小说、乡土小说等各有斩获。散文成就最为显著,语丝社散文、文学研究会散文、创造社散文、现代评论派散文等各领风骚,冰心和朱自清的美文格外暖心。"文明戏"的移入,开启了中国现代戏的征程,理论倡导与创作实践并行,其中田汉是戏剧界的翘首,甚至可以说他的创作就是"一部中国话剧发展史"。

第一节　五四新文化运动

一、新文化运动的兴起及文学革命的发生

辛亥革命推翻了中国两千多年的封建专制制度,由于资产阶级自身的阶级局限性,辛亥革命后,反动复古逆流纷纷登场。1912 年 10 月,康有为弟子陈焕章和沈曾植等人在上海发起成立孔教会。1913 年 4 月,康有为发表《以孔教为国教配天议》。1913 年 9 月 17 日,教育部致电各省,把旧历 9 月 27 日孔子生日定为圣节。1914 年 2 月,总统袁世凯通令各省,以春秋两丁为祭孔之日。1915 年初,教育部出台《教育要旨》《教育纲要》,明令效

法孔孟。同年12月，袁世凯倒行逆施，宣布称帝，复辟君主专制，孔孟之道仍被奉为万世师表。在共和国内发生的立孔教为国教的运动和帝制复辟，使一些接受了现代文明思想的新型知识分子开始对辛亥革命的失败进行反思，并努力探索新的救国方案。陈独秀从救亡的愿望出发，对辛亥革命的最终失败进行了深刻的反思，他认为失败的根本原因在于中国大部分民众民智未开，思想上对革命没有认识，无动于衷。在陈独秀看来，救中国，建共和，应该以思想革命为先导，要改变思想，就要办杂志。同时陈独秀还认为，要改造国民思想，最重要的是改造青年的思想。因此，1915年9月，陈独秀在上海创办了《青年杂志》（第2卷起更名为《新青年》），以此为思想阵地掀起了一场新旧文化的战争。《新青年》发刊词《敬告青年》中，陈独秀对青年提出了六点希望，认为青年应该是"自主的而非奴隶的""进步的而非保守的""进取的而非退隐的""世界的而非锁国的""实利的而非虚文的""科学的而非想象的"，还指出"国人欲脱蒙昧时代，羞为浅化之民也，则急起直追，当以科学与人权并重"①，鲜明地提出了"科学"和"人权"两个理念。由于当时孔子学说成了中国封建文化的代表，同时当时的军阀当局和保守派知识分子鼓吹"尊孔读经"，主张将"孔教"奉为"国教"，因此《新青年》在开始的一个时期内猛烈抨击孔子学说，掀起了后来被称为"打倒孔家店"的浪潮。《新青年》刊发陈独秀、吴虞等人猛烈抨击孔子学说的文章，揭示出孔孟之道和封建专制制度的内在联系。同时在文章中，还将问题的讨论引向具体的社会和现实领域中，揭示孔孟之道与现代生活和民主制度的对立。在反对封建主义旧道德的同时，《新青年》也提倡民主主义的新道德，向青年大力宣传近代西方的各种新的思想学说。卢梭的民约论、弥尔的自由论、尼采的超人学说、叔本华的自我意志学说、易卜生的个性主义、托尔斯泰的人道主义，等等，都在《新青年》上得到了介绍。陈独秀在《〈新青年〉罪案之答辩书》中明确提出了要从西方请进"德先生"（Democracy）和"赛先生"（Science），他指出："要拥护那德先生，便不得不反对孔教，礼法，贞节，旧伦理，旧政治。要拥护那赛先生，便不得不反对旧艺术，旧宗教。要拥护德先生，又要拥护赛先生，便不得不反对国粹和旧文学。"②

反对旧道德、提倡新文化的思想启蒙运动进行到1917年初，《新青年》又举起了反对文言文、提倡白话文，反对旧文学、提倡新文学的文学革命的旗帜。1917年1月，《新青年》发表了胡适的《文学改良刍议》。在这篇文章中，胡适提出文学改良须从"八事"入手，即"须言之有物""不摹仿古人""须讲求文法""不作无病之呻吟""不用陈套语""不用典""不讲对仗""不避俗字俗语"。并明确提出以"白话文学"为"中国之正宗"的主张，这也是此后五四文学革命的一个重要方面。紧接着，1917年2月，陈独秀在《新青年》发表了《文学革命论》，以坚决鲜明的态度，举起了文学革命的大旗。在这篇文章中，陈独秀提出了"三大主义"："曰推倒雕琢的、阿谀的贵族文学，建设平易的、抒情的国民文学；曰推倒陈腐的、铺张的古典文学，建设新鲜的、立诚的写实文学；曰推倒迂晦的、艰涩的山林文学，建设明了的、通俗的社会文学。"③胡适和陈独秀的主张得到了钱玄同、傅斯年、刘半农、周作

---

① 陈独秀：《敬告青年》，《新青年》1915年第1卷第1号。
② 陈独秀：《〈新青年〉罪案之答辩书》，《新青年》1919年第6卷第1号。
③ 陈独秀：《文学革命论》，《新青年》1917年第2卷第6号。

人、鲁迅等人的响应,纷纷发表文章,阐明观点,一场从根本上改变中国文学的文学革命逐步展开。文学革命在批判旧文学的同时也更多地探索如何建设新文学。1918 年 4 月胡适发表了《建设的文学革命论》,提出以"国语的文学,文学的国语"十个字作为文学革命的宗旨,重点关注文学的语言形式,认为"白话能产出有价值的文学,也能产出没有价值的文学","但是那已死的文言只能产出没有价值的文学"[①],大力提倡用白话文进行文学创作。周作人更加关注新文学创作的思想内容,他在《新青年》和《每周评论》上分别发表了《人的文学》和《平民文学》,这两篇文章体现了周作人的一个重要思想即"人的文学",认为新文学应该描写普通人的真实的思想感情和生活,引导人们遵守"自立与互助"这种"人"的道德。

需要注意的是,虽然新文化运动和文学革命进行得如火如荼,但在文学革命的过程中,旧思想并未偃旗息鼓,新思想与旧思想的交锋是文学革命的一个重要内容,文学和思想的论战始终没有停歇。晚清十分具有影响力的翻译家林纾就率先反对白话文,还在《致蔡鹤卿太史书》中对新文化运动的思想进行了攻击。此外新文化阵营还和当时具有一定影响力的"桐城派""选学派""学衡派""甲寅派"等都有过激烈论争。但在当时的时代环境下,新文化运动有其特定的时代位置,虽然有很多论争,最终,反对的声音在新文化阵营的合力夹击下很快都销声匿迹了。

文学革命运动作为中国现代新文化的开端有极其重要的意义,在语言形式上成功地以白话文取代了一直以来占据正统地位的文言文,并在现代小说、新诗、话剧、散文几大现代文学主流文体写作上产出了很多作品。在思想和内容上以民主、科学、自由等思想启蒙民众,以开放的态度和极大的热情介绍外国现代文学和文化思想,提倡尊重人的权利和基本欲望,提出"人的文学",批判非人的文学,体现出人文主义的关怀和光辉。它开创了中国文学的新时代。

二、新文学社团及其创作主张

五四文学革命的先驱们在进行理论建设的同时,也从创作上积极进行文学实践并取得了令人瞩目的成绩,尤其是大批专门的新文学社团和文学期刊的出现,使得新文学的创作呈现出一片生机勃勃的景象。

据茅盾统计,从 1921 年到 1925 年,先后成立的文学社团和刊物就"不下一百余"。1921 年 1 月文学研究会成立,这是成立最早也是实力最雄厚、影响最大的文学社团,发起人有沈雁冰、许地山、叶绍钧、周作人、郭绍虞、王统照、郑振铎、孙伏园、朱希祖、蒋百里、瞿世英、耿济之等 12 人。文学研究会以上海商务印书馆出版、经沈雁冰革新的《小说月报》作为会刊,之后陆续编辑了《文学旬刊》和《诗》《戏剧》等月刊,涌现了茅盾、老舍、朱自清、巴金、施蛰存、冰心等一批知名作家。文学研究会以"研究介绍世界文学、整理中国旧文学、创造新文学为宗旨"[②],文学上主张"为人生而艺术",重视文学为社会服务的作用。他们针对当时社会上流行的将文学视为游戏的观点,宣称"将文艺当作高兴时的游戏或失意

---

①　胡适:《建设的文学革命论》,《新青年》1918 年第 4 卷第 4 号。

②　《文学研究会简章》,《小说月报》1921 年第 12 卷第 1 期。

时的消遣的时候,现在已经过去了。我们相信文学是一种工作,而且是于人生很切要的一种工作"①,"文学应当反映社会的映像,表现并且讨论人生的一般问题。"②同时文学研究会的不少成员还赞同文学是"人生的镜子"③这一观点。文学研究会的文学观念受俄国和欧洲现实主义文学的影响较大,在文学实践上比较注重写实主义的创作方法。他们重视文学与社会的联系,将传统文学的虚拟性斥为"瞒和骗",强调文学的真实性,这在茅盾、庐隐、冰心、王统照、许地山等人的创作中都有十分明显的体现。同时文学研究会还翻译和介绍了很多欧洲的现实主义名著,以给新文学的创作提供借鉴。

文学研究会成立不久,1921 年 6 月,新文学的另一个影响较大的社团——创造社在日本东京宣告成立,成员有当时正在日本留学的郭沫若、郁达夫、成仿吾、张资平、田汉、郑伯奇、穆木天、陶晶孙、何畏等人。创造社先后办了《创造》季刊、《创造周报》、《创造日》、《洪水》、《创造月刊》等刊物。和文学研究会"为人生"的创作主张不同,创造社受欧洲启蒙主义和浪漫主义、新浪漫主义文学思潮影响较大,主张"为艺术而艺术",强调创作要"本着内心的要求",追求文学的"全"与"美",推崇文学创作的"直觉"与"灵感"。他们的创作大多表现自我,崇尚个性,具有极强的反抗色彩。但同时,创造社也注重文学表现的"时代使命",对旧社会"不惜加以猛烈的炮火"④。创造社的这一倾向事实上和文学研究会"为人生"的主张是相通的。正如胡风在《文学上的五四》中所写:"当时的'为人生的艺术'派和'为艺术的艺术'派,虽然表现出来的是对立的形势,但实际上却不过是同一根源的两个方面。前者是,觉醒了的'人'把他的眼睛投向了社会,想从现实的认识里面寻求改革的道路;后者是,觉醒了的'人'用他的热情膨胀了自己,想从自我的扩展里面叫出改革的愿望。如果说,前者是带着现实主义的倾向,那后者就带有浪漫主义的倾向了,但他们却同是属于在市民社会出现的人本主义的精神。"⑤

从创作上看,创造社的流派特色比较显著,成员的作品大多侧重于自我表现和直抒胸臆,带有浓厚的抒情色彩。在翻译方面,创造社重点翻译介绍了歌德、海涅、雨果、惠特曼、王尔德、泰戈尔、尼采等作家的作品,这些作家大多是浪漫主义作家,也有一些哲学家和现代派等其他流派,涉及范围较广。创造社在 1925 年五卅运动之后开始提倡"表同情于无产阶级"的革命文学,到 1928 年成为了倡导无产阶级革命文学运动的一股重要力量。

除了文学研究会和创造社,在当时具有较大影响的另外一个社团是稍晚成立的新月社。1923 年新月社在北京成立,主要成员有胡适、徐志摩、闻一多、陈源、梁实秋等人。1925 年 4 月徐志摩接编《晨报》副刊后开辟《诗镌》,新月社以此为其代表性刊物。前期新月社提倡新格律诗,所以又被称为"新格律诗派"。他们致力于新诗在艺术形式的探索,为新诗在艺术上走向成熟做出了很大贡献。成员多为欧美留学生,因此思想上受自由主义和改良主义影响较大。

① 《文学研究会宣言》,《小说月报》1921 年第 12 卷第 1 期。
② 茅盾:《中国新文学大系·小说一集·导言》,良友图书出版公司,1935 年,第 6 页。
③ 《文学研究会丛书缘起》,《民国日报》副刊《觉悟》,1921 年 5 月 25 日。
④ 成仿吾:《新文学之使命》,《创造周报》第 2 号,1923 年 5 月。
⑤ 胡风:《大学者随笔书系·胡风随笔:人与文化》,北京大学出版社,2007 年,第 65 页。

此外,还有一些比较活跃的文学社团也各有特点和贡献。语丝社因创办《语丝》周刊而得名,该社 1924 年 10 月成立于北京,主要成员有鲁迅、周作人、钱玄同、林语堂、刘半农、孙伏园等人。《语丝》周刊多发表针砭时弊的杂感、时评和小品,注重社会批评和文化批评,特色是"任意而谈,无所顾忌"[①],这种文体被称为"语丝体",对现代散文的发展有很大影响。1930 年 3 月《语丝》停刊,社团自行解散。1922 年 3 月成立的湖畔诗社,主要成员有应修人、冯雪峰、潘漠华和汪静之,他们以写爱情诗闻名。浅草社于 1922 年成立于上海,主要成员有林如稷、陈炜谟、陈翔鹤、冯至等,办有《浅草》季刊。1924 年由原浅草社成员加上杨晦、蔡仪等另办刊物《沉钟》,因此得名"沉钟社"。这个社团是这一时期坚持最久的一个文学社团,到 1934 年 2 月解体。另外还有莽原社、未名社,这两个社团都得到了鲁迅的支持,分别办有《莽原》周刊、《未名》半月刊等刊物。

五四新文化运动开创了中国文学的新时代,成功地以白话文取代了一直占据正统地位的文言文,使大众更容易接受,使文化在社会得到了普及和繁荣。新文化运动的建设者们对封建思想进行了猛烈而彻底的抨击和批判,使人们的思想得到了空前的解放。他们把欧洲的写实主义文学思潮、现实主义文学思潮、浪漫主义文学思潮和多元文学观念等多种文学思潮和文学观念引入中国,在中国传统思想和西方思想的激烈碰撞中实现了中国文学与世界文学的接轨,他们把思想启蒙作为自己的历史使命,建构起了现代启蒙精神和人文主义文学传统。中国文学自此开始走上了与世界文学同步发展的轨道。

第二节　20 年代——中国现代诗歌的开端

中国诗歌的发展源远流长,从《诗经》算起,至今已有两千多年的历史了。中国诗歌按照创作的时代和诗歌所反映的时代内容,可分为古代诗歌(古典诗歌)和现代诗歌。诗经、楚辞、唐诗、宋词、元曲等旧体诗属于古代诗歌。中国现代诗歌是从五四新文化运动的诗体大解放开始发展起来的。

一、诗体大解放

胡适是新文学主将之一,他提出写作新诗要在思想上冲破格律的束缚,要建设白话新诗,主张新诗的创作打破五言七言的诗体,并且推翻词调曲谱的种种束缚;不拘格律,不拘平仄,不拘长短。这是胡适著名的诗体大解放的主张,后人就称这种风格的诗为"胡适之体"。1917 年 2 月,《新青年》上发表了 8 首胡适的白话诗。同期,其他文学革命的中坚分子,如陈独秀、李大钊、鲁迅、周作人等也陆续发表以白话文写作的白话诗,给新文学壮大声势。鲁迅就说过,他写白话诗的目的是在给新诗的进军"打打边鼓"。发表白话新诗较多的刊物,还有《新潮》《少年中国》《星期评论》等,出现了刘半农、刘大白、康白情、俞平伯等成绩比较突出的诗人,远在日本的郭沫若、田汉等也受到影响,创作了不少的白话新诗。

---

① 鲁迅:《我和〈语丝〉的始终》,《萌芽月刊》1930 年第 1 卷第 2 期。

二、象征的表现手法

诗歌冲破旧格律并不容易,因为新诗的很多作者大多受到过旧体诗词的熏陶。白话诗往往像是用白话翻译出来的古诗,胡适的白话诗带着很浓的古诗的味道,其他一些人也同样如此。完全散文化了的诗显出艺术上的大胆解放,随之而来的便是由于语言工具的变换而逼迫出来的对于诗的表现方法作相应变换的探索。

象征的表现手法在当时很受推崇。这种表现手法,有利于诗人借助于某个形象充分发挥自己的想象力。蔡元培曾写过《洪水与猛兽》一文,用洪水来比喻新思潮,像对待洪水一样,主张对付新思潮也要舍湮法用导法,让他自由发展。周作人的《小河》运用了象征手法,写小河被农夫筑堰断流,河边的树木和稻子都表示忧虑,怕河水冲破石堰而泛滥。这首诗写于五四运动前夕,用象征手法表现的是反对束缚人性、要让个性自由发展的思想。同样的意思,周作人却用了诗的形式。用类似的象征表现手法写作出来的诗还有很多,比如胡适的《老鸦》借老鸦之口说出:"我不能呢呢喃喃讨人家的欢喜""也不能叫人家系在竹竿头,赚一撮儿黄小米!"沈尹默的《鸽子》则感叹被豢养的鸽子,"飞着的是受人家的指使""关着的是替人家做生意"。还有陈衡哲的《鸟》写被关在笼里的鸟,表达"飞他一个海阔天空"的愿望。这些小诗都是用象征的表现手法,借飞禽作为一种象征物,表达要求个性解放的主题。

相比格律规整的古体诗,白话诗在叙述或描绘事物上更灵便、细致,因而也更充分。五四时期著名的白话诗人大都创造性地运用白话的优势,获得了不菲的成就。康白情是中国白话诗的开拓者之一,在《新青年》的影响下,1918 年秋,康白情协同傅斯年等人组织"新潮社",创办《新潮》月刊。康白情有白话诗专集《草儿》出版。据统计,康白情在《新潮》和《少年中国》上发表的诗作与田汉、俞平伯三人支撑了两刊的新诗局面。康白情以一个热血青年的激情、敏锐和勇敢,唱出了一个风云激荡的时代的新声,与"新青年"相呼应,与胡适相呼应,与广大的"中国少年"相呼应。俞平伯认为康白情的诗"为诗国开辟了许多新疆土"。康白情是个弄潮诗人,是个无韵自由诗的急先锋,他的新诗,领导了一个时代的潮流和几代诗人。《草儿》的历史意义,不在作品本身的价值,而在于作者敢于尝试的精神和态度。

20 年代写诗的人,大多抱着"但开风气不为师"的态度,仅凭着一股热情,纵笔写来。对诗歌艺术的看法,也仅停留于形式上的改革,只是把文言变成白话而已。胡适的《尝试集》、俞平伯的《冬夜》,就是这种时代的产物。他们每每注意到语言的白话化,而忽略了诗质的要求,叙述的成分大于表现,说理的比重高于抒情,即使是表现情绪的诗,也缺乏艺术上必要的过滤和转化。

三、散文诗的兴起

由于格律被视为束缚思想与表达自由的枷锁,因而一些抛却格律的无韵诗和一些分行的散文也得到承认,散文诗因此自然而然地兴盛起来。刘半农、沈尹默等都是最早写散文诗的,但沈尹默最初的散文诗,其实只是一种不分行的分行诗,后期的《三弦》写作才显示出散文诗的特色。周作人说他的《小河》是受波特莱尔散文诗的启发而写作的。散文诗的尝试证明白话诗也可以写得含蓄,也可以营造意境。语言成就较大的刘半农,其散文诗《晓》,对于拂晓天空颜色的描绘以及追求美的新境界都达到了一个比较高的层次。

打破旧格律后,也还有一些诗人仍然注意诗的节奏,追求一种自然的音节。如刘半农的《教我如何不想她》,整首诗音节整齐,讲求韵律,在回旋当中产生了一种柔美的感觉,显示出白话诗可以格律化的趋向。

经过新诗作者们的种种努力,基本上形成了新诗艺术上的共同特征,就是自由成章,没有一定的格律,且音节自然,质朴而不讲雕琢,以白话入诗,不失典雅。

四、代表作家作品

中国现代第一部白话新诗集是 1920 年 1 月由新诗社编辑出版的《新诗集(第 1 编)》,诗集收录了胡适、刘半农、周作人、郭沫若等 50 多人的 102 首新诗,集子前《吾门为什么要印新诗集》一文,积极热情地肯定了白话诗的艺术价值,并以"新文学万岁,新诗万岁!"为结束语。这部新诗集体现了集体创作白话诗的努力与成就。

诗人们依靠白话诗这种新的诗歌形式,进行叙述描绘,或言志抒怀,或对时事作出反响,当时的一些时代精神都在新诗中得到反映。不少诗人在作品中表现下层劳动者的痛苦生活,表达对他们所受欺凌的同情与愤慨。沈定一的《十五娘》娓娓叙述了农家青年夫妇的纯真爱情和所经历的生离死别。全诗几乎一气呵成,淋漓酣畅。这首诗还兼有民歌和古典词曲的韵味,自然朴素,节奏鲜明,已经具备叙事诗的雏形,所以被朱自清称为"新文学中的第一首叙事诗"。直接或间接地表现冲破封建牢笼、追求个性解放的诗也不少,而且一些诗表现了坚韧不拔和乐观的精神,如刘半农的《敲冰》是一首彻彻底底富含哲理意味的诗。

最早发表白话诗的胡适在 1920 年 3 月出版了诗集《尝试集》,他在再版自序中说,其中的一部分诗"实在不过是一些刷洗过的旧诗"。后来在四版自序中又说自己的诗很像女子缠过的脚,"虽然一年放大一年,年年的鞋样上总还带着缠脚时代的血腥气"。但其中的十几首没有旧诗痕迹的新诗体现了他的诗体解放主张,表现了他在五四时期进步的思想倾向。《威权》表达了一种反抗封建权威的意愿,《乐观》《希望》《上山》等又不同程度地传达出来乐观进取的情绪。

浪漫主义作为五四以后一股重要的潮流,是以东方"摩罗"诗人郭沫若的青春型文学作品《女神》为发端的。《女神》以庞大有力的意象、丰富奇特的想象、火山喷发般的激情、心潮澎湃的节奏和不受外界因素规范的形体,创造了与五四时代氛围相契合的宏大的艺术气派,是五四时期一座瑰丽多姿的浪漫主义奇峰。无论在内容还是形式上,《女神》都可以算得上中国新诗的奠基之作。

文学研究会的作家在 1922 年创办的《诗》月刊,是现代文学史上第一本诗刊,同年又出版了同仁诗集《雪朝》,内收朱自清、周作人、俞平伯、徐玉诺、郭绍虞、叶绍钧、郑振铎等人的诗。郑振铎在短序中说,诗歌的声韵格律及其他种种形式上的束缚要一概打破,因为情绪是不能受任何规律约束的。这宣言也可以代表诗集作者们的共同主张。

文学研究会中冰心的诗自成一家,她在 1923 年出版的《繁星》和《春水》内收录了小诗三百余首。这些诗原来是受泰戈尔《飞鸟集》的影响记下的一些"小杂感"式的"零碎的思想"。她的全部小诗都渲染着悲感。泰戈尔澄澈、凄美的风格与这种情调一拍即合。这类小诗提炼精准,往往含有哲理性。冰心的思想在小诗中比在她的小说、散文中表现得更加鲜明与集中。冰心小诗的主题集中在自然、母爱和童真。

新月社的作家徐志摩、闻一多等,受欧洲唯美主义的影响,提倡新格律诗及"三美"原则。闻一多发表了《诗的格律》等论文,提出了系统的新格律诗理论,认为自然的不都是美的,美不是现成的,没有选择便没有艺术,诗是需要"作"的,作诗要有规矩,要"带着格律的镣铐跳舞"。主张格律诗并非是退回旧格律去,闻一多认为白话诗的格律要量体裁衣,达到精神与形体的调和。他提出具体的主张即从听觉视觉两方面着手。"诗的实力不独包括音乐的美(音节),绘画的美(辞藻),而且还有建筑的美(节的匀称和句的均齐)。"[①]随后,新月社诗人一些精致的诗作推进了白话新诗的艺术成就,闻一多、徐志摩成为郭沫若之后的新一代诗宗。

闻一多在 1920 年代先后出版了《红烛》《死水》,爱国主义贯穿着闻一多的全部诗作。一类是在国外创作的表达思念祖国的游子之情,多收于《红烛》;一类是回国以后对于黑暗的现状所发出的愤慨情绪,传达出对祖国爱之深的赤子之心,这在《死水》中表现得很鲜明,《发现》也充分写出了这种情绪。《一句话》《一个观念》《祈祷》都抒发了对祖国的火热的爱。《静夜》生动地表现了面对黑暗的现实,一个正直的爱国诗人是无法安坐在艺术的象牙塔里的,他不能不关怀苦难祖国的命运。《七子之歌》是组诗,用拟人化的手法,把中国的澳门、香港、台湾等七个被割让、租借的地方,比作祖国母亲被夺走的七个孩子,让他们来倾诉"失养于祖国、受虐于异类"的悲哀之情,让民众从漠然中警醒,振兴中华,收复失地。全诗整体构架均齐、各节匀称、富于建筑美,韵律回旋起伏、一唱三叹。

闻一多提倡诗要"三美",注意选择华丽的辞藻,尽量用色彩浓烈的文字加强诗歌内容的表达。如在《死水》中闻一多故意用美的辞藻去描写丑陋的事物:

> 也许铜的要绿成翡翠,
> 铁罐上锈出几瓣桃花,
> 再让油腻织一层罗绮,
> 霉菌给他蒸出些云霞。

他的诗每行的音节多相等,整首诗的构造也多均衡对称,在视觉上产生美感,更形成音节上的整齐。他还注意声调的抑扬顿挫和押韵,这就使诗具有韵律感。在新格律诗的创作上,闻一多成果卓著,对后世的新格律诗产生过重大影响。

徐志摩是新月社的另一个重要诗人,诗风偏阴柔。徐志摩曾经留学英美,出版过《志摩的诗》《翡冷翠的一夜》《猛虎集》《云游》等诗集。徐志摩有着诗人的天真,所以无论是写追求或者表现失望,感情都是真挚的,这是他的诗能打动人的原因之一。随着时代的发展,他的怀疑、彷徨、颓废更加重了,到后来随着阶级斗争的加剧,徐志摩在政治上显得更

---

① 闻一多:《诗的格律》,《晨报》副刊,1926 年 5 月 13 日。

加迷茫，只能喟叹"我不知道风是在哪一个方向吹"。

蒋光慈（1901—1931），安徽霍邱人。中国共产党早期党员。1921年开始写新诗，在苏联期间完成的《新梦》于1925年出版。他的诗没有感伤哀怨的调子，政治色彩思想倾向浓厚，是当时具有最鲜明的社会主义色彩的诗。《新梦》中部分诗记叙了作家的心灵历程，《西来意》把苏俄比为当年的印度，作家自比为今日的唐僧，表达的是取得真理之经的决心；《自题小照》回顾过去对雨对花对月流泪、登高山而悲歌的浪漫生活，而今在新的现实的鼓舞下，认识到向前便"红光遍地"，而决心"抛去过去的骸骨"。他的不少诗歌颂十月革命和红军，《哭列宁》《临列宁墓》都是满怀激情歌颂无产阶级革命领袖的诗。1924年，蒋光慈回到祖国，1927年出版的《哀中国》歌颂英勇牺牲的同胞，表现自己的悲痛与羞愤，号召大家奋起斗争。《北京》《我背着手儿在大马路上慢踱》描写了北京、上海的社会景象，表达了对帝国主义侵略者带来的民族耻辱的愤懑和对城市醉生梦死生活的愤慨。

瞿秋白曾编有《赤潮集》，其中《赤潮曲》刊发在《新青年》季刊。《赤潮曲》是一首以高昂的曲调号召"捶碎这帝国主义万恶丛""解放我殖民世界之劳工"的政治鼓动诗。

思想革命引起伦理观念的变化，对文学创作的一个重要影响，便是现代爱情诗的出现，较优秀的如郭沫若的爱情诗《瓶·第三十一首》。五四后崛起的汪静之等湖畔诗社的诗人也引人注目。湖畔诗社于1922年4月成立于浙江杭州，主要成员有汪静之、应修人、潘漠华和冯雪峰。汪静之在1922年出版的《惠的风》，是新诗史上第一部以爱情诗为主体的诗集，该诗集以直率地表达男女爱情而在社会上引起强烈反响。湖畔诗社的第一个合集就是以诗社名义自己出资印行的爱情诗，爱情诗在他们的诗中占有显著的位置，他们被称为真正专心致志做情诗的诗人。他们也写山水田园诗，写人生的情景、生活的感受，还有内心的哀愁。汪静之的许多爱情诗表现男女爱情的纯真、热烈，写爱的甜蜜和陶醉，写相思的愁苦，质地单纯。《别情》中的主人公无论在睡觉、上课、读书、喝茶都想着心上人，蚊帐上、茶杯里都只看到一个心上人，甚至要把心上人寄来的诗稿也吞到心里去。《孤苦的小和尚》表现年轻小和尚偷看求佛的妇人，那种大胆的反叛精神令其像是诗歌界的郁达夫。《被残的萌芽》则为私生子受歧视而鸣不平。这些诗都表现出大胆地反叛封建世俗的精神。

浅草—沉钟社的冯至，是写自由体诗比较有成就的诗人，出版了诗集《昨日之歌》《北游及其他》。冯至写爱情、友情、亲情，表现迷茫中的思索、彷徨中的追求、生活和感情没有着落时的哀伤，他的诗贯穿着一股感伤的情绪。《昨日之歌》的下卷包括四首抒情性的小叙事诗。这几首叙事诗饱含感伤的情绪，充满凄清哀婉之情。《蚕马》在每一段落都反复吟唱"只要您听着我的歌声落泪，那么不必探出窗儿来问我'你是谁？'"，把叙事诗写得接近抒情诗。

冯至的诗是自由体的，但逐渐走向整齐规则，从第一首《绿衣人》到1925、1926年的诗，这种趋向越加鲜明。后来的诗每段多四句，讲究押韵，注意诗的音乐美，到了40年代，冯至运用西方的格律体写过一本《十四行集》，可以说是从自由体诗起步而又转向追求格律的诗人。

第三节　新诗的开拓者——郭沫若

一、郭沫若生平

郭沫若(1892—1978),中国现代作家、诗人。1892年出生于四川乐山沙湾的一个地主兼商人家庭。1923年4月,郭沫若从东京医科大学毕业回国后以文为生。1926年7月,郭沫若从军参加北伐战争,并于次年8月参加了"八一"南昌起义,加入了中国共产党。1928年2月,为躲避国民党政府缉捕,举家到日本避难。1937年7月,抗日战争爆发,郭沫若别妇抛雏,回国参加抗战。1938年4月至1940年9月,他担任国民政府军事委员会政治部第三厅厅长,统率全国进步文化工作者,负责抗战的宣传工作。1940年9月,辞去第三厅厅长职务,抗议国民党政府强行改组政治部;11月,任国民党当局被迫同意组成的文化工作委员会主任。1949年10月1日,中华人民共和国成立,郭沫若成为领导全国教科文卫事业的首席官员,并作为新中国的"和平大使",出访过多个国家。1958年9月,中国科技大学成立,郭沫若兼首任校长。1960年1月与1978年春,郭沫若连续当选第三届、第四届文联主席。1978年6月,郭沫若因患大叶性肺炎长期医治无效,在北京逝世,骨灰作为肥料撒在大寨肥田。

二、郭沫若诗歌创作的三个阶段

(一) 五四时期——浪漫主义的天才诗人

五四运动的爆发点燃了郭沫若的热情,恰在这时他接触了惠特曼。《草叶集》汪洋恣肆的诗风和奔放不羁的自由体,给郭沫若暴风般的撼动,对于他早已尝试着的白话诗给予了决定性的推动。正如郭沫若后来所说:"个人的郁积,民族的郁积,在这时找出了喷火口,也找出了喷火的方式。"①他的不朽的《女神》就诞生在这样的情况下。《女神》以她特殊的光彩,以她比同时期自由体诗更加完美的形式,成为我国新诗的基石。《星空》《前茅》《瓶》继《女神》之后,显示了郭沫若自由体诗形式的进一步成熟。这是郭沫若的黄金时期。

(二) 三四十年代——诗人、社会活动家

这一时期郭沫若以相当多的精力投入社会活动。他的创作告别了五四时期那种朝气,而逐步强化了现实感,并且浪漫主义的想象力和激情也衰落了。从文人普遍感时忧国的时代风尚看,郭沫若这种转变是必然的,甚至也是必要的,然而这种转变并不适合郭沫若那种天才型、文艺型性格。这一时期的郭沫若虽然也创作过历史剧《屈原》这样有影响的作品,但总的来说,创造力与时递减。

(三) 新中国成立后

新中国成立后,郭沫若身居高位,杂务缠身。虽仍不时动笔,写了许多诗篇,但这一阶

---

① 郭沫若:《沸羹集》,大孚出版公司,1950年,第143页。

段的诗作,多为应制之作,艺术上的价值不高。

三、郭沫若对新诗发展的开拓作用

(一)自由体诗的建树

《女神》对我国新诗的奠基作用,首先就表现在它以丰富、优美的自由体诗,确立了这一诗体在我国诗歌史上的地位,并成了以后新诗人学习写诗的范本。《女神》的诗行长短参差不齐,组成诗行的顿数与构成诗节的行数都不一样,诗篇或长、或短、或押韵、或不押韵,并没有一定的约束,这也是郭沫若主张的"不定型"。没有固定的格律,挣脱旧诗形式的镣铐,这正是自由体诗的意义和价值之所在。

(二)积极浪漫主义的倡导

五四时期的郭沫若自觉实践着浪漫主义的艺术方法,他说:"我不喜欢小说,我不喜欢自然主义 Naturism 底作品,因为我受的痛苦已经不少,我目击过的黑暗已经无限,我现在需要的是救济,需要的是光明。"[1]又说:"二十世纪是理想主义复活的时候,我们受现实的苦痛太深巨了。现实的一切我们不唯不能全盘肯定,我们要准依我们最高的理想去否定它,再造它,以增进我们全人类的幸福。"[2]向往未来,从理想出发,这是浪漫主义艺术方法最基本的美学原则,以救济人类、增进人类幸福为其目的,则表明这浪漫主义是积极的。这个艺术方法在《女神》里,得到辉煌的体现。《女神》在我国新诗中,也是在我国现代文学中,首先举起积极浪漫主义的旗帜,成了我国新诗以及现代文学浪漫主义的源头,产生了深刻、广泛、久远的影响。

四、《女神》

(一)《女神》的创作阶段

《女神》不是一本编年诗集,所收的诗包括了五四前后五六个年头的作品,创作大致分三个阶段:第一个阶段是五四之前,代表诗作有《维纳斯》《死的诱惑》等,这一阶段的诗歌充满了感伤的气息和忧郁的情调,并注重内心生活的描绘;第二个阶段处于五四高潮时期,代表诗作有《晨安》《天狗》等,这一阶段的诗歌雄浑、豪放,浪漫主义情调浓重;第三个阶段是五四落潮的年代,代表诗作有《女神之再生》《湘累》等,这一阶段郭沫若失去了第二阶段的热情,转向诗剧创作,现实主义的因素有所增强。

(二)《女神》的独创性

1. 叛逆者的出现

《女神》让人印象最深的,就是叛逆的青年英雄的出现。这个叛逆者是一个年轻人,他奋力打碎旧传统的桎梏,向着新理想迅猛前进。他的一身结合着哲学家的沉思、诗人的热情、战士的刚勇,他呈献出自己全部的生命,探索着、反抗着、歌唱着、前进着,带着胜利的

---

① 郭沫若:《致陈建雷论诗书》,《新的小说》1920 年 1 卷 2 期。
② 郭沫若:《未来派的诗约及其批评》,载《文艺论集》,光华书局,1925 年,第 209 页。

骄傲和失败的愤激。这个叛逆的青年英雄,是五四时代先进青年知识分子的典型。这样的典型,在五四以前的诗歌以及其他类型的文学作品中都是没有的,这是一个全新的形象。就是和郭沫若同时代的诗人们,也没有一个人能够如此鲜明、充分地塑造出类似的形象。这个形象就成了郭沫若诗歌鲜明的个人印记。

2. 运用自然、历史题材的独特性

写自然、描写历史,我国古典诗歌积累了丰富的艺术经验。历来的诗话对这类作品的美学要求做了不少精辟的概括。但郭沫若运用这类题材时,却仍然显示了自己的个性。

我国古典诗人以及五四初期的新诗人中,有的作为大自然的欣赏者,采用纯客观的手法,描摹自然,其极致是尽态极妍地反映自然的美;有的是融情入景,情景交融,借自然景色来表达自己的兴奋、喜悦、哀伤,但仍和自然保持距离。郭沫若《女神》中那些出色的自然诗,很少对自然景色作纯客观的描写,他发展了情景交融这一传统的同时,还在"我即自然"的泛神论思想鼓舞下,不仅认为自然是神,是母亲,是兄弟姐妹,是朋友,而且认为自然就是自我。因此,《西湖纪游》中他写道:"我本是'自然'的儿,/我要向我母怀中飞去!"《梅花树下醉歌》中,他说:"梅花呀!梅花呀!/我赞美你!/我赞美我自己!"在郭沫若的自然诗中,诗人和自然合一,形成了他自然诗艺术构思的独特性。

运用历史题材的独特性也是很明显的。我国古典诗歌中的咏史诗,虽然也以既往的历史寄托现实的讽喻,但对历史事实都是忠实的。郭沫若则不然,《女神》中《湘累》《棠棣之花》等诗取材于历史,却不拘泥历史的面貌,"自我作古"。《湘累》中屈原所说的话,完全是郭沫若的"夫子自道":"我效法造化底精神,我自由创造,自由地表现我自己。我创造尊严的山岳,宏伟的海洋,我创造日月星辰,我驰骋风云雷雨,我萃之虽仅限于我一身,放之则可泛滥乎宇宙。"把古人作为自己的化身,作为时代精神的号筒。这的确是十分大胆而又使人耳目一新的。在历史题材中与在自然题材中一样,郭沫若在艺术构思的过程中,表现了突出的主观性。"我和自然合一""我和历史合一",成了郭沫若诗歌创作个性的鲜明特征。

3. 诗歌音调的独特性

独特的音调是诗人创作个性的主要内容之一。郭沫若的诗歌曾发出各种各样的音调,但最能显示他个人特征的,是那高亢激越、宏朗嘹亮的调子。首先值得注意的是节奏。《女神》大多采用的是由抑而扬、抑扬相间的节奏。前者如《天狗》,诗的开头便咏唱:"我是一条天狗呀!/我把月来吞了,/我把日来吞了,/我把一切的星球来吞了,/我把全宇宙来吞了。/我便是我了!"感情喷涌而出、直泻奔流,诗的中间依旧是高亢的抒情,没有起伏,没有停顿,直线式地涌向最后的高潮。后者如《太阳礼赞》:

> 青沉沉的大海,波涛汹涌着,潮向东方。
> 光芒万丈地,将要出现了哟——新生的太阳!
> 天海中的云岛都已笑得来火一样地鲜明!
> 我恨不得,把我眼前的障碍一概划平!
> 出现了哟!出现了哟!耿晶晶地白灼的圆光!

从我两眸中有无限道的金丝向着太阳飞放！

太阳哟！我背立在大海边头紧觑着你。

太阳哟！你不把我照得个通明，我不回去！

太阳哟！你请永远照在我的面前，不使退转！

太阳哟！我眼光背开了你时，四面都是黑暗！

太阳哟！你请把我全部的生命照成道鲜红的血流！

太阳哟！你请把我全部的诗歌照成些金色的浮沤！

太阳哟！我心海中的云岛也已笑得来火一样地鲜明了！

太阳哟！你请永远倾听着，倾听着，我心海中的怒涛！

全诗虽然也是感情连续涌出，滔滔不绝，但有间歇，有起伏，是曲线式推向高潮。其次，诗行的排列也体现了郭沫若诗歌特有的音调。《天狗》从短行发展到长行，体现出音调不断高昂，或者在连续的长行中，突然出现三、二短行，好像瀑布泻地，砑然巨响，迅猛而雄强。《太阳礼赞》诗行则比较匀称，形成同一节奏的反复，好像海风吹动波浪，不断起伏并发出宏朗的声响。

由抑而扬、抑扬相间的节奏和它们在诗行排列上的体现，在形成高亢激越、宏朗嘹亮的音调的同时，也形成豪迈雄浑的气势。而想象超拔、境界开阔、色彩强烈又加强了这气势，使它也成为郭沫若诗歌鲜明个性的内容。

五、当代读者和《女神》的时代隔膜

郭沫若的《女神》是学术界公认的经典之作，代表着新诗初创期的最高成就。与学术界的极高赞誉相比，当今许多青年读者对郭沫若其人其诗不感兴趣，评价也不高，根本原因在于时代的隔膜。当代读者无法从思想内容与形式因素这些角度去理解《女神》征服文坛的原因，所以很难感受其巨大的艺术魔力。因此，读《女神》，特别是《女神》中那些最具有五四特征的代表作，最好采取三步：一是直觉感受(非专业阅读使用居多)；二是设身处地；三是名理分析(一般文学史的读法)。其中第二步"设身处地"至关要紧。当今读者只有设想重返特定的五四时代，让自己暂当"五四人"，身心浑然投入诗中，才可能摸索感触那种由作品—读者互动互涉所形成的阅读的"场"①，进而在这种"场"中去理解作品接受过程中产生的整体艺术效应，才可能尽量消除时代的隔膜，真正理解《女神》成功的原因。

《天狗》是《女神》中的代表作之一。初读此诗，全由直觉感受，第一印象便是狂躁、焦灼，如同热锅上的蚂蚁；又仿佛自身储有无穷的精力能量，一时难以找到宣泄的渠道，憋得难受，渴求自我扩张，简直要爆炸了。我们不急于分析这种第一印象，最好转入第二步，即设身处地想像是在五四时期，自己也是刚跳出封建思想牢笼的青年，充满个性解放的理想，非常自信，似乎整个世界都是可以按照自我的意志加以改造；但同时又很迷惘，不知"改造"如何着手，一时找不到实现自我、发挥个人潜能的机会；自以为个性解放后理所当

---

① 这里借用的"场"原是物理学概念，指物质存在的一种基本形式，具有能、动量和质量，能传递实物间的互相作用，如电场、磁场、引力场等。"阅读场"指阅读接受过程中作品—读者的互动互涉关系。

然得到的东西,却远未能获得,因而一方面觉得"我"很伟大,威力无穷,另一方面又会发现"我"无所适从,这便产生焦灼感,有一种暴躁的心态。这些只是设想,每个读者都可以根据自己所了解的有关五四的历史氛围尽可能设身处地,暂当"五四人",若如此来读《天狗》,便感同身受,比较理解诗中所抒发的那种情绪与心态。接着可再转入"名理分析",这分析也并非只是摘句式地归纳其主题思想或倾向诸方面,最好还是感受《天狗》所形成的整体氛围,或者可借用传统批评的概念来说,是充溢于《天狗》之中的"气"。这种"气"是由其所包含的情绪、丰富的想象,以及诗的内在节奏等因素综合体现的。五四时代的读者本来其自身也有类同的焦躁感,一读《天狗》便如同触电,能在那种"气"中沟通、沉醉、宣泄。如果设想在特定时代的阅读"场"中去感触把握《天狗》的"气",分析就不会流于零碎、僵化。这种由三步阅读所达到的对作品—读者互动互涉关系的探求,读者反映实际上也参与了文学发展的进程,因此,适当关照作品—读者之间互动互涉的"场",才更有可能使读者接近历史的原貌。

第四节 唯美的歌者——徐志摩与戴望舒

一、戴着镣铐跳舞的诗人——徐志摩

(一) 徐志摩的文学道路

1. 生平与创作概述

徐志摩(1897—1931),浙江海宁人,原名章垿,字槱森,留学英国时改名志摩。新月派代表诗人。先后就读于上海沪江大学、天津北洋大学和北京大学。1918 年赴美留学学习经济,1921 年赴英国剑桥大学留学,在剑桥两年深受西方教育的熏陶及欧美浪漫主义和唯美派诗人的影响。1923 年成立新月社。1924 年任北京大学教授。1926 年任光华大学、大夏大学和南京中央大学(1949 年更名为南京大学)教授。1930 年辞去了上海和南京的职务,应胡适之邀,再度任北京大学教授,兼北京女子师范大学教授。1931 年 11 月 19日因飞机失事罹难。代表作品有《再别康桥》《翡冷翠的一夜》等。出版过《志摩的诗》《翡冷翠的一夜》《猛虎集》《云游》等诗集。

徐志摩初期的诗歌追求光明,政治色彩比较鲜明。徐志摩后来的许多诗歌中弥漫着颓唐情绪,《默境》《诗》反映了理想的幻灭。随着时代的发展,他的怀疑、彷徨、颓废更加重了,到后来随着阶级斗争的加剧,徐志摩在政治上显得更加迷茫,喟叹"我不知道风是在哪一个方向吹"。爱情诗在徐志摩的诗歌创作当中占有比较重要的地位,《雪花的快乐》《落叶小唱》《两个月亮》《云游》等,大都显得比较真挚、热烈、温柔、清新。

2. 徐志摩对中国现代诗歌的贡献

徐志摩一生都在不断地尝试和创新,在新诗的发展史上有着不可磨灭的功勋。在诗歌形式上,他遵从并实践了闻一多的音乐美、建筑美、绘画美的"三美"理论主张,对各种诗

体都进行了尝试,他认为每一种诗体都有其最合适的内容来填充,其中最典型的是他对十四行诗体和散文诗体的尝试及突破。徐志摩诗歌的很多方面都很有创造性,他敢于突破古典的抒情方式,并揉入西方的各种思潮,还大胆地创造新的体式,敢为新诗开拓新的格律,意境唯美。在格律方面,徐志摩的探索阻止了新诗过于散漫、内容流于肤浅空泛之弊,从而使内容更有节制、思想更有深度。

(二)《再别康桥》

1. 发表

《再别康桥》是徐志摩 1928 年发表的脍炙人口的诗篇,此诗写于 1928 年 11 月 6 日,初载于 1928 年 12 月 10 日《新月》月刊第 1 卷第 10 号,署名徐志摩。康桥,即英国著名的剑桥大学所在地。1920 年 10 月—1922 年 8 月,诗人曾游学于此。康桥时期是徐志摩一生的转折点。诗人在《猛虎集·序文》中曾经自陈,在 24 岁以前,他对于诗的兴味远不如对于相对论或民约论的兴味。正是康河的水,开启了诗人的心灵,唤醒了久蛰在他心中的诗人的天命。1928 年诗人故地重游。11 月 6 日在归途的中国南海上,他吟成了这首传世之作。这首诗后收入《猛虎集》。

2. "真""自由"与"美"的抒情诗绝唱

《再别康桥》是一首写景的抒情诗,其抒发的情感有三:留恋之情、惜别之情和理想幻灭后的感伤之情,是徐志摩一生追求"爱,自由,美"的理想的具体反映。诗中理想主义的情感表白是分为两个层次的,一是对往昔剑桥留学生活的回忆,二是对当年爱情挫折的追述。全诗以离别康桥时的感情起伏为线索,抒发了对康桥依依惜别的深情。语言轻盈柔和,形式精巧圆熟,诗人用虚实相间的手法,描绘了一幅幅流动的画面,构成了一处处美妙的意境,细致入微地将诗人对康桥的爱恋,对往昔生活的憧憬,对眼前的无可奈何的离愁,表现得真挚、浓郁、隽永,是徐志摩诗作中的绝唱。

3. 诗歌"三美"主张的体现

《再别康桥》这首诗充分体现了新月诗派的"三美"主张,即绘画美、建筑美、音乐美。音乐美是徐志摩最强调的,其中第一句和最后一句是反复的,加强节奏感,且其中的词是重叠的,例如"悄悄""轻轻",再者每句诗换韵,不是一韵到底。所谓建筑美,一三句诗排在前面,二四句诗低格排列,空一格错落有致,建筑有变化;再者一三句短一点,二四句长一点,显出视觉美。音乐是听觉,绘画是视觉,视觉美与听觉美融通。绘画美即是词美,如"金柳""柔波""星辉""软泥""青荇",这些形象不仅具有色彩,而且有动态感和柔美感。

二、雨巷诗人——戴望舒

(一)戴望舒的文学道路

1. 生平与创作概述

戴望舒(1905—1950),浙江杭县人,现代派最主要的代表诗人和翻译家。1932 年留学法国,受法国后期象征诗派的影响比较大。多次参加革命活动,遭逢四一二政变,革命的失败使他产生了严重的幻灭情绪。戴望舒一生与三位女性有不解之缘,童年一场天花后脸上留下的瘢痕给他的爱情蒙上了阴影。他的初恋是施蛰存的妹妹施绛年,而他的第一任妻子是穆时英的妹妹穆丽娟,第二任夫人是杨静。戴望舒迷恋读书写字,性格既冲动又忧郁内向,不懂得怎样去爱一个女人,三位女性并没有哪一位能与他相伴一生,最后只留下令诗人的一生难以释怀的爱情悲剧。加上冲动又忧郁内向的性格,都极大影响了他的创作。

戴望舒 1928 年因发表《雨巷》声名鹊起,赢得"雨巷诗人"的称号。他的诗歌创作基点是忧郁情思,《雨巷》显示了新月派向现代派过渡的趋向,而 1929 年所创作的《我底记忆》则成了现代诗派的起点。1936 年他与卞之琳、孙大雨、梁宗岱、冯至等人创办了《新诗》月刊。1950 年在北京病逝,享年 45 岁。留有诗集《我的记忆》《望舒草》《望舒诗稿》等。

2. 作品特色

戴望舒诗歌中忧郁情思是基点,蕴含了古典意味的生命感受。

首先,戴望舒的爱情诗在表现爱情的隐私性以及多运用女性意象方面,明显地受到晚唐诗人的影响。爱情成为诗人人生体验的主要内容之一,这体现了戴望舒诗歌的现代性。戴望舒的爱情经历是现代的,爱情特质是现代的,但他所赋予的表现形式却是古典的、传统的。

其次,戴望舒诗歌中的悲秋主题深受中国古典文学的影响,诗人以咏秋的传统题材来呈现现代人寂寞与青春烦忧的感伤情怀,增强了诗歌的审美张力。

最后,戴望舒诗歌中的田园乡愁与牧歌情怀是一种传统的人间情怀的流露,而漂泊的、倦行的旅人形象不仅受到中国古代诗歌羁旅者形象的影响,同时寻梦者与夜行人形象又明显地带有西方象征主义的影响,构成了一个带有现代性意味的创作母题。

作为一位深受中西文学和文化影响的诗人,戴望舒积极寻找中西诗歌艺术的融合点,创造出了属于自己民族的现代诗。戴望舒在新诗的民族性建构方面功莫大焉。

(二)《雨巷》

1. 发表

《雨巷》写于 1927 年夏天,血腥的"四一二"大屠杀之后。诗人时年 22 岁。曾因投身革命而被捕的诗人,面对笼罩全国的白色恐怖,在痛苦中陷入彷徨迷惘。他隐居在江苏松江朋友家,孤独中嚼味着"在这个时代做中国人的苦恼""夜坐听风,昼眠听雨",在阴霾中盼望飘起绚丽的彩虹。

2. 象征手法

戴望舒巧用象征手法,营造了一种既实又虚,朦胧恍惚的氛围。"我"在雨巷中独自彷徨,似乎有满腹的愁苦,但又不愿说出。个性的轻柔、忧郁和时代的重压,使《雨巷》成为现实黑暗和理想幻灭在诗人心中的投影,贮满了彷徨失望和感伤痛苦的情绪。古人在诗里以丁香结本身象征愁心,《雨巷》则想象了一个如丁香一样结着愁怨的姑娘。她有丁香般的忧愁,也有丁香一样的美丽和芬芳。这样就由单纯的愁心的借喻,变成了含着忧愁的美好理想的化身。这个新的形象包含了作者对美的追求,也包含了作者美好理想幻灭的痛苦。

3. 音节优美

叶圣陶盛赞这首诗"替新诗的音节开了一个新的纪元"。第一节和最后一节除"逢着"改为"飘过"之外,其他语句完全一样。这样起结复见,首尾呼应,同一主调在诗中重复出现,加强了全诗的音乐感。诗每节六行,每行字数长短不一,参差不齐,而又大体在相隔不远的行里重复一次韵脚。每节押韵两次到三次,从头至尾没有换韵。全诗句子都很短,有些同样的字在韵脚中多次出现,造成了一种回荡的旋律和流畅的节奏。读起来,像一首轻柔而沉思的小夜曲。一个寂寞而痛苦的旋律在全曲中反复回响,萦绕在人的心头。

第五节　20 年代小说——社团化表征凸显

　　1902 年梁启超发起的"小说界革命",是小说从中国文学边缘地位移向中心的开始。梁启超在《论小说与群治之关系》一文中认为:"欲新一国之民,不可不先新一国之小说。故欲新道德,必新小说;欲新宗教,必新小说;乃至欲新人心、欲新人格,必新小说。"①实际上是将小说创作作为维新派政治变革和社会改良的实践路线之一。以梁启超为代表的"新小说"理论家一方面对"旧小说"的海淫海盗展开批判,一方面对"新小说"的觉世新民寄予厚望。凭借政治改革力量的推动,小说由"小道"提升为"大道",但也同样因为其本身被赋予的改良群治的功利性作用,早期的"新小说"创作实绩并不多。不过,通过这次"小说界革命",小说这一文体在民众心目中的地位进一步提高,为五四现代白话文小说的出现奠定了基础。

　　1915 年 9 月 15 日,《青年杂志》(第 2 卷起改名为《新青年》)在上海创刊,这份由陈独秀主编的刊物迅速集结了各种新式知识者,成为新文化运动发端的标志性事件。1917 年,胡适的《文学改良刍议》和陈独秀的《文学革命论》在《新青年》上发表,为新文学革命拉开了帷幕。1918 年 4 月陈独秀发表《建设的文学革命论》,提出"文学的国语,国语的文学"主张,从语言文字方面阐释文学革命的宗旨和方法,大力提倡白话文的创作。1918 年 12 月,周作人发表了《人的文学》,则为新文学革命提供了创作思想内容方面的取向。这期间出现了现代白话小说的开山之作——鲁迅创作的《狂人日记》,这篇小说发表于 1918 年 5 月《新青年》第 4 卷第 5 期。中国现代白话小说一登场就显示出相当成熟的品质——"表现的深切和格式的特别"②,紧接着鲁迅又发表了《孔乙己》《药》等小说,显示了文学革命的实绩。

　　新文学革命伊始,积极介绍西方文学思潮成为倡导创作的主流。陈独秀在《现代欧洲文艺史谭》一文中,将西方文艺的变迁概括为由古典主义变而为理想主义,再变而为写实主义,更进而为自然主义的演变模式③。新文化运动的思想阵地《新青年》,从第 1 卷开始,就译介了屠格涅夫、龚古尔、王尔德、契诃夫、易卜生等各种流派风格的外国文学作品。

---

　　①　梁启超:《论小说与群治之关系》,载《二十世纪中国小说理论资料》第一卷(1897—1916),北京大学出版社,1989 年,第 50 页。
　　②　鲁迅:《中国新文学大系·小说二集序》,载《1917—1927 中国新文学大系导言集》,天津人民出版社,2009 年,第 80 页。
　　③　陈独秀:《现代欧洲文艺史谭》,《青年杂志》1915 年第 1 卷第 3,4 期。

随后，《新潮》《小说月报》《少年中国》等刊物也都大量刊载译作、介绍西方文艺思想，翻译热潮迅速掀起。欧洲自文艺复兴以来的多种文学思潮、哲学思潮于此时一起涌入中国，直接影响了新文学的建立和发展。外来文学思潮中，现实主义和浪漫主义影响最大，人道主义、现代主义、唯美主义、意象派等也曾吸引众多作家进行探索和尝试。受不同思潮和文艺观念影响的作家，形成风格各异的文学社团，中国现代文学第一个十年的小说创作也因此体现出明显的社团化表征。

一、文学研究会主张的"为人生而艺术"

1921 年 1 月，文学研究会在北京成立，发起人有周作人、朱希祖、耿济之、郑振铎、瞿世英、王统照、茅盾、蒋百里、郭绍虞、孙伏园、许地山、叶绍钧等 12 人。茅盾主编改革后的《小说月报》成为文学研究会的代用会刊。文学研究会的发起宣言由周作人代为起草，说明了"文学研究会的成立并不是因为有了一定的文学理论要宣传鼓吹"①，但宣言中也明确表示："研究介绍世界文学，整理中国旧文学，创造新文学。"②针对当时一些游戏文学的创作风气，文学研究会表明："将文艺当作高兴时的游戏，或失意时的消遣的时候，现在已经过去了。我们相信文学也是一种工作，而且又是于人很切要的一种工作。"③文学研究会的成员自认为当时并不是"对于某种文学理论的团体的行动"，但同时也强调文学研究会有一个"共通的基本态度"，就是"文学应该反映社会的现象，表现并且讨论一些有关人生一般的问题"④。这种说法是符合当时的实际情况的。虽然他们都认为应该注重文学的社会意义，关心现实的人生问题，要求文学作品揭示不合理的社会现象，反映真实的人生，但在如何表现人生、指导人生方面却有各自的主张。茅盾和叶绍钧更提倡现实主义的方法；而冰心则追求发挥个性，表现自己，做"'真'的文学家"和"'真'的文学"⑤；庐隐也认为"艺术的结构，便是主观"⑥；朱自清主张"创造"反对"模拟"；郑振铎重视文艺创作的"美"。这些文艺观念与现实主义不同，都更偏向于艺术的主观性，注重表现个性、自我。因此，在创作实践方面文学研究会成员往往具有"二重性"。

文学研究会虽然以《小说月报》为主要阵地，但成立同年又出版了《文学旬刊》（后改名为《文学周刊》），次年又出版了《诗》月刊作为创作阵地。创作之外，文学研究会也大量翻译介绍国外的文学作品，尤其重视俄国和东欧弱小民族的文学。《小说月报》还曾出版"被损害的民族文学专号"。虽然文学研究会成员在具体创作方式上并不统一，但他们的创作大都以严肃的文学态度反映现实人生，表现新旧冲突，特别注重对社会黑暗的揭示和灰色人生的诅咒，其主要文学成就体现于小说创作之中。

---

① 茅盾：《中国新文学大系・小说一集序》，载《1917—1927 中国新文学大系导言集》，天津人民出版社，2009 年，第 53 页。

② 《文学研究会简章》，《小说月报》第 12 卷第 1 号（1921 年 1 月）。

③ 《文学研究会简章》，《小说月报》第 12 卷第 1 号（1921 年 1 月）。

④ 茅盾：《中国新文学大系・小说一集序》，载《1917—1927 中国新文学大系导言集》，天津人民出版社，2009 年，第 54 页。

⑤ 冰心：《文艺丛谈》，《小说月报》第 12 卷第 4 号（1921 年 4 月）。

⑥ 庐隐：《创作的我见》，《小说月报》第 12 卷第 7 号（1921 年 7 月）。

五四运动涤荡旧思想传播新思想的巨大力量引发了旨在寻求解决人生问题的"问题小说"创作潮流。当时的新小说家几乎都写过问题小说,文学研究会的中坚力量像冰心、庐隐、叶绍钧、王统照、许地山等人也都曾从"为人生"的角度出发创作过问题小说。不过在创作过程中他们逐渐认识到"问题"的根源还在社会,因此对社会的批判逐渐成为主流。

庐隐(1898—1934),原名黄淑仪,又名黄英,福建闽侯人,现代著名作家,与冰心、林徽因并称"福建三才女"。庐隐有短篇小说集《海滨故人》《曼丽》等。和冰心一样,庐隐初期的小说创作多写问题小说。《一个著作家》写一对不能自由结合的男女之死,提出婚姻自由的问题;《一封信》写一个被迫当丫头的小女孩受虐致死的故事;《两个小学生》写参加请愿的小学生遭军队毒打的故事;《灵魂可以出卖吗?》写工厂女工像机器一样劳作,连想心思的工夫都没有,不仅出卖劳力也出卖灵魂。这些故事都揭露了尖锐的社会问题,茅盾评价说:"'五四'时期的女作家能够注目在革命性的社会题材的,不能不推庐隐是第一人。"①1921 年以后,她以自己和自己朋友的生活为蓝本,写有短篇小说《或人的悲哀》《丽石的日记》和中篇《海滨故人》。她的作品多表现知识女性在时代浪潮中的情感困惑和人生歧路,带有浓郁的感伤气息,执著于表达与自己经历相近的女性的命运、生活、心态,大量运用日记体、书信体和第一人称叙述,情感抒发直露激切,重视环境描写的渲染烘托功能,被茅盾赞赏为"'五四'的产儿"②。

王统照(1897—1957),字剑三,山东诸城人。著有短篇小说集《春雨之夜》《霜痕》《号声》等。他笔下的问题小说表现了对爱与美的追求,探讨人生的烦闷与困扰。《沉思》中做模特儿的美丽女性是爱与美的象征,她希望将自己的身体通过画面来传诉爱和美,最后理想破灭了。《微笑》写青年犯人阿根在监狱中被一位女犯人的微笑所超度,这微笑竟是对万物及人类的广博的爱,因此出狱后阿根成了一个有知识的工人。《一栏之隔》中美丽的花朵开满监狱,而犯人们却无暇欣赏。《遗音》中美好的爱情被包办婚姻与封建习俗所破坏。这些小说都反映出作者希望用爱和美来改造世界的理想,同时因为这理想的破灭而使得故事获得了现实性。王统照受中国古典诗歌的影响,擅长将故事的写实性与象征手法掺杂并用。

在文学研究会作家中,叶圣陶的小说题材风格不同于以上几位。他倾向于客观展示现实,较为冷静、含蓄,较少直接表达主观情绪,相对而言更能体现文学研究会所主张的现实主义方法。

叶圣陶(1894—1988),原名绍钧,后改字圣陶,江苏吴县人。五四之后他的短篇小说创作丰硕,出版了《隔膜》《火灾》《线下》《城中》和《未厌集》等短篇小说集。他最初的创作也把爱和美作为改造社会、医治人生的良药。小说集《隔膜》就是因为有感于人与人之间隔着厚厚的壁障,不能心意相通。还有一些作品旨在表明生活需要爱,如《阿凤》写童养媳阿凤受婆婆虐待,偶然婆婆外出后阿凤拥有了短暂的快乐,因而做家务反而比平时更真诚、更迅捷,小说最后说:"世界的精魂若是'爱','生趣','愉快',伊就是全世界。"但叶圣陶的小说很快就转向了现实批判。因为他长期从事教育行业,所以教育题材的小说在他

---

① 未名(茅盾):《庐隐论》,《文学》1934 年第 3 卷第 1 号。
② 未名(茅盾):《庐隐论》,《文学》1934 年第 3 卷第 1 号。

的批判性作品中占了很大比重。《马铃瓜》批判封建科举制度；《一课》《义儿》则批评新式小学里存在的强迫学习、灌输知识的教育方式；《城中》写有志于教育改革的丁雨生在办学过程中受到旧势力围攻，理想终于破灭；《搭班子》同样写教育改革者的失败。叶圣陶通过这些作品揭露出社会环境对教育改革的重要性——没有好的社会环境，教育革新就不能实现，个性解放的理想也就不可能实现，实际上也是在揭露社会的腐败和黑暗。叶圣陶还擅长写"灰色的卑琐的人生"。他笔下具有灰色人生的人物众多，阶层很广，有《晨》中小镇上各色无聊人物，有《演讲》中的滑头"学者"，《饭》中贫穷的乡村教师吴先生，《校长》中软弱的叔雅，《前途》中为前途抛弃教育工作的惠之，等等，这些作品情节不多，故事简单，却逼真地刻画了灰色的小市民形象，其中最为有名的是《潘先生在难中》。

到了1923年之后，文学研究会一大批较年轻的成员把目光对准了古老中国的农业社会，他们描写农村下层人民的生存状态，描写乡村被摧残扭曲的人，极具浓厚的乡土气息，形成了乡土小说的第一个高潮。乡土小说的开风气者其实是鲁迅，他的《故乡》《风波》等小说为乡土小说的创作建立了范式。只不过其作品的风格思想早已远超乡土小说的范畴，因此通常不将其归纳于乡土小说流派中。在这中间成绩较为显著的是王鲁彦、彭家煌和台静农。

王鲁彦（1902—1944）早期的创作具有荒诞感，像《柚子》写社会的黑暗而充满了沉重的幽默。这篇小说对长沙军阀视人命为草芥的行为表示极大的愤怒，同时也揭示杀人行刑过程中围观人群的麻木、冷漠与自私，行文风格颇似鲁迅的作品。之后的作品多写家乡宁波镇海一带的农民生活，对其中的地方风物、民俗环境及乡土生活方式等进行现实观照。《菊英的出嫁》写当地的冥婚风俗，对当地婚嫁习俗的描写相当细致生动，不过到最后揭示原来新郎与新娘都是早已过世的人，不免令人心惊。这种奇特丑陋的封建习俗在作者的笔下使人震惊，同时引起人们对于古老中国农业社会的关注。在关注封建民俗的同时，王鲁彦的一些作品也体现了乡村地主阶级和小有产者的败落。小说集《柚子》中的《自立》等篇写土财主家庭由于兄弟相残或子弟堕落而导致家庭破败。《许是不至于罢》则写动乱社会中农村财主岌岌可危的处境以及惴惴不安的心情。王鲁彦不仅讽刺没落的乡绅，也批判农民的愚昧和麻木，如《阿长贼骨头》对农村痞子的讽刺就颇有《阿Q正传》的影子。

彭家煌（1898—1933）出版过《怂恿》《茶杯里的风波》等短篇集。他有不少作品表现湖南闭塞农村中乡绅与农民之间的戏剧性事件。小说《怂恿》是一部讽刺性小说，写土豪恶霸讼师相互倾轧，挑唆老实的农民夫妇出面受辱，最终他们自己也大出洋相。同样有戏剧意味的还有《活鬼》，嘲弄财主家庭为了所谓的人丁兴旺而纵容媳妇通奸、给小孩提早娶亲，以至于家中不断"闹鬼"。在讽刺农村士绅之余，彭家煌的小说也展现了农民的苦难。《陈四爹的牛》描写性格懦弱的农民周涵海，因妻子偷汉被乡民取笑却无可奈何。面对雇主陈四爹的压迫他也只好忍受着继续干活。最后因为丢了牛怕陈四爹责怪而投水自尽，而东家却只为自己丢失的牛痛心，放牛人的死活竟无人问津。他的作品总体风格冷静，具有农民式的风趣，有地方特色。他还有一类写知识分子和小市民的作品，也充满了讽刺性。

台静农（1903—1990）有短篇小说集《地之子》《建塔者》。他的作品多以安徽故乡的人和事为题材，描写封建宗法制度对底层农民的精神统治。《烛焰》写愚昧的"冲喜"习俗，年轻的女子翠姑被迫嫁给重病的未婚夫，结果新婚即守寡。《拜堂》写的是哥哥死了以后弟弟娶嫂子的故事,因为当地的习俗只能在晚上拜堂,婚礼过程对嫂子来说显得凄凉而悲伤。还有《蚯蚓们》《负伤者》等作品,作者用沉郁的笔触写了农村社会"典妻""卖妻"的惨烈事件。他擅长用阴沉沉的恐怖故事揭示宗法制度对农民的精神奴役,有学者认为他承袭了鲁迅"安特莱夫式的阴冷"。还有一些乡土小说作家像徐钦文、许杰、蹇先艾等,都在乡土小说的第一个高潮中有不俗的表现。

乡土小说从 20 年代中期开始形成了一股持续创作的潮流,突破了五四新文学题材主要写知识分子阶层的局面,为新文学的反封建主题拓宽了题材范围,吸引新文学作家把目光更多地转向社会民生,尤其是深受封建制度迫害和宗法制度奴役的农民身上,使新文学扎根于现实的社会生活土壤。它继承了文学研究"为人生而艺术"的创作宗旨。

二、创造社主张的"为艺术而艺术"

五四运动以后浪漫主义风潮曾风靡一时,当时许多文学团体多少都带有这种倾向。这其中对于浪漫主义反应最为热烈的当属创造社。1921 年 6 月,创造社在日本东京正式成立,成立之初的成员主要有郭沫若、郁达夫、张资平、成仿吾、田汉、穆木天、张凤举、徐祖正、陶晶孙、何畏等,基本上都是在日本的留学生。前期的创造社受欧洲启蒙主义和浪漫主义文学思潮影响,同时也受包括唯美主义、颓废主义、象征主义、表现主义等在内的"新浪漫主义"影响,甚至还受到某些日本近世文学思潮的影响,因而在文学创作方面主张"为艺术而艺术"。这一主张强调文学应该忠实地表现作者本人的内心要求,同时也认为文学应有"时代的使命",推崇文学创作中的"直觉""灵感"和"天才",讲究文学的"全"和"美",侧重于表现自我的内心情感和艺术个性。创造社这一时期的主要刊物是《创造》季刊、《创造周报》、《创造日》、《创造月刊》等十余种刊物。

创造社成员们的作品在五四个性解放的潮流中最具自我表现的特征,其作品大都有一个抒情主人公的自我形象,特别强调小说的主观性和抒情性。将表现自我的主观性推向极致的是浪漫主义的抒情小说流派,其最初的体式是"自叙传"抒情小说。"自叙传"抒情小说受日本私小说的影响而产生,其作为一股创作潮流是从郁达夫出版小说集《沉沦》开始的。

郁达夫(1898—1945),原名郁文,浙江富阳人。在日本留学期间阅读了大量文学作品,颇受偏重肉欲描写的私小说影响。这期间写的三篇小说《银灰色的死》《沉沦》和《南迁》以留学生生活为题材,1921 年集结为短篇小说集《沉沦》出版,这也是中国现代文学史上第一部短篇小说集。作者说他的创作不在于为自己作传,而在于"赤裸裸地把我的心境写出来",以期"世人能够了解我内心的苦闷"[①]。这说明"自叙传"小说并不完全等同于自传。这部名为《沉沦》的集子在当时的评价毁誉参半,主要是因为其中坦率而赤裸的性苦闷描写引起了争议。小说集中的主人公都是在日本留学的中国学生,他们身处异国,作为弱国子民而常遭受歧视,个性解放和爱国情怀都受到压抑,以至于因绝望而麻醉、自戕。《银灰色的死》中 Y 君因妻子亡故心情悲伤,经常借酒浇愁。酒馆主人的女儿静儿成了他

---

① 郁达夫:《写完了〈茑萝集〉的最后一篇》,载《郁达夫文集》第 7 卷,花城出版社,1983 年,第 155 - 156 页。

精神上的慰藉,但不久也要出嫁,这使得男主人公更加颓废,终于饮酒过量而倒毙路上。《南迁》中的主人公则因为缺少爱情而成为一个感伤主义者。《沉沦》是这三篇小说中反响最大的。主人公"他"与周围环境格格不入,家境贫寒。他因看不惯周围社会的黑暗而愤愤不平,甚至于感到没有出路,再加上遭受到民族歧视,精神愈加痛苦而患忧郁症。作者描写了主人公的性苦闷,写他性心理的变态,如对男女之事格外敏感、看色情小说、偷窥房东女儿洗澡等。为此主人公也承受着犯罪感的压迫,深深自责,终于在无法解脱的痛苦中跳海自杀。实际上郁达夫大胆直白的性苦闷描写有明显的反封建倾向,旨在冲破当时封建伦理对人的天性的压抑。

郁达夫的小说虽然有浓烈的抒情气氛,但仍然塑造出了真实感人的抒情主人公形象。这些主人公大多是彷徨无路的知识青年,遭受社会压迫而无力抗争,郁达夫把自己作品中的这一类人物称为"零余者"。这些人物受五四新思潮的冲击而有所觉醒,但身上仍有旧思想的负累,遭受社会压迫时很快就变得颓唐,个人才华也就成为多余的了。除了《沉沦》集中的人物,《茑萝行》《杨梅烧酒》等作品中的主人公也都是这样一类"零余者"。这种"零余者"从某种层面来说也是作者精神困境的自况。郁达夫对于这一类主人公的描写,其实也是在探索包括自己在内的五四知识分子的精神世界。在他的笔下这些"零余者"生理、心理的病态是由黑暗病态的社会造成的,这就使得人物的命运与国家民族的命运联系在了一起——祖国的贫病正是造成青年贫病的主要原因。《沉沦》的主人公在自杀前就大声疾呼:"祖国呀,祖国! 我的死是你害我的! 你快富起来,强起来吧! 你还有许多儿女在那里受苦呢!"20 年代后期,郁达夫的创作开始摆脱"自叙传"色彩,随着创造社向革命文学转型,郁达夫的思想也开始转变。

张资平(1893—1959)是创造社另一位重要的小说家。他 1920 年 11 月发表了处女作《约檀河之水》,1922 年出版了现代文学史上第一部长篇小说《冲积期化石》。加上后来的《约伯之泪》《公债委员》《上帝的儿女们》等,这些早期的作品多批判当时教会的黑暗和腐败。他的小说内容多展现人的性的欲望,不仅有多角恋也有不伦恋,这些作品比较接近弗洛伊德的性心理学理论。这种写法与郁达夫对性苦闷的描写类似,在早期都有一定程度上的肯定人的天性、反对封建禁欲主义的意义。但后来张资平在这一主题上写得太多,自然遭到人们的反感和谴责,因此他的作品声誉一直不佳。

这一时期,创造社的年青作家紧跟着郁达夫,差不多形成了一个抒情作家的群体。倪贻德创作的《玄武湖之秋》《残夜》等都是些伤感的故事,几乎都与他个人身世相关。他笔触哀婉悲伤,重主观宣泄,是典型的浪漫主义风格。陶晶孙的小说《音乐会小曲》《木犀》等写男女青年恋爱时情感细腻、笔触缥缈,抒情中带有唯美主义风格,是"新浪漫主义"一类。因其从小在日本居住,小说语言方面颇具异国气息。还有创造社的周全平,创作了自传色彩强烈的抒情小说《梦里的微笑》等。较晚入社的叶灵凤受外国唯美颓废主义影响颇深,多抒写感伤的多角恋情小说,短篇小说集《菊子夫人》《女娲氏之遗祸》等与中篇小说《红的天使》《时代姑娘》《未完的忏悔录》等,几乎都以婚恋、性爱为题材,《姊嫁之夜》写青年人的性躁动,《昙华寺的春风》写禁欲主义压抑人的本能的失败,如果这些描写与郁达夫小说一样把性压抑扭曲指向反封建伦理压迫,自然容易得到接受,但他的作品多是单纯写性,未免让人认为格调不高。

这一时期还有一些非创造社成员的作家也属于抒情小说的一脉。滕固虽然是文学研究会的成员,却在创造社刊物上发表作品而成名,后来加入了狮吼社,推崇唯美主义。王以仁最主要的作品《孤雁》,描写了一个知识青年沉沦的过程,基本情节与作者本人的经历相似,带有"自叙传"特点。庐隐在短暂的问题小说创作之后转向关注女性命运,《海滨故人》就是颇具自叙传色彩的小说,笔触细腻,色调伤感,写出了知识女性命运的坎坷和内心的苦闷。淦女士(冯沅君,1900—1974)则与庐隐一样,也是当时以写个人心路著称、创作抒情小说的重要女作家。其创作也强调表现作者的内心要求,侧重于表现内心世界,与创造社作家表现手法相似,作品取材于自我生活。她作品中的女主人公大胆袒露内心隐秘的情节,颇似郁达夫作品的坦白直率,但更为纯洁庄重。主要小说有《隔绝》《隔绝之后》《旅行》《慈母》等,出版有《卷葹》《春痕》《劫灰》等集子。而就表现主观叙事抒情来说,许地山(即落花生,1894—1941)虽然是文学研究会的成员,但因其颇具宗教传奇色彩的格调更倾向于浪漫主义的抒情风格,在主观叙事类型的小说中独具一格。

此外,浅草—沉钟社中的陈翔鹤、陈炜谟、冯至、林如稷等,在这一时期也创作了一些自我抒情的小说,借以抒发个人苦闷和感伤情绪。语丝社的冯文炳(1901—1967,1926年改用笔名"废名")则在乡土小说的现实主义写法中发展了一类田园牧歌式的抒情写法,也是这一时期抒情小说一脉中不可忽视的类型。

虽然创造社的倾向通常被认为是与文学研究会代表的人生派相对立的艺术派,但实际上把创造社定义为"艺术至上主义者"也并不十分准确。正如郑伯奇后来说:"郭沫若的诗,郁达夫的小说,成仿吾的批评,以及其他诸人的作品都显示出他们对于时代和社会的热烈的关心……他们依然是在社会的桎梏之下呻吟着的'时代儿'。"[1]因此五卅运动之后,创造社的成员思想上有了很大的变化,开始以"革命文学""无产阶级文学"等对他们的文学思想进行新的阐释。到了1928年,创造社的创作主张进行了一次转变,在彭康、冯乃超、李初梨等新成员的推动下,创造社完成了向"革命文学"的转向。在《文化批判》《日出》《流沙》等自办刊物上宣传介绍日本和国际左翼文化思潮,主张创作"普罗文学",对30年代左翼文学的兴发起到了巨大的推动作用。

除了文学研究会和创造社以外,20年代具有类似创作倾向的社团还有很多。像弥洒社、浅草—沉钟社等都是倾向于"为艺术而艺术"的文艺社团,而莽原—未名社则较近于"为人生而艺术"的创作主张。当然,正如鲁迅所说:"文学团体不是豆荚,包含在里面的,始终都是豆。"[2]说明虽然社团中的同仁似乎有着类似的创作主张,但从创作风格、题材选择、写作方式等方面来说并不具有完全的一致性,当然也不可能具有一致性,这是文学本身具有的多样性使然。因此,在看到20年代小说创作具有的社团化表征时,仍然要注意到每位作家各自的独特性。

---

① 郑伯奇:《中国新文学大系·小说三集序》,载《1917—1927中国新文学大系导言集》,天津人民出版社,2009年,第100页。

② 鲁迅:《中国新文学大系·小说二集序》,载《1917—1927中国新文学大系导言集》,天津人民出版社,2009年,第91页。

第六节 现代文学之父——鲁迅

一、鲁迅的文学道路

在中国现代文学史中，最广为人知、对后世作家影响最大的作家，当属鲁迅。"鲁迅是20世纪中国伟大的思想家与文学家"[1]已成为文学界、思想界的共识。

鲁迅（1881—1936），原名周樟寿，字豫山、豫亭、豫才。1881年9月25日生于浙江绍兴。由于出身于封建士大夫家庭，他从小接受了封建主流传统文化、吴越民间文化的熏陶。在少年时期，因祖父的科场舞弊案，鲁迅经历了从大户到小康再到困顿的家庭变故。十七岁时，鲁迅到南京求学，初入江南水师学堂，后进江南陆师学堂的矿务学堂，开始受维新变法思想的影响，并接触了西方的科学及文化，接受了进化论。在此期间，他将自己的本名"周樟寿"改为"周树人"，反映出此时的鲁迅已经具有了学习先进文化和技术来改变国人、国运的抱负。

1902年，鲁迅东渡扶桑，先在东京弘文学院补习日语，后进入仙台医学院学医。在学医的过程中，鲁迅逐渐认识到，精神上的麻木比身体上的虚弱更加可怕，要改变中华民族的悲剧命运，首先要改变中国人的精神，而最能改变中国人的精神的，当属文学和艺术。于是鲁迅弃医从文，离开仙台医专，回到东京，投身于文艺和文化研究工作，意在探索以文艺改造"愚弱的国民"的道路。他和周作人一起编译《域外小说集》，"实在是介绍和翻译欧洲新文艺的第一人"；筹办文学杂志《新生》；发表《科学史教篇》《文化偏至论》《摩罗诗力说》等一系列论文，提出了"立国"必先"立人"的呼吁。此时的鲁迅，是一个身体力行的"精神界之战士"，他把个人的人生体验同整个中华民族的命运联系起来进行思考，形成了他后来作为一个文学家、思想家的基本思想。

1909年，鲁迅从日本归国，先后在杭州、浙江两级师范学堂和绍兴府中学堂任教员。辛亥革命爆发后，受中华民国临时政府第一任教育总长蔡元培的邀请，鲁迅于1912年2月到南京成为教育部的一名部员，随后又在当年5月跟随教育部北迁，来到北京。1912到1918年，是鲁迅思想较为苦闷的时期。在当时的政治环境之下，鲁迅愈发感受到自身力量的薄弱，他的思想和感情并不为当时大多数的中国人所理解，他也看不到中国的希望，陷入了压抑和绝望的心境之中，靠整理古籍和古碑、钻研佛经来打发时间。

《新青年》的创刊给鲁迅带来了改变。正是应《新青年》编辑钱玄同之约，鲁迅重新拿起了文学写作的笔。1918年5月，他首次用"鲁迅"这一笔名，在《新青年》第4卷第5号上发表了自己的第一篇白话小说——《狂人日记》，这也是中国现代文学史上第一篇白话现代短篇小说。此后，鲁迅开始不断在《新青年》上发表小说、杂感、新诗、译作，成为五四新文化运动的主将。

---

① 钱理群，温儒敏，吴福辉：《中国现代文学三十年》，北京大学出版社，1998年，第37页。

1923 年 8 月,鲁迅将写出的 15 篇小说编为短篇小说集《呐喊》出版。这一年,由于《新青年》团体解散、政治环境恶劣、自身家庭变故(兄弟失和)等各种原因,鲁迅再一次陷入了压抑的"沉默"之中①。1924 年,鲁迅开始了《彷徨》和《野草》的创作,这两部作品的写作,对鲁迅而言,一个是在反省中告别旧我,一个则是在自我剖析中获取新生。

1926 年 8 月,鲁迅赴厦门大学任教,在短暂的宁静之中,他写下了回忆性散文《朝花夕拾》以及《故事新编》中的《奔月》《铸剑》两篇。1927 年 1 月,鲁迅来到广州,任教于中山大学。在广州期间,鲁迅大力支持学生的文艺活动,抗议当时的白色恐怖,作了《魏晋风度及文章与药及酒之关系》的演讲,并继续《故事新编》的写作。

1927 年 10 月,鲁迅离开广州,来到上海,自此在上海生活了十年,直至 1936 年 10 月 19 日凌晨逝世。在上海期间,鲁迅的主要创作是杂文。他用不同的笔名,以炉火纯青的手法,写下了大量杂文,也由此记录了自己思想的发展和变化。与此同时,鲁迅坚持《故事新编》的写作,完成了自己的第三部小说集。

鲁迅是中国现代文学的开端,也是中国现代文学的一座高峰。鲁迅一生的主要作品集有:三部短篇小说集《呐喊》《彷徨》《故事新编》,一部散文诗集《野草》,一部散文集《朝花夕拾》,十七部杂文集《热风》《坟》《华盖集》《华盖集续编》《而已集》《南腔北调集》《三闲集》《二心集》《准风月谈》《伪自由书》《集外集》《花边文学》《且介亭杂文》《且介亭杂文二集》《且介亭杂文末编》《集外集拾遗》《集外集拾遗补编》,一部书信集《两地书》。

除了创作,鲁迅也做了许多翻译的工作以及大量的其他工作。他领导、支持了"未名社""朝花社"等文学社团;主编了《国民新报副刊》(乙种)、《莽原》、《语丝》、《奔流》、《萌芽》、《译文》等文艺期刊;大力支持、鼓励并培养了一批青年作家;翻译、介绍了大量外国进步作家及作品;进行学术研究,著有《中国小说史略》《汉文学史纲要》等学术著作;整理校勘《嵇康集》,辑录《会稽郡故书杂录》《古小说史钩沉》《唐宋传奇录》《小说旧闻钞》等。

二、《呐喊》《彷徨》《故事新编》

鲁迅的三部小说集《呐喊》《彷徨》《故事新编》,虽然篇幅数量不多,但在"思想和艺术、观念和技术等方面,成为中国现代小说的典范"②,不仅在意识和形式上为中国现代小说树立了卓越的范式,开创了中国现代小说的多种叙述模式:看客模式、批判模式、还乡模式、解构模式等,也在思想和艺术的圆融结合上提供了写作的典范。鲁迅小说以自身的文学品质,标示了中国现代小说的建立。

(一)《呐喊》

《呐喊》1923 年初版,收入了鲁迅 1918—1922 年创作的小说 15 篇。其中《不周山》一篇,在 1930 年 1 月第 13 次印刷的时候被抽出集子,后改名为《奔月》,收入了《故事新编》。1930 年之后的《呐喊》包括了 14 篇短篇小说。这些小说因其"表现的深切和格式的特别",建立了中国现代小说的新形式。

---

① 汪卫东:《鲁迅的又一个"原点"——1923 年的鲁迅》,《文学评论》2005 年第 1 期。
② 朱栋霖,朱晓进,吴义勤:《中国现代文学史 1917—2013》(上),高等教育出版社,2014 年,第 54 页。

鲁迅写作《呐喊》之时，恰是五四的高潮时期，鲁迅意在以这些作品来发出"呐喊"，"聊以慰藉那在寂寞里奔驰的猛士，使他不惮于前驱"[①]。而这些作品的写作，亦是鲁迅寻找"希望"的行动，这一行动的具体内容，便是"揭出病苦，引起疗救的注意"[②]。

《狂人日记》是鲁迅的第一篇白话小说。在这篇小说中，鲁迅首次使用了"特别的格式"，即日记体的形式，来描述一个青年"狂人"的内心世界。《狂人日记》全篇包括一篇文言小"识"和"狂人"的13则白话日记，以"狂人"的日记来构成小说文本的主体。小说借由"我"的病情发展和意识流动，首先用怀疑的目光描述了"我"的外部环境中吃人的普遍性，如赵贵翁奇怪的眼色、小孩铁青的脸、路人的交头接耳及张开的嘴、佃户讲的吃人的故事等。接着将目光转向家庭内部，通过对大哥的吃人言行的怀疑，指向了家族制度之下的"吃人"现象。最后干脆将怀疑的目光投向了"我"自己，发现一直身处"被吃"的恐惧中的"我"，在无意中也"吃"过人。由此一层一层地揭示"家族制度和礼教的弊害"[③]，直指历史和现实中"吃人"的现象及其本质。

《狂人日记》被认为是中国现代小说史上第一篇"现代"小说。首先，《狂人日记》在形式上具有现代性。有研究者指出，"《狂人日记》试图揭示'吃人'这个对中国历史和文化的空前宏深的整体认识，因而可以说是中国文学史上第一篇真正意义的象征小说，也即真正具有现代性的小说"[④]。在内在结构上，《狂人日记》具有象征小说的特点，它通过对外在世界的扭曲反映指向了历史、文化"吃人"的本质；而小说中的"狂人"，也不是形象，而是象征的手段和策略，具有荒诞和现实的双重性。此外，在文本结构以及描写手法上，《狂人日记》采用的日记体和片段结构，使用的意识流、心理分析手法，均属于现代小说的表现技巧。其次，在主题上，《狂人日记》也展现了自身的现代性：强烈的反传统意识和忏悔意识。"狂人"不仅是一个先觉者和审判者，也是被审判的对象，有着自觉的"原罪"般的意识。这也是《狂人日记》的深刻之处：不仅发现了封建社会的"吃人"，更发现了自己也是"吃人者"，也是封建社会历史的构成者和封建伦理文化扼杀人的帮凶。

《阿Q正传》以辛亥革命前后闭塞落后的农村小镇未庄为背景，塑造了一个从物质到精神都受到严重伤害的农民形象。在现实中，阿Q是悲惨的，他没有家，没有固定的职业，甚至没有自己的姓。但在精神上，阿Q却"常处优胜"，有着无往而不胜的"精神胜利法"。这样的一个阿Q，反映的不仅仅是国民劣根性，也是特定"苟活"处境中的国民性的整体表现。鲁迅写《阿Q正传》是为了"画出这样沉默的国民的灵魂里来"，他也确实通过《阿Q正传》刻画出了一个文学史上的国民性典型。但是，对这一典型的认识，却是一个说不尽的话题。这也是《阿Q正传》被视作20世纪中国文学代表作的原因之一。

(二)《彷徨》

《彷徨》收入了鲁迅于1924—1925年创作的小说11篇。《彷徨》的创作时期，是五四

---

① 鲁迅：《呐喊·自序》，载《鲁迅全集》（第1卷），人民文学出版社，2005年，第441页。
② 鲁迅：《南腔北调集·我怎么做起小说来》，载《鲁迅全集》（第4卷），人民文学出版社，2005年，第526页。
③ 鲁迅：《且介亭杂文二集》，载《鲁迅全集》（第6卷），人民文学出版社，2005年，第246页。
④ 朱栋霖，朱晓进，吴义勤：《中国现代文学史1917—2013》（上），高等教育出版社，2014年，第57页。

的退潮期,也是鲁迅经历了绝望意图向"旧我"告别的时期。所以,在《彷徨》的写作上,"技术虽然比先前好一些,思路也似乎较无拘束,而战斗的意气却冷得不少"①。

《在酒楼上》《孤独者》《伤逝》被视为《彷徨》的主干内容,分别通过吕纬甫、魏连殳、涓生这三个人物,描写了知识分子的自我封闭、自我厌弃以及自我忏悔。《肥皂》《高老夫子》是以带有讽刺意味的笔法,描写了知识分子的深层心理意识。较为不同的是作为《彷徨》篇首的《祝福》,这篇小说通过"我"这样一个目击者,描写了一个乡村妇女"生的苦难和死的挣扎"。

(三)《故事新编》

《故事新编》1936年出版,收入了历史小说8篇,创作时间几乎贯穿了鲁迅白话小说创作的始终。鲁迅的本意"是想从古代和现代都采取题材,来做短篇小说"②,所以《故事新编》一方面取材于历史、神话和传说,并涉及儒家、墨家、道家的故事,另一方面又不限于历史材料,而是结合并融入现实,采用新的视角和手法,在对历史的解构中创新。

《补天》重写了女娲造人的神话,用被创造者对创造者的控制,来消解创史者的意义;《奔月》解构了后羿射日、嫦娥奔月的神话传说;《铸剑》延续干将、莫邪为楚王铸剑的传说,写了一个黑色的不无诡谲的复仇故事;《非攻》写墨子的机智、反抗侵略的务实作风;《理水》以不无讽刺的笔调,描写了大禹治水的故事;《采薇》讽刺的是消极避世思想,解构了中国隐逸文化的意义;《出关》写的是老庄哲学的空谈和虚伪;《起死》被解读为对无为哲学的批判和解构。

《故事新编》具有独特的艺术风格,是以反逻辑、非现实、超历史的思维解构历史和文化,在写作手法上使用西方现代创作手法,多有夸张、变形和解构,语言则幽默、精炼,带有浓厚的反讽意味。

三、《野草》和《朝花夕拾》

在小说领域,鲁迅贡献了现代小说的经典《呐喊》《彷徨》《故事新编》,在散文领域,鲁迅则贡献了同样堪称经典的《野草》和《朝花夕拾》。这两部作品集也被认为是鲁迅著作中最具个人化色彩的作品,为现代散文开创了两个创作潮流与传统——"闲话风"散文与"独语体"散文③。

(一)《野草》

《野草》收入了鲁迅自1924年至1926年写的23篇作品。这些短章既是散文,但在更为具体的层面,也是散文诗。它们是五四退潮后鲁迅思想彷徨、内心苦闷的产物,反映了鲁迅在心理、情感、思想、人格等方面的挣扎和思索,被许寿裳称为"鲁迅的哲学",但何尝不是鲁迅的心灵剖白书呢!

在《野草》中,鲁迅以一种"自言自语"的"独语"方式,直面矛盾、直面自我,书写精神困

---

① 鲁迅:《南腔北调集·〈自选集〉自序》,载《鲁迅全集》(第4卷),人民文学出版社,2005年,第469页。

② 鲁迅:《故事新编·序言》,载《鲁迅全集》(第2卷),人民文学出版社,2005年,第353页。

③ 钱理群,温儒敏,吴福辉:《中国现代文学三十年》,北京大学出版社,1998年,第50页。

境,进行生命追问。他最大限度地发挥了自己的艺术想象力,借用许多客观形象和主观意趣相统一的意象,如"死火""影子""过客""无物之阵""病叶"等,开展了一种"自我审视"式的拷问和表达,书写了无归属感、生与死的抉择、存在的荒诞、绝望的反抗等沉重而深刻的主题;在艰难地穿越了过客意识、虚无意识、死亡意识等刻骨铭心的生命体验之后,以一种近乎惨烈的姿态抵达了超越死亡、反抗绝望的精神之地。

不管是思想上,还是艺术形式上,《野草》都大量吸收了外国文学的营养,采用了许多象征主义、表现主义的艺术手法。而在语言的运用上,《野草》有着"旨远而词约,言尽而意永"①的抒情特点和诗的意韵,达到了非同一般的艺术效果。

(二)《朝花夕拾》

《朝花夕拾》收入了鲁迅于 1926 年写的 10 篇散文,主要内容是鲁迅的"旧事重提":童年时期"谈闲天"的追忆,青少年时代生活和求学经历的回忆。其目的在于"从纷扰中寻出一点闲静来",所以鲁迅使用了一种"闲话风"的写作方式。也正因为如此,《朝花夕拾》中的散文,透露出了鲁迅作品中难得一见的天真之气,显现出鲁迅内心世界中柔和、深情的一面。如《阿长和〈山海经〉》写到了"我的保姆"的质朴的爱;《藤野先生》中回忆了藤野先生的关心和博大的爱心;《从百草园到三味书屋》里不乏回忆私塾先生时的温情。另外,《朝花夕拾》也有鲁迅式的批判性审视和嘲讽,如《二十四孝图》《五猖会》《狗·猫·鼠》等篇,或是对封建旧伦理道德进行审视和批判,或是对虚伪残忍之人进行嘲讽。总而言之,《朝花夕拾》在延续鲁迅一贯的现实关怀的同时,也体现出鲁迅传统人格的一面。在文字和表达的风格上,《朝花夕拾》相比鲁迅的其他作品,显得更为从容、闲适,以"闲话风"的语言趣味,保留了生活语言的生动性和丰富性。

四、丰富的杂文

鲁迅一生的创作,杂文大约占了百分之八十,尤其是晚年的创作,几乎全是杂文。杂文可谓鲁迅最喜爱的、贯穿其整个写作生涯的文体,他为读者留下的杂文集达十七部之多。鲁迅的杂文,承载着他参与现代社会建设的立场和行动,也是个人情思和精神的写照。经由鲁迅之手,中国文学产生了杂文这一文体范式,并发展到了成熟的阶段。

鲁迅的杂文写作是从《新青年》的"随感录"起步的。在"随感录"阶段,鲁迅杂文中所关注的问题,多与《新青年》团体的对外作战相关,其目的是声援《新青年》,为新文化运动中大家所批判、所关注的各种问题发声,比如长文《我之节烈观》《我们现在怎样做父亲》。

进入 1924 年之后,鲁迅的思想情感及小说创作都发生了变化,杂文写作则更为得心应手,不仅内容涉及面广阔,个人风格也突出鲜明。在《纪念刘和珍君》《论雷峰塔的倒掉》《魏晋风度及文章与药及酒之关系》《"醉眼"中的朦胧》《我的态度气量和年纪》等篇中,不管是抗议、论争,还是质疑、反思,鲁迅写来都是畅所欲言,娓娓道来,既犀利,又沉着,或是晓之以理,或是针锋相对,或是嬉笑怒骂。

在创作晚期,鲁迅的杂文写作已经炉火纯青。这一时期的鲁迅杂文,数量繁多,内容

---

① 朱栋霖,朱晓进,吴义勤:《中国现代文学史 1917—2013》(上),高等教育出版社,2014 年,第 66 页。

丰富,从《二心集》《南腔北调集》《伪自由书》《准风月谈》到《且介亭杂文末编》,既有深切的忧患、痛切的控诉、鞭辟入里的批判,也有理论性的论辩;有的是直言不讳的呐喊,有的是隐晦的讽刺,有的是平常中见真相的娓娓而谈。

简而言之,鲁迅杂文的艺术特点突出表现在两方面。一是在表达上,融诗与政论于一体。冯雪峰评价鲁迅杂文:"这是匕首,这是投枪,然而又是形式独特的诗!"[①]鲁迅的杂文,既有逻辑,又形象生动,既有学识,又具艺术风采,既有思想,又有鲜明情感,是诗与政论的结合。二是在文字上,语言风格独特。鲁迅杂文亦庄亦谐,深刻而犀利,文字精练,语言冷峭,意蕴却丰富而隽永。

第七节 20年代散文——个人风格凸显

散文这一文体自中国古代开始就有着悠久而辉煌的传统,但五四时期散文的革故鼎新相当自觉和彻底。这一时期散文的发展非常迅速,几乎所有的新文学作家都写过散文,这也使得散文的风格呈现出多样性、丰富性的特点。朱自清在概述这一时期散文发展时说:"有种种的样式,种种的流派,表现着,批评着,解释着人生的各面,迁流曼衍,日新月异:有中国名士风,有外国绅士风,有隐士,有叛徒,在思想上是如此。或描写,或讽刺,或委曲,或缜密,或劲健,或绮丽,或洗练,或流动,或含蓄,在表现上是如此。"[②]这话大体呈现了当时散文创作的盛况。

其时散文的功用除了议论时政,也发展了记叙、写景、抒怀、言志、述评等写作类型。它一方面成为五四新文化运动的道德思想载体,另一方面则担负了建立现代文学语言美学范式的使命。朱自清在总结现代散文特点时说:"现代的散文之最大特征,是每一个作家的每一篇散文里所表现的个性,比从前的任何散文都来得强。"[③]认为现代的散文都带有"自叙传"的色彩。这种说法用来描述1920年代散文的创作发展是相当中肯的。

一、《新青年》"随感录"开创的杂文

新文化运动伊始,率先兴起的散文类型就是议论时政的杂感短文。这种杂感短文常有生气勃勃的战斗气息,被统称为"杂文"。1918年4月,《新青年》杂志第4卷第4期开创了一个名为"随感录"的专栏。随后李大钊、陈独秀主持的《每周评论》,李辛白主持的《新生活》,瞿秋白、郑振铎主持的《新社会》,邵力子主持的《民国日报》副刊《觉悟》等都开辟了"随感录"专栏。这些名为"随感"的短文,和其他一些刊物中"杂感""评坛""乱谈"等栏目中的短文,其实都是杂文的文体形态。杂文一般短小精悍,可以对时事进行快速反

---

① 冯雪峰:《鲁迅论》,载《雪峰文集》,人民文学出版社,1985年,第13页。
② 朱自清:《论现代中国的小品散文》,《文学周刊》1928年第345期。
③ 朱自清:《中国新文学大系·散文二集序》,《1917—1927中国新文学大系导言集》,天津人民出版社,2009年,第132页。

应,适合做社会批评的利器,在其时文化运动和社会运动方兴未艾之际尤其适合作为宣传工具。因此许多杂志期刊都有一批撰稿人,形成了颇具声势的杂文创作浪潮,这其中最为引人瞩目的是《新青年》"随感录"作家群。为"随感录"撰文的多数是新文化运动的先驱,像李大钊、陈独秀、刘半农、钱玄同、周作人等人。

李大钊的杂文是鼓动性和散文诗的结合体:《青春》一文首发振聋发聩的时代之音;《今》《新的! 旧的!》《新纪元》等篇昂扬奔放,迸发着革命的激情;《政客》《太上政府》《宰猪场式的政治》则燃烧着讽刺的火焰。文风较为激烈畅达的是陈独秀和钱玄同。陈独秀的杂文感情充沛,气势磅礴,常含有不容辩驳的气质,《下品的无政府党》《青年底误会》《反抗舆论的勇气》等都是其代表作。被鲁迅评价为"颇汪洋,而少含蓄"①的是钱玄同。他的《随感录四十四》《随感录四十五》等都是痛快淋漓的文字,但正如鲁迅所说——"少含蓄"。刘半农的文字畅达流利、善用反语、亦庄亦谐,名篇有《奉答王敬轩先生》《作揖主义》等。这其中最具代表性的是鲁迅的杂文。鲁迅是《新青年》的主将,也是《语丝》的坛主。中国现代的杂文大致经历了《新青年》到《莽原》《语丝》,再到 30 年代的《萌芽》《太白》《中流》这样一条发展脉络。这其中《新青年》《语丝》分化之后,以周作人为首的自由主义作家,即"言志派"散文自成一脉。

二、周作人与其倡导的"言志派"散文

周作人是现代文学史上非常重要的散文家,他最早从西方引入"美文"的概念。1921年 6 月周作人发表了《美文》一文,在文中他确定了"美文"的特点:"记述的""艺术性"抒情散文。他所说的文体其实就是英文中的 essay,可以翻译为随笔、小品文、絮语散文等。按照鲁迅的说法,这种被称为随笔的 essay,具有幽默、雍容、漂亮和缜密的特点。之后周作人形成了一套散文理论,认为散文创作应以自我为中心,强调以个人性情为本,提倡"言志"的小品文。在周作人自己的创作中,有思想意义和社会作用更积极的《谈虎集》《谈龙集》等,也有更显示其性情的冲淡平和的文体。周作人在后者的开拓中影响更大。他的散文多为闲谈体,追求平淡隽永,富有艺术韵味。即使是批评嘲讽也常以自然平和的态度来写,诸如《天足》《初恋》等篇,强烈的情绪隐藏在平淡的语气之下,能让人从"平淡"中品出"浓烈"来。他的美文在文字方面不事雕琢,而是凭借渊博的学识和恬淡的意趣引人入胜,常达到任心闲话、着手成春的境界。《谈酒》叙说家乡做酒、饮酒的习俗,娓娓道来,絮而不烦,如与人面谈般亲切。说到自己的酒量、酒趣,自然地将话题引到喝酒的趣味,再谈到中国的社会运动,文章寓意深远而又大巧若拙。写《喝茶》,说:"喝茶当于瓦屋纸窗之下,清泉绿茶,用素雅的陶瓷茶具,同二三人共饮,得半日之闲,可抵十年的尘梦。"这种写法有悠然出世之感。《济南道中》《北京的茶食》等也是一样,都是些喝酒、喝茶、听雨、赏花等的日常生活,但在周作人的笔下显得格外有意味、有韵味,似乎作者本人是真正地在"艺术地生活"。他的有些散文有明人小品的笔调,有些又有日本俳句的意味,他似乎都有所借鉴,最终形成的是一种坦诚自然、舒徐自如的闲适风格。与他这种风格类似的散文作家还有俞平伯、钟敬文、废名等人。

---

① 鲁迅:《两地书·一二》,载《鲁迅全集》(第 11 卷),人民文学出版社,1981 年,第 46 页。

俞平伯(1900—1990),主要有散文集《杂拌儿》《燕知草》等,其中的《陶然亭的雪》《清河坊》《西湖的六月十八夜》等在当时非常有名。他善于在散文中营造朦胧、空灵的意境,有一种哲理般的感伤情绪,也常显示出名士味。他与朱自清各写了一篇名为《桨声灯影里的秦淮河》,两相比较可以看出二者散文风格的差异。朱自清写得简朴舒缓,俞平伯则透露出刹那感悟的禅意,在尽力显示的闲适中又显得略有苦涩。周作人非常赏识他的散文风致,称赞他的散文是最有文学意味的新散文。钟敬文(1903—2002)早年的散文集《荔枝小品》与周作人风格很像,他自己在散文集题记里也写道:"我的文章,很与周作人先生的相像。"他的代表作有《荔枝》《茶》《黄叶》等咏物散文,以及《钱塘江的夜潮》《太湖游记》等情思清朗的游记散文。王任叔说,他的散文与周作人比较,周氏作品"冲淡而整齐",含义比较深,而他的散文"冲淡而轻松",含义比较浅,这是中肯的评价。另一位周作人推崇备至的作家是废名(冯文炳)。他的作品多写农村乡镇里的田园生活,意境冲淡,清新古朴,抒情气息浓郁。写小人物多含同情,写琐事则冲淡为衣略显哀伤。废名的散文风格枯涩古怪,追求朦胧的意境,其中表现出来的禅意不免让人觉得高深莫测。鲁迅说他的作品"有意低徊,顾影自怜"[1],称其风格为"废名气"。

三、文学研究会作家的散文

五四散文创作方面保持缜密、漂亮风格的作家很多,文学研究会和创造社中几乎大部分作家都是如此。这其中最有影响力,散文创作成就最高的是冰心和朱自清。与周作人的冲淡小品文不同,冰心的"小诗"味的散文更容易引起青年读者的共鸣。1920 年发表的《笑》是现代文学史上较早的美文。这篇美文刊登不久就被各个学校选入课本,同时也为许多语法学家赞赏,成为解读范本,影响很大。阿英认为这一时期冰心的散文创作实绩比她的问题小说更高,说她的散文是"冰心体"。所谓"冰心体"即以行云流水的文字倾吐内心真情,带着温柔又略带忧伤的情绪,展示出清丽的风致。冰心的散文宣扬"爱的哲学",以母爱、儿童爱、自然爱为歌颂对象,其中饱含对人民的同情。她的散文也探索人生,显露出对祖国、故乡、家人、大海的眷念,常有宗教的内容融合其中。冰心散文的语言典雅、凝练,有时候又使用欧化的语句,使散文语言呈现一种灵动、婉转的风格。在白话文运动开始的几年间,冰心的散文语言显示出成熟地调和文言文、白话文和西文的能力,对现代文学语言的发展卓有贡献。

朱自清(1898—1948),字佩弦,祖籍浙江绍兴。同冰心一样,朱自清的散文也因语言、文体之美常被学校选为范文。朱自清擅长写漂亮精致的抒情散文,这一时期的代表作有《踪迹》《背影》两部集子。朱自清善于运用白话文描写景致,在描写中达到情景交融、诗画交融。《桨声灯影里的秦淮河》《温州的踪迹·绿》《荷塘月色》等都是他写景抒情的名篇,《背影》《儿女》等篇则是他著名的抒情散文。朱自清的散文体现着他严肃认真地表现人生的写作主旨,这一点与"言志派"和之后的"幽默派"都不同。尤其《背影》当中蕴含的对奔波一生的老父的愧疚与深情,很容易打动当时动荡社会中的飘零之人。这是他始终执

---

① 鲁迅:《中国新文学大系·小说二集序》,载《1917—1927 中国新文学大系导言集》,天津人民出版社,2009 年,第 84 页。

着表现现实人生的创作结果。

丰子恺(1898—1975)这一时期有散文集《缘缘堂随笔》。他擅用某种佛理的眼光观察生活,于俗事中发现事理,用朴实的笔调将琐事娓娓道来。他的散文一如他的画,常有赤子之心,通透纯真,加上佛理渗入,显得哲思深远又饱含悲悯。

梁遇春(1904—1932)有《春醪集》《泪与笑》两本散文集,其中的散文写得机智幽默,颇具才情。《"春朝"一刻值千金》用讽刺的笔调写赖床的好处,认为晚起床的手忙脚乱还可增添生活的刺激,实则是嘲讽中产阶级单调无聊的生活。《春醪集》中诸篇,谈论知识时旁征博引、引类取比,引用外国名言警句随手拈来,显得语言机智而有文采。他的散文善于从生活细节中发现人生哲理,常有思想火花闪烁其间。

文学研究会这一时期重要的散文创作者还有许地山、叶圣陶、郑振铎、茅盾、瞿秋白等。许地山不仅小说写得有宗教气息,散文也颇类似,散文集《空山灵雨》颇能代表他的哲思。叶圣陶这时创作的《五月卅一日急雨中》则是对时事的反应,写得颇为急峻,饱含悲愤慷慨之情。与他这篇类似的还有郑振铎的《街血洗去后》《六月一日》等,茅盾的《五月三十日的下午》《暴风雨》等,都是写五卅惨案的文章。瞿秋白是早期共产党人,这一时期写有《饿乡纪程》和《赤都心史》等散文集。这两部作品集是瞿秋白赴苏联考察时,根据亲身见闻写的十月革命之后的俄国真实情况,可以算作中国报告文学的先声。

四、创造社作家的散文

与文学研究会作家的散文讲究文字的缜密不同,创造社的作家如郭沫若、郁达夫等都一任感情在文字中宣泄。他们的散文多记述自己的生平,因为感情强烈所以常不加节制,纵情抒写而不讲究文字锤炼,显得潇洒恣肆而有才情。尤其是郁达夫的散文,率真坦诚而无所隐饰,被认为比他的小说更具"自叙传"色彩。收于《鸡肋集》中的《还乡记》《还乡后记》等,写爱国知识分子的落魄生活,表达了对现实社会的强烈愤慨,也有消极遁世的情绪。《给一位文学青年的公开状》(是回答沈从文的)以书信的形式,用玩世不恭的话语鼓动青年反叛社会,实则是写正直知识分子的困境。除此之外,郁达夫在写游记方面也相当出色,像名篇《钓台的春昼》写富春江秀丽的山水,借凭吊古迹抒发对现实社会的愤懑之情。郁达夫的散文多抒发个人的遭遇和情感,情感恣肆,才情动人,不拘形式的写法让人有亲近之感,但有时自怜自哀过甚,显得相当消极。

郭沫若的散文与郁达夫在风格方面颇为相似。他本质上是一位抒情诗人,所以笔下的各种文体都有一种抒情诗的气质。他的小说散文集《橄榄》中的《小品六章》就多是精美的散文诗,语言比较节制,讲究雕饰,设景造境有余韵。而《月蚀》《卖书》则是另外一类,通过个人的贫困际遇发出对现实社会的悲愤呼叫。他与郁达夫的不同在于,虽然他也习惯于主观情绪的宣泄,但却有更多的社会和政治色彩。

五、语丝派和现代评论派的散文

语丝派因1924年创刊的《语丝》杂志而得名。《语丝》杂志主要刊登散文,主要撰稿人有鲁迅、周作人、林语堂等人。语丝派的这几位核心作家在坚持思想革命方面较为执着,因此短小犀利的杂感是他们的主要创作方向,其批评文字是所谓的"语丝文体"。鲁迅在总结创作特色时说他们是:"任意而谈,无所顾忌,要催促新的产生,对于有害于新的旧物,则竭力加以排击——但应该产生怎样的'新',却并无明白的表示,而一到觉得有些危急之际,也还是故意隐约其词。"①但在北京女师大风潮、"三·一八"惨案等事件中,《语丝》则表示了支持群众的一致倾向。语丝派除了议论性的杂感,也有不少抒情性的佳作,比如孙伏园的《伏园游记》,孙福熙的《山野掇拾》《归航》等。除了鲁迅和周作人外,语丝派最重要的作家是林语堂。林语堂(1895—1976)这时的散文后来收入《剪拂集》中。他的作品支持思想革命和改造民族精神,还有些作品旨在批评传统文化中的中庸哲学、乐天知命等思想。林语堂在反对北洋政府统治方面显示出激进的态度,这是他与鲁迅、周作人站在同一阵营的主要原因。但他同时又坚持自由主义立场,提倡政治斗争要讲究"费厄泼赖"精神,因而引起鲁迅的反对,写了《论"费厄泼赖"应该缓行》与其论战。林语堂随后又写了《打狗释疑》表示接受鲁迅的观点。林语堂在"语丝"时期也介绍西方的幽默理论,主张以幽默的艺术针砭社会文明病,因此他的散文多有讥刺嘲讽的笔调。30 年代林语堂创办《论语》之后,开始提倡"闲适""幽默"散文。

1920 年代中期的散文流派还有现代评论派的出现。他们多是坚持自由主义的知识分子,政治倾向上与以鲁迅为代表的语丝派相对立。现代评论派重要的散文作家有徐志摩、陈西滢、吴稚晖等人。徐志摩是新月派的诗人,他的散文也吸纳了他自由而华丽的诗歌气质。他的散文多冥想型,旨在抓住刹那灵感,让感情自由奔放地流动。徐志摩作为诗人的才情灵感,让他的散文创作具有了一种流动的气质,常有闪电般的感兴。在表情达意时他又喜欢不厌其烦地描摹,常造成繁复华丽的文字印象。陈西滢(1896—1970)是《现代评论》的"闲话家",作品刊登的很多,后集结为《西滢闲话》。他的散文行文流畅,富幽默感,因为有着相当的西方文学修养,所以创作的介绍知识、讥讽中国封建惰性的散文都颇值得一读。但在对待五卅运动等社会运动时,陈西滢以貌似公允的姿态进行评说,显示出一种贵族化的立场。

第八节 美文大家——冰心与朱自清

一、冰心

(一)冰心的生平与创作概述

冰心(1900—1999),原名谢婉莹,现代著名女作家。生于福建福州,原籍长乐县横岭乡。1918 年进协和女子大学理科预科;1919 年起,以"冰心"为笔名写了许多问题小说,引起较为强烈的社会反响。1920 年冰心写出了为文坛瞩目的短诗集《繁星》和《春水》,形成了所谓"小诗流行的时代"。1921 年加入文学研究会。1923 年赴美留学,开始在《晨报》副

① 鲁迅:《我和〈语丝〉的始终》,载《鲁迅全集》(第4卷),人民文学出版社,1981年,第167页。

刊《儿童世界》栏内发表《寄小读者》，反响巨大。1926年冰心回国任教。抗战时期，她随丈夫吴文藻（著名的社会学家）辗转于昆明、重庆等地。抗战胜利后，随夫东渡日本，在东京大学教"中国新文学"课程。新中国成立后，冰心回到祖国，开始写《再寄小读者》，并于粉碎"四人帮"以后，在《儿童时代》开始发表《三寄小读者》。

（二）冰心散文对五四新文学的贡献

冰心是活跃于五四文坛上的主笔作家，是多种文体的开创者：她的短篇小说开创了"问题小说"创作的先河；她的诗歌形成了"小诗流行的时代"；她的通讯影响广泛而深远。但散文创作是她一生的至爱，她的散文风格清丽，文字典雅，思想纯洁，在中国当时众多的名家中，可谓是一枝独秀。从创作层面看，冰心对五四新文学最突出、最有价值的贡献，主要体现在散文的创新上。

1. 体裁的创新

冰心最大限度地将她的"爱的哲学"（母亲爱、儿童爱、自然爱）及女性意识这一丰富的思想内容，比较完美地纳入散文这一体裁之中，二者水乳交融，血肉相连，在五四文坛上大放光彩。

2. 语体的创新

中西学养兼具使冰心在文学语言的运用上有着深厚的造诣。个性十足、充满诗意的"冰心体"[①]的出现，从某种程度上有力地说明了处于时代剧变中的人们对于温柔和爱的需要，对清新婉约的散文语体的需要。它的诞生及语体表现上的出色、娴熟，对五四新文学有着突出的意义和非同凡响的贡献。

3. 风格上的创新

"爱的哲学"使冰心对周围的世界和人们充满了爱心和暖意，笔底温泉似的汩汩柔情配上素净淡雅的笔墨，使她的散文别具一格，自成一体。冰心的散文融叙事于抒情、写景、说理中，情、事、景、理浑然一体，形成一种典雅清丽柔美的风格。她的散文中很少出现大段大段的描写与议论，没有多余的枝蔓和场面的铺排，处处都晶莹着丝丝缕缕的情思和情绪，处处都闪烁着一朵朵生活和思想的火花，为读者留下了可供阅读与想象的思维空间。

（三）《寄小读者》

1. 写作缘由

1923年冰心大学毕业后赴美留学，当时北京《晨报》开辟了"儿童世界"一栏，编辑让她给孩子们写信。出于对儿童的热爱，在美三年，她写了29封寄给小读者的信，所谈大都是自己赴美见闻，后来由于与孩子们隔绝，写作对象模糊，觉得不成功，就没有继续写。"大跃进"时期与粉碎"四人帮"后，不忘童心的冰心又拿起笔来，相继写出《再寄小读者》《三寄小读者》，恢复了为儿童写作的动力。

---

① 所谓冰心体的散文，是以行云流水似的文字，说心中要说的话，倾诉自己的真情，"满蕴着温柔，微带着忧愁"，显示出清丽的风致。（钱理群《中国现代文学三十年》）

2. 思想内容

通讯散文《寄小读者》是冰心在《晨报》副刊的"儿童世界"栏目发表的通讯的合集,分《通讯》与《山中杂记》两部。从《通讯六》起,所谈大都是作者赴美国途中的经历以及到美国后的生活状况。《通讯》共 29 篇,主题大多书写自然的美妙、母爱的真挚、童心的纯洁,由此表达对祖国的赤忱和对儿童的深情,贯彻着自己"爱的哲学"。

首先,对大自然美好景色的书写。

王瑶在《中国新文学史稿》中认为《寄小读者》中写景的文字比较动人,细腻清丽的自然景物描写,引人入胜。与山相比,冰心更喜欢海与湖,描写海与湖的景色也极为出色。《通讯十八》里写道:"我总觉得看山比看水滞涩些,情绪很抑郁的。"贬山而褒水;《通讯七》里,她说:"海好像我的母亲,湖是我的朋友。我和海亲近在童年,和湖亲近是现在。海是深阔无际,不着一字,她的爱是神秘而伟大的,我对她的爱是归心低首的。湖是红叶绿枝,有许多衬托,她的爱是温和妩媚的,我对她的爱是清淡相照的。"将海比作母亲,将湖比作朋友,可见爱之深切。《山中杂记》里,冰心又对山和海进行了详细比较:颜色上,山比不过海,海的"蓝色灰色含着庄严淡远的意味",而山的"黄色绿色却未免浅显小方一些";"海是动的,山是静的;海是活泼的,山是呆板的"。又说"四周是大海,与四围是乱山,两者比较,是如何滋味,看古诗便可知道。比如说海上山上看月出,古诗说:'南山塞天地,日月石上生。'细细咀嚼,这两句形容乱山,形容得极好,而光景何等臃肿,崎岖,僵冷,读了不使人生快感。而'海上生明月,天涯共此时',也是月出,光景却何等妩媚,遥远,璀璨!",最后甚至说出"假如我犯了天条,赐我自杀,我也投海,不愿坠崖!"这样极端的话。正是因为热爱大自然,热爱海与湖,冰心才能写出这样美的文字。

其次,对伟大母爱的深切领悟。

冰心的很多作品中都涉及对真挚母爱的讴歌,母亲的爱给了她灵魂的寄托。《寄小读者》一书更是言明,由于远行,才使作者深切明白了母爱。"别离之前,我不曾懂得母亲的爱动人至此",千里之外收到母亲的书信后,每次读完都潸然泪下,内心的波澜不停起伏,不断撞击着作者的思绪,涌动出许多儿时回忆,感受到母亲对自己的牵挂,进而推己及人,认识到"世界上古往今来百千万亿的母亲,又当如何? 且我的母亲已经彻底地告诉我:做母亲的人,哪个不思念她的孩子"。这种感悟不断走向深处,发现了整个世界上"母亲的爱"之伟大,它是人类一切互助与同情的根源,也是人类走向光明的动力。

最后,对纯真童心的书写。

周作人在《给儿童的书》一文中曾指出,作家应拥有"赤子之心",才能供给儿童好的文学。他的得意门生冰心在《寄小读者》中对这种文学观进行了一次优美的文字尝试。《寄小读者》中,有着"赤子之心"的冰心像个知心大姐姐,用"蹲下来与孩子说话"的方式,和他们作知心贴意的平等交流。《通讯一》中她这样自我介绍:"我从前也曾是一个小孩子,现在还是有时仍是一个小孩子——我恳切地希望你们帮助我,提携我……";《通讯二》里,冰心将一只小老鼠人格化,为无意中对它的伤害感到深深忏悔,她写道:"我小时曾为一头折足的蟋蟀流泪,为一只受伤的黄雀呜咽;我小时明白一切生命,在造物者眼中是一般大小的;我小时未曾做过不仁爱的事情,但如今堕落了……";在《通讯六》里,她又对小朋友说,大人们的思想和"我们"不同,他们感兴趣的事"我们"没有感觉,"我们"在意的事他们又不屑管。这种无距离感的交流换来的是小朋友的真心赞同,她是同时期作家中难得的能真正跨越身份限制、走进孩子心灵的人,她以拳拳之心深深地感染着一代代的小读者,潜移默化地在孩子们心中播下真善美的种子。

二、朱自清

(一) 朱自清生平及创作概述

朱自清(1898—1948),字佩弦,原籍浙江绍兴,生长于扬州。1916 年中学毕业后成功考入北京大学预科。1919 年开始发表诗歌。1921 年加入文学研究会,成为"为人生"代表作家。1922 年,与叶圣陶等创办了我国新文学史上第一个诗刊——《诗》月刊,倡导新诗。1925 年后任清华大学教授,创作的主要精力偏向散文。因此,朱自清是以诗人写叙事抒情小品,逐渐成为品位极高的散文名家的。其实,早在 1921 年从事诗歌创作的同时,他就发表了散文诗《歌声》,随后又写出了散文名篇《匆匆》(1922 年)、《桨声灯影里的秦淮河》(1923 年)、《温州的踪迹》(1924 年)等,开始了他散文创作的历程。

当时的散文更多地被称为"小品文",小品文的成绩远在诗歌、小说、戏剧文学之上。在情致入微、漂亮缜密地写作散文方面,朱自清是积极的倡导者和创新者。他的创作一开始就没有丝毫的忸怩和做作,一扫当时文坛上陈腐颓废或过于欧化的文风,以他艺术上的突出成就,向旧文学作了有力的示威,从而推动了新文学的发展。他的散文先后结集出版的有《踪迹》的第二辑(1924 年)、《背影》(1928 年)、《欧游杂记》(1934 年)等,这其中很多篇章成为脍炙人口、传诵至今的佳作。

(二) 朱自清散文的特色

朱自清在清华大学任中文系主任的 20 多年里,他的散文创作长盛不衰。其完美的散文意境,树立了"白话美文的模范"。他的散文在内容上大致有两大类,其中以写景抒情为主的散文,描写细腻委婉,情景交融。如《匆匆》《桨声灯影里的秦淮河》《温州的踪迹》《荷塘月色》等。他的亲情散文朴实中透露出真情,更别有一种韵味。如《背影》《给亡妇》《儿女》等,早已脍炙人口。朱自清散文的特色主要体现在以下几个方面。

1. 文中有己,情真意切

五四运动之后的中国是一个"表现自己"的新时代,时代使然,在散文创作中,朱自清提出了"意在表现自己"的美学原则。他将自己的精神和思想积极投射到文章中,散文处处显示出自己的影子,因此,我们读他的散文,会不知不觉地被其心的历程之情意化所吸引、所感动。他散文的可爱之处,也正在于朴中见真,实实在在地"说自己话"。

朱自清那发自肺腑的感情,在记述家事、怀念亲人一类的散文中表现得尤为真挚厚朴。如《儿女》《给亡妇》《冬天》《择偶记》《背影》等篇,把父子、夫妻之情,把兄弟姐妹的童真写得朴实醇厚,令人心弦颤动。《给亡妇》中,朱自清沙里淘金,选择生活中最有意义、最能表达感情的细节,以淡淡的语言,娓娓的叙述,倾诉了对亡妻的爱恋、敬重和思念。在日常生活的一角,自然而然地流露着他的心声,熔铸着他至诚的品性。《背影》虽事情单纯,但作者落笔沉实不苟,真情蕴含于一言一行中,以拙写诚,以琐屑传达认真,再辅以家产中落、父亲老境颓唐的凄清气氛,在儿子和父亲微有隔膜中引向更深一层的血缘牵挂,写得非常有功力。

2. 文中有画，刻画入微

细读朱自清早期的散文作品，诗情画意很浓。在真实描绘现实生活的基础上，常常伴随着强烈的情感反应，构成心物交映的美丽图画。《绿》是朱自清散文中的名篇，写的是瑞安仙岩梅雨潭的景象，使人读后仿佛身历其境。作者按照游览的踪迹，对梅雨亭、梅雨瀑和梅雨潭等作了生动细腻的描写，但作者又有自己独到的发现和感受。"似瀑非瀑，似花非花"的景色，这是多么富有意趣的生动形象。作者在梅雨潭的美丽景色中，捕捉了一个鲜明的特征，集中描写一个"绿"字，把那奇异的绿色写得可以追寻，可以拥抱，可以醉人，甚至可以馈赠。作者将倾慕、欢欣、眷恋之情都融汇在这一片绿色中，以声情并茂、赏心悦目之景，表现了大自然的生机勃勃和心头的无限向往。

朱自清的散文之所以能做到"文中有画"，得益于他观察生活之细，体验情感之深。他不轻易放过客观景象中的"一言一动之微，一沙一石之细"，从不同的角度、不同的层面去完美把握审美对象，他的散文的形象创造，几乎都体现着想象丰富、比喻精巧、拟人恰到好处的特色。《绿》是这样，其他各篇也是如此。《桨声灯影里的秦淮河》中，写河水"碧阴阴的，厚而不腻，或者是六朝金粉所凝？"，点出了秦淮河表面繁华而又带着纸醉金迷的病态。《荷塘月色》中，写"田田的叶子""像亭亭的舞女的裙"；写月光"如流水一般"泻在花叶上，"叶子和花仿佛在牛乳中洗过一般"；写"杨柳稀疏的倩影，却又像是画在荷叶上"，"光与影有着和谐的旋律"。各种景色在这里是那么和谐协调，描画出了一幅清幽静谧的荷塘夜景。此种描画，在朱自清的散文中比比皆是，明丽的色彩，生动的形态，素淡的情致，融成一体，真可谓是妙手丹青。

3. 文中有诗，情景交融

朱自清的散文不但文中有画，而且画中有诗。郁达夫称赞他的散文"贮满着那一种诗意"。他能够从日常平凡的生活中，选择材料，捕捉新意，创造出集中概括的艺术形象。《匆匆》一文中，作者把"时间"这个抽象的概念就作了诗化的描写，在日常生活中处处感到它"逃去如飞"，吃饭、洗手、上床，都觉得时间匆匆溜过，于是作者不禁"头涔涔而泪潸潸了"。伤时又惜时，叹息之中包含着不甘虚度年华之情，使时间具有强烈的可感性。如果说"少壮不努力，老大徒伤悲"是用诗句的形式来说明要珍惜光阴，那么《匆匆》就是用散文的形式来表达对时间一去不返的感受，同样富有诗意。此外，朱自清散文的诗意还表现在他富于表现力的语言上。他的很多语言只是自然地点上几笔，便有画龙点睛之效。他的语言具有一种朴素美，平常之中显示出形象的概括力，恰如其分地传达出自己的心境，甚至还含有某种生活哲理。如《荷塘月色》写了月光、荷叶、树影等景色，使人感到静；又写了热闹的蝉声与蛙声，使人感到闹，这已有动静相生之妙。而作者在写了热闹的蛙声蝉声之后，又水到渠成般地点了一笔："但热闹是他们的，我什么也没有。"这句话很传神，表达了独处的心理，将那种寂寞、怅惘、沉闷的情状刻画得入木三分。《松堂游记》写几个人游松堂，夏夜四周很静，结尾说："外面是连天漫地一片黑，海似的。只远近几声犬吠，教我们知道还在人间世里。"在岑寂的环境里，这话又多么富有人生哲理的意味。

总之，朱自清的散文以独特的美文艺术风格，为中国现代散文增添了瑰丽的色彩，在中国现代散文史上，树立了"白话美文的模范"。

第九节 20年代——现代戏剧的开端

中国戏剧的发展源远流长,最早的戏剧艺术形式是戏曲,它的萌芽可以追溯到上古的原始歌舞,历经先秦的俳优、汉代的百戏、南北朝歌舞戏、唐代的参军戏、宋金的院本、元代的杂剧、明代的传奇、清代的地方戏、民国的改良戏直到现在的中国戏曲,被称为传统戏剧即"旧剧"。而中国的现代戏是从舶来品——话剧开始的。

一、文明戏的"移入"

19世纪末到20世纪初,中国文化和文学开始了民族存亡背景下的现代化的努力。从晚清开始,中国文学现代化发生期,许多观念开始变革,当时以梁启超为代表的知识分子提出了"诗界革命""小说界革命",而以陈独秀为代表的知识分子提出"戏剧改良"加以呼应。1904年,陈去病、柳亚子创办的我国最早的戏剧杂志《20世纪大舞台》应运而生。1906年,李叔同、曾孝谷等在日本东京发起成立春柳社,并于1907年首次公演《茶花女》《黑奴吁天录》。也因此该年被定为早期话剧的诞生年,我国话剧历史的开创年。1908年演出英译小说改编的同名新剧《迦因小传》。因为这些演剧以写实的对话、动作替代传统戏曲虚拟程式化的唱念做打,逐渐摆脱了旧剧戏曲的特征,因此被称为"新剧",也就是后来说的文明戏。1910年任天知在上海组织中国现代戏剧史上第一个职业剧团——进化团,该团在辛亥革命中发挥了宣传鼓吹革命的重要作用。"不久,春柳社同仁回国,先后以新剧同志会、文社、春柳剧场等名义开展演出活动。与此同时,上海还相继出现了郑正秋的新民社、张石川的民鸣社、朱旭东的开明社等众多文明新戏社团,从而形成了一场轰轰烈烈的文明新戏运动。"[1]

但最初的文明戏因多以"低等的滑稽、浅薄的教训迎合观众心理"[2],艺术上粗糙,格调也不高,文明戏逐渐衰微。1917年随着文明戏的衰微和五四新文化运动的深入,批判旧剧、创建新剧也成了新文化运动的一个重要方面。纵观这一时期的话剧运动,经历了一个从理论倡导到创作实践的发展过程。

二、现代话剧理论倡导

1917年至1920年上半年,是现代话剧理论倡导期。它主要体现在批判中国戏曲和大力译介外国戏剧理论及创作两个方面。

(一) 严厉批判中国戏曲

为了倡导话剧,五四新文化的倡导者们对中国的戏曲进行了极为严厉的挞伐。胡适、陈独秀、傅斯年、周作人、钱玄同、刘半农、欧阳玉倩等纷纷撰文对旧戏进行声讨。1918年

---

① 王嘉良,颜敏:《中国现当代文学史(上)》(修订版),上海教育出版社,2012年,第119页。
② 朱栋霖,朱晓进,吴义勤:《中国现代文学史1917—2013》(上),高等教育出版社,2014年,第94页。

10月,《新青年》专门发行一期"戏剧改良号",宣布与中国戏曲势不两立,并将中国传统戏曲称为"旧剧"。其中傅斯年的表达最具代表性:"旧剧是旧社会的照相,也不消说,当今之时,总要有创造新社会的戏剧,不当保持旧社会创造的戏剧。使得中国人有贯彻的觉悟,总要借重戏剧的力量;所以旧剧不能不推翻,新戏不能不创造。"①

(二)大力译介外国戏剧理论和创作

"1918年6月,《新青年》上出了一期'易卜生专号',同年10月,又发表宋春舫的《近世名戏百种目》。据不完全统计,从1917年到1924年,全国26种报刊、4家出版社,共发表、出版了翻译剧本一百七十多部。"②大量译介外国戏剧理论和创作,有力地促进了戏剧新观念的确立和中国现代话剧的创建。

三、倾心进行剧本创作

"1920年下半年到1927年,中国现代话剧大力的创作实践期。'爱美剧'运动、'提倡职业的戏剧'、'国剧'运动、'南国'戏剧运动等,此时先后登场,共同汇入了这场声势浩大、影响深远的五四话剧运动。"③

1921年3月第一个"爱美的"戏剧团体——民众戏剧社在上海成立,发起人为沈雁冰、郑振铎、陈大悲、欧阳予倩等13人。5月,他们创办了中国现代文学史上第一个专门性的戏剧杂志——《戏剧》月刊。1921年12月上海戏剧协社成立。该社前后奋斗12年,举行过16次公演,成为"爱美剧"运动的中坚。北京实验剧社、新中华戏剧协社等也积极响应"爱美剧"运动。但由于其非职业性,所以存在组织松散、专业水平不高的问题。针对这一问题,蒲伯英、陈大悲先后提出了职业戏剧的主张。1925年5月余上沅,赵太侔、闻一多等人在北京美术专门学校的基础上,创办北京国立艺术专门学校,增设了戏剧系,这是我国第一家国立的戏剧教育机构,从此戏剧艺术进入了我国高等教育的殿堂。他们成立中国戏剧社,倡导"国剧"运动,"一方面对中国传统戏曲程式的美学价值进行理论阐发,另一方面大量介绍现代西方艺术理论与技巧,更广泛地吸收两者的艺术精神,这些主张对于提高当时的水平不无积极意义"④。

田汉领导的"南国"戏剧运动为20世纪20年代中后期现代戏剧开创了新局面。"1924年的《南国半月刊》时期、1925年的《南国特刊》时期、1926年到1927年的南国电影剧社时期、1927年的上海艺术大学时期、1928年至1930年的南国社及南国艺术学院时期。活动范围包括文学、戏剧、电影、音乐、美术诸方面,而戏剧为主。田汉极力倡导的'在野'的艺术运动,主张'艺术运动应该由民间硬干起来,万不能依草附木',这种独立的奋斗精神贯穿在他领导的南国剧社运动中。1927年冬,田汉会同欧阳玉倩等戏剧名家举办为期一周的'艺术鱼龙会',演出了田汉编写的《生之意志》《名优之死》等七部话剧和欧阳玉倩编写的京剧《潘金莲》,轰动了上海戏剧界。南国社在思想上的反帝反封建的斗争精神、

---

① 傅斯年:《戏剧改良各面观》,《新青年》1918年10月第5卷第4号。
② 王嘉良,颜敏:《中国现当代文学史(上)》(修订版),上海教育出版社,2012年,第119页。
③ 王嘉良,颜敏:《中国现当代文学史(上)》(修订版),上海教育出版社,2012年,第119页。
④ 王嘉良,颜敏:《中国现当代文学史(上)》(修订版),上海教育出版社,2012年,第122页。

在艺术上的执着追求的精神都在现代戏剧史上写下了光辉的一页。"①

四、20 年代现代戏剧代表作家和作品

"五四以来,现代话剧的创建中重要环节之一是话剧文学的确立。与早期话剧——文明新戏不同,话剧文学的发展和舞台演出的脚本制度的确立,是现代话剧的突出标志。它为话剧舞台艺术的发展提供了新的起点。"②

五四新文化运动的热浪、外国戏剧作品的译介极大地鼓舞了投身文学革命和戏剧革命的有志之士,他们积极从事戏剧的创作,话剧文学空前繁荣。他们全身心地投入创作,使戏剧获得了真正的文学的价值,而真正的戏剧家也涌现了。

这一时期,中国话剧文学创作的主题主要集中在以下四个方面。

一是反对封建婚姻制度、追求爱情自由、妇女解放。这类主题数量最多,影响最大。胡适的《终身大事》中,女主人公高喊"孩儿终身大事,孩儿应该自己决断"的呼声响彻云霄。剧情虽简单,但其对封建迷信和封建礼教的揭露和批判是深刻的,同时强调了青年男女爱情和婚姻的自主性。同类主题的作品还有:田汉的《咖啡店之一夜》和《获虎之夜》,丁西林的《一只马蜂》,欧阳玉倩的《泼妇》,郭沫若的《卓文君》,成仿吾的《欢迎会》,侯曜的《复活的玫瑰》等。

二是从家庭矛盾和伦理道德的维度,批判和揭露半殖民地半封建社会的黑暗、腐朽和虚伪。如陈大悲的《幽兰女士》,汪忠贤的《好儿子》,熊佛西的《青春的悲哀》,李健吾的《另外一群》,欧阳玉倩的《屏风后》,侯曜的《弃妇》等。

三是写军阀、官僚、土豪劣绅压迫下人民生活的苦难。如陈绵的《人力车夫》,丁西林的《压迫》,洪深的《赵阎王》,田汉的《江村小景》等。

四是讴歌反帝爱国主义思想。如郭沫若的《聂嫈》,田汉的《黄花岗》,侯曜的《山河泪》,熊佛西的《一片爱国心》等。

总之,五四时期思想解放运动的活跃和戏剧思潮的开放,形成了五四话剧创作在艺术上的丰富多样性。形式和风格的多样化是这时期话剧文学创作最主要的特点。现实剧、历史剧、悲剧、喜剧、正剧、诗剧、散文剧、独幕剧、哑剧、活报剧等异彩纷呈,现实主义戏剧、浪漫主义戏剧和现代主义戏剧各有收获。

---

① 王嘉良,颜敏:《中国现当代文学史(上)》(修订版),上海教育出版社,2012 年,第 121 - 122 页。

② 王嘉良,颜敏:《中国现当代文学史(上)》(修订版),上海教育出版社,2012 年,第 122 页。

第十节　中国现代话剧的奠基人——田汉

一、田汉的生平与创作

田汉、欧阳予倩、洪深被称为中国现代话剧的三大奠基人。其中田汉创作最多、成就最高、影响最大,是现代戏剧界的翘楚,甚至说他就是"一部中国话剧发展史"。[①] 田汉是中国现代戏剧史上的一代宗师,是蜚声世界的杰出的剧作家、诗人、戏剧活动家和组织家,他才华横溢、著作等身,艺术活动涉及话剧、戏曲、电影艺术理论、文学等诸多领域,他一生的创作历史和艺术活动历史,可以说是中国现代文学艺术史的一个缩影。但是他最杰出的贡献还是在中国话剧上,他是中国话剧的奠基者。他对中国话剧的主要贡献表现在:第一,他是中国话剧运动卓越的组织者和领导者;第二,他在中国话剧史上是一位具有开拓性的剧作家和中国话剧诗化现实主义艺术传统的缔造者。

(一) 田汉的文学道路

田汉(1898—1968),本名田寿昌,笔名有田汉、陈瑜、伯鸿等。湖南长沙人。剧作家、戏曲作家、电影编剧、小说家、词作家、诗人、文艺批评家、文艺活动家。他创作歌词的歌曲《万里长城》的第一段后来成为中华人民共和国国歌《义勇军进行曲》的歌词。

六岁入私塾,九岁开始接触《西厢记》《红楼梦》等古典文学名著,并对家乡流行的皮影戏、傀儡戏、花鼓戏、湘戏等民间戏曲艺术发生了浓厚的兴趣。1912 年考入革命气氛浓郁的长沙第一师范学校,并初试戏剧之笔,写了《新教子》《汉阳血》等表现辛亥革命的剧本。1916 年东渡日本留学。在日本,他不仅广泛接触了许多新的文艺思潮和社会思潮,而且观看了大量新剧的演出,阅读了西方各个历史时期、各种艺术流派的戏剧作品。莎士比亚、易卜生、契诃夫、歌德、席勒等现实主义和浪漫主义戏剧大师的剧本,近代各种唯美主义和现代派作家王尔德、梅特林克、霍普特曼等人的作品,以及当时日本的新戏剧运动,在田汉面前打开了一个崭新的戏剧世界,他的主要兴趣也"被吸引到文学戏剧方面去了"。[②] 博采众长而非全盘吸收,成就了一位善于在戏剧创作中抒发情感的剧作家。田汉强烈的社会责任感,使他在抒情时,总是眼睛看着现实,心里想着现实,笔下联系现实。几十年来,无论他的身份与地位怎样变化,而他总是以极大的热情关注现实,坚持创作。从"五四"直到新中国成立,各个时期,田汉均有优秀的作品呈现,从而奠定了他在中国现代话剧史上的地位。

田汉是一个多产的作家,一生创作了话剧、歌剧、戏曲、电影剧本近百部,其中话剧有六十多部,20 年代的《咖啡店之一夜》《获虎之夜》《名优之死》,30 年代的《梅雨》《回春之曲》,40 年代的《秋声赋》《丽人行》,中华人民共和国成立后的《关汉卿》等,是其不同创作阶段的代表性作品。1983 年中国戏剧出版社出版了《田汉文集》(共十六卷)。

---

① 曹禺:《寿田汉先生》,1947 年在文艺界为田汉庆祝 59 寿辰大会上的讲话。
② 王嘉良,颜敏:《中国现当代文学史(上)》(修订版),上海教育出版社,2012 年,第 126 页。

（二）田汉创作的五个阶段

田汉的戏剧创作成果颇丰，其创作可以分为五个阶段。

1. 浪漫抒情的人生探索（1919—1927）

1920年，田汉完成处女作《梵峨嶙与蔷薇》，从此他走上了自己戏剧创作道路的金光大道。整个20年代，他的戏剧生涯内容丰富，个性突出，在戏剧运动、戏剧理论、戏剧创作方面均有大的发展。《咖啡店之一夜》和《获虎之夜》，分别是他的成名作和早期的代表作，均为爱情悲剧，一写城市一写乡村，两部作品情调低沉感伤，具有浪漫主义气息。

2. 由浪漫转向现实（1927—1930）

田汉此阶段的创作采用多种手法，实验不同流派。社会剧有《苏州夜话》和《名优之死》。这两部作品标志着浪漫抒情的剧作家向现实主义方向的转化，彰显作家用剧作揭露社会黑暗的创作意图，在艺术上《名优之死》最成熟，也是田汉现实主义创作风格确立的标志。象征剧有《湖上的悲剧》《颤栗》《南归》和《古潭的声音》，象征主义表现手法与作家的浪漫主义情怀紧密结合，体现了他使生活艺术化，把人生美化、诗化的创作意愿。①

3. 左翼戏剧创作（1930—1937）

20世纪30年代，由五四时期的文学革命转到革命文学。受革命文学的影响，30年代的话剧创作有了新的发展，田汉和洪深成为左翼戏剧运动两名最重要的代表人物。他们以戏剧创作的实践来支持革命文学。从1929年开始，田汉写出了充满战斗激情的象征剧《一致》、要求变革社会的《第五号病室》和反映工人生活的《火之跳舞》，这些作品的出现，反映了他政治思想和创作思想的初步转变。1930年5月，田汉发表了长达七万字的著名长文《我们的自己批判》，总结和反思了自己"南国社"的戏剧运动和艺术道路，宣布将"旗帜鲜明地站到新兴的无产阶级一边，将艺术奉献于新时代之实现"②，从而彻底完成了向革命戏剧运动的转向。可以说，整个30年代，田汉一面领导左翼戏剧和电影运动，一面开始了左翼戏剧创作的新征程。

30年代，田汉一改前期感伤的浪漫抒情风格，凝重地关注现实工农革命斗争以及民族的生死存亡。他创作了一大批新题材、新主题、新人物的作品。在众多作品中，以描写工人群众和小职员反压迫、反剥削为主。如《梅雨》展现梅雨期在高利贷者的盘剥下小市民的凄惨生活，《年夜饭》描写某工厂职员的觉醒及奋起反抗资本家剥削的故事，《顾正红之死》全方位反映了中国工人阶级反帝反封建反剥削的斗争，《一九三二年的月光曲》描写公共汽车工人团结一致，反对外国资本家的斗争，《乱钟》《战友》《晚会》《初雪之夜》《回春之曲》《暴风雨中的七个女性》等抨击国民党政府的不抵抗主义，歌颂人民群众的救亡运动和爱国精神。此间，田汉一直不断创作出有深远影响的革命宣传剧启蒙大众，引领、影响中国革命，他也因此成了人民所敬仰的革命戏剧运动的领导人。

4. 抗战主题创作（1937—1949）

40年代田汉的创作关注抗日、民主两大时代主题。这一时期的作品主要有《秋声赋》

---

① 傅书华：《中国现当代文学史综合教程》（第2版），北京师范大学出版社，2016年，第91页。

② 田汉：《我们的自己批判》，《南国月刊》二卷，1930年第1期。

(1941)、《风雨归舟》(1942,又名《再会吧,香港》,与洪深、夏衍合作)、《黄金时代》(1942)、《丽人行》(1946—1947)、《朝鲜风云》(1948)等剧作。其中以《丽人行》为代表作,大胆打破话剧格局,各场间设报告员登台致辞,体现了田汉对话剧结构形式的创新。①

5. 新中国成立后的戏剧创作(1949—1968)

他是新中国戏剧文化建设工程的一个主要设计者。1949—1963 年,他呕心沥血进行戏改,在戏剧理论建树上贡献卓越。他和文化部其他领导者一起从中央到省市甚至到地区建立剧院(团),并创办中央戏剧学院和上海戏剧学院,话剧成为一个遍布全国的戏剧体系。田汉领导了对民主革命阶段的戏剧经验的总结;田汉的戏剧理论的建树,提出了"中国话剧的民族化"问题,让西方舶来的话剧样式纳入中华民族新文化建设格局中。②

建国后的话剧创作主要有《关汉卿》(1958)、《十三陵水库畅想曲》(1958)、《文成公主》(1960)。这些创作发展着原有的诗化现实主义创作风格,并且把它推向一个高峰,其中影响最大的就是《关汉卿》,它引发了一股历史剧创作热潮。

二、田汉作品鉴赏

曹禺说田汉就是"一部中国话剧发展史"③,这个评价很中肯。因为田汉从五四新文化运动开始直到新中国成立,每个阶段都随时代的风云变化调整着自己的话剧创作,并都有具有时代话剧特征的代表性作品呈现。梳理他的作品,你会发现时代变换的脉动及中国话剧发展的历史。

(一)《咖啡店之一夜》与《获虎之夜》

《咖啡店之一夜》与《获虎之夜》这两部作品是田汉五四文学时期的代表性作品,表现了"五四"追求婚姻自由及反封建主题,体现了当时浪漫感伤的情调。

《咖啡店之一夜》(1920)写穷秀才的女儿白秋英,父母双亡后,应情人李乾卿之约来到省城,一面做咖啡店的侍女,积攒学费,一面痴等情人前来相会,但等来的却是断绝恋爱。原来李已移情别恋,和他带来的富家小姐订婚。为了"两讫",李竟然提出要用钱赎回自己写给白的情书,白秋英恼羞交加,悲愤不已,当场将钱和自己视若珍宝的情书一起焚毁,表示了极度的轻蔑和凛然。爱情的破灭,使她感到人生的悲哀和孤寂,于是开始借酒浇愁,此时她遇到了同病相怜的青年林泽奇,在林的劝慰下,两人相约鼓起勇气与过去告别,以新的活力投入到人生中去。正如田汉自己曾称该剧是"以咖啡店情调为背景,写由颓废向奋斗之曙光"④,该剧的主题就是:人生行路难,但还要奋斗下去。该剧初步显示了田汉早期剧作的主观浪漫主义色彩,揭露和批判了以金钱和地位为中心的半封建半殖民地社会的罪恶,歌颂了新时期女性独立自主、敢爱敢恨的觉醒。该剧作为一部探索人生之路的浪漫主义抒情剧,矛盾冲突虽不够激烈,人物性格也欠鲜明,但直抒胸臆的人物和充满抒情的对话以及重视氛围情调的渲染,具有一定的审美价值和社会意义。《咖啡店之一夜》可以说是我国新文学领域中最早

---

① 朱栋霖、朱晓进、吴义勤:《中国现代文学史 1917—2013》(上),高等教育出版社,2014 年,第 279 页。
② 宋宝珍:《田汉对中国话剧的杰出贡献》,《邵阳学院学报(社会科学版)》2007 年第 6 期。
③ 曹禺:《寿田汉先生》,1947 年在文艺界为田汉庆祝 59 寿辰大会上的讲话。
④ 田汉:《在戏剧上的我的过去、现在及将来》,载《南国的戏剧》,萌芽书店,1929 年。

抒发咖啡馆情结的作品,也是田汉早期作品里最具有史料价值的作品之一。

《获虎之夜》(1924)是田汉早期最优秀的独幕话剧之一,也是中国 20 世纪 20 年代的戏剧珍品,被称为我国独幕剧创作成熟的标志性作品。

富裕猎户的女儿莲姑与表兄黄大傻相恋,并且订了婚,但因男主人公家境败落,变成贫苦的流浪儿,女家退婚,并将女主人公另配富户陈家。为添嫁妆安排抬抢打虎。男主人公在女家附近悲伤地徘徊,不幸误中"捕虎"的绊索被击伤,作为"获虎"被抬入女主家。女主人公仍然热恋着男主人公黄大傻,并进行抗争。男主为了女主最后绝望地自杀。田汉别出心裁,在剧中以祸福情节赋予故事以传奇色彩,增强了戏剧性,同时在同一个场景和时间集中地展开所有的矛盾冲突,并在尖锐的冲突中展现人物性格,从而使剧本情节紧张,结构紧凑,成功地表达了反封建的主题。

本剧通过莲姑和贫苦的流浪儿黄大傻的爱情悲剧,揭露了封建家庭的专制与残暴,抨击了封建门第观念,讴歌了青年男女忠贞不渝的爱情和宁死不屈的反抗精神。全剧结构巧妙,戏味浓郁,标志着田汉在戏剧艺术上迈上了一个新台阶。"剧本成功地塑造了莲姑这一形象,她温柔而不懦弱,委婉而不屈从,朴实而有胆识,具有鲜明的个性,在她身上既写出了 20 世纪 20 年代追求婚姻自由和个性解放的新女性的思想特征,又刻画了乡村姑娘朴实、刚强的性格。"[①]黄大傻以田汉家乡的流浪儿罗大傻为原形塑造,他的性格特点具有一定的现实性,但田汉又不由自主加以"诗化",让他长篇地独白抒情,凸显了田汉一贯的善于主观抒情的特点。

总之,剧中现实主义主题浓郁的乡土气息和浪漫主义传奇色彩相结合,构成了田汉早期剧作的独特风格。

(二)《名优之死》

《名优之死》体现了作家由浪漫向现实的转化。是田汉 1927 年创作的三幕剧,当年初演于上海艺术大学鱼龙汇,1929 年到南京公演时,又做了些补充,是田汉 20 世纪 20 年代末最出色的名作。剧本描写京剧名老生刘振声对待艺术严肃认真,注重戏德、戏品、戏艺。他倾心培养的女徒刘凤仙在小有名气之后,被流氓恶势力杨大爷盯上,在小报吹捧和金钱的双重诱惑下自甘堕落,刘振声被气哑了声,又在喝倒彩声中倒下。刘振声的艺术形象是以民国初年著名艺人刘鸿声之死为素材,浓缩了旧社会戏曲艺人的苦难遭遇,是一个真实生动的艺术典型,他的悲剧在于他所代表的美的艺术创作的精神与丑恶现实是根本对立的。田汉正是通过艺术家的悲剧遭遇,反映了艺术的社会命运,歌颂了真正的艺人刘振声坚持理想、至死不屈的高贵品格,同时控诉了旧社会的罪恶以及半殖民地半封建社会的黑暗,激发人们为推翻这个社会而斗争。总之,《名优之死》标志着田汉对社会观察的深入和戏剧艺术的成熟,在他的戏剧道路上,具有承上启下的特殊意义。[②]

(三)《乱钟》和《回春之曲》

在众多的左翼剧作中,影响最大的是《乱钟》和《回春之曲》。

---

① 王嘉良、颜敏:《中国现当代文学史(上)》(修订版),上海教育出版社,2012 年,第 126 页。

② 王嘉良、颜敏:《中国现当代文学史(上)》(修订版),上海教育出版社,2012 年,第 129 页。

《乱钟》是1932年写的一部"急就章"式的作品，也是田汉将戏剧的社会功能和教育功能发挥到极致的作品。1931年9月18日晚上，东北某大学宿舍里一群爱国青年焦急地等待着前往向政府请愿的代表回来，希望当局答应他们领取武器，参加抗日，可政府却要学生安心读书，不得干预国事。正当这群青年群情激昂地抗议政府时，日寇进攻皇姑屯的大炮响了，同学们敲起校钟，号召同学们"快起来集合呀，快和广大工人、市民联合起来武装自卫！……快些起来，打倒日本帝国主义，打倒汉奸走狗！中华民族解放万岁！"。剧本就在这一片口号声、枪炮声和乱钟声中戛然而止。该剧每次演出，都群情振奋，台上台下口号震天，经久不息。原因有二：一是它的主题的现实针对性和强烈的情感鼓动性；二是它道出了全国人民要求抗日，反对侵略，反对国民党政府的不抵抗主义的心声，彰显了青年学生对当局不准抗日的民族义愤和革命热情。

当然，《乱钟》当时影响虽大，但它的激情、鼓动掩盖了其作为文学作品艺术性中人物性格塑造和细腻心理描写不够的缺陷。而《回春之曲》则很好地弥补了该缺陷，实现了思想性与艺术性的完美统一。

《回春之曲》创作于1934年，是田汉30年代话剧的杰出代表作，也是整个抗战戏剧最优秀的代表作。该剧写南洋华侨高维汉，在国内抗日热情的感召下，离开热恋的梅娘，回国参战，在"一·二八"事变中，身负重伤，失去了记忆，尽管已经不能认出前来照料他的恋人，但仍整日高喊："杀啊，前进啊！"三年后，在梅娘的歌声与节日的鞭炮声中，终于恢复了记忆。戏剧充分表现了男女主人公对国家的热爱与对爱人的忠贞，将抗日戏剧写得诗情洋溢。

该剧在艺术上有三大特色。一是克服了以往其他抗日宣传剧简单鼓动的特点，把抗日的主题充分融化，将主人公独特的爱情命运和祖国的命运有机地结合起来，主人公健康和爱情的回春、呼唤祖国在抗日中回春，从一个独特的艺术视角得到了统一的表现。二是克服了一般抗日剧平铺直叙的特点，将抗日的主题充分地戏剧化，该剧结构巧妙，情节新鲜奇特，引人入胜。抓住他抗战中失去记忆和恢复记忆的奇特情节，发挥了作者所擅长的浪漫主义，即通过一个动人的传奇性的爱情故事来表现抗日爱国主题，戏剧性自然大大增强。三是克服了一般宣传剧的简单、直白，把抗日的主题充分地诗化，写得诗情洋溢，优美动人。

(四)《丽人行》

剧作家以当时北京的"沈崇案"（美军在北京强奸女学生沈崇的暴行）和上海的"摊贩案"（国民党上海市警察局长为整顿市容，命令警察驱逐贩卖美军罐头为生的摊贩）为契机，将这个戏放在日本侵略者统治上海的时期，采用"全景性"的方式来展现抗战时期汪伪统治下的大上海的生活，但是影射的却是当时国统区的现实。因此，有人称这个剧是"中国革命戏剧的瑰宝"。

在《丽人行》中，剧作家以中国传统戏曲的表现方式，运用了话剧的多场式结构，这是他对话剧形式的创新。他打破了分幕的方式，将全剧分为21场，有些场景借鉴了传统戏曲折子戏的方式，如"李新群等电车"一场，地点在街道的电车上，布景很简单。"金妹被日本兵侮辱"一场，戏剧的进展一闪而过。同时以"活报剧"中报告员的形式串起全剧，每一场戏的开头由报告员用简短的语言揭示这场戏的意义和它的发展。另外也吸收了电影的某些表现方式，在场与场之间形成了自由、开放式的结构。

剧本通过女工刘金妹、地下工作者李新群、资产阶级女性梁若英三位女性的不同经历,展现了剧作家对时代的深邃思考,多场式、多线索、开放化、报告员串联全剧等戏剧手法,体现了田汉对话剧结构形式的创新。①

(五)《关汉卿》

该剧是田汉1958年写的12场话剧,同年由北京人民艺术剧院首演。剧本以《窦娥冤》的写作和上演为线索来展开矛盾冲突,塑造了元代戏剧家关汉卿的艺术形象。单纯善良的少女朱小兰抗拒恶奴凌辱而被诬陷,赃官不问情由,判她死罪。关汉卿出于义愤,在歌伎朱帘秀的支持下写成悲剧《窦娥冤》,为其伸张正义。权贵阿合马看出剧中针砭时弊的倾向,责令修改,关汉卿宁折不弯,坚持按原作演出。深明大义、富于自我牺牲精神的朱帘秀勇敢地承担了演出责任。除此之外,剧本还描写了疾恶如仇的朱帘秀、诙谐风趣的王和卿、侠肝义胆的王著等人物来映衬主要人物,也写了投机取巧、见风使舵的歹人叶和甫来做对照。剧本体现了田汉作品的一贯特色:炽热的诗情、执着的正义感和震撼人心的道德力量。

《关汉卿》堪称田汉的绝唱,他以诗的语言、诗的情调与诗的构思,谱出了一曲关汉卿的赞歌。全剧结构完整,语言精练、通俗,描写细腻,被公认为是田汉戏剧创作的高峰,堪称中国话剧史上一座不朽的丰碑。1958年,以田汉《关汉卿》的问世为标志,出现了一股历史剧的创作热,一些老一辈剧作家纷纷执笔,如郭沫若的《蔡文姬》和《武则天》、曹禺的《胆剑篇》、丁西林的《孟丽君》、刘川的《窦娥冤》、老舍的《义和拳》、田汉的《文成公主》和朱祖诒的《甲午海战》等,可见该剧影响之大。

拓 展

拓展一:

有人认为《再别康桥》就是徐志摩一生追求"爱,自由,美"的理想的具体反映。你怎么理解?

拓展二:

钱理群认为:戴望舒能在文学史上留名最大的原因是他所创作的优秀的诗歌,他在20年代末和30年代初因为风格独特的诗作被人称为现代诗派"诗坛领袖"。你怎么看?

拓展三:

鲁迅是周树人的笔名,周树人是一位有影响力的中国作家,散文家和翻译家,通常被认为是"中国现代文学之父"。他以对20世纪早期中国社会的深刻洞察而闻名,被誉为现代白话文学的先驱,是当时最重要的思想家之一,尤其是其"立人"思想至今振聋发聩。请结合鲁迅作品,谈谈鲁迅对于中国及中国现代文学的意义。

拓展四:

茅盾的《冰心论》中评价道:"说句老实话,指名给小朋友的《寄小读者》和《山中杂记》,实在是要'少年老成'的小孩子或者'犹有童心'的大孩子方才读去有味。在这里,我们又觉得冰心女士又以她的小范围的标准去衡量一般的孩子。"这一观点被后来的许多批评家和文学史家所接受。你怎么看?

---

① 朱栋霖,朱晓进,吴义勤:《中国现代文学史1917—2013》(上),高等教育出版社,2014年,第279页。

拓展五:

曹禺说:"田汉的一生就是一部中国话剧发展史。他对中国话剧的主要贡献表现在:第一,他是中国话剧运动的卓越的组织者和领导者;第二,他在中国话剧史上,是一位具有开拓性的剧作家和中国话剧诗化现实主义艺术传统的缔造者。"结合田汉的生平和创作,谈谈你的看法。

作业

一、精读

1. 《女神》《再别康桥》《雨巷》
2. 《狂人日记》《阿 Q 正传》《在酒楼上》《祝福》《故乡》
3. 《寄小读者》
4. 《背影》《绿》《给亡妇》《荷塘月色》《儿女》
5. 《咖啡店之一夜》《获虎之夜》《名优之死》《关汉卿》

二、泛读

1. 《星空》《瓶》《戴望舒诗存》《志摩的诗》
2. 刘保昌的《戴望舒传》
3. 《野草》《朝花夕拾》
4. 《繁星》《春水》《再寄小读者》《三寄小读者》
5. 茅盾的《冰心论》
6. 《呐喊》《彷徨》
7. 朱自清的《经典常谈》《朱自清散文》
8. 《乱钟》和《回春之曲》《丽人行》
9. 董健的《田汉传》
10. 宋宝珍的《田汉对中国话剧的杰出贡献》

三、视频观看

1. 曲剧电影《阿 Q 与孔乙己》
2. 越剧电影《伤逝》
3. 豫剧电影《风雨故园》

第二章
30 年代文学(1927—1937)

扫码查看
本章资源

学习目标

了解 20 世纪 30 年代政治意识形态对文学和作家的影响以及诗歌、小说、散文、戏剧的主要代表性作家及作品。

本章摘要

20 世纪 30 年代是中国社会剧烈动荡的年代,革命文学代替了第一个十年的文学革命,更多的是由于作家的政治立场和思想倾向的不同而形成不同的文学流派。京派、海派和左翼文学三足鼎立。长篇小说得到了长足的发展,出现了长篇小说大家茅盾、老舍、巴金、沈从文等。诗歌也得到了发展,大体上说,活跃于 30 年代中国诗坛的,主要有政治抒情诗歌、唯美诗歌和乡土诗歌三股诗歌潮流。30 年代的散文派别也因政治倾向的不同而划分为:左翼作家的散文;自由作家的散文;京派及其他作家散文。此外,报告文学和游记散文成就非凡。戏剧文学,由宣传鼓动的左翼戏剧向人文戏剧艺术本体回归,成绩斐然,特别是田汉、曹禺、夏衍、洪深、李健吾等的戏剧成就,标志着现代戏剧的新的美学原则已经确立,一支优秀的剧作家队伍已经形成。

第一节　30 年代的文学思潮

从 1927 年到 1937 年全面抗战爆发是中国现代文学的第二个十年,也可以叫作 30 年代文学。这一时期也是国内革命战争时期,中国社会环境发生了剧烈变化,社会空前动荡。在国内,1927 年蒋介石叛变革命之后,建立了国民党政权,实行法西斯专政,在军事上和文化上进行反革命"围剿";在国际上,由于资本主义世界的经济危机,帝国主义国家加紧了对中国的侵略,日本帝国主义更妄图将中国变为它的殖民地,中国迅速殖民地化和半殖民地化,这是一个阶级矛盾和民族矛盾十分尖锐复杂的时期。由于中国社会环境的变化,阶级阵营和意识形态的对垒越来越鲜明,文学开始强调阶级性和阵营性,五四时期宽松自由的时代氛围瓦解了。这个时期中国主流文学政治化,无论是作家还是读者抑或创作描写的对象都出现了政治化现象。同时,虽然这一时期的文学思潮延续了五四时期"人的文学"的精神观念,但关于"人"的观念发生了变化。首先,新文学革命民主科学背景上的人文主义观念和话语还在承续与发展。这种观念延续了新文学"人的文学"的观念,朱光潜、梁实秋、沈从文等自由主义作家都在阐述中明确了这一观念,同时茅盾、巴金、曹禺、老舍、沈从文等人也通过创作实践将"人"的观念表现出来。其次,由于国内环境的变化,左翼革命文学的阶级的"人"的观念与话语在这一时期占据了主流。革命文学的理论按照阶级对人进行划分,反对地主阶级和资产阶级,认为文学的主体与主人应该是农民和工人,他们应该被歌颂。这是左翼文学对人的新发现,在有不同阶层的人存在的社会中,人必然是有阶级性的。与此相联系的是左联对唯物辩证法创作方法和社会主义现实主义理论的提倡。30 年代的文学总体上是无产阶级文学和民主主义、自由主义文学各自发展演变的两条基本线索,它们在文学思想上的斗争和文学创作上的竞争丰富了中国 30 年代的文坛。

一、人文主义文学思潮

中国 30 年代的人文主义文学思潮延续了五四时期"人的文学"的精神观念,并且在理论资源上多有开掘。这一时期人文主义文学思潮的特点是沉潜、深入而不激越,更好地阐述和发扬了新文学的"人学"思想。30 年代人文主义文学思潮的发展在对"人的文学"的理论探究中深化演进,也在创作实践中体现出来。这一时期理论上的阐扬主要是翻译和介绍西方 30 年代文学思潮,被介绍的外国文艺与美学理论有柏拉图、托尔斯泰、康德、席勒、柏格森、克罗齐、叔本华、尼采、波特莱尔等人的思想,以 19 世纪与 20 世纪初的西方美学文艺思想为主,其中被介绍、引用最多的是克罗齐《美学原理》的表现论与精神分析学影响下的泛性论美学思想,其影响也最大。日本美学家厨川白村的《苦闷的象征》是二三十年代最能引起当时中国美学理论界兴趣的,这本书在 1925 年被丰子恺、鲁迅翻译出版两遍,同年鲁迅还翻译出版了厨川白村的《出了象牙之塔》等作品。接受了弗洛伊德的精神学的厨氏关于文艺是"苦闷的象征"的理论在中国新文学家那里大受青睐。五四时期的郭沫若、郑伯奇、郁达夫等都认同文艺是苦闷的象征。而厨川白村进而将"苦闷"做了深入的开掘,提出"人间苦""社会苦""劳动苦",这使无论强调"为人生"还是"为艺术"的艺术家都从苦闷中更加贴近社会人生。鲁迅对此理论大加称赞,意在推动文学走出肤浅的再现社会现象的困境。这些与五四时期周作人的"人的文学"观相近。尽管 30 年代的鲁迅、郭沫若不再谈厨川白村,但那一类理论的影响已经广泛存在。在此前后翻译与出版的一系列文艺、美学论著,标志着中国文学艺术的理论自觉、对于艺术与人生的表现关系的理解的深入。例如,曹禺于 1936 年发表的那篇阐释《雷雨》的著名论文《雷雨·序》,就是体现精神分析学文艺思想的典型范本。同时,本土学者的学理性探索的论著也不断出现。这一时期,丰子恺、宗白华、梁实秋、朱光潜等人以一系列论著对艺术与美的本身特征、门类、构成以及它们与人生的关系做出了论述。在他们的理论阐述中都明确表示反对"为艺术而艺术"。梁实秋认为"文艺而躲避人生,这就是取消了文学本身的任务","文学里面是要有思想的骨干,然后才能有意义,要有道德性描写,然后才有力量"①。朱光潜也认为"十九世纪所盛行的'为文艺而文艺'的主张是一种不健全的文艺观"②。朱光潜还明确表示:"我坚信中国社会闹的如此之糟,不完全是制度的问题,是大半由于人心太坏。我坚信情感比理智重要,要洗刷人心,并非几句道德家言所可了事……要求人心净化,先要求人生美化。"③他们的理论阐述说明了在中国这样一个半封建半殖民地的社会环境下,即便是崇尚自由主义的作家也不可能完全无视国家、民族的苦难,他们以不同于革命作家的方式,通过作品与自己的民族和人民保持着联系。他们也以自己的方式思考社会,思考人生,探索拯救国家、复兴民族的道路。在社会环境剧烈动荡的 30 年代,虽然这些知识分子处于严重的精神危机之中,但他们的文学主张和作品却都未表现出消极和颓废的色彩,而是表现出了严肃的自我内省和人生思考。

二、左翼文学思潮

无产阶级革命文学的大规模倡导运动是从 1928 年才开始的,但革命文学的初期倡导工作其实早就已经开始了。1921 年中国共产党成立,随着其领导的工人运动的蓬勃发展,早期共产党人便越来越感到中国革命迫切需要文学的密切配合,于是,对革命文学的倡导也就在中国共产党成立后逐步被重视起来。早在 1923 年就有邓中夏、恽代英、萧楚女、瞿秋白等人提出过无产阶级文学的主张,1924 年还出现过有明显革命倾向的文学社团,如春雷社。同时,文学界的革命作家也都在这一时期发表文章,积极提倡革命文学。如郭沫若的《我们的文学新运动》(1925 年)、沈雁冰的《论无产阶级艺术》(1925 年)、郭沫若的《革命文学》(1926 年)、鲁迅的《革命时代的文学》(1927 年)和《革命文学》(1927 年)等,都从不同角度探索了革命文学的有关问题。但是,更为突出的无产阶级革命文学倡导运动则是在 1928 年,这在当时是有着深刻的历史背景和社会原因的。

首先,1927 年大革命失败后,无产阶级单独领导中国革命的现实斗争,迫切需要建设无产阶级文学以形成文艺界的领导。其次,大革命失败后,上海聚集了一批参加过革命的作家,还有一批从日本等地归国的激进青年,这种革命作家相对集中于上海的情形,提供了组织无产阶级革命文学队伍的可能性。最后,他们深受当时国际无产阶级文学运动的影响,诸如苏联文学,日本左翼革命文学,西方的辛克莱、巴比塞、德莱塞等的作品的影响。当时苏联和日本等国的无产阶级文学运动中的"左倾"机械论更是直接成为文学革命的理论基础。

无产阶级革命文学的基本理论主张是由后期创造社和太阳社成员首先提出的。在这些倡导者的文章中,他们从不同角度阐述了无产阶级革命文学的一些根本问题。在文学的阶级性这个问题上,革命文学的倡导者们认为"文学在社会全部的组织上为上部建筑之

---

① 梁实秋:《文学与科学》,载《偏见集》,上海书店出版社,1988 年,第 197 页。
② 朱光潜:《我对于本刊的希望》,《文学杂志》1939 年创刊号。
③ 朱光潜:《谈美·开场话》,载《朱光潜全集》第 2 卷,安徽教育出版社,1978 年,第 3 页。

一"①，认为在阶级社会里"一切的文学，有他的阶级背景"②，并明确提出文学的任务就是"反映阶级的实践和意欲"③。在文学的描写对象这个问题上，革命文学的倡导者们认为作品要注重描写"工农大众"，他们从工农群众的历史地位出发，强调文艺作品描写工农大众的必然性。郭沫若在《桌子的跳舞》中说，"我们的文艺是要为大多数的人类的时候，那我们就不能忽视产业工人和占人类最大多数的农夫"④。蒋光慈从作家的思想倾向角度说，"革命文学是以被压迫的群众做出发点的文学"，因此"它的主人翁应当是群众"⑤。关于文艺工作者的思想问题，革命文学倡导者们认为，"那些小资产阶级的文学家，没有真正的革命的认识时，他们只是自己所属的阶级的代言人"⑥，他们需要"克服自己的小资产阶级的根性"⑦，还提出"我们的文学家，应该同时是一个革命家"⑧。这些倡导者们的理论阐述虽然还显得有些笼统和粗浅，但却是以往没有过的崭新的观点和看法，这体现出了文学思想的发展和进步。但倡导者们却据此认为五四以来那些重在描写现实生活的作品已经过时，要彻底抛弃，文学队伍也要按照阶级属性重新划分，因而他们开始错误地批判清算一些五四时期成名的作家，鲁迅、茅盾、叶圣陶、郁达夫等人都因此受到了批判。

　　他们把批判的矛头重点指向了鲁迅，认为鲁迅所写的"阿 Q 的时代早已死去"，鲁迅是"时代的落伍者"⑨，是"封建余孽"，是"二重反革命人物"，其他作家也被称为"有产者与小有产者的代表"，要"替他们打包，打发他们去"⑩。他们对鲁迅、茅盾等人的错误批判引起了新文学阵营的论争。鲁迅在论争中写了《"醉眼"中的朦胧》《文艺与革命》《我的态度气量和年纪》《文学的阶级性》等文章。鲁迅在论争一开始指出：在革命到来之前，文学大抵都是叫苦鸣不平的文学，渐次变为怒吼的文学，但"到了大革命的时代，文学没有了，没有声音了"，因为"大家忙着革命，没有闲空谈文学了"⑪，要到革命之后才有可能产生文学。但后来随着国民党政权压迫，革命义学成为潮流，鲁迅的思想也发生了转变，他从现实的角度肯定了革命文学作为一种反抗性思潮存在的理由，但同时他也明确指出了革命文学倡导者们的一些错误。鲁迅认为文艺"用于革命，作为工具的一种，自然也可以的"，但也说道"我是不相信文艺的旋乾转坤的力量"⑫。他还指出："一切文艺固是宣传，而一切宣传却并非全是文艺……革命之所以于口号，标语，布告，电报，教科书……之外，要用文艺者，就因为它是文艺。"⑬鲁迅还批评了所谓"组织生活论""工具论"，他认为如果将文

---

① 成仿吾：《从文学革命到革命文学》，《创造月刊》第 1 卷第 9 期，1928 年 2 月 1 日。
② 李初梨：《怎样地建设革命文学》，《文化批判》第 2 号，1928 年 2 月 15 日。
③ 李初梨：《怎样地建设革命文学》，《文化批判》第 2 号，1928 年 2 月 15 日。
④ 麦克昂（郭沫若）：《桌子的跳舞》，《创造月刊》第 1 卷第 11 期，1928 年 5 月 1 日。
⑤ 蒋光慈：《关于革命文学》，《太阳月刊》第 2 期，1928 年 2 月。
⑥ 冯乃超：《艺术与社会生活》，《文化批判》创刊号，1928 年 1 月。
⑦ 成仿吾：《从文学革命到革命文学》，《创造月刊》第 1 卷第 9 期，1928 年 2 月 1 日。
⑧ 李初梨：《怎样地建设革命文学》，《文化批判》第 2 号，1928 年 2 月 15 日。
⑨ 钱杏邨：《死去了的阿 Q 时代》，《太阳月刊》第 3 期，1928 年 3 月。
⑩ 成仿吾：《打发他们去》，《文化批判》第 2 号，1928 年 2 月。
⑪ 鲁迅：《革命时代的文学》，载《鲁迅全集》第 3 卷，人民文学出版社，1981 年，第 265 页。
⑫ 鲁迅：《文艺与革命》，载《鲁迅全集》第 4 卷，人民文学出版社，1981 年，第 51 页。
⑬ 鲁迅：《文艺与革命》，载《鲁迅全集》第 4 卷，人民文学出版社，1981 年，第 51 页。

艺等同于政治,就"踏着'文学是宣传'的梯子而爬进唯心的城堡里去了"①。

经过了一年多的关于革命文学的论争,1929 年,国民党提出要以"三民主义的文艺政策"来清理文坛,扼杀革命文学和无产阶级文学。面对国民党的文化围剿,共产党出面要求创造社和太阳社停止攻击鲁迅、茅盾等作家,统一战线,成立革命文学组织,一致对外。由此,这场历时一年多的论争结束,大家开始筹备成立统一的革命文学组织。1930 年 3月 2 日,中国左翼作家联盟在上海成立,简称"左联"。鲁迅、冯雪峰、沈端先、冯乃超、柔石、李初梨、蒋光慈、彭康、田汉、钱杏邨、杨翰笙、郭沫若、郁达夫、茅盾、周起应(周扬)等40 余人出席成立大会。沈端先、冯乃超、钱杏邨、鲁迅、田汉、郑伯奇、洪灵菲 7 人为常务委员。文化界其他领域也成立了"剧联""影联"等左翼团体,由中共中央统一领导。左联是国际革命作家联盟的一个支部,许多活动都与国际上的无产阶级文学运动同步。会上通过了左联的理论纲领和行动纲领,宣告"我们的艺术是反封建阶级的,反资产阶级的,又反对'失掉社会地位'的小资产阶级的倾向,我们不能不援助而且从事无产阶级艺术的产生"②。在左联成立大会上,鲁迅发表了《对于左翼作家联盟的意见》的重要讲话,总结了革命文学倡导过程中的经验教训。他批评那些"不明白革命的实际情形","不明白革命是苦痛的,其中也必然混有污秽和血的浪漫",如果不能正视现实,抱着罗曼蒂克的幻想,"无论怎样的激烈,'左',都是容易办到的,然而一碰到实际,即刻要撞碎","左翼作家是很容易成为右翼作家的"③。

左联成立后先后出版了《拓荒者》、《萌芽》月刊、《巴尔底山》、《世界文化》、《十字街头》、《北斗》、《文学月报》等刊物,还接办改组了《大众文艺》《现代小说》《文艺新闻》等期刊。左联还在北平和日本东京设有分会,在广州、天津、武汉、南京等地立小组,广泛地开展左翼文艺运动,取得了卓著的成绩。

除此之外,左翼文学还有多次关于文学思想的批判和斗争。首先是对新月派及其所宣传的人性论的批判。之后是和胡秋原、苏汶(杜衡)关于"文艺自由"的论争,论争的焦点是文艺与政治的关系,这是左联成立初展开的第一次关于文艺与政治关系的论争。此外,鲁迅和其他一些左翼作家对林语堂、周作人等提倡幽默与闲适文学进行了批判。左翼作家还批评朱光潜、沈从文等人的人文主义文学思想。除以上这些论争外,还有 1934 年关于大众语文的论争。无论怎样,正在认识过程中的马克思主义文艺思想成了左翼革命文学运动的指导思想,而人文主义文学思想也对左翼作家的创作发展产生了影响。1935 年"一·二九"运动爆发后,左翼作家周扬、郭沫若等人提出的"国防文学"和鲁迅、冯雪峰等人提出的"民族革命战争的大众文学"两个口号的论争也产生了较大的影响。

左联的成立是中国现代文学史上的一件大事,它标志着革命文学运动的深入发展,标志着党对文艺事业的直接领导,明确了文艺与革命的密切联系。左联成立后,在其领导下又成立了马克思主义文艺理论研究会,加强了对马克思主义文艺理论的翻译、介绍和研

---

① 鲁迅:《壁下译丛·小引》,载《鲁迅全集》第 16 卷,人民文学出版社,1981 年,第 2 页。
② 《中国左翼作家联盟理论纲领》,《萌芽月刊》第 1 卷第 4 期,1930 年 4 月 1 日。
③ 鲁迅:《对于左翼作家联盟的意见》,载《鲁迅全集》第 4 卷,人民文学出版社,1981 年,第 142 - 143 页。

究。鲁迅翻译介绍了《苏俄文艺政策》,卢那察尔斯基的《艺术论》《文艺与批评》,普列汉诺夫的《艺术论》。瞿秋白翻译了马克思主义经典作家的主要理论著作,还写了《马克思恩格斯和文学上的现实主义》《恩格斯和文学上的机械论》《关于列宁论托尔斯泰两篇文章的注释》等文章,对马克思主义经典作家的文艺思想进行了系统全面的介绍和阐述。无产阶级文学运动又从苏联引入了"社会主义现实主义"的口号,作为一种新的创作方法,影响深远。除此之外左联还设立了国际文化研究会,建立起了和国际左翼文艺运动的关系。

第二节　30 年代的诗歌

20 世纪 30 年代是中国社会剧烈动荡的年代,阶级矛盾与民族矛盾加剧,严酷的政治环境改变了不同流派的诗人的立场。"上一个时期的现代新诗,主要是在思想启蒙的高潮中产生,并且是在与个性解放和社会解放的合流中发展起来。诗歌潮流的形成主要是由不同诗歌形式的探索来决定的。而在 30 年代却更多的是由于诗人的政治立场和思想倾向的不同而形成不同的诗歌流派。大体上说活跃于 30 年代中国诗坛的,主要有三股诗歌潮流,即政治抒情诗歌、唯美诗歌和乡土诗歌。"①

一、政治抒情诗歌

20 世纪 30 年代初,诗坛最引人注目的现象就是无产阶级革命诗歌运动的形成。随着无产阶级革命运动的发展,一批进步文人和早期共产党人在 1924 年明确提出了"革命文学"的口号,并将此作为自觉的努力和追求。特别是 1925 年五卅惨案发生后,极大地促进了中国人民的民族觉醒和阶级觉醒。很多流派的作家和诗人在人生选择和文学选择上开始了一次大的转换。创造社的部分成员由原来的"为艺术而艺术"转向革命文学。创造社的郭沫若在 1927 年大革命失败后,出版了诗集《恢复》,其中大部分诗歌是抒写革命情怀,痛斥国民党,坚定革命必胜的信念。格调高昂、热血澎湃,堪称革命抒情诗的典范。湖畔诗人汪静之也不再歌咏爱情,而写出了充满革命色彩的《劳工歌》。大革命失败后,无产阶级革命文学的理论倡导与论争掀起高潮,无产阶级革命文学的创作也形成了一股波澜壮阔的潮流,作为无产阶级革命文学运动意义的普罗诗派也随之形成了。1927 年前主要有郭沫若、蒋光慈等人创作革命诗歌,1927 年后创作队伍迅速扩展,一部分诗人在白色恐怖下坚持革命诗歌创作,一些革命诗歌社团纷纷出版革命诗集,一些进步刊物也继续发表革命诗歌。在这股革命诗歌潮流中表现较为激进的主要有创造社诗人郭沫若、黄药眠、龚冰庐、周灵均,太阳社的蒋光慈、钱杏邨、洪灵菲、殷夫等。太阳社中,较为出色的是殷夫。殷夫(1909—1931),浙江象山人。少年时代开始写诗,后集结为《孩儿塔》。有的诗表现青年人在黑暗时代重压下的苦闷、抑郁,更多的则表现了诗人追求光明的热烈情绪。1929年后殷夫成为一个革命工作者,他写下了许多热情洋溢富有鼓动性的政治抒情诗,如《血

---

① 丁凡,朱晓进:《中国现当代文学》,南京大学出版社,2011 年,第 100 页。

字》《1929 年的 5 月 1 日》《我们的诗》《我们是青年的布尔塞维克》等。当他刚刚显露出诗歌的才华时，便惨遭国民党的杀害，年仅 22 岁。因为殷夫直接参与了战斗，他的诗歌可以说是对革命斗争的伟大记录，是那个时代的强音，这些诗作当中都包含着诗人饱满的战斗激情。殷夫的政治抒情诗热情地歌颂无产阶级革命，生动地描绘轰轰烈烈的工人运动的战斗场景。《血字》就是为纪念五卅惨案而作，诗歌用了颇具浪漫主义特色的宏伟想象，把"五卅"二字形容成巨人，这巨人带着无比愤怒的情绪从英国士兵屠杀中国群众的上海南京路上站了起来，向前走。这巨人能把血的光芒射到天的尽头，能把身影投入黄浦江，而且发出洪钟般的预言，宣布自己是"一个叛乱的开始"，是"历史的长子"，是"海燕"，是"时代的尖刺"，并宣判敌人的灭亡。《1929 年的 5 月 1 日》用叙述的手法记录罢工场景，歌唱工人阶级推翻旧世界的伟大力量。殷夫的诗感情充沛而真挚，《别了，哥哥》非常决绝地与自己出生的阶级诀别。殷夫的政治抒情诗调子高亢激昂、节奏急促跃动、语言响亮有力，整体艺术风格朴实粗犷。由于锤炼的不足，艺术上有时候也会有粗糙之感，但这正如鲁迅在《白莽〈作孩儿塔〉序》中所说："这是东方的微光，是林中的响箭，是冬末的萌芽，是进军的第一步，是对于前驱者的爱的大纛，也是对于摧残者的憎的丰碑。一切所谓圆熟简练，静穆幽远之作，都无须来作比方，因为这诗属于别一世界。"[1]

中国诗歌会是在左联的领导下，1932 年 9 月成立于上海的一个群众性诗歌团体，发起人穆木天、杨骚、任钧、蒲风等。他们反对唯美主义，积极推动诗歌的大众化，创作了大量宣传抗日救亡的抗战诗歌。蒲风是中国诗歌会的重要代表之一。蒲风（1911—1942），广东梅县人。30 年代出版过《茫茫夜》、《钢铁的歌唱》、《六月流火》（叙事诗）等诗集，还写过《抗战三部曲》，是国防诗歌运动的主要人物。蒲风早期的诗充满激情地抒发对黑暗社会的不满和反抗情绪，也表达诗人追求光明的愿望，艺术风格受《女神》的影响。蒲风的创作最能体现中国诗歌会的诗歌大众化主张。他主张技巧不能过于脱离大众，因而他在保持诗歌热情澎湃的特色的同时，转向平易、朴素、写实的写作风格，描写农民的苦难和反抗，反映农村革命的深入。《茫茫夜》的副标题是《农村前奏曲》，写一位母亲思念自己投入"穷人军"（暗指红军）的儿子，又以山崩虎啸般的风声来回答母亲。这风声正是广大农民的反抗之声。《农夫阿三》前半段写农夫阿三因害怕被抽去当兵逃走，着重表现农民的苦难，后半段写阿三的觉醒与转变。诗人创作的目的是借阿三的转变来表达自己的看法：农民只有团结起来才有力量，才能取得斗争的最后胜利。1934 年后，蒲风抗日救亡主题的诗歌逐渐增多。他是国防诗歌的积极倡导者，诗集《钢铁的歌唱》就是这方面的成果。《我迎着风狂和雨暴》中，热血沸腾的主人公屹立在狂风暴雨电闪雷鸣之中，义愤填膺。整首诗风格雄壮豪迈，表现了中国人民坚决抗日的坚强决心和气概。

二、唯美诗歌

唯美诗歌主要是指后期新月派和现代派的诗歌创作。新月派在 1927 年以后的活动已经由北京转移到上海，新月派诗歌的中坚力量主要是徐志摩、陈梦家、饶孟侃、林徽因、方玮德、卞之琳等人。他们的主要阵地是 1928 年创刊的《新月》月刊和 1930 年创刊的《诗

---

① 鲁迅：《且介亭杂文末编·白莽〈作孩儿塔〉序》，《文学丛报》月刊 1936 年 4 月第 1 期。

刊》季刊。1931 年 9 月，陈梦家在其所编选的《新月诗选》的"序"中指出，"主张本质的纯正，技巧的周密和格律的谨严差不多是我们一致的方向"，"我们只为着诗才写诗"。后期新月派诗人为逃避大革命失败的黑暗和痛苦，主张纯粹的"为艺术而艺术"的自我表现，严重脱离时代和人民，但他们唯美的艺术观和严谨的艺术追求促进了文学自身的回归和发展。

同属唯美派的还有 30 年代的现代派诗歌。其代表人物主要有戴望舒、施蛰存、何其芳、金克木、卞之琳等。现代派因其以《现代》杂志为阵地并且在思想艺术上深受西方现代主义的影响而得名。现代派诗歌特别注重表达内心世界的孤独、寂寞和惆怅，思绪更加朦胧，追求一种朦胧的神秘美。在艺术上，现代派主要以象征主义为主，并不直抒胸臆，而是将其外化为美的形象，诗歌的语义和内涵更有象征性和模糊性。戴望舒的《雨巷》堪称现代派诗歌的典范。

三、乡土诗歌

20 世纪 30 年代以艾青、臧克家、田间为代表的诗人，他们坚持现实主义创作原则，反映中国社会的乡土人生，并且兼收并蓄、扬长避短，吸收借鉴现代主义的表现手法，又规避了其技巧上的形式主义；关注中国的现实和革命，又规避了中国诗歌会对政治的图解。"个性意识、时代内容、艺术形象及艺术形式能在他们的创作中得到很好地结合。"①

臧克家（1905—2004），山东诸城人。出生在有着浓厚文化教养的封建地主家庭，体察到农民的疾苦。他参加过大革命，经受了流亡生活。这样的人生经历给他的诗歌创作提供了资源。1933 年 7 月出版了第一本诗集《烙印》，由此引起文坛的广泛瞩目，1936 年出版了《自己的写照》和《运河》等诗集。臧克家在题材的选择和创作方法的运用上，遵循的是现实主义精神。早期诗歌，或者客观而形象地反映下层劳动人民的悲惨遭际和生存困境，或者切入诗人的内心世界和日常生活经验之中，直接表现诗人的生活态度和人生观念。《烙印》中的两类诗比较重要，一类是表现诗人的生活态度和人生观念。诗人提出"个人的坚忍主义"，咬紧牙关忍受磨难。臧克家说："我是一个乡下人，性格上黏结着浓厚的农民性。"②另一类诗是描写下层劳动人民的困苦生活，如《老哥哥》《难民》《炭鬼》《洋车夫》等。《难民》写无家可归的农民背井离乡流浪在外，黄昏的特定情境更加深了难民前途的渺茫。诗人的聚焦点始终对着在苦难的生存边缘挣扎着的卑微生命，他们忍辱负重的悲剧形象——活现。《村夜》突出了农民的恐怖感，是对动乱年代屡遭浩劫的北中国破败乡村真实的写照。臧克家因此被称作中国的"农民诗人"。很能代表诗人艺术风格的《老马》，诗人曾说最后那两句是"写照人生"③，这首诗表面上"写的是一匹负重受压、苦痛无比，在鞭子的抽打之下，不得不向前挣扎的老马"④，背负着沉重的生活的重压而低头咽泪便是诗人坚忍主义的表现。《运河》写了历史传说故事，又写了现实生活场景，历史和现实

① 丁凡，朱晓进：《中国现当代文学》，南京大学出版社，2011 年，第 171 页。
② 臧克家：《关于〈泥土的歌〉的自白》，《文艺生活》1949 年 2 月 15 日海外版 10、11 期合刊。
③ 臧克家：《我的诗生活》，读书出版社，1946 年，第 48 页。
④ 臧克家：《甘苦寸心知——谈自己的诗〈老马〉》，《山东文学》1980 年第 1 期。

相互映衬,诗歌的历史感与思想的深度达到了密切融合。

抗战爆发之后,臧克家投身到抗日救亡的热潮之中,他写了许多具有战歌格调的诗。《我们要抗战》是他的第一首抗战诗,此后还出版了《从军行》《向祖国》《泥土的歌》《民主的海洋》等诗集。产生较大影响的《泥土的歌》,描绘出一幅优美恬淡、静谧而又淳朴的田园乡土风情画,诗歌以一种闲适的笔调刻画了诗人记忆中或理想中的乡村风土。

在40年代中后期,臧克家还写了一些政治讽刺诗,大多收在《宝贝儿》《生命的零度》《冬天》里。这些诗的基本格调是愤慨和冷峻,表现了强烈的政治热情,同时也体现了他诗歌写作的另一种风格。

田间的诗集有《未名集》《中国牧歌》和《中国农村的故事》等。1933年艾青第一次以"艾青"的笔名创作了其成名作《大堰河——我的保姆》,反响强烈。1936年10月他出版了自己的第一部诗集《大堰河》,影响巨大。艾青的其他创作在40年代一章中再叙。

第三节　30年代小说——左翼、京派、海派三足鼎立

相对于中国现代文学的第一个十年(20年代),进入第二个十年(30年代)的现代文学有了更为成熟的、多样化的发展,尤其是现代小说的发展可谓繁盛一时。出版业的发达和现代都市读者群的形成,促使一部分小说的创作逐渐走向商业化。而1927年大革命失败后中国社会内外交困的局势,社会矛盾的加剧,促使阶级斗争风起云涌,直接刺激了表现社会生活的小说创作。有赖于白话文小说创作的逐渐成熟,长篇小说在这一时期有了很快的发展势头,小说的创作形式也有了相当大的变化。商业、政治等因素的介入进一步导致了小说创作理念的分流。上一时期对于现实主义和浪漫主义、"为人生而艺术"和"为艺术而艺术"的择善固执,在这一时期逐渐演变为"阶级论文学观"的"左翼"、远离党派性和商业性的"京派"以及更具商业性的"海派"。

一、左翼作家联盟和左翼小说

中国左翼文艺运动并不是突然发生的。1928年1月,创造社在新刊物《文化批评》的创刊词中引用了列宁的语录,宣告将从事对资本主义社会的合理的批判。郭沫若(笔名"麦克昂")在同月的《创造月刊》上提出建立无产阶级文学的主张。而此时正是国际上的"红色30年代",在这样的背景下中国左翼文艺运动诞生了。

1930年3月2日,中国左翼作家联盟在上海成立,简称"左联"。鲁迅、冯雪峰、沈端先、柔石、冯乃超、李初梨、蒋光赤(即蒋光慈)、彭康、钱杏邨、洪灵菲、田汉、阳翰笙等40多人参加了成立大会。在成立大会上通过了左联的理论纲领,宣布要站在无产阶级斗争的战线上,"从事无产阶级艺术的生产"。左联还设有分会,同时在其他文化领域也成立了左翼团体,如"剧联""影联""美联"等,由中共中央通过"文化总同盟"统一领导。郭沫若、郁达夫、茅盾等人也加入了左联。早期的左翼作家虽然接受了马克思主义的理论思想,但因为多数曾是五四时期追求个性解放的知识分子,所以并不了解也不熟悉以工农为代表的

无产阶级,所以他们对于工农革命活动的描写多依赖于想象,在创作时不免有图解理论概念的现象。工农形象、行为的概念化,再加上文学家天性的浪漫,便出现了"革命＋恋爱"的小说公式,革命文学便成了"革命的浪漫蒂克"文学。蒋光慈便是这一时期创作的代表。

蒋光慈(1901—1931),原名光赤,安徽霍邱人,是中国共产党的早期党员。早期的小说常与自身生活同步。1925 年五卅运动之后,他即根据时事写了中篇《少年漂泊者》,展现当时尖锐的社会矛盾和激烈的斗争。小说的主人公汪中是一个被地主害死双亲的青年农民,后来参加了二七大罢工,被捕入狱,最终成了一个革命者。汪中由贫苦孤儿成长为革命者的经历,展现了当时革命斗争的风起云涌,也感动了无数青年人。作为书信体的小说,其中充满了主人公的、也是作者的浓重的感情宣泄,书中的男女恋爱故事已经有了"革命的浪漫蒂克"色彩。这一倾向在短篇集《鸭绿江上》显得更加强烈。1927 年 4 月,上海工人起义后,蒋光慈在不到半个月时间内完成了反映上海工人起义的中篇小说《短裤党》。小说中的起义领导者杨直夫、史兆炎、李金贵等人是最早塑造的共产党人形象。"四一二"反革命事变之后,蒋光慈写了《野祭》《菊芬》《最后的微笑》《丽莎的哀怨》《冲出云围的月亮》等作品,在当时一片白色恐怖的社会氛围中继续战斗。《冲出云围的月亮》仍然没有摆脱"革命＋恋爱"的小说公式。小说写女主人公曼英因为大革命失败而陷入幻灭、堕落中,竟然用自己的身体勾引政客、买办等,以发泄自己的愤恨。最终曼英在李尚志的帮助下重回革命队伍。这种人生的转变主要依靠爱情的力量,是典型的"革命的浪漫蒂克"式的幻想。这一类作品在左翼小说中非常普遍,阳翰笙的《地泉》三部曲(《深入》《转换》《复兴》),洪灵菲的《流亡》,孟超的《冲突》,胡也频的《到莫斯科去》等,都常在表现革命者英雄事迹的同时加入赢得爱情的情节,渐渐呈现出一种革命胜利的幻想。左翼作家内部也逐渐认识到这种创作倾向的缺陷,也为克服这种倾向做出了努力。

瞿秋白为重版的《地泉》写了序言《革命的浪漫谛克》,认为左翼初期小说创作中的"革命的浪漫谛克"是小资产阶级的幻想和狂热,任意编造情节和渲染气氛是一种"主观主义的理想化",违反了现实主义原则。他认为《地泉》"正是新兴文学所要学习的'不应当这么写'的标本","新兴文学要在自己的错误里学习到正确的创作方法"[①]。蒋光慈本人也在克服这种浪漫倾向,他的最后一部作品《咆哮了的土地》即有意识地避免浪漫倾向,尝试客观实际地描写大革命中湖南某地的工农斗争,但因为节奏沉闷、人物呆板,作者不得不采用浪漫化的手法冲淡概念化的革命描写。1931 年 6 月,蒋光慈病逝,《咆哮了的土地》未能全部写完。蒋光慈作品的优缺点几乎也就是左翼文学创作初期的优缺点,因此尽管他的作品有着严重的缺点,但却不能抹杀他对左翼文学发展的贡献。1931 年,左翼早期的重要作家柔石、胡也频、殷夫等被国民党当局杀害;同年蒋光慈逝世;1933 年洪灵菲、应修人被害。这些事件导致早期重要的左翼作家基本在文坛上销声匿迹,也意味着早期左翼文学的结束,之后左翼文学开始向写实转向。转向写实的趋势其实在左联成立前后即已开始,1933 年茅盾发表社会剖析小说《子夜》,标志着左翼文学的创作达到了高峰,也是一个新的起点。此后,左翼的中坚力量是一些青年作家,主要有丁玲、张天翼、沙汀、艾芜等。丁玲(1904—1986),原名蒋伟,湖南临澧人。丁玲的母亲是具有民主革命思想的女性,她

---

① 瞿秋白:《革命的浪漫谛克》,载《瞿秋白文集》第 1 卷,人民文学出版社,1985 年,第 457 页。

的言行深刻地影响了丁玲。丁玲曾就读于共产党人办的学校,这些经历使她有强烈的追求个性解放、同情妇女命运的革命思想,因此她笔下有着众多的典型女性形象。1927年丁玲发表了她的第一部作品《梦珂》。小说写一位单纯幼稚的女知识青年与现实格格不入,从而陷入对现实的幻灭中。1928年1月,《莎菲女士的日记》发表,这是丁玲的成名作,在当时文坛引起了很大的反响。但因其故事情节的独特性,使得它与郁达夫的《沉沦》一样在当时毁誉参半。《莎菲女士的日记》中的女主人公莎菲与梦珂一样,与周围现实有着巨大的隔膜,感到特别孤独,但却拥有着独特的个性。小说通过两性关系来塑造女主人公的个性形象,情节极其大胆、袒露,细致入微地描写了女主人公的恋爱心理和细节,这在以往的小说创作中从未见过。尤其是通过女性恋爱心理的直白描写,反映了当时追求个性解放的知识女性的彷徨和苦闷。莎菲对于男女关系持开放的态度,但又懂得自尊、自爱,作者将她的精神层面塑造得比小说中的任何男性都高尚。不过在当时的社会环境中,莎菲仍然是一个惊世骇俗的女性人物,从世俗的眼光来看难免会引起争议。1933年,丁玲发表了《莎菲女士日记第二部》,故事已经发生了巨大的变化,莎菲的结局是走向革命,因为此时丁玲已经走向了革命。丁玲转向革命的作品首先是小说《韦护》,接着是《一九三〇年春上海》的一、二部。这三部作品虽然仍有前期革命小说中"革命+恋爱"的痕迹,但结局都是革命者为了革命放弃了爱情。接着丁玲的目光从知识分子革命者转向了工农大众。像1931年发表的《水》,即用象征的手法写深受洪灾之苦的农民,其实亦像能覆舟的水可以奋起反抗社会的压迫。《某夜》写监狱中坚持斗争的革命者,《夜会》写工人运动,《奔》写流入都市的破产农民,等等。1933年丁玲被捕,创作中的长篇小说《母亲》被搁置。1935年丁玲逃往延安,其后的创作有了巨大的转变。

张天翼(1906—1985),原名张元定,湖南湘乡人,生于南京。他的创作风格与蒋光慈、丁玲都不相同。早年的漂泊经历使张天翼对社会的了解既深且广,又因为早期创作滑稽小说和侦探小说的经验,形成了幽默讽刺的作品风格。《三太爷与桂生》用看似轻松糊涂的语气写地主土豪对革命农民的残忍,《二十一个》以士兵的口吻写出了军阀混战的野蛮血腥,《团圆》通过孩子的视角写被迫卖淫的母亲,《脊背与奶子》写长太爷利用族规欺侮佃户妻子,这些小说都在看似漫画似的氛围中蕴含了强烈的阶级义愤。张天翼的讽刺常带着一种丑化讽刺对象的"油滑",这种看似"油滑"的写法其实包含着作者严肃的愤怒。他很少正面描写受难的弱者,而是将矛头指向他们受难的根源。在讽刺小市民和愚昧劳动者方面,张天翼继承了鲁迅批判国民性的传统。同时,张天翼也是优秀的儿童文学作家。

茅盾的小说创作对于左翼革命小说来说是走向成熟的标志,他的作品从社会政治经济层面剖析社会矛盾,全场景展现社会时代,客观冷静的叙事、丰富复杂的人物心理描写手段等等,都为左翼革命小说和后来的现实主义小说提供了借鉴的经验,产生了深远的影响。之后不少的左翼作家延续了这样一种剖析社会的写作模式,甚至慢慢形成了一股松散但风格近似的小说流派——"社会剖析派"小说,沙汀、艾芜、吴组缃即是其中的代表作家。

除了左联的作家,还有被称为"东北作家群"的一群青年作家也在创作左翼文学。东北作家群的作家虽然没有加入左联,但他们的创作实际上也是左联文学的一部分。这其中萧红、萧军、端木蕻良等人的创作富于激情,开抗日文学之先声,把对家乡的眷恋和爱国的热忱融合在一起,唱出了东北黑土地的哀歌。

左翼小说实际上继承了五四文学的现实主义传统,将阶级性和民族性注入早先的社会小说,加强了小说中的革命斗争性。它既有表现农村破产的乡土小说类型,也有反映城市经济斗争的都市小说类型。从早期"革命＋恋爱"的"革命的浪漫蒂克"逐渐走向现实主义的"社会剖析派"小说,左翼小说在逐渐成熟的过程中也显示了作家个人的非凡才情——丁玲、张天翼、萧红等人各自的文学特色在其作品中都有展示,叙事风格并不统一。

二、京派小说

1930 年代在远离政治中心南京和经济中心上海的北方城市中,活跃着一群坚守自由主义立场的作家,他们受周作人、沈从文影响,与当时北方的左联同时活动。他们并没有正式结社,却有着相似的创作立场,因而在当时的文坛有着相当的影响力和号召力,这个作家群体被称为"京派作家"。京派作家的成员主要有三个来源:一是 20 年代末语丝社分化后坚守性灵、趣味一派的作家,有周作人、废名(即冯文炳)、俞平伯等;二是原新月社成员或与其关系密切的作家,像梁实秋、沈从文、凌叔华等;三是清华、北大等北方高校的师生,像朱光潜、何其芳、李广田、萧乾、卞之琳等年青作家。京派的主要发表阵地包括:创刊于 1931 年的《骆驼草》,由废名、冯至主编;1933 年 9 月沈从文开始接编的《大公报·文艺副刊》;创刊于 1934 年,卞之琳、沈从文、李健吾等人主编的《水星》;创刊于 1937 年,由朱光潜主编的《文学杂志》等。京派小说的主要作家是沈从文、废名、凌叔华、萧乾、林徽因等人。他们的创作虽然是自由主义的立场,但同时都有着反对文学的商业功利性,坚持反映现实社会的倾向。

沈从文(1902—1988),原名沈岳焕,湖南湘西凤凰人。沈从文的家乡处于湘、川、鄂、黔四省交界处,是土家族、苗族、侗族等少数民族的聚居地。沈从文高小毕业后从军,1921 年才脱离军队到北京求学。沈从文入学并不顺利,于是以"休芸芸"为笔名开始进行文学创作,正式进入文坛。因为出身乡里,加上早期的经历,沈从文常自称"乡下人"。1933 年到 1934 年间,沈从文引发了一场关于文学创作中"京派"和"海派"的论争。沈从文的一些文章,如《论中国创作小说》《文学者的态度》《论"海派"》等,暗中指责一些海派作家是"玩票白相精神",创作精神堕落。这场争论实际上反映了当时文坛的创作格局——乡土与都市两种文化背景下的文学创作。京派作家显然倾向于乡土文化。在沈从文的小说中这种倾向是非常明显的,"乡下人"就是他自我身份的体认。在沈从文的笔下,湘西世界是一个具有鲜明地域特色的文学世界,那里有剽悍的水手、靠水手做生意的妓女、与农家女私奔的士兵、开客店的老板娘、漂泊一生的行脚人等,各色各样的底层人民有着一套有异于儒家礼法的行为准则和价值观念,显示出一种原始性和本真性。他特别赞叹这种原始性文明中的真性情,在《三个男人和一个女人》《一个大王》《夫妇》《雨后》《柏子》等小说中,作家的这种倾向都有所反映。《龙朱》《媚金,豹子与那羊》《月下小景》等篇则带着浪漫主义色彩的笔触,诉说当地景、人、歌、情之美,写底层人民坚贞淳朴的爱情,极尽委婉。小说《边城》是这其中的代表作。作品中人物没有正邪、美丑的截然对立,他们都有着各自的善与美,但故事的结局却是那么凄婉。天真温柔的翠翠、淳朴包容的外祖父、宁愿牺牲自己成全对方的天保和傩送兄弟俩,都在作家笔下绽放了人性之美。

　　除了湘西世界,沈从文还对商业都市世界有所观照。但当他描写都市世界时就不免露出嘲讽的锋芒,《都市一妇人》《绅士的太太们》《焕乎先生》《一日的故事》《八骏图》等都是这一类作品。他是以"乡下人"的警觉来看待都市文明对人性的戕害的,因此原始的湘西世界的人性有多美,现代文明侵蚀的都市灵魂就有多丑。沈从文是现代文学史上多产的作家之一,短篇小说集有《龙朱》《虎雏》《旅店及其他》《月下小景》《阿黑小史》《八骏图》《新与旧》《主妇集》《从文小说习作》等,中长篇有《边城》《长河》等。

　　废名(1901—1967),原名冯文炳,湖北黄梅县人。1922年起,废名就开始在《努力周报》、《浅草》季刊、《晨报副刊》上发表短篇小说,到1929年废名从北京大学英文系毕业留校时,就已经出版了短篇小说集《竹林的故事》。废名的小说虽然常被人认为晦涩难懂,但题材却主要是关怀下层人民,体现对小人物的同情,作品中常有着田园牧歌似的气质。他喜欢用抒情的淡淡的笔触,描写刻画幽静的田园风物,看似平淡的故事里凸显着人性的平和之美。这些写作特色在他的《桃园》《枣》等小说集和长篇小说《桥》里都有体现。他看重小说中的情趣和境界,在结构布局方面并不太注意,这使得他的小说常有一种牧歌般的氛围——有着冲淡的外衣和悲剧的内核,但却不免有一些散漫。这种创作嗜好慢慢发展为一种晦涩难懂的所谓"禅趣",有时会让读者望而却步。

　　萧乾(1910—1999),原名萧秉乾,蒙古族,生于北京东直门贫民区。因为父母早逝,家境窘迫,从小半工半读,在北新书局当学徒时开始接触文学。他思想进步,1926年曾因参加北京崇实中学共青团而被捕。1933年发表了第一部小说《蚕》,开始进入京派文学圈,之后结集出版的小说集有《篱下集》《栗子》和中篇小说《梦之谷》。萧乾早年的经历深深地影响着他,他的作品常显示出"乡下人"对都市世界的观照。小时候寄人篱下的经历,也使得他用童年视角写下了《篱下》《矮檐》等具有象征意味的小说。此外还有《印子车的命运》《花子与老黄》《邓山东》等,这些颇有自传色彩的小说都有作者个人的情感烙印,主观感受很浓,充斥着感伤的情绪但又充满生气。他还创作了一系列批判社会的宗教题材小说,像《皈依》《昙》《鹏程》《参商》等诸篇。

　　沈从文、废名、萧乾等人的创作显示出京派作家风格的多样性,他们确实没有统一的创作理念,只有相似的关注现实社会的创作倾向。在赞颂淳朴的人情、人性,对田园乡土的抒情写意,平淡隽永的写作风格等方面,京派作家都显示出了创作的相似性。他们赞美原始淳朴的农村生活,批判都市文明的弊病,但却并非全盘否定工业文明,而是重在揭示资本主义带来的人的异化,尤其是物质对人性的扭曲。他们向往的是人与人之间真诚、淳朴的情感关系,厌恶的是物质主义侵袭后的尔虞我诈。这些思想都是基于人情、人性和人道主义的现代思想,并非是要求人类历史倒退到农耕时代。京派作家中的其他作家,像芦焚(即师陀)、林徽因、凌叔华等人的创作也是如此。

三、海派小说

　　受益于上海消费文化的活跃和出版业的迅速发展,30年代的上海形成了一种迎合市民阶层文化消费的小说创作风气。它向上承接鸳鸯蝴蝶派的文学商业传统,又向下发展了文学的现代性特质,使之由"先锋"变得"通俗"。这种文学样式被称为海派小说。初期的海派小说以都市男女为主要的写作题材,重视小说形式创新,将新文学逐渐世俗化和商业化。随着对读者猎奇心理的迎合,外国文学的各种新潮思想被引入写作,也随之产生了被称作"新感觉派"的一群作家。

张资平写出《苔莉》之后与创造社成员闹翻,这一时期开始主要向海派发展。他写作速度快,作品几乎都充满着肉欲的气息,被鲁迅等人称为"三角多角恋爱小说家"。这一时期比较瞩目的海派作家还有叶灵凤和曾虚白等人。叶灵凤(1905—1975)是中国最早写心理分析小说的作家之一,《姊嫁之夜》《内疚》等都运用了弗洛伊德的心理学。他创作小说和编辑刊物多有都市先锋意识。早期的作品和张资平一样,在性爱描写方面有一定的反封建意义,但逐渐走向迎合都市文化消费的狂放颓丧。他凭借自己对英法文学的熟悉,吸收西方现代派对都市的表现手法,逐渐开发出新的小说种类。这类小说与之后的新感觉派小说非常接近,都用充满感官刺激的意象、奇特的借喻、镜头式的场景描写等营造极具现代感的氛围,《紫丁香》《流行性感冒》《第七号女性》《朱古律的回忆》《七颗心的人》《忧郁解剖学》等都是此类作品。此外,叶灵凤还著有长篇小说《时代姑娘》《未完的忏悔录》《永久的女性》等。

其他像叶灵凤一样写性爱小说的还有曾虚白、林徽因、章克标、曾今可、徐蔚南等人,热衷写性爱的嗜好似乎成了此时海派的特色。这些作家围绕在《真美善》《狮吼》《金屋》等刊物周围活动,其创作受唯美主义影响,作品多少都带着些世纪末的颓废色彩,可以称之为第一代海派。

被称为第二代海派的是 30 年代在上海文坛风靡一时的新感觉派。新感觉派的主导人物是刘呐鸥、穆时英、施蛰存等人,他们创办《无轨列车》《新文艺》等刊物,翻译介绍日本新感觉派的作品,同时也译介法国新感觉派作家的作品。日本的新感觉派是带有浓重世纪末色彩的文学流派,大约兴起于 1924 年,消散于 1927 年,主要成员有横光利一、片冈铁兵、川端康成等人。他们受法国新感觉派作家保罗·穆杭的作品激发,作品理论来源于弗洛伊德的精神分析学。中国的新感觉派受二者的影响很深,因此他们创作的小说被称为中国最完整的现代派小说。

刘呐鸥(1900—1939),出生于台湾台南。他唯一的短篇小说集是出版于 1930 年的《都市风景线》。《新文艺》第 2 卷第 1 号的"新书广告栏"在介绍刘呐鸥的《都市风景线》时说:"呐鸥先生是一位敏感的都市人,操着他的特殊的手腕,他把这飞机、电影、JASS、摩天楼、色情、长型汽车的高速度大量生产的现代生活,下着锐利的解剖刀。"①这是刘呐鸥小说的创作特色,也是现代派小说的主要特点。他们解剖的是殖民地化的都市中的摩登生活——最时髦、最富感官刺激的新异的生活。这种生活纸醉金迷、人际冷漠,人们精神紧张而又疲倦堕落,整个的心理都是畸形的。《都市风景线》里基本都是精神颓丧、道德堕落的都市风景:《礼仪和卫生》写男女乱性以至于有悖人伦,《残留》写女主人公竟甘愿做"咸水妹"以满足性欲,《游戏》等写舞女对待两性关系犹如游戏一般。小说揭示的是高度发达的物质下人的精神的萎缩和异化。这也是包括穆时英、施蛰存等在内的整个新感觉派小说作家主要的关注点。

穆时英(1912—1940),浙江慈溪人。代表作品有短篇集《南北极》《公墓》《白金的女体

① 刊物编者评语,《新文艺》1930 年 3 月第 2 卷第 1 号。

塑像》《圣处女的感情》等，长篇小说《中国行进》。穆时英对于笔下的底层小人物有着一定程度的同情，比如《黑牡丹》《薄暮的舞女》中的舞女虽然被物质腐化，但作者在把她们写成都市点缀品、有钱人的玩物时，读者仍能感受到她们作为受侮辱者的心酸，以及作者所抱有的同情心。穆时英初期作品《南北极》里写城市底层流浪汉的生活，有写实的风格。从1932年开始，《公墓》《上海狐步舞》《白金的女体塑像》等作品就全然是现代派的风格。他在作品中创造了大量心理型小说的用语和修辞方式，用特殊的意象、时空的交错、蒙太奇式的组接方式等现代性艺术手法进行小说创作，呈现出都市生活诡异的一面。这种艺术手法使作品拥有一种世纪末的幻灭情绪，一切显得阴暗而绝望。就像穆时英在《上海狐步舞》里所说的那样：城市是"造在地狱上的天堂"。无论现代都市如何繁华、光怪陆离，人们最终将走进地狱。

新感觉派受弗洛伊德的精神分析学影响很深，在他们的作品中人物的心理描写刻画都非常独特。这其中施蛰存的小说最具典型性。施蛰存（1905—2003）的第一部短篇小说集是《上元灯》，其中多篇小说以少男少女的初恋和小市民生活为题材。1932年主编《现代》以后开始有意识地使用精神分析的方法创作小说。他注重对人物潜意识的挖掘，也偏重于性心理的细致描写。短篇小说集《将军底头》中诸篇，选用人们熟悉的历史故事，用精神分析的方法重新演绎人物和事件，颠覆原故事的宗教、道德意义。《鸠摩罗什》写宗教教义与人性欲的冲突，鸠摩罗什在小说中虽然是得道高僧，已经修成正果，却也不得不忍受性欲诱惑。《将军底头》写唐朝将军惊定与吐蕃姑娘的爱情故事，将军虽然不能逾越严格的军纪，却仍然爱上了异族姑娘，将军战死之后仍然提着自己的头颅骑马寻找这位姑娘。《石秀》选自《水浒传》中"石秀杀嫂"的故事，却对故事进行了颠覆。写石秀是一个性虐待狂，揭露他杀嫂时的黑暗心理，是对经典故事的解构。施蛰存这种精神分析的写法也使用于现实题材的小说中，如《梅雨之夜》《在巴黎大戏院》等。不过与刘呐鸥和穆时英比较起来，施蛰存对于都市的态度略有不同，作品中留有城乡二元的意识痕迹。这种城乡情结使得施蛰存的作品存着某些中国特色。在谈到自己的小说创作时施蛰存说，他是"把心理分析、意识流、蒙太奇等各种新兴的创作方法，纳入了现实主义的轨道"[①]。从这一方面来说，他确实为中国小说的创作带来了新的理念。

在刘呐鸥、穆时英、施蛰存之后，继承了新感觉派创作意识的是黑婴和禾金。黑婴擅写上海的流浪族，关注被都市遗弃的一群，如《1000尺卡通》《雷梦娜》《咖啡座的忧郁》等，后来又转向都市摩登女郎，如《女性嫌恶症患者》《回力线》等。禾金小说的现代性非常显著，多关注都市的现代性病态，以及由此引发的冲突。在他的小说中常有一种感伤主义的情绪，这一点酷似穆时英。海派经过新感觉派的推进，使原来着重于文学通俗性的创作加入了先锋意识。对于作为主要消费者的市民阶层来说，这种创作理念从阅读层面影响了他们对现代意识的了解。

1930年代的小说创作当然不止左翼、京派和海派三种，也有许多并不属于这些流派的独立作家在这一时期迅速成长成熟。纵观30年代，正是现代小说度过初创期飞速发展的阶段。从篇幅来说，短篇小说的创作得到进一步发展，长篇小说的创作也进入成熟期。

---

① 施蛰存：《关于"现代性"一席谈》，《文汇报》1983年10月18日。

从风格来说,现实主义小说有人物塑造典型化的佳作,抒情小说有向哲理层面演进的趋势,讽刺小说有严肃的批判也有幽默讽刺。从写作技巧来说,除了长篇小说结构方面有了巨大的进步,现代主义的心理分析、意识流、蒙太奇等手法使小说的创作更具先锋意识和现代性。这些都反映出 30 年代小说创作的蓬勃和繁荣。

第四节　革命现实主义的文学巨匠——茅盾

一、茅盾生平与创作简介

茅盾(1896—1981),原名沈德鸿,字雁冰。1896 年出生于浙江桐乡乌镇一个书香门第。因父亲是维新派人物,茅盾幼时就在接受中国古代文化教育的同时,也接触了"新学"知识。1914 年进入北京大学预科学习,1916 年进入商务印书馆工作直至 1925 年年底。其间,于 1920 年开始主持《小说月报》"小说新潮"编务工作,次年成为《小说月报》的主编;1921 年作为新文学运动的积极拥护者和参与者,与郑振铎、叶绍钧、蒋百里等人发起成立了文学研究会,提倡"为人生"的文学创作。在商务印书馆工作期间,茅盾开始了他早期的文学活动,这一时期的文学活动主要集中在外国文学的翻译、介绍以及文学批评方面。茅盾非常关注文艺复兴以来的近代文学,尤其是写实派、自然派的作家与作品,同时也不忽视现代主义文学以及新兴的苏俄无产阶级文学。他有选择性地对外国作家及作品进行系统性研究,先后发表了《梅特林克评传》《罗曼·罗兰评传》等文章。他的文学批评则内容广泛,体现了他对文学社会功用的思考,发表的批评作品有《现在文学家的责任是什么》《文学与人生》等。

20 年代后期,在"经验了动乱中国的最复杂的人生一幕"①之后,陷入苦闷中的茅盾开始"想要以我的生命力的余烬从别方面在这迷乱灰色的人生内发一星微光"②,于是开始了小说写作,并于 1927 年 9 月、10 月发表了第一部小说《幻灭》,从此实现了从文艺理论家、批评家到作家的身份转换。1928 年,茅盾流亡日本,在日期间创作了长篇小说《虹》。1930 年,茅盾回到上海,加入左翼作家联盟并担任行政书记,创作了短篇小说《大泽乡》《豹子头林冲》等。1932 年,茅盾开始写作长篇小说《子夜》,同时写了一系列中短篇小说如《林家铺子》《春蚕》《秋收》《残冬》等。这一时期的写作,基本以当代时事为题材,主要描写大革命前后的社会状况,书写大革命后人的心理和感情状态,以及中国民族资产阶级的命运。这些作品不仅开创了社会剖析小说的范式,也让茅盾成为左翼文学创作的"重镇"。30 年代后期,茅盾在写作中更加注重将文艺性、政治性紧密结合,写作题材也有所扩大。1941 年,茅盾在香港创作了日记体长篇小说《腐蚀》,小说写一个国民党特务组织中的女性的生活;1942 年,在桂林创作了长篇小说《霜叶红于二月花》,作品讲述的是从辛

---

①　茅盾:《从牯岭到东京》,《小说月报》1928 年 10 月第 19 卷第 10 期。
②　茅盾:《从牯岭到东京》,《小说月报》1928 年 10 月第 19 卷第 10 期。

亥革命到五四前夕的小镇生活和人物命运。1949 年新中国成立后,茅盾作为文化部部长,未能实现继续小说写作的愿望,只有一些理论和批评类的文字面世。

二、茅盾文学创作的特色及成就

茅盾在小说领域建立起了新的现实主义文学范式——社会剖析小说。他的小说,尤其是长篇小说,总是意图大规模、全景式地反映刚刚过去或正在发生的社会现实,全面地表现各种矛盾斗争中的阶级和人,并运用思想理性对社会生活和人的行为进行理解、分析,从而形成了自身的鲜明特色。

史诗品质:茅盾的重要作品,多是鸿篇巨制,不仅有着巨大的篇幅,还有着巨大的思想深度与广阔的历史内容,能够反映时代的全貌和发展,具有史诗性。

典型形象:茅盾善于通过社会关系及其变化来塑造人物性格及其发展,尤其注重人物的经济关系和经济地位。其人物形象有着鲜明的阶级特征,是经过马列主义理论透视的典型形象。

现实性:茅盾自觉发展了现实主义的创作方法,不仅书写和记录一个历史时期广阔、复杂的社会面貌和社会现实,也意图昭示现实和时代的本质。在他的作品中,情节的冲突和发展往往由当时各种社会矛盾所决定,与广阔的社会现实密切相连。

时代性:茅盾小说的题材和主题,不仅重大,且具有时代性,有着时事性、纪实性和传记性的色彩。茅盾的小说,可以被看作中国现代革命的大事记和编年史,也可以被看作时代的纪实。

茅盾的创作,是在有了理论、生活、文学修养等方面的充分准备之后进行的文学实践。他"以自觉创造革命文学的理论和实践来建立、发展、完善中国现代小说,而且绝不割断它与世界文学的联系,从而显示出他的独特的文学史地位和作用"①。

三、《子夜》

《子夜》(原名《夕阳》)1933 年由开明书店出版。《子夜》面世之后引起轰动,三个月内重版四次,被称为"中国第一部写实主义的成功的长篇小说"②。这部小说以现代大都市上海及附近农村为背景,以民族资本家吴荪甫为核心人物,通过吴荪甫奋斗、发达、失败的悲剧,书写了 30 年代买办资产阶级和民族资产阶级的争斗、市民阶层的破产、农民的暴动、知识分子的无出路以及民族意识的觉醒等社会现实,展示了 20 世纪 30 年代中国社会各阶级、各阶层的人的思想、性格、心理以及命运和历史纠葛。小说结构宏大、人物众多,线索繁复交错又严密完整,气象壮观,是中国现代长篇小说的成熟之作。

《子夜》不仅首次书写了民族资本家的形象和命运,也第一次从经济的角度描写了中国的现代都市,所以也常常被看作都市小说的重要作品。茅盾是抱着"大规模地描写中国社会现象"的企图,以马克思主义的阶级论和历史观,使用社会剖析的思维和方法写下《子

---

① 钱理群,温儒敏,吴福辉:《中国现代文学三十年》,北京大学出版社,1998 年,第 224 页。
② 瞿秋白:《〈子夜〉和国货年》,载《瞿秋白文集》(文学编第 2 卷),人民文学出版社,1986 年,第 71 页。

夜》的,这让《子夜》具备了突出的特点,但也产生了"理念先行"以及"概念化"的争议。

第五节 北京市民的书写者——老舍

一、老舍生平与创作简介

老舍(1899—1966),满族正红旗人,原名舒庆春,字舍予,另有笔名絮青、鸿来、非我等。老舍出生于北京一个贫民家庭,幼时丧父,在大杂院艰难度日,这让他非常熟悉北京底层的市民生活和文化。1918 年老舍从北京师范学校毕业,先后任小学校长和中学教员。1923 年 1 月发表了第一篇小说《小玲儿》。1924 年,老舍赴英国任伦敦大学东方学院的汉语讲师,其间阅读了大量英文作品,并创作了长篇小说《老张的哲学》《赵子曰》《二马》,此时老舍承继的是五四启蒙主义文学传统。1929 年老舍启程回国,途中创作了儿童题材的长篇小说《小坡的生日》。回国后,老舍先后在济南齐鲁大学、青岛山东大学任教,在几年间写出了《猫城记》《离婚》《牛天赐》等长篇小说。30 年代中期,老舍创作了一系列中短篇小说,如名作《柳家大院》《月牙儿》《老字号》《断魂枪》等。就在这一时期,老舍的思想开始向左翼靠近。1936 年 9 月,老舍的名作《骆驼祥子》在《宇宙风》杂志连载。抗日战争爆发后,老舍南下赴汉口和重庆。1938 年中华全国文艺界抗敌协会成立,他被选为理事兼总务部主任,主持文协日常工作。1943 年,老舍写出了抗战题材的长篇小说《火葬》。1944 年,老舍开始动手创作长篇巨著《四世同堂》。1946 年老舍应邀赴美国讲学一年,期满后旅居美国从事创作。中华人民共和国成立后,老舍应召回国,曾任中国文联副主席、中国作家协会副主席、中国民间文艺研究会副主席等职,在创作上,老舍写出了话剧《龙须沟》《茶馆》和未完成的自传体长篇小说《正红旗下》。1966 年,老舍自沉太平湖。

二、老舍创作的主要特征

老舍在文学创作上表现出对文化批判和民族性问题的深切关注。他通过对北京市民日常生活的风俗描写,勾画出北京文化的人文景观,进而反映并审视中国俗文化以及小市民阶层的思想、心理、性格与命运,形成了独特的文体风格,被视作"京味小说"的源头,在中国现代小说的民族化和个性化追求中有所突破。

市民文化与生活:老舍的作品大都取材于市民生活,写的是现代市民阶层的方方面面,如大小杂院、四合院和胡同里的人与事、场景与风致,构筑的是一个广大的"市民世界"。而老舍对这个市民世界的书写,是放置于市民文化、北京文化的背景之下的,人物的性格、命运以及世态人情均在这个特定文化的制约之中。老舍以市民生活和文化为书写对象的作品,为中国现代文学开拓了重要的题材领域。

"京味"与幽默:老舍所描写的自然风光、世态人情、习俗时尚,运用的群众口语,都呈现出浓郁的"京味",展示了北京特有的风韵和人文景观。他善于运用北京市民俗白浅易的口语,又讲究精致,把语言的通俗性与文学性统一起来。老舍的幽默多体现在语言的机智、人物性格和行为的滑稽等方面,包含了揶揄、讽刺。

三、《骆驼祥子》与虎妞

《骆驼祥子》是老舍书写北京底层市民生活的代表性作品。小说写了一个北京底层人力车夫祥子人生起起落落最终走向堕落的故事。同老舍的其他作品一样,这篇小说具有浓厚的"京味":语言朴素、简洁,大量使用文学化的北京方言;描写了市民社会的各种行当,北京的三教九流、五行八作尽在其中;通过市民的日常生活,反映老北京的文化风俗和北京人的性格特点。在"京味"之外,更打动人心的,是老舍在其中注入的人道主义色彩。事实上,《骆驼祥子》是老舍自己最满意的作品,也是老舍最广为人知的作品,自 20 世纪 40 年代起,便被翻译成日、英、法、德等多种文字,当属现代长篇小说的经典之一。

在《骆驼祥子》中,老舍不仅塑造了祥子这一人力车夫的形象,还塑造了虎妞这一典型形象。有研究者认为,虎妞堪称"中国现代文学史上最有光彩的女性形象"①,相比祥子,虎妞的形象更有个性,也更加立体而生动。

虎妞的出身及性格,让她在对待祥子和他人时,表现出贪财、自私、势利、强势、愚昧的一面。同时,在同祥子的关系中,她也表现出了率真、不乏真情的一面。同祥子一样,虎妞也是这个社会的牺牲品,她的悲剧与生俱来,也无可逃脱:她渴求爱,但从没有得到任何人的爱,也不知道怎么去爱。在这样一个社会中,她试图驾驭自己的命运,但既没有支配自己命运的权利,也没有能力。她是祥子悲剧命运的加害者之一,也是一位受害者,是个可悲、可恨又不乏可怜的人物。

第六节 封建大家庭的批判者——巴金

一、巴金生平与创作简介

巴金(1904—2005),原名李尧棠,字芾甘。生于四川成都一个封建官僚地主家庭。幼时在家中受到母亲"爱的教育",在心中埋下博爱的种子。五四运动时期,受到民主主义和无政府主义思潮的启蒙和影响。1923 年赴上海,不久到南京东南大学附中读书,其间在杂志上发表一些新诗和散文。1925 年夏毕业后,巴金经常发表论文和译文,宣传无政府主义。1927 年为进一步研究无政府主义,巴金赴法国留学,翌年在巴黎完成第一部中篇小说《灭亡》。1928 年冬巴金回国,居住于上海,开始大量创作文学作品。30 年代是巴金写作的高峰时期,长篇小说和短篇小说都堪称丰收,除了长篇小说《死去的太阳》《家》、"爱情三部曲"(《雾》《雨》《电》)、《春》,还有《复仇集》《光明集》《电椅集》《抹布集》《神·鬼·人》等十个短篇小说集。这些小说题材多样,涉及面广,从国内到国外,有童话有历史。

---

① 陈思和:《民间视角下的启蒙悲剧:〈骆驼祥子〉》,载《中国现当代文学名篇十五讲》,北京大学出版社,2003 年,第 208 页。

40年代巴金保持了高产,且写作更加成熟。在1940年完成《秋》之后,写作了"抗战三部曲"《火》,之后又陆续写出了代表性中篇小说《憩园》和《第四病室》以及长篇小说《寒夜》。1946年完成的《寒夜》是巴金最后一部长篇小说。在抗战胜利后,巴金主要从事翻译、编辑和出版工作。1950年担任上海市文联副主席。后曾两次赴朝鲜前线访问,辑有《生活在英雄们中间》《保卫和平的人们》两本散文通讯集。1960年巴金当选中国文联副主席和中国作协副主席。"文革"中遭到迫害。1978年起,巴金在香港《大公报》连载进行时代反思和自我忏悔的系列散文,后集为散文集《随想录》,被誉为"说真话的大书"。

二、巴金创作风格的转变

巴金本人曾将自己的创作时期分为前期和后期两个阶段,这两个阶段的创作,有着风格的些许变化。

前期:巴金在30年代的小说创作非常丰富,但基本上还是两大主题——青年反抗者、革命者的社会斗争和复杂变幻的思想情绪,如"青春三部曲"(《死去的太阳》《灭亡》《新生》)、"爱情三部曲"(《雾》《雨》《电》);封建大家庭在崩溃的过程中对青年的压迫和残害,如"激流三部曲"中的《家》《春》。这一时期,巴金将写作当成一种宣泄痛苦的方式,作品中充溢着不乏浪漫的痛苦激情以及渴望变革的亢奋焦灼,带着浓重而热烈的抒情色彩。

后期:40年代,尤其是40年代中期,巴金进入了另一个创作高峰,影响较大的作品主要有《憩园》《第四病室》《寒夜》。这一时期巴金的创作风格发生了变化,不再像前期那么热烈、酣畅,而是变得深沉、忧郁。虽然同样是写家庭,但他不再以仇恨和激情进行抨击,而是以悲哀、沉郁的调子,书写社会重压下人们的不幸遭遇,对现实悲剧进行冷静、客观的分析,对人的内心世界进行刻画、展示,在表达批判的同时,也带着对人性弱点的理解与同情。

三、《家》和觉新

《家》是"激流三部曲"的第一部,是巴金早期的重要代表作,也是我国现代文学史上卓越的长篇小说作品之一。《家》取材于封建大家庭,描写的是巴金所熟悉的封建家庭的生活形态和人生故事。小说人物众多、事件繁复,以高氏三兄弟的爱情故事为结构主干,有条不紊地展开一个个事件,从高觉慧和家中婢女鸣凤的爱情悲剧、高觉新与钱梅芬的爱情悲剧,到高觉新与瑞珏的家庭悲剧、觉民的抗婚斗争,巴金一层层撕下封建大家庭矫饰和虚伪的面纱,一步步暴露其内部的罪恶和腐朽,对封建家长制和旧礼教提出了血淋淋的控诉和愤怒的抨击。整部作品表达出强烈的反抗情绪以及苦闷、激愤的情感,呈现出热情澎湃的抒情风格。

作为一部艺术成熟的长篇小说,《家》除了描绘了波澜壮阔的社会生活和时代青年的精神、情感,还成功塑造了三类典型人物:高老太爷这样的封建家长制的代表者,觉新所代表的封建专制的牺牲者,觉慧所代表的封建专制的叛逆者。其中觉新的形象尤具艺术魅力,巴金在对这一人物的刻画中,倾注了浓厚的感情。觉新是一个在封建专制的重压下不堪重负、在新与旧的观念冲突中不断动摇的人物,本性的善良、正直和思想上的进步、开明让他本能地反对封建等级制度和封建传统思想,但软弱、退让的性格和长房长孙的责任感又让他在行为处事上处处依从长辈的意志,以致自己也无法逃脱封建观念的毒害。在这个大家庭中,封建思想和封建家族制度就像两股绞索,牢牢地将觉新捆住,戕害着他的生活,荼毒着他的情感,让他痛苦、窒息。与此同时,现代民主思想也在冲击着他,吸引着他,召唤着他。觉新在封建礼教和观念的压迫中苦苦挣扎,却没有足够的勇气和力量与旧的一切决裂,只是被动地等待着被放一条生路。巴金用大量的心理描写和情感倾诉,将觉新的内心活动与感受纤毫毕现地展现了出来,也让这个人物更加具有感染力。

第七节　湘西的歌者——沈从文

一、沈从文生平与创作简介

沈从文(1902—1988),原名沈岳焕,笔名休芸芸、甲辰、上官碧、璇若等,湖南凤凰县人。他成长的沅水流域处于湘、川、黔的交界,是苗、侗、土家族等少数民族杂居地。他出生于当地有名望的行伍世家,1917—1922年入伍并随部队辗转沅水流域。沅水文化为其作品的柔性、多想象、重情感及跌宕起伏打下了底色。这五年的部队生活及当地奇异的风土人情使其广泛了解了沅水流域的好坏人事,为其后期创作提供了丰厚而别样的素材。在这段时间里,他当过卫兵、班长、司书、书记等,亲眼看见了湘兵的勇猛威武,也感受到了嗜杀者的残酷暴戾。年轻的沈从文过早地直面着生活中的鲜血和阴暗,反促使他以后在形诸笔墨时形成了一种追求生活真、善、美的艺术品格。"沈从文基本上是一个沉醉于诗情的作家。一条绵长千里的湘西水,维系着他的审美理想和人生寄托。凤凰古城的风土人情,那挥之不去的遥远回忆,承载着他的作品主题,呼唤着他的全部情思。他是一位具有特殊意义的乡村世界的主要表现者和反思者。"[①]

少年时期的沈从文
(图片来自百度文库)

1983年沈从文在北京
(图片来自百度文库)

---

① 于继增:《艰难的抉择——沈从文退出文坛的前前后后》,《书屋》2005年第8期。

1922 年,沈从文脱下军装,来到北京,他渴望上大学,1923 年报考燕京大学国文班,未被录取。可是仅受过小学教育,又没有半点经济来源,只好在北京大学旁听。1924 年开始进行文学创作,他的作品陆续在《晨报》《语丝》《晨报副刊》《现代评论》上发表。1925 年发表第一篇小说《福生》,1926 年出版第一个创作文集《鸭子》。沈从文 20 年代起蜚声文坛,与诗人徐志摩、散文家周作人、杂文家鲁迅齐名。1928 年被胡适聘为上海中国公学讲师,与胡也频、丁玲筹办《红黑》杂志和出版社。1931 年到青岛大学任教,1933 年返回北京与杨振声、萧乾一起主编《大公报·文艺副刊》,极大促进了京派的影响。抗战爆发后先后任西南师范学院副教授、西南联大教授。建国后,由于京派重审美的文学理念与左翼重政治意识形态的观念尖锐冲突,创作灵感枯竭。于是他将自己的文学审美转移到古代服饰文化研究上,长期在历史博物馆工作,历经 15 年出版了《中国古代服饰研究》(1981),填补了我国古代服饰文化研究的空白。

沈从文是现代著名作家,京派重要的代表人物,一生创作过 80 多部文学作品,但主要集中在 1948 年前,1948 年成为沈从文命运和事业的分界线。其中小说集:《老实人》《蜜柑》《雨后及其他》《神巫之爱》《龙朱》《旅店及其他》《石子船》《虎雏》《阿黑小史》《月下小景》《八骏图》《如蕤集》《从文小说习作选》《雪晴》《新与旧》《主妇集》《春灯集》《黑凤集》《阿丽思中国游记》《边城》《长河》《街》《萧萧》《三三》;散文集:《记胡也频》《从文自传》《记丁玲》《湘行散记》《湘西》《云南看云集》《沈从文散文选》《不知为什么忽然爱上你》;文论集:《废邮存底》《烛虚》等。代表作:《边城》《长河》《中国古代服饰研究》。1988 年 5 月 10 日,沈从文因心脏病猝发在家中病逝,享年 86 岁。

二、沈从文的文学观

一是反对将文学纳入商业或政治的功利圈,以文学观照和重建社会道德;二是以文学启示生命,即通过文学唤起人的感觉、想象,让人重新体验思考和发现生活。他的文学观通过他的两类题材的作品体现出来。

第一类是写城市与知识阶级的,代表作有《绅士的太太》《八骏图》《某夫妇》《大小阮》《有学问的人》等。"都市题材的上流社会的'人性的扭曲',也是在'人与自然契合'的人生理想的烛照下获得显现。"[1]《绅士的太太》一文开头写道:"我不是写几个可以用你们的石头打他的妇人,我是为你们高等人照一面镜子。"这可以视为沈从文都市题材小说的一个总序言。在这类小说中,他以一个乡下人的眼光为镜,照出了上流社会道德沦丧的种种丑态,以自然人性的道德尺度鞭挞了所谓上流绅士人性的堕落和扭曲。《绅士的太太》以辛辣的笔揭露了两个绅士家庭内部绅士淑女的丑陋:绅士在外偷情,其太太出于报复与另一绅士家庭的少爷通奸;而那位少爷在与自己父亲三姨太乱伦的同时,又宣布与另一名名媛订婚。物欲横流的上等人寡廉鲜耻、精神空虚、腐化堕落。《八骏图》里的"八骏",指的是八位教授,他们有的是物理学家,有的是生物学家、哲学家、史学家、西洋文学史专家等,是20 世纪 30 年代中国高级知识分子的群像。由于现代文明对人性的压抑,造成了八位教授的性变态,表面上道貌岸然,内心里龌龊不堪:喜欢读艳体诗文的教授甲、在海滩上偷窥

---

① 于继增:《艰难的抉择——沈从文退出文坛的前前后后》,《书屋》2005 年第 8 期。

泳装美女的教授乙、意淫自己内侄女的教授丙、有虐待倾向的教授丁、认为女人是古怪生物的教授戊等。最具讽刺意味的神来之笔是自认为最正常的主人公达士先生(八骏之一)正在热恋当中,却因为另一双美丽眼睛的诱惑而推迟归期。这些自认为深得文化精髓的精英教授们,反而成了传统文化枷锁下的奴隶,导致人性残缺、人格分裂、生命力萎缩。

第二类是写乡村与抹布阶级的。此类小说真正代表了作者的文学观和作品风格。在彰显乡村粗朴的人情、人性,生命特有的风韵与神采时,也透露了乡村理性蒙昧而导致的精神愚昧和人格缺失。代表作主要有《边城》《长河》《萧萧》《柏子》《丈夫》等。沈从文的湘西小说以诗意、温情的笔法和文化的独特视角展示了湘西奇异的自然风光和独特的生存景观。在《柏子》中强悍粗蛮的水手柏子不惜用自己的血汗钱去换取与吊脚楼妓女短暂的生命欢娱,情爱真诚。《萧萧》中十二岁的童养媳萧萧嫁给了不到三岁的丈夫,十五岁的她在懵懂中受比她大十多岁的长工花狗引诱失身,并怀孕,犯下了伤风败俗的"弥天大罪"。按照族规,她将被"发卖"或"沉潭"。伯父并不忍心让萧萧沉潭,但由于"一时没有相当的人家来要萧萧",事情延搁下来。萧萧生下了一个儿子,于是全家欢喜,萧萧又被留下来,过上了与以前一样平静的日子。小说表现了湘西民风的纯朴,展示了"不悖乎人性"即顺应自然人性的主题意蕴,同时也谴责了旧中国农村童养媳制度的愚昧与野蛮,并对历史文化及民族性进行了深入的思考。在人性与制度的对抗中,沈从文写的是人性的胜利。对于婚姻,萧萧以天然的人性来对抗;对于礼法,家人以农人纯朴的天性来对抗。"正是这独特的价值尺度,构成了沈从文笔下的都市人生与乡村世界的桥梁,从而写出《边城》、《湘西》这样的理想生命之歌,寄托了作者民族的和个人的隐痛。这种作品从美学的、历史的原则出发,远离政治,超越时空,具有永恒的审美价值。"①

三、《边城》

1. 创作动机

"我要表现的本是一种'人生的形式',一种'优美,健康而又不悖乎人性的人生形式'。我主意不在领导读者去桃源旅行,却想借重桃源上行七百里路酉水流域一个小城市中几个愚夫俗子,被一件普通人事牵连在一处时,各人应得的一分哀乐,为人类的'爱'字作一度恰如其分的说明。"②

2. 情节

在湘西风光秀丽、人情质朴的边远小城,生活着靠摆渡为生的祖孙二人。外公年逾七十,仍很健壮;外孙女翠翠十五岁,情窦初开。他们热情助人,纯朴善良。两年前在端午节赛龙舟的盛会上,翠翠邂逅当地船总的二儿子傩送,从此种下情苗。傩送的哥哥天保喜欢上美丽清纯的翠翠,托人向翠翠的外公求亲。而地方上的王团总也看上了傩送,情愿以碾坊作陪嫁把女儿嫁给傩送。傩送不要碾坊,想娶翠翠为妻,宁愿作个摆渡人。于是兄弟俩

---

① 于继增:《艰难的抉择——沈从文退出文坛的前前后后》,《书屋》2005年第8期。

② 转引自朱栋霖,朱晓进,吴义勤:《中国现代文学史1915—2018》(上),高等教育出版社,2020年,第171页。

相约唱歌求婚,让翠翠选择。天保知道翠翠喜欢傩送,为了成全弟弟,外出闯滩,意外而死。傩送觉得自己对哥哥的死负有责任,抛下翠翠出走他乡。外公因翠翠的婚事操心、担忧,在风雨之夜去世,留下翠翠孤独地守着渡船,痴心地等着傩送归来。"这个人也许永远不回来了,也许明天回来!"

3. 主题

小说以湘西小城茶峒及城西的碧溪嘴渡口为场景,通过渡口撑船老人和他的外孙女翠翠相依为命的恬淡生活,以及天保和傩送兄弟同时爱上翠翠的曲折动人的情感悲剧,生动地展现了边城人民健康、淳朴的风俗人情,表达了作者对优美善良的人性和理想生活方式的赞美与追求。

4. 人物形象

沈从文先生在内地看到了许多现代文明对传统美德的锈蚀和破坏,这深深触痛了他。《边城》这部小说正反映着他对重建人与自然和谐关系、恢复人与人之间的善意和坦诚的思考和愿望,他把这些美好的愿望交给了家乡湘西的乡亲。主人公翠翠是作者理想中爱与美的极致,清纯质朴美丽。《边城》中是这么描绘翠翠的:"翠翠在风日里长养着,把皮肤变得黑黑的,触目为青山绿水,一对眸子清澈如水晶。自然既长养她又教育她,为人天真活泼,处处俨然如一只小兽物。人又那么乖,如山头黄麂一样,从不想到残忍的事,从不发愁,从不动气。"老船夫是善的化身,五十年如一日地在渡口摆渡送人,任劳任怨,只靠公家的三斗米、七百钱带着外孙女过着恬淡自足的生活。他从不肯接受别人的馈赠,且慷慨大方地备办酒茶为客人解乏,获得了河街上众乡亲的一致敬重。而为了外孙女翠翠,老船夫更是付出了一切的关爱和仁慈。边民的群像写得也很动人。在美丽如画的边城,人们重义轻利、守信自约,共同遵循着淳朴、恬淡、和谐的生活方式,没有钩心斗角,更没有蝇营狗苟。热诚仗义质朴的杨马兵无微不至地关心着自己过去暗恋的恋人的遗孤翠翠,船总顺顺慷慨豪爽地对待每一个乡民和外地的落难者,傩送专情重义,宁肯要渡口也不要碾坊。在民族矛盾和阶级矛盾日渐凸显的20世纪初期的乡土中国,沈从文的京派小说代表作《边城》无疑是文学史上一道独特的风景。

第八节 30年代散文——小品文、杂文、游记、报告文学各领风骚

1930年代的散文发展与其他文体一样,因为受到大革命失败的影响而带上了愈来愈浓的政治色彩。因此,30年代的散文派系也常常因为政治倾向的不同而划分为:左翼作家的散文,以周作人、林语堂为代表的自由作家的散文,政治态度超然的京派及其他作家的散文。这一时期散文创作的文体意识增强,各散文派系的不同创作追求不单单是因为政治倾向不同,更是因为对于散文的社会功能和文体要求有着不同的理解。正因如此,这一时期的散文发展生机勃勃,小品文、杂文、游记、报告文学都有各自长足的发展。

一、幽默闲适的小品文

幽默小品与闲适小品的主要推动者是林语堂。1932 年林语堂创办了《论语》半月刊，随后又创办《人间世》和《宇宙风》两个刊物，这些刊物都以发表小品文为主。林语堂主办刊物，提倡幽默、闲适、独抒性灵的散文，吸引了很多作家为刊物写稿，像经常为《论语》撰稿的就有林语堂、周作人、老舍、俞平伯、郁达夫、丰子恺、老向、简又文、陶亢德、邵洵美等人。连鲁迅、茅盾也都曾在《论语》上发表过文章。幽默闲适小品文一时间成为写作风气，与《论语》同类型的刊物如《逸经》《谈风》《天地人》《西风》《文饭小品》等也接连出现。当然这类小品文重要的代表作家之一就是林语堂。在《语丝》时期，林语堂的杂文已经颇具幽默味。到了《论语》创刊，林语堂开始大力提倡幽默，不仅把其作为创作的美学追求，更是塑造为一种写作立场和人生态度。他提倡以疏远的态度来看待现实，站在超然的立场上以戏剧看客的姿态刻画社会现实的滑稽可笑之处。他认为讽刺与幽默不同，幽默祛除了讽刺的酸腐，更有深远的意味。他提倡的幽默观来源于英国文化，强调"参透道理""体会人情，培养性灵"，这种写法深得西方幽默之精髓。从另一方面来说，林语堂提倡的幽默态度是对"人"的文化发现，对于当时国民枯燥的人生方式也有所补益。

在幽默之外，林语堂还主张小品文以"闲适"为格调。因此针对当时政治意味浓厚的文学创作，他强调提倡小品文的目的只是"提倡一种散文笔调而已"，其意便是注重文学的艺术性而非功利性。因此这种散文的笔调注重闲适与性灵，通过多样的题材和娓娓道来的语调，达到个人性灵表现的无拘无束、洒脱从容的境界。这种文学境界与明清小品，尤其是明末公安派、竟陵派所谓的"独抒性灵"的小品尺牍的创作颇为类似。

林语堂对幽默闲适小品文的提倡，秉承的仍然是五四以来"人的文学"的创作理念——提倡人的个性，抒发个人性灵。这种超然冲淡的态度，与左翼作家要求的具有战斗性的文学当然不同，也因此遭受到一些指责。鲁迅受邀为《论语》创刊周年写文时就认为，在"皇帝不肯笑，奴隶是不准笑"的时代，是很难"幽默"起来的。他还提醒到，要防止这"幽默"最终沦为"将屠户的凶残，使大家化为一笑，收场大吉"①。鲁迅的这些话从当时的社会实际出发是有着规劝的意味的。在稍后写就的《小品文的危机》中，鲁迅直言："生存的小品文，必须是匕首，是投枪，能和读者一同杀出一条生存的血路的东西。"②不过林语堂毕竟选择的是自由主义的立场，他的道路与左翼作家不同。

1930 年代是林语堂散文理论的成熟期，也是他创作的高峰期。从 1932 年《论语》创刊到 1936 年他去美国，这期间他发表了近 300 篇文章，其中部分收录在《大荒集》和《我的话》二集中。林语堂中西文学的底子都很厚实，擅长双语写作，又熟谙中西文化，这使他常用中西比较的眼光来看问题。写作小品文时，常从一件具体事物生发开来，引出传统文化和外国文化的比较。对国民性改造和中国传统文化转型的思考贯穿在林语堂的许多小品文中，像《谈中西文化》就以谈话的方式讨论中西文化差异，以及文化与人生之关系，写得通俗易懂又深入精髓。他的小品文文化含量高，同时兼具知识性和趣味性，颇为耐读。

---

① 鲁迅：《〈论语〉一年》，载《鲁迅全集》第 4 卷，人民文学出版社，1981 年，第 567－570 页。
② 鲁迅：《小品文的危机》，载《鲁迅全集》第 4 卷，人民文学出版社，1981 年，第 576－577 页。

与五四发展起来的感伤浪漫和功利性散文比较起来,林语堂幽默闲适的小品文从另一个方面开拓了散文的审美领域。从这一点来说,林语堂的散文理论和创作实践都为现代散文的文体发展做出了重要的贡献,也产生了重要的影响。

二、左翼作家的杂文和散文

左翼作家的处境与林语堂等自由主义作家不同,他们处于国民党当局的文化围剿当中,当然更看重散文的战斗作用,因此在散文创作方面他们最大的贡献是作为"匕首"和"投枪"的杂文。鲁迅的杂文因其批判的深刻性而在左翼作家中影响巨大,许多左翼作家的杂文都师法鲁迅。瞿秋白的杂文因与鲁迅的太过相似,甚至于被鲁迅收入自己的杂文集《伪自由书》《南腔北调集》和《准风月谈》中而不被读者发觉。唐弢的一篇杂文《新脸谱》甚至因为酷似鲁迅的风格,而引起他人对鲁迅的攻击。把左翼作家这种杂文的创作风格称为"鲁迅体"是不为过的。这一时期与左联相关的进步刊物,像《萌芽月刊》《北斗》《前哨》《十字街头》《海燕》《文学》《杂文》《芒种》等都刊登左翼杂文,甚至《东方杂志》和《申报》的"自由谈"等也常常刊登。这种氛围确实促成了 30 年代杂文的兴盛繁荣。

瞿秋白这一时期主要创作杂文,除了风格类似鲁迅的作品外,他还用马克思主义阶级论的观点分析研究鲁迅的杂文,像《〈鲁迅杂感选集〉序言》等。这种阶级分析观点也体现在他的杂文写作中,《民族的灵魂》《流氓尼德》《美国的真正悲剧》《财神的神通》等都是这样的作品。在抓住本质,勾勒典型的写作方法上他和鲁迅非常像,但因为有时候过于倡导唯物辩证法的使用而稍显僵硬。他的杂文多收在《乱弹及其他》一集中。

唐弢和徐懋庸是师法鲁迅杂文的青年作家。唐弢(1913—1990)早期有叙事抒情散文《乡音》等篇,也创作散文诗,收入《落帆集》,但使其成名的是杂文。上文提到他的杂文风格颇似鲁迅,但当然还达不到鲁迅的深刻与广博。他擅长将政论与艺术散文的笔调结合,使文章简明而有文采。《谈礼教》《看到想到》《东南琐谈》等篇揭露批判旧社会、旧文化、旧意识,由历史与现实的一点联系生发开来,笔锋犀利直击要害。这一时期他的杂文主要收在《推背集》和《海天集》中。徐懋庸(1910—1977)的杂文也主要针砭旧物旧俗,鲁迅说他的散文贴切、泼辣,能移人情。他本人来自社会底层,经历颇多,因此思想较沉实,文风较质朴。这一时期他的杂文收在《不惊人集》和《打杂集》中,这些杂文都能较有深度地触及时事,论述时加以古今中外掌故,别具一格。

这一时期活跃的杂文作家还有巴人、柯灵、聂绀弩、曹聚仁等,但他们的主要成就还是在抗战胜利之后。

除了杂文,左翼作家还创作了风格各异的散文小品。茅盾除了创作小说,也是一位擅写小品文的散文家。这一时期他放弃了早期《宿莽》等篇当中的低沉格调,改用当时小说创作全景式反映社会生活的方法,思想性和时代性都很鲜明。以写小说闻名的艾芜也同样擅写散文。他的《漂泊杂记》《山中牧歌》等多写西南边陲的浪漫风情,格调朴素清新。叶紫也有《古渡头》《夜雨漂流的记忆》等名篇。萧红这一时期的散文有《商市街》《桥》等集子。她在散文中写童年的回忆、漂泊的生活,写逆境中的乐观,像《过夜》等篇写得明丽亲切,哀婉动人,不事雕琢有自然之美。她的散文多用絮语,文字顺着情感的流动泻出笔尖,显得流利生动。一度加入左联的郁达夫,此时有山水游记的散文《达夫游记》等集子,写山水而又有对社会民众的隐忧。

巴金虽然没有加入左联,但思想激进。这一时期他的散文充满时代色彩,追求光明而又有对黑暗的激愤。有散文集《旅途随笔》《忆》《短简》《点滴》《控诉》等。他的散文剖析自己直白无余,写旅途见闻则关心民生人性,写自然风光常露对人间的美好愿望,这让他的散文总像一支抒发心曲的歌,文章发自他的心底,没有技巧而自有技巧。这种写法也让他更能得到青年人的认同和喜爱。

三、京派散文与开明同人散文

1930 年代的散文创作中还有重要的一支是活跃于北方的京派作家。主要的京派散文家有李广田、何其芳、吴伯箫、师陀、沈从文、萧乾等人。何其芳(1912—1977),四川万县人,最初以写作新诗登上文坛,后来散文的创作成绩逐渐超过诗歌。何其芳具有强烈的散文文体意识,他认为散文应是独立纯粹的文体,不能把它看成小说或诗歌的某种形态。因此在创作散文时,他也有意识地体现散文文体的独特性,这在他的散文集《画梦录》《刻意集》中都有所体现。从散文集名字就可以看出,何其芳早期的散文耽于幻想,刻意画梦,立意用文字描画自己温柔的玄想。他常用"独语"的调子玩味孤独,吟哦寂寞,以呈现年轻知识分子灵魂的颤动和对人生的独特感悟。为了追求一种纯粹的柔和、美丽,他力图用很少的文字制造一种情调:或是叙述一个引起幻想的小故事,像《墓》;或是一阵伴着深思的情感波动,像《梦后》《岩》《黄昏》等。这些独语体的散文,一方面写出边缘状态知识青年的内心孤独,一方面又呈现出散文文体的独特性。

这一时期何其芳正在北京大学哲学系求学,他醉心于法国象征主义艺术,再加上迷恋晚唐温庭筠一派的秾丽、精致、感伤的诗歌艺术,因此他的散文创作对这些艺术格调都颇有借鉴。他的散文语言绚丽精致,意象优美繁复,轻灵的笔调能委婉曲折地表达复杂的内心情愫,有秾丽精致之美。但这种精致的艺术形式有时又不免雕琢过分,不太自然。1936年后,尤其是到了延安之后,接触过的社会现实使他的风格发生了巨大的变化,《星火集》等日趋朴实自然,不再讲究诗意精致,转向状写现实。

李广田(1906—1968)曾和何其芳、卞之琳合作出过诗集《汉园集》,他的主要成就仍是散文。李广田的散文风格与何其芳迥异,他追求朴实无华的境界,希望在平庸的事物里寻找美和真实。《桃园杂记》《山水》《山之子》等,多抒写故乡风物人情,描绘村俗画廊,浑厚素淡的笔墨中透露出情思。他善于结构故事,不事雕琢辞藻,喜欢展现淳朴的人生故事。抗战之后他到大后方,思想文风发生了很大变化,艺术成就上不如从前。与他风格相似的还有吴伯箫(1906—1982)。吴伯箫也多写乡土味的散文,语言沉着壮阔,生活内容丰富,《山屋》《马》《羽书》等都是这类散文的代表作品。吴伯箫的散文还讲究炼句,句式长短奇偶错落有致,有一种韵律感。师陀这一时期也有散文集《黄花苔》《江湖集》,多写北方山野凋零,是哀婉的田园诗。在小说和散文方面都有很高成就的京派作家沈从文,这一时期的创作有散文集《湘行散记》,用来记录故乡湘西的山水风貌和风俗人情,继承了古代游记和笔记的传统。

除了京派作家,在抒情小品方面有着创作实绩的还有缪崇群、丽尼、陆蠡等人。缪崇群(1907—1945)的散文多写个人的经历体验,那些怀念亲人、追怀师友的作品尤其感人。

在他婉转的叙述下，一些凡人琐事都具有了人生的真味，其中的细腻情感真切动人。他推崇平实的风格，一些纪实性的散文如《南行杂记》《北南西东》等，真实记录了社会百态，同时也融入了作者的切身感受。他的散文平实中蕴含真挚的情谊，读起来格外动人。丽尼（1909—1968），湖北孝感人，原名郭安仁。他的第一部散文诗集《黄昏之献》营造了一种忧郁而美丽的氛围，多写青春梦幻消失后的空虚怅惘。随后的《鹰之歌》则开始淡化忧郁的情绪，剖析自我也观照人生。他的散文多用象征和暗示传达感觉和意识，注重文字之美，讲究节奏和韵律。在追求散文的文体之美和探索灵魂世界方面，他的散文与何其芳的《画梦录》诸篇有相似之处。陆蠡（1908—1942），浙江天台人，作品有《海星》《竹刀》和《囚绿记》。《海星》多是对童真和自然的描写，呈现人情、人性之美，但有时会流露出孤寂的情愫。从《竹刀》开始，陆蠡开始关注民族命运，显示了崇高的民族气节。《囚绿记》托物言志，借一支常青藤的生长诉说不屈不挠的民族精神。陆蠡的散文语言凝练优美，节奏舒缓，抒情含蓄委婉，情感细腻真挚。30年代的这几位抒情散文作家和京派作家一样，在散文文体的独立方面有着重要的贡献，他们的创作显示出散文文体的纯粹性。

1930年代还有一群聚集在开明书店周围，自觉地将散文作为文学教育写作范式的作家，被称为开明派散文作家群。他们大都是上海立达学园的同事，有丰子恺、夏丏尊、叶圣陶等诸位作家。丰子恺的散文在抗战前转向现实社会，有《肉腿》《半篇莫干山游记》等。其散文风格仍是在朴素琐细之中饱含情理，透露出作者疏单俊逸的人格气质。他擅于从细微处生发宏旨精义，不喜雕琢言辞，词句简明，有一种古朴明亮的韵味。除了《缘缘堂随笔》外，他还有《车厢社会》《缘缘堂再笔》等。夏丏尊（1886—1946）是丰子恺的老师，散文作品只有一集《平屋杂文》。他的散文多写身边琐事，朴素冲淡的笔调中常蕴含情思，结构缜密完整。《白马湖之冬》《钢铁假山》《猫》等诸篇是他散文中的名篇。叶圣陶这一时期的散文多收在《未厌居习作》中。和他的小说一样，散文的写作同样讲究风格平实，状物写人的散文形式规范，常被当作中学生写作范文。开明同人散文家多是积极的人生派，他们爱国，讲究品格、气节、操守，但却与政治保持距离。在他们眼中，散文创作是一种思考的方式，因此在结构布置方面要求严谨，意境方面追求高远。因为教育者的身份，他们多将青少年学生作为目标读者，因此散文风格明白如话而又善于开掘生活中的哲理。夏丏尊后来成为开明书店编辑部主任。开明书店出版的《中学生》杂志提倡"科技小品文"，在青年学生中很受欢迎，影响也很大。

四、报告文学与游记

五四新文化运动时期即已有报告文学产生。1919年《每周评论》上的"旅中杂感"是欧游通讯、"一周中北京的公民大活动"报道五四运动始末，1920年《劳动者》周刊发表《唐山煤矿葬送工人大惨剧》，等等，这些都属于报告文学的类型。前文提到过瞿秋白的《饿乡纪程》等也都属于报告文学。到了30年代，左联的刊物因当时的战斗需要开始介绍捷克作家的报告文学作品，并有意识地提倡创作。其时刊登报告文学的刊物还有《光明》《中流》《文学界》等。东北九·一八事变和上海一·二八事变的发生，客观上促成了报告文学的初次热潮。此时结集的报告文学，有阿英编的《上海事变与报告文学》，茅盾组织编写的大型报告文学集《中国的一日》，梅雨也编有《上海的一日》。1936年之后，抗战形势危急，此时的报告文学显示出其披露事实的新闻性、纪实性特点,形成一个创作高潮。这一时期比较著名的报告文学作品有夏衍的作品《包身工》、宋之的的《一九三六年春在太原》、捷克作家基希的《秘密的中国》(周立波翻译)、爱狄密勒的《上海——冒险家的乐园》(阿雪翻译)等。

夏衍的报告文学作品《包身工》,揭露上海日本纱厂对包身女工压榨剥削的罪恶行径。作者亲自在上海杨树浦的纱厂调查了两个月,搜集了真实的素材。《包身工》以女工的一天劳作为叙述线索,塑造了"芦柴棒"等生动鲜活的人物形象,展现了包身工惨绝人寰的生活处境,用阶级分析的眼光抨击包身工制度的野蛮。《包身工》不仅是报告文学中里程碑似的作品,它同时产生了深远的政治影响。

宋之的的《一九三六年春在太原》以第一人称"我"的见闻为线索,再加上其他人物的行踪和报纸新闻,揭露阎锡山统治下的白色恐怖和民不聊生,笔调辛辣又满含愤慨。文章的技巧和形式都颇为成熟。

其时许多新闻界和报界的作者也都十分重视报告文学的创作,报刊上的报告通讯类文章逐渐增多。《生活》和《大众生活》的主编邹韬奋(1895—1944)是这一时期最有成就的新闻作家。他以游访欧洲、苏联的见闻为题材,创作了《萍踪寄语》一到三集和《萍踪忆语》。这些作品充满爱国主义激情,衷心向往社会主义,对西方民主有清醒的认识,是政治性和社会性很强的报告文学,产生了很大的影响。《大公报》记者范长江(1909—1970)有《中国的西北角》《塞上行》等,深入报道西北诸省的政治、文化、经济等情况。他的报告注重事实,分析客观,夹叙夹议,类比古今,常能激动读者。他是在国内报纸公开如实报道红军长征的第一人,留下了许多珍贵的历史资料。《大公报》的另一位记者萧乾,1932年开始写旅行通讯,将时事传播和风光描写相结合,报道了北方难民和塞外风光,《流民图》和《平绥琐记》是其中的名篇。他的作品收入《人生采访》集。

这一时期写作国际游记的作家也很多,比如朱自清、郑振铎、李健吾等人。其中有较大影响的是朱自清的《欧游杂记》《伦敦杂记》,李健吾创作的《意大利书简》,郑振铎创作的《欧行日记》,小默(刘思慕)的《欧游漫忆》,以及胡愈之的《莫斯科印象记》等。这类游记写法较为自由,颇类随笔,虽然写的是风景但却能从字里行间显露出作者的个性,比如朱自清的写法较为纪实,语言洗练;李健吾的创作颇显学识与机智;郑振铎则长于搜集、记录资料,显示出学者的勤奋和专注;小默和胡愈之则显示出其国际问题专家的政论色彩。

1930年代的散文创作拥有更强的文体意识,也显示出其功能的多样性,小品文、杂文、游记、报告文学各领风骚,流派纷呈,是现代散文走向成熟的阶段。

第九节　30年代——现代戏剧的发展与成熟

20世纪30年代,对于中华民族来讲是一个痛苦的开始,阶级矛盾和民族矛盾不断激化,五四戏剧开始逐步向社会问题剧方向转变,并主动承担了唤醒民众爱国情怀、拯救国家危亡的社会责任。自此,中国戏剧找到了发展的方向,众多戏剧家以极大的热情共同参与组织各种剧社,开展戏剧创作和演出,"左翼戏剧"成为这一时期的一大主潮,中国戏剧开始走向成熟。

一、"左翼戏剧"运动

随着中国现代文学由第一个十年(1917—1927)五四时期的文学革命进入到第二个十年(1927—1937)的革命文学,特别是 20 世纪 20 年代末无产阶级文学运动的倡导,无产阶级戏剧运动也随之蓬勃兴起,以左翼戏剧家联盟为主体的革命戏剧成了 20 世纪 30 年代前期中国戏剧的主流。

1. 南国社的"左转"

1928 年初,田汉在南国社的基础上创办南国艺术学院,开展"在野"的艺术运动。两年里,先后在上海、南京、杭州、广州、无锡等地公演,引起极大轰动,被戏剧界认为"有了南国的戏剧,新剧才恢复了生命"[①],南国戏剧运动为当时的现代话剧开拓了一片新天地,极大地助推了话剧运动的发展。1929 年,以田汉创作《火的跳舞》《一致》等为分水岭,开始向革命文学的转变。1930 年 5 月,田汉发表长文《我们的自己批判》,标志着南国社在政治信仰上向无产阶级的彻底转向,并从此汇入了左翼戏剧运动的滚滚洪流。

2. 上海艺术剧社的成立

上海艺术剧社是中国共产党在国民党统治区领导的第一个戏剧团体。由共产党员和进步知识分子郑伯奇、沈端先(夏衍)、陶晶孙、冯乃超、叶沉(沈西苓)发起,1929 年 11 月在上海成立。社长郑伯奇、沈端先和冯乃超负责宣传,叶沉负责导演,许幸之负责美工。成员主要有沈端先(夏衍)、郑伯奇、冯乃超、叶沉(沈西苓)、石凌鹤、许幸之等人。它第一次提出了"普罗列塔利亚戏剧"即无产阶级戏剧的口号,使戏剧运动由反帝反封建的民主主义革命转向无产阶级革命。上海艺术剧社于 1930 年 1 月和 4 月先后举行过两次话剧公演,演出鼓舞了人民群众的斗争情绪。

该社除组织公演外,还先后编辑出版了《艺术》月刊、《沙仑》月刊和《戏剧论文集》,宣传无产阶级戏剧,强调戏剧的战斗性及艺术与政治的密切关系,主张戏剧大众化。因其在社会上日益增长的强大革命影响,引起了反动当局的仇恨与恐惧,于 1930 年 4 月 28 日被查封,成员刘保罗等多人被捕。其成立虽然不足半年,但上海艺术剧社推动了新兴戏剧运动的发展。

3. 上海戏剧运动联合会成立

这是中国共产党领导的进步戏剧家统一战线组织。1930 年 3 月左联成立后,由艺术剧社和摩登剧社发起,联合南国社、辛酉社、戏剧协社、剧艺社、青鸟剧社、紫歌剧社,于 3 月 19 日成立了"上海戏剧运动联合会",8 月 1 日,改名为"中国左翼剧团联盟",1930 年底又改称为"中国左翼戏剧家联盟",简称"剧联"。剧联成立后,起草并通过《中国左翼戏剧家联盟最近行动纲领》,除在上海设立总盟外,先后在北平、汉口等地设立了分盟和小组,使左翼戏剧运动在全国范围内迅速发展。在演剧方面,团结进步的戏剧工作者,组成多个

---

① 转引自《南国的戏剧》,萌芽书店,1928 年,第 35 页。

左翼剧团。仅上海就成立了大道剧社、蓝衣剧社、曙星剧社、春秋剧社等众多剧社,广泛开展革命演出活动。剧联组织戏剧讲习班,介绍进步的戏剧理论;组织移动剧团,创作、翻译革命剧本。它领导下的左翼戏剧家队伍,成为 20 世纪戏剧运动的中坚。由于其理论和指导思想主要受当时苏联"拉普"和日本"纳普"思想的影响,强调革命戏剧要深入工农群众,创作内容要暴露地主资产阶级和反动派的罪恶,这本无可厚非,但它过度强调文艺与政治的关系,片面凸显戏剧为政治斗争服务的导向。"这一戏剧主张把五四时期的社会问题剧观念发展为政治宣传剧观念,后来成为中国当代戏剧的主导思想,制约和影响了中国现代戏剧的发展。"[①]

4. "国防戏剧"运动

1935 年底,为广泛团结戏剧界的抗日力量,剧联自动解散,并于 1936 年以联谊会的形式成立统一战线上的上海剧作者协会,后改名为"中国剧作者协会",开展救亡戏剧运动。此时与"国防文学"的口号相呼应,戏剧界也提出了"国防戏剧"的口号,代替"无产阶级戏剧"口号,并根据党的抗日民族统一战线的精神,制定了《国防戏剧纲领》,强调取材现实斗争与民族解放历史题材,表现反帝反汉奸的主题,提倡"通俗化""大众化"和方言戏剧。国防戏剧运动是 20 世纪 30 年代戏剧运动的又一大转折。它极大激发了民族爱国热情,推动了抗日救亡运动的发展,同时,也为 20 世纪 40 年代"国防戏剧"黄金时代的到来奠定了基础。[②]

二、30 年代戏剧代表作家和作品

20 世纪 30 年代,中国戏剧运动蓬勃发展,出现了一大批优秀的作家和作品。这一时期的主要作家有:田汉、洪深、欧阳予倩、曹禺、熊佛西、李健吾、袁牧之、宋春舫等。其创作内容主要体现在以下三个方面。

1. 表现工人阶级和农民群众的反抗和出路

歌颂工人阶级为革命流血牺牲精神的代表作品有冯乃超的《阿珍》,它是"无产阶级戏剧"口号提出后的第一部革命剧作。表现工人群众阶级觉悟、反抗、团结和胜利信心的作品主要有:田汉的《1932 年的月光曲》,左明的《到明天》和《活路》,袁殊的《工厂夜景》,叶秀的《阿妈退休》等。首次较全面地反映农村斗争、农民情绪、农村各阶级变迁的作品主要有:洪深创作的农村三部曲《五奎桥》《香稻米》《青龙潭》,话剧舞台上首次出现了一系列当代农民形象;再现灾民悲惨生活的有田汉的《洪水》;揭示中国农村社会残酷现实的有曹禺的《原野》。

2. 抗日救亡

1931 年九一八事变后,东北相继沦陷,左翼剧作中出现了大量抗日救亡剧。表达保家卫国、反抗侵略的救亡之作有:田汉的《乱钟》《扫射》《回春之曲》,女作家白薇的《敌同

---

① 朱栋霖,朱晓进,吴义勤:《中国现代文学史 1917—2013》(上),高等教育出版社,2014 年,第 205 - 206 页。

② 王嘉良,颜敏:《中国现当代文学史(上)》(修订版),上海教育出版社,2012 年,第 301 - 302 页。

志》《假洋人》《北宁路某站》,欧阳予倩的《不要忘了》以及集体创作的《放下你的鞭子》,洪深的《走私》《咸鱼主义》,凌鹤的《洋白糖》《黑地狱》,章泯的《我们的故乡》《东北之乡》,宋之的的《烙痕》,许幸之的《最后一课》等。在众多的剧作家中,创作力最旺盛的是于伶(尤兢),他相继发表了《回声》《撤退》《赵家庄》《在关内过年》《夜光杯》和《汉奸的子孙》(与洪深合作)。另外,还有被誉为"国防戏剧的力作"的《赛金花》等,由夏衍创作。这些抗日救亡剧,以通俗易懂、生动活泼的形式宣传抗日救亡,虽然有相当一部分作品是急就章,情节也相对简单,但极大地鼓舞了全国人民的抗日热情。

3. 人道主义

探索人性的主题是五四文学基本精神——人道主义的延续和深化,这一类的作品,成就了30年代戏剧文学的高峰。曹禺20世纪30年代的创作至今无人超越。他的《雷雨》(1933)、《日出》(1936)、《原野》(1937)揭示了人性的复杂和命运的不可捉摸。李健吾致力于普通人性的深入开掘,注重刻画戏剧人物的"善恶并存"。他这一时期的作品主要有:《这不过是春天》(1934),《梁允达》(1934),《以身作则》(1936),《新学究》(1937),《十三年》(1937)(原名《一个没有登记的同志》)。夏衍的《上海屋檐下》,关注小市民的灰色生活和心灵痛苦,体现了这位剧作家更加深广的人道主义。

三、话剧艺术的成熟及戏剧样式的丰富多彩

话剧作为外来的新型文学样式,由20世纪20年代的社会问题剧到30年代的左翼戏剧,更多强调的是戏剧的实用工具性,而忽略了其独特的文学艺术性。当剧作家们集体觉醒之后,戏剧艺术创作大幅提高,作为一种比肩于小说、诗歌、散文的独特文学样式,戏剧臻于成熟。

其成熟体现在:一是多幕剧的普遍涌现,改变了多数剧作家只能写独幕剧的局面;二是戏剧文学创作的艺术成就更高,话剧在舞台上站住了脚,赢得了更多的观众;三是戏剧文学的各种美学样式和艺术体裁都有新的成就与发展。悲剧创作有楼适夷的《S. O. S》,曹禺的《雷雨》《日出》《原野》;喜剧有李健吾的《以身作则》《新学究》,陈白尘的《征婚》《恭喜发财》;历史剧有宋之的的《武则天》,夏衍的《赛金花》《秋瑾传》等。

总之,30年代的戏剧文学,由宣传鼓动的工具向戏剧艺术本体的回归,成绩斐然,"特别是田汉、曹禺、夏衍、洪深、李健吾等的戏剧成就,标志着现代戏剧的新的美学原则已经确立,戏剧文学的现代意识正在被越来越多的剧作家所把握,一只优秀的剧作家队伍已经形成"①。

---

① 王嘉良,颜敏:《中国现当代文学史(上)》(修订版),上海教育出版社,2012年,第306页。

第十节　中国话剧的杰出代表——曹禺

一、曹禺的生平与创作概述

曹禺(1910—1996),中国 20 世纪最优秀的剧作家之一。原名万家宝,祖籍湖北潜江,生于天津一个封建官僚家庭。3 岁随继母看戏,从小爱好文学和戏剧,为其后来的戏剧创作播下了种子。1922 年曹禺进入南开中学,1925 年他参加南开新剧团,在此期间,得到了老师张彭春的赏识,让他直接参与舞台演出及剧本改编,获得了丰富的舞台经验。1928年考入南开大学政治系。1930 年转清华大学西洋文学系,深为古希腊悲剧作家及莎士比亚、契诃夫、奥尼尔、易卜生等人的剧作所吸引,同时也陶醉于中国的传统戏剧艺术。西方戏剧影响了他对人、人性及人类命运的体认,中国戏曲直接影响了其鲜明人物性格的塑造。1933 年创作了处女作四幕剧《雷雨》,以高度的艺术成就和现实主义的艺术力量震动了当时的戏剧界,标志着中国话剧艺术开始走向成熟。几十年来,《雷雨》成为最受观众欢迎的话剧之一。

曹禺的创作经历了三个阶段。第一个阶段:1933—1937 年,这是他创作的黄金时代,主要作品有《雷雨》(1933 年)、《日出》(1936 年)、《原野》(1937 年)。这些剧作,显示出话剧风格的巨大魅力与悲剧艺术才华。《雷雨》《日出》在当时中国剧坛产生了巨大影响,对中国现代话剧的成熟做出了决定性贡献。第二个阶段:1938—1949 年,包括整个抗日战争和解放战争时期。1936 年,曹禺应聘到南京的国立戏剧专科学校任教,抗战爆发后,他随学校辗转最后到了四川临安。1938 年与宋之的合作改编抗战剧《黑字二十八》即(《全民总动员》);1939 年创作《蜕变》;1940 年创作《北京人》。《北京人》继续挖掘他熟悉的大家庭生活,微笑着埋葬了封建大家庭和封建制度。1942 年,离开剧专到重庆,任中央青年剧社、中国电影制片厂编导,把巴金的小说改编成同名话剧《家》;1948 年发表电影剧本《艳阳天》。第三个阶段:新中国成立后。曹禺历任中央戏剧学院副院长、北京人民艺术剧院院长、中国戏剧家协会主席、中国文联主席等职。创作有《明朗的天》(1954 年)、《胆剑篇》(1961 年,与梅阡、于是之合作,曹禺执笔)和《王昭君》(1979)。[1]

曹禺一生创作的话剧数量虽不多,但却很有分量,在中国乃至世界话剧史上留下了广泛而深远的影响,他是现代话剧真正意义上的奠基人。他的创作不仅奠定了现代话剧在中国现代文学史上的地位,更是至今无法超越的现代话剧艺术的一座高峰。

---

[1]　朱栋霖,朱晓进,吴义勤:《中国现代文学史 1917—2013》(上),高等教育出版社,2014 年,第 210页。

二、曹禺对中国现代话剧的贡献

1. 主题的深刻性

他的三部曲《雷雨》《日出》《原野》,分别"从家庭、都市、农村三个视角透视了半殖民半封建社会,中国的黑暗、愚昧和落后表现,作者对光明的憧憬和对中国革命道路的探索"。他的戏剧不仅深刻集中地表现了反封建与个性解放的"人"的主题,这是五四主题的延伸,而且出色地描写了封建没落家庭及其众生相,有力地冲击了封建主义与黑暗社会。

2. 艺术形象的典范性

曹禺话剧发展了我国的悲剧艺术,进一步开拓了悲剧文学的表现领域与精神刻画的深度,为悲剧艺术提供了典范。在他的剧作中塑造了众多的典型人物,有蘩漪、陈白露、愫芳这样的悲剧人物,也有周萍、鲁侍萍、曾文清这样的人物典型,更有周朴园这样世故、多面、冷酷的"高级"流氓和鲁贵那样猥琐、下流、爱占便宜的无耻之徒,为现代话剧人物画廊贡献了一系列人物典范。

3. 现代话剧文学样式的奠基性

话剧本是舶来品,最初的文明戏演出根本没剧本,后来虽经一批剧作家如田汉、洪深、欧阳予倩等人的努力,但仍然未能发展成成熟的文学样式。直到曹禺《雷雨》《日出》的出现,才真正标志着话剧的成熟。《雷雨》成为话剧的经典和高峰,可以说至今无人超越。曹禺戏剧的高度艺术成就,对我国现代话剧文学样式的成熟起了决定性作用,奠定了五四以来这 新生艺术样式在我国现代文学中的地位。

4. 曹禺戏剧文学奖,促进了当代戏剧文学的创作和发展

曹禺戏剧文学奖是中国戏剧文学领域一项具有重要影响力的艺术评奖活动。其前身是中国戏剧家协会于 1980 年创办的全国优秀剧本奖,1994 年该奖项更名为曹禺戏剧文学奖。近 40 多年来,这项国家级戏剧文学大奖,对当代戏剧文学创作和发展产生了重大影响。已故的曹禺、于伶、黄佐临等戏剧大师,都曾是这个奖项的评委。

三、《雷雨》

(一)发表

《雷雨》是曹禺 1933 年在清华大学期间写成的一部剧作。1934 年 7 月,曹禺的第一部话剧作品《雷雨》在《文学季刊》1 卷 3 期发表。这是曹禺的代表作,也是一部杰出的现实主义的家庭悲剧,更是中国现代话剧史上的一座里程碑。

(二)《雷雨》的思想内容

以 20 世纪 20 年代初的社会为背景,通过周、鲁两家错综复杂的血缘和性爱纠葛的情节,描写了一个带有浓厚封建色彩的资产阶级家庭中的悲剧,不仅反映了深刻的社会矛盾,展示了畸形的具有强烈封建性的资产阶级家庭的罪恶,更通过血缘伦常的纠葛与性爱冲突,探索人性的复杂、人的命运悲剧以及人与人之间的隔膜。

(三)《雷雨》的结构特点

戏剧集中于一天时间(上午到午夜两点钟),两个舞台背景(周家客厅、鲁家住房),从周朴园家庭内外各成员之间前后30年的错综纠葛深入进去,过去与现在交织,写出了封建家庭中人和人性的悲剧。充分体现了"三一律"的戏剧创作原则。

(四)人物形象

1. 周朴园——复杂的多面人

周朴园是一位既有资产阶级自由平等思想,又有封建专制思想的新兴资本家。他的复杂性格特征,主要是通过他与侍萍、繁漪两位女性形象以及他与家人及鲁大海等人物的关系表现出来的,对这个人物的塑造是立体的。他年轻时爱上佣人梅妈的女儿,正是年轻人受西方文化的影响,追求自由平等、爱情自主的体现,而当时的社会和家庭的门第观念似乎不能容忍他们,所以当年大年三十的雪夜鲁侍萍被赶出了周家的大门。后来周朴园赶去只见到衣服,以为母子已去世,对这件事周朴园内心是愧疚的,他后来以三十年家具摆设不变、侍萍因生萍儿受凉关窗的习惯都保持着以及穿旧衬衫、旧雨衣这些方式来表达自己的忏悔和纪念,情感是真挚的。而当侍萍三十年后与他在客厅不期而遇,他的质问、惊慌以及想隐瞒也是真实的,以及剧终时侍萍再次出现在他客厅,他以低沉命令的口吻让周萍认母也正是人性复杂的凸显。喝药这个片段,他利用两个儿子周冲和周萍逼迫繁漪喝药,并说出:"繁漪,当了母亲的人,处处应当替孩子们着想,就是自己不保重身体,也要为孩子们做个服从的榜样。"使周朴园的专制跃然纸上。

2. 繁漪——绝望的反抗者

繁漪作为一位年轻有个性的女性,却在家庭中陷入了周朴园的精神折磨与专制压制的悲剧,在她对生活绝望之时,周萍成了她重燃生命之火的一根稻草。对周朴园共同的恨让他们不顾一切地走到一起,可后来周萍却退缩了。周萍的背弃使她又一次陷入绝望。为了抓住这根救命稻草,剧中着力表现她不顾一切地追求周萍,不顾一切地反抗与报复,在"最残酷的爱和最不忍的恨"的性格交织中,她的内心走向变态,爱变成恨,倔强变成疯狂。她在摧毁封建家庭秩序的同时,也毁灭了自己。所以繁漪不是"娜拉式"的人物,她同周萍的感情并未出现高于情欲的个性要求,她对压迫的反抗、对人的意志自由的追求,完全出于她身上原始的野性,而并非自觉追求反封建和个性解放。

除周朴园和繁漪外,曹禺在《雷雨》中还塑造了一系列的人物群像:懦弱逃避的周萍,热情率真的周冲,坚毅反抗的鲁大海,骨气灵秀、母爱爆棚的鲁侍萍,单纯可爱的四凤,猥琐下作的鲁贵,这些人物形象至今在中国戏剧人物画廊中熠熠生辉。

(五)《雷雨》的悲剧性

《雷雨》有着下层妇女(侍萍)被离弃的悲剧,上层妇女(繁漪)个性受压抑的悲剧,青年男女(周萍、四凤)得不到正常的爱情的悲剧,青春幻梦(周冲)破灭的悲剧,以及劳动者(鲁大海)反抗失败的悲剧,血缘的关系与阶级的矛盾相互纠缠,所有的悲剧都最后归结于"罪恶的渊薮"——作为具有浓厚封建色彩的资产阶级家庭家长的象征(代表)的周朴园。

拓 展

拓展一：

请收集史料分析京派、海派、左翼文学的特征。

拓展二：

《子夜》，左翼文学的重要代表作之一，结构宏大，人物众多，但也存在概念化的倾向。结合作品，谈谈你的看法。

拓展三：

《骆驼祥子》是老舍的重要代表作之一，小说以祥子为中心，以其在买车问题上的"奋斗、挣扎、幻灭"三起三落为主线，立体地展现了市民社会各阶层的生活画面，从而构成了一幅色彩鲜明的20年代初北平市民社会的风俗画卷。严谨独特的艺术结构，鲜明生动的人物形象，幽默风趣的语言艺术，京味浓郁的地方色彩，是《骆驼祥子》这部作品的特色。请结合作品，你对京味儿的理解。

拓展四：

巴金的《家》体现了对封建大家庭的批判，在他的散文《爱尔克的灯光》中写道：财富并不"长宜子孙"，倘使不给他们一个生活技能，不向他们指示一条生活道路，"家"这个小圈子只能摧毁年轻心灵的发育成长，倘使不同时让他们睁起眼睛去看广大世界，财富只能毁灭崇高的理想和善良的气质，要是它只消耗在个人的利益上面。结合作品和现实，谈谈你对家庭教育的看法。

拓展五：

《边城》以20世纪30年代川湘交界的边城小镇茶峒为背景，以兼具抒情诗和小品文的优美笔触，描绘了湘西地区特有的风土人情；借船家少女翠翠的纯爱故事，展现出了人性的善良美好。由于《边城》的美学艺术，这部小说在中国近代文学史上具有独特的地位。很多评论家都认为是一首乡村牧歌，而沈从文先生认为只看出了表面，并没有看出他深层的隐忧。您如何看待沈从文先生湘西题材这类小说？

拓展六：

孔庆东在《曹禺论》中说他是"文明戏的观众，爱美剧的业余演员、左翼剧影响下的剧作家"，你怎么看？

作 业

一、精读

1.《子夜》《林家铺子》《春蚕》

2.《骆驼祥子》《茶馆》

3.《家》《爱尔克的灯光》

4.《边城》《丈夫》《萧萧》《八骏图》

5.《雷雨》《日出》

二、泛读

1. 茅盾的《农村三部曲》
2. 关纪新的《老舍评传》
3. 李标晶的《茅盾传》
4. 沈从文的《从文自传》
5. 巴金的《随想录》
6. 茅盾的《我走过的道路》
7. 陈思和的《民间视角下的启蒙悲剧：〈骆驼祥子〉》
8. 巴金的《关于〈家〉》
9. 田本相的《曹禺剧作论》《曹禺传》
10.《日出》《原野》《北京人》

三、视频观看

1. 同名电影《子夜》《骆驼祥子》《家》
2. 1985年凌子风执导的《边城》同名电影
3. 明星版舞台剧《雷雨》

第三章
40 年代文学(1937—1949)

扫码查看
本章资源

学习目标

了解 20 世纪 40 年代文学与战争救亡的密切联系以及诗歌、小说、散文、戏剧的主要代表性作家及作品。

本章摘要

从 1937 年 7 月 7 日卢沟桥事变发生,中国从地域上被划分为几大不同的政治区域,分别是国统区、沦陷区和解放区,形成了不同的地缘政治文化,这对文学的发展和风貌产生了重大的影响,从而形成了国统区(包括抗战时期的沦陷区)文学和解放区文学两大文学体系。抗战时期,文协成立,抗日救亡成为共同的主题,无产阶级革命文学、自由主义文学,以及国民党民族主义文学等几种文学运动汇流,组成了文学界的抗日民族统一战线,是现代文学史上第一次也是唯一的一次包括国共两党作家在内的大联合。中国现代诗歌经过 20 世纪 20、30 年代的探索和发展,在 40 年代进入收获期,在多元化、多样化的艺术融合中寻找民族诗歌的道路。朗诵诗与街头诗在抗战中发挥了其宣传鼓动作用,艾青的诗作代表了自由体诗的新高度,李季的叙事长诗《王贵与李香香》和阮章竞的长篇叙事诗《漳河水》代表了"为工农兵服务"方向下的新民歌体叙事诗的典范。小说创作多样化呈现:国统区内"暴露与讽刺"小说,钱钟书的《围城》堪称典范;沦陷区先锋与通俗混合小说,当数张爱玲的《倾城之恋》;解放区基于民间传统的现实主义小说,赵树理的《小二黑结婚》和孙犁的《荷花淀》影响深远。40 年代散文发展成熟,杂文和报告文学大放异彩。40 年代的戏剧在鼓励和限制的拉锯战中空前繁荣,并由剧场走向了广场,大体经历了从宣传剧到历史剧和世俗剧,再到讽刺喜剧的转变。

第一节　40年代文学思潮

现代文学的第三个十年是从1937年抗战全面爆发到1949年新中国成立，这一时期的中国整个社会处于一个大动荡、大转折的时期。这时期文学最显著的特征就是与战争救亡密切联系。战争时期特殊的政治文化氛围直接影响着人们的思维方式和审美心态，同时也影响着作家的写作心理、方式及题材、风格，这促成了许多只有战时所特有的文学现象。在漫长的十余年的战争中，战争局势在不断发展变化，在不同的战争阶段，又有不同的时代审美倾向和审美标准，这就决定了不同的创作潮流和趋势的出现，文学发展的时段性非常的清晰。同时在这一时期，中国从地域上被划分为几大不同的政治区域，分别是国统区、沦陷区和解放区，这种不同政治地域的划分形成了不同的地缘政治文化，对文学的发展和风貌产生了非常大的影响，从而形成了国统区（包括抗战时期的沦陷区）文学和解放区文学两大文学体系。它们都受战争环境影响，也都接续了五四的新文学传统，同时它们在相对独立的状况中不断丰富和完善着自身，各具特色，也因相互隔离而难以形成整体。

一、国统区文学思潮

国统区在全国所占面积最大，作家最多，流派也多，所以思潮、创作都较为活跃。总体上国统区这一时期的创作大致可分为两个阶段，从1937年7月7日卢沟桥事变发生到1938年10月武汉失守为第一阶段。抗战初期，救亡压倒一切，配合抗战救亡的主题，这一阶段文学的基调是昂扬激愤的英雄主义，文学活动以救亡的宣传动员为中心，在国难当头的时刻，五四以来新文学作家关注的思想启蒙、个性解放等主题都暂时退出了中心位置，彼此对立的各家各派作家暂时放下分歧联合在了一起。1938年3月27日，中华全国文艺界抗敌协会（简称"文协"）成立，周恩来、孙科等为名誉理事，郭沫若等45人为理事，老舍主持文协的日常工作，出版了会刊《抗战文艺》。自1938年5月4日创刊，至1946年5月终刊，《抗战文艺》是唯一贯通抗战时期的刊物。文协的成立标志着30年代无产阶级革命文学、自由主义文学以及国民党民族主义文学等几种文学运动的汇流，组成了文学界的抗日民族统一战线，是现代文学史上第一次也是唯一的一次包括国共两党作家在内的大联合。

文协成立时提出了"文章下乡，文章入伍"的口号，鼓励作家深入战争现实生活，这一口号很快就被众多不同派别的作家所接受。过去主要聚集在上海、北平（北京）等大都市的作家，这时都响应口号，分散到各地，或投笔从戎，或参加战地群众工作。作家们生活的环境发生了巨大改变，他们真正接触和体验到了底层人民的生活，无论是思想情感还是创作观念都发生了巨大的变化，文艺创作活动在非常实际的意义上与广大民众结合，这种结合的广度与深度又是空前的。他们都认为文学必须充当时代的号角，必须直接反映现实，必须为普通民众所接受。在炮火连天、国难当头的战争时期，作家们没有情绪再去争辩文学性、审美等似乎显得不合时宜的问题。文学创作有了共同的爱国主义的主题和共同的思想追求:表现民族解放战争中新人的诞生,新的民族性格的孕育与形成。甚至情绪与风格上也彼此相同,无不在热诚地渲染激昂的民族心理与时代气氛,英雄主义的调子贯穿一切创作,表现出来的统一的色彩,鲜明而单纯。

在文体上,这一时期报告文学和通讯成为最热门的文学体裁。文学体裁小型化、轻型化:速写化的小说、墙头诗、朗诵诗、传单诗、街头剧、活报剧风行一时,通俗易懂的宣传抗战的鼓词、唱本、小戏等出现在大街小巷;报告文学因时而繁荣,以至于所有文学体裁也都程度不同地报告文学化了。这一时期无论哪种文学体裁都以通俗性、鼓动性为目标,紧密配合抗战的宣传活动。作家们大多真心地放弃了自己的个性追求,希望和广大人民群众一起高唱这时代进行曲,一直以来讨论的"大众化"问题,在这时都成了作家们的自觉追求。抗战初期文学强调救亡压倒一切,强调文学的功利性和宣传性,表现了中国现代文学与国家民族的命运不可分割的密切联系。但同时这一时期的创作也存在"公式化概念化的倾向",作家们满足于"廉价地发泄感情或传达政治立场",这是新文学运动里的顽症,由于战争以来"政治任务底过于急迫,也由于作家自己的过于兴奋,不但延续而且更加滋长了"①。

在经历了抗战初期的激昂亢奋,全力投入宣传抗战的激情后,随着抗战进入相持阶段,作家们开始明白靠一时的激情并不能像"速战论"所鼓动的那样迅速结束战争,也无法解决中国面临的诸多问题。1938 年武汉失守,1941 年皖南事变,这些事件的发生使作家们开始正视战争的残酷与艰难,正视现实中的黑暗腐败以及战争中出现的封建文化的积垢。由此,国统区的文学创作进入第二阶段。这时作家们的心情转为了沉郁苦闷,他们的"热情凝固了,幻想破灭了,光明晃远了,代替了这的是新的苦闷和抑郁"②。作家们将关注的目光重新放在了社会与个人上,主体意识重新强化了,这给文学带来了更多的个性化风格和多样化发展。作家们在苦闷中开始了更加深入的思考,他们对于国家和民族的命运都有着一种责任感和使命感,企望为国家和民族的振兴找到新的出路。因此这一时期文学关注的仍然是国家和民族的命运,但不再像抗战初期那样只表现国家民族,而是将社会和个人与国家民族的命运联系在一起,主题的表现更加深刻和丰富。曹禺的《北京人》探讨了民族历史中新旧势力的更新换代,萧红《呼兰河传》暴露和讽刺了中国几千年封建陋习在社会中形成的毒瘤以及这个毒瘤对人们造成的灾难,路翎的《财主底儿女们》探寻中国知识分子的历史道路。同时由于这一时期国统区出现了很多民主运动,很多作家自觉地将文学创作与民主运动结合,讽刺暴露现实的腐朽黑暗也成为主调。丁西林的《三块钱国币》、陈白尘的《升官图》、宋之的的《群猴》、钱钟书的《围城》、张恨水的《八十一梦》、袁水拍的《马凡陀山歌》,或者揭露战争中的丑恶现象或者讽刺腐朽的现实。同时,解放区文学和世界进步文学(尤其是俄苏文学)以及西方现代主义文学,也对这一时期国统区文学产生了重大影响。解放区文学推动着国统区的小说和诗歌创作迈向民族化和大众化,世界进步文学尤其是俄苏文学则分别对两个最重要的文学流派——七月派和九叶派产生过重大影响,显示出文学也在向世界化、现代化的潮流靠拢。

---

① 胡风:《民族革命战争与文艺》,载《胡风评论集》(中),人民文学出版社,1984 年,第 73 页。
② 转引自钱理群,温儒敏,吴福辉:《中国现代文学三十年》,北京大学出版社,1998 年,第 498 页。

除此之外,在这一时期的国统区也发生了几次文学论争。第一是关于文学与抗战两者关系的论争。就在武汉沦陷后不久的 1938 年 12 月,梁实秋重新强调他"为艺术而艺术"的观点,并提出"于抗战有关的材料,我们最为欢迎,但是与抗战无关的材料,只要真实流畅,也是好的,不必勉强把抗战截搭上去。至于空洞的'抗战八股',那是对谁也没有益处的"[①]。梁实秋的这种态度引起了文艺界的不满,老舍代表文协写了一封公开信给《中央日报》,对梁实秋的这种论调提出了严肃批评。第二是关于民族形式的论争。1940 年 3 月,向林冰发表《论"民族形式"的中心源泉》,他在这篇文章中提出民间形式是民族形式的中心源泉,还认为五四新文学形式是"畸形发展的都市的产物",又缺乏口头告白的性质,否定了它能走进大众的可能性,全盘否定五四新文学。他的观点引起了以重庆为主体的文艺界的广泛批评和争辩。葛一虹则在《民族形式的中心源泉是所谓"民间形式"吗?》一文中否定民间形式,高度肯定五四新文学。之后,郭沫若、茅盾、胡风等都撰文参与了这场论争。第三是关于"战国策派"的民族主义文学的论争。1940 年 4 月,陈铨、林同济、雷海宗、贺麟等在昆明创办《战国策》,他们鼓吹强权政治和英雄崇拜,提倡"表现民族意识"的"民族文学"。他们的观点遭到了文艺界的普遍反对,梁实秋从自由主义出发对其观点进行了批判,左翼文化界也对"战国策派"的观点进行了猛烈批判,指出他们的思想是"一派法西斯主义的,反民主的为虎作伥和谋反的谬论"[②]。第四是关于胡风现实主义和"主观"问题的论争。40 年代胡风提出了"主观战斗精神"和"精神奴役底创伤"等命题,批判"客观主义"和"机械主义"。胡风的观点体现出了鲜明的启蒙精神和知识分子精英意识,但他的这种理论与当时周扬等人提出的革命现实主义理论发生了分歧,冯雪峰、邵荃麟、何其芳、周扬等都撰文对胡风的观点进行了批判,认为他"强调自我,拒绝集体"的个人意识的表现,是小资产阶级文艺思想"在革命文艺阵营中的反映"[③]。

二、解放区文学思潮

解放区的文学思潮以 1942 年毛泽东发表《在延安文艺座谈会上的讲话》为界,可分为前后两个时期。

抗战全面爆发后,许多作家从北平、上海来到延安根据地,在这里实行的是新民主主义社会的红色政权,封建土地制度和地主阶级统治均被推翻,这使这一地区的政治、经济和文化都发生前所未有的巨大变革。在这里,农民得到了彻底的解放,农村文化因此非常活跃,涌现了许多农民作家,用民间的文艺形式进行创作,将中国传统民间文艺和现代新文艺结合在一起,相互补充和促进,最成功的典范就是赵树理的创作。同时,许多从上海和北平等都市来到根据地的作家与当地的文艺工作者及群众性的文艺活动相结合,使当地的文学运动也蓬勃发展,呈现出一片欣欣向荣的景象。文艺性的刊物纷纷创办,如《中国文艺》《大众文艺》《文艺战线》《战地》《诗建设》《文艺突击》《草叶》《谷雨》《文艺月报》等等,并先后出现许多文艺社团,成立了许多剧团和文工团。在主题上,解放区文学主要表

---

① 梁实秋:《中央日报·平明》,《编者的话》1938 年 12 月 1 日。
② 汉夫:《"战国"派对战争的看法帮助了谁?》,《群众》第 7 卷第 14 期,1942 年 7 月 31 日。
③ 邵荃麟:《对当前文艺运动的意见》,《大众文艺丛刊》第 1 辑,1948 年 3 月。

现的是对新社会制度的赞美;在人物形象塑造上,主要集中于农民、士兵等翻身解放了的新人身上。在这一时期解放区文学的发展中,新文学的作家们以前所未有的热情将目光投注到中国农民的身上,去研究他们的喜好、情感、思想和审美情趣,发掘民间文艺形式,力图以农民喜爱的艺术形式去反映他们的生活、思想和情感。作家们在这个过程中吸收了新的思想和文学的因子,农民也从新文学中得到了新的思想和新的感悟。这种相互学习相互影响的过程有好的一面,但同时也出现了一些问题。因为从一开始强调的就是作家到农民群众中去改造,这一思想本身就有着强烈的政治意味,强调文学服务于政治,因而,文学本身的艺术性相对被忽略;强调民间形式的运用,现代化的艺术形式相对被忽略;强调通俗易懂的艺术形式,高雅的艺术形式相对被忽略了。

　　1942 年 2 月延安整风运动开始。1942 年 5 月 2 日至 23 日,中共中央在党内整风的基础上召开延安文艺座谈会。会上,针对根据地文艺运动的状况和争论的种种问题,毛泽东作了发言,后题为《在延安文艺座谈会上的讲话》,整理成文后正式发表于 1943 年 10 月 19 日的《解放日报》。《讲话》主要阐明"文艺与政治的关系"及"文艺的方向"等问题。在文艺与政治的关系上,毛泽东主张文艺要服务于政治,并提出了衡量文艺的两个标准:政治标准第一、艺术标准第二。《讲话》以文艺"为群众"和如何"为群众"作为全篇的中心思想,目的在求得文艺对革命的有力配合。《讲话》要求文艺工作者"站在无产阶级立场上",使文艺为人民大众,首先"为工农兵"服务,然后才是为城市小资产阶级劳动群众和资产阶级服务。这就从根本上为革命文艺指明了方向。在讲到如何"为群众"这个问题时,毛泽东主要强调了对知识分子的改造,他认为知识分子的改造必须是政治立场和思想感情的改变,而要完成这种改造,文艺工作者就"必须到群众中去,必须长期地无条件地全身心地到工农兵群众中去,到火热的斗争中去,到唯一的最广大最丰富的源泉中去……"[1]

　　毛泽东是以党的领导人身份发表的这篇《讲话》,这并不是一篇纯粹的针对文艺的论著,里面很多内容都是从政治层面出发去进行论述,具有很强的政治策略性,在当时特定历史条件下有其正确性和权威性,在当时也起到了统一思想的重要作用。但应认识到一旦脱离了那个特殊历史环境,在建国后再看里面的某些观点还是有失偏颇。

第二节　40 年代诗歌——多样化的艺术融合

　　中国现代诗歌经过 20 世纪 20 年代、30 年代的探索和发展,40 年代进入收获期,在多元化、多样化的艺术融合中寻找民族诗歌的道路。

一、朗诵诗与街头诗

　　抗战前期出现了大量抗日宣传的诗歌、诗集,激情慷慨地记录了抗战初期激愤昂扬的民族情绪和时代氛围,表达的方式大多是口号式的战斗呐喊与大量的议论相结合,鼓动性

---

① 　毛泽东:《在延安文艺座谈会上的讲话》,《解放日报》,1943 年 10 月 19 日。

强,适应了当时现实性、战斗性的时代需求,但却失去了诗歌吟咏的审美效果。

为了适应诗歌宣传抗日的大众化需求,一些诗在形式和语言上做了新的尝试。各类诗歌作品多以短诗为主,这是抗日初期诗歌创作的特色之一。1938年前后,在武汉、重庆等地兴起了朗诵诗运动的热潮。《时调》《新时代》《五月》等刊物及《大公报》都发表朗诵诗。高兰是本时期国统区诗歌朗诵运动的主要推动者和主要作者,他的《我的家在黑龙江》《哭亡女苏菲》等诗,不仅采用了自由体诗的形式,而且融进了戏剧中抒情独白的某些特点,深受人们的欢迎。光未然以写朗诵诗和歌词见长。他的《黄河大合唱》组诗,民族命运和民族的感情与意志在其中得到了强有力的表现。全诗雄健磅礴,深沉浑厚。中国诗歌会的资深诗人王亚平和蒲风等在本时期的创作也有较大发展。在国统区掀起朗诵诗运动的同时,解放区开展了轰轰烈烈的街头诗运动,并成立战鼓社等。街头诗是通俗易懂、短小精悍、押韵顺口、易写易诵的政治鼓动诗。田间、柯仲平、光未然等于1938年8月7日在延安发动了"街头诗运动日",这一天延安的大街小巷写满了街头诗。后来街头诗运动推广到各抗日民主根据地,到处都可以看到诗人和人民群众自己写的街头诗。朗诵诗运动和街头诗运动推动了新诗形式和语言向通俗化、散文化方向发展,自由体诗再次崛起。

田间(1916—1985)是抗战时期最受欢迎的诗人之一,他在抗战前即已出版《未明集》《中国牧歌》和《中国农村的故事》等诗集,表现出进步的思想倾向和对农村现实的深切关怀。抗战爆发后,田间创作了一系列鼓点式的战斗诗篇,结集为《给战斗者》和《抗战诗抄》等。田间善于以精短有力的诗句来表现战斗的激情,鼓点式的节奏,雄壮的声势,与抗战前期的时代精神正相契合。闻一多先生称赞田间为"时代的鼓手"。解放战争期间,田间还创作了长篇叙事诗《戎冠秀》《赶车传》(第1部)等,但艺术个性已大为减弱。[1]

二、艾青与自由体诗的新高潮

艾青(1910—1996),原名蒋海澄,浙江金华人。出生于一个地主家庭,因为算命先生说他"克父母",所以五岁前便一直被寄养在大叶荷村的一位贫苦农妇的家里,农妇溺毙了自己的女儿,用自己的奶水喂养了他。这成为他日后诗歌创作重要的思想基础。1929年到法国学习绘画,因家庭断绝对他经济上的供应,他在法国过着半流浪的生活。受自己父母的歧视使他深深怀念养母,并产生了强烈的叛逆性格。1932年,艾青加入中国左翼美术家联盟,后被捕入狱,他早年的重要诗歌都是在狱中写成。1936年自费出版的第一本诗集《大堰河》,其中《大堰河——我的保姆》让诗人一举成名,1933年以艾青作笔名,发表在《春光》杂志第1卷第3期,并立即"轰动了全国,许多人看了流泪"。诗人说他是出于一种感激的心情来写作的,因为自小是在一种冷漠的环境中生活的,"只有在'大堰河'家里",他"才感到温暖,得到宠爱"[2]。诗人是在看守所的某一天早晨从窗口看到外边正在下雪,于是想起了自己的保姆,便一口气写就了这首诗歌,大堰河即"大叶荷"的谐音。诗

---

① 朱栋霖,朱晓进,吴义勤:《中国现代文学史1917—2013》(上),高等教育出版社,2014年,第261－262页。

② 叶锦:《艾青谈他的两首旧作》,《东海》,1981年4月号。

人集中描述了大堰河一生的苦难遭际和悲剧命运,大堰河勤劳善良,怀着卑微的生活愿望,忍受着种种痛苦,牺牲自己,养育他人,又在贫穷孤寂中告别人世。这是现代新诗乃至现代文学史上最重要的农村妇女典型形象之一。

艾青1935年10月出狱后,继续写出了《春》《太阳》《黎明》《春雨》等一系列诗歌,这些诗歌大多以春天和太阳作为象征意象,表达了他对春天的深切呼唤,对光明未来的美好憧憬和预言。1937年抗战爆发至1940年,诗人的创作热情更为高涨,思想也更加成熟。受特定时局的影响,艾青的诗几乎都围绕着一个大的主题:深沉的爱国主义,忧国忧民的情怀,以及对民族复兴的信念。这个时期的诗多数刊发在《北方》《旷野》《他死在第二次》以及《献给乡村的诗》《黎明的通知》等诗集中,他还写了长诗《向太阳》和《火把》。这些诗,一类表现了战争给祖国的大好河山以及人民带来的日益深重的苦难与创伤,从中寄寓了诗人强烈的爱憎感情以及呼唤和迎接光明的热切愿望;另一类广泛地反映了人民群众奋起御敌的壮烈的斗争生活,并预示了祖国和民族灿烂的未来前景。诗的格调沉郁顿挫又昂扬亢奋。

1937年,艾青写了歌颂光明、迎接光明的一系列"太阳组诗",如《太阳》《春》《黎明》《煤的对话》《复活的土地》等。在民族救亡的情绪极度高涨之时,诗人敏锐地感觉到了一个新的历史时期即将来临,艾青的笔端常常出现太阳、春天、黎明、火焰等象征着美妙的生活之光、生命之光、民族希望之光的意象。"光"是艾青诗歌原型意象之一,是未来光明和人生理想的象征。其中最著名的光明赞美诗"是以最高的热度赞美着光明,赞美着民主的"[①]。

抗战爆发以后,艾青"满怀热情从中国东部到中部,从中部到北部,从北部到南部到西北部——延安"[②],诗人在这一段历程中更多地接触到苦难中国的社会现实,也催生了一组以北方生活为题材的优秀诗篇,如《雪落在中国的土地上》《北方》《乞丐》《手推车》《补衣妇》《我爱这土地》等。同时,他还创作有《吹号者》《他死在第二次》等叙事性长诗,这些都形成了从1938年到1940年艾青创作的第二个高潮时期。诗人对这灾难深重的祖国不是嫌弃,而是无限的依恋,为祖国的命运担忧,他在《我爱这土地》中,"为什么我的眼里常含泪水?/因为我对这土地爱得深沉"的诗句,更是打动人心。

艾青在描写苦难的同时,也表现在苦难中顽强挣扎、坚韧奋斗的民族精神,诗歌中那赶着马车的中国农夫、撑船的船夫、默默地为人缝补的补衣妇都具有这种性格。《吹号者》中醒得最早,唤醒了别人而自己倒下了的号兵,《他死在第二次》中带伤又上前线、牺牲了也没留下姓名的士兵,都被赋予了民族的吃苦耐劳、甘愿自我牺牲的性格特征。在《煤的对话》里,诗人迫切要求燃烧自己,要发出光和热,把被压抑了千万年之久的力量迸发出来,深切地表达了受压迫人民要求解放的情绪,也表现了作者以身许国的爱国激情。

艾青提倡诗歌语言的口语化,但这口语不是日常交际使用的大白话,它必须饱含情绪和思想,富于暗示性和启示性。他的诗歌语言既含蓄蕴藉又简约自然,诗歌中意境深邃、意象繁复,但又不拘泥于外在形式的束缚,他常以自由的散文化的形式结构全诗,比以往

① 艾青:《为了胜利》,《抗战文艺》1940年7卷1期。
② 艾青:《艾青选集·自序》,开明书店,1951年,第7页。

某些自由体诗更自由。艾青诗歌追求和表现出来的"散文美",在现代诗歌史上具有独特的艺术价值,建立了一种较为成熟和典型的自由体诗歌范式,为中国新诗开辟了新的广阔的路径。

三、"为工农兵服务"方向下的新民歌体叙事诗

在根据地农村减租减息和解放区土改运动中,"为工农兵服务"方向下的民歌创作主要包括两个内容:一是农民揭发控诉地主阶级的残酷剥削,二是歌颂翻身农民心中对中国共产党和人民军队的感激之情。最著名的颂歌有以陕北小调填词而成的、表现广大农民把革命领袖看成大救星的《东方红》,另外《万丈高楼平地起》《十绣金匾》也传遍祖国的大江南北。

新民歌在艺术风格上多种多样,是口语化的诗,朴素、精练、整齐、押韵,有的讲究传统的比兴手法,擅作形象的比喻,也有的平易含蓄,蕴含着深沉的情感,是一种成熟的诗歌体裁。民歌体新诗的突出成就体现在对五四以来白话诗中的叙事诗的重大突破,代表作是1946年李季的叙事长诗《王贵与李香香》。

李季(1922—1980),河南唐河人,曾在延安抗日军政大学学习,后在陕边地区工作期间,收集陕北民歌信天游,在陕边的民间历史故事与信天游形式基础上,1946年创作叙事诗《王贵与李香香》,发表在延安的《解放日报》。

《王贵与李香香》内容是写第二次国内革命战争时期,王贵的父亲因交不起租,被地主崔二爷鞭打致死,年幼的王贵被李家收养,并与李香香相爱。荒淫无耻的崔二爷想霸占李香香,趁王贵参加革命活动时逮捕了他,并欲置之死地而后快,李香香报信给游击队,最终救出了王贵并成亲。两人都明白自己的悲喜命运与整个被压迫阶级的命运息息相关,王贵惜别香香,参加部队去了。诗歌借着青年男女的婚姻遭际,表现地主与农民之间的阶级冲突,以及土地革命波澜壮阔的气势,有着史诗的特征。

李季学习信天游以抒情诗形式进行叙事,这是诗歌成功的关键。信天游的特点之一在于大量的比兴的使用,两句一组的构成法又有利于比兴的运用,往往一首诗从头到尾都是各种比喻的铺排,而那些形容、比喻不但丰富,而且往往十分新鲜、精巧。"冬雪大来冬麦好,王贵好像麦苗苗",因为是冬天的麦苗,所以不仅幼小稚嫩,而且又在大雪之下正经受着寒冷的重压,用冬雪下的幼苗来比喻王贵甚为确切。这些都得力于对信天游的学习。借助着许多形象的诗句,无论是写王贵与李香香之间的深切情意,或是表现人民群众对崔二爷的愤怒、仇恨,都表现得恰如其分,而且情趣盎然。

信天游的形式与《王贵与李香香》的内容也是和谐一致的,诗歌的地方色彩十分浓郁。鲜明的地方风光、浓郁的黄土高原的情调,与诗中主人公在特定环境中的思想情绪完全融合在一起,增强了诗歌的表现力。不可否认,信天游的弊端在于它的形式不利于灵活地表现现代不同地区的多样化的生活与丰富多彩的感情。

民歌有时也有直白简陋的不足,而古典诗词艺术的蕴藉含蓄,正可以补此不足。把古典诗词的长处与民歌艺术结合起来融于一体,出现的最好的代表诗歌是阮章竞的叙事诗《漳河水》。

阮章竞(1914—2000),广东中山人。在太行山区工作时向太行山区民歌学习,形成了

自己独特的既有民歌特点又有古典诗词韵味的诗风,创作过《圈套》《妇女》《自由歌》等诗篇,1949 年发表长篇叙事诗《漳河水》。

《漳河水》分上下两部,以漳河边三位普通农村妇女荷荷、苓苓和紫金英为主人公,描述她们在旧社会的悲惨遭遇和解放后翻身的幸福生活。长诗的上部,是三位女子对自己不幸遭遇的诉说,弥漫着“剪不断理还乱”的哀愁。下部,写她们挣脱了封建枷锁,过上了自由幸福的新生活。《漳河水》可以说是以叙事的方式写出的一曲妇女解放的自由赞歌。《漳河水》也采用了民歌的表现形式,大量比兴的使用增强了诗歌的形象性与抒情性。与《王贵与李香香》相比,除了保持着山野风姿,多了一些典雅之风。

其他比较重要的长篇民歌体叙事诗,还有田间的《赶车传》、里边的《赵巧儿》、张志明的《王九受苦》《死不着》等。

四、九叶诗人

九叶诗人又叫九叶诗派,是在 20 世纪 30 年代现代派诗歌衰竭后,40 年代后半期兴起的一个现代诗流派,包括辛笛、陈敬容、唐祈、唐湜、穆旦、郑敏、杜运燮、袁可嘉、杭约赫九位年轻人,他们不同程度地接受了西方现代派诗歌的影响,也不排斥现实主义、浪漫主义,写作时也运用古诗技巧与手法,对多种方法进行消化与融汇,风格都较为接近,追求现实与艺术、感性与理性之间的平衡美。

40 年代的后期,新中国的胜利曙光已经出现,九叶诗人也还有相当数量的诗表达个人的情绪、感觉以及沉思冥想,但是感情的色彩已经不再感伤、颓废,他们已经能将内心向外开放,感知广大民众的脉搏跳动,为人民而歌。他们的笔下也出现荒诞的世界,但不是因为苦恼与困惑,而是为了抨击与抗争。辛笛在《回答》里说,“让我给你以最简单的回答/除了我对祖国对人类的热情绝灭/我有一份气力总还是要嚷要思想/向每一个天真的人说狐狸说豺狼”,体现了一种积极的生活态度。陈敬容在《抗辩》中对专制主义提出抗辩,《逻辑病者的春天》《冬日黄昏桥上》展示畸形的城市社会,要“揭露这样世界的真面目”。唐祈的《时间与旗》有对上海这座“都市的魔怪”的揭露,也有对“在地下引着人们前进”的取火者的歌颂。杭约赫在《神话》《拓荒》中把解放区比成“天堂”和“乐园”,《复活的土地》描写上海各色人等及各种景象,把上海这个“冒险家们的乐园”描画成一个“饕餮的”“荒淫的”海洋,全诗是对一个半殖民地都市末日即将到来的宣告。唐湜的《骚动的城》中“物价从烟突里奔出/像黑烟一样往天上飞”,通过物价的飞涨展示一个都市的不安与骚动。九叶诗人还创作了一些政治讽刺诗,袁可嘉的《南京》讽刺国民党政府,杜运燮的《追物价的人》讽刺了国统区的物价膨胀,对深受其害的群众深表同情。九叶诗人也关注受压迫受侮辱的底层劳动人民,唐湜的《偷税头的姑娘》、郑敏的《小漆匠》《人力车夫》、唐祈的《挖煤工人》《老妓女》等,他们并不注重刻画人物的形象面貌,而是借着这些人物写诗人自己的感觉和态度。小漆匠那纯洁无知但又满含着希望的眼睛,更增加了诗人的痛楚。而像小野兽般爬行在矿坑被太阳所摒弃的挖煤工身上,诗人却感受到“地下已经有了火种”。九叶诗人也呼唤新中国的诞生。陈敬容《载力的前奏》中表现人们正怀着热情,在痛苦的挣扎里守候黎明;唐祈的《最末的时辰》宣告,当另一支军队跨着六尺的阔步来到,就是阴森恐怖旧中国的最末时辰终归来到;杜运燮的《来了》全诗 12 句,以奔放的声调喊出了 12 个“他们来了!",标志着人民性胜利的日子步步逼近,欢呼一个实实在在的新生的人民新中国。

九叶诗人的思想之根是深扎在民族的土壤中的,他们在新诗的现实主义甚至浪漫主义传统基础上,植入西方现代派的某些手法,意象的捕捉和运用加强了诗的形象性,他们把情感往往间接地凝结在意象中。辛迪的《风景》用病态的风景隐喻的是病态的社会;穆旦的《春》借春天的意象,抒发"这满园的欲望多么美丽",诗歌用外界的春色来表现内在的生的欲望;郑敏的《清道夫》不是写实地描绘清道夫的形象,而是通过象征的手法运用这个形象表示对混沌现实的厌恶。象征手法的使用要求有高度的想象力,甚至想象十分奇特,如陈敬容的《雨后》,"一只青蛙在草丛间跳跃,我仿佛看见大地眨着眼睛";《腾起的雾》写夜间的雾"走着,走着,又蹲下来","没有重量的""庞大白色的臀部",表现了诗人奇特的想象力。唐祈一些诗句,"工厂的大烟囱停止了黑色的喘息","佃农们太熟悉绿色的/回忆",色彩的通感妙用就比直接写黑烟和农作物要艺术很多。

五、七月诗派

七月诗派崛起于抗战烽火之中,跨越了抗日战争与解放战争两个历史阶段,是这一时期坚持时间最长、影响广大的现实主义诗歌流派。这一派别诗人人数众多、散落各地,其骨干成员有阿垅(陈守梅)、绿原(刘仁甫)、鲁藜、冀汸、芦甸、牛汉(史成汉)、曾卓、邹荻帆、彭燕郊、孙钿、方然、杜谷等,他们的诗作大多先后收集在胡风主编的《七月》诗集中,七月诗派因此得名。他们诗歌的共同特征是提倡革命现实主义传统,把诗所体现的美学上的斗争与人的社会职责和战斗任务联系起来,强调发扬主观战斗精神去能动地影响、改造现实,采用自由体诗的形式,追求诗的散文美。

七月诗派的诗具有强烈的政治色彩,政治抒情诗占有很大的比重。亦门(1907—1967)出过诗集《无弦琴》,其中《纤夫》一诗用沉郁悲壮的调子描写逆水顶风的行舟,比喻民族解放斗争的艰险与危难,纤夫拉的是"中国的船啊!古老而又破漏的船啊!",但是这船上载的却是"大地底第二次的春底胚胎、酵母",也即是民族新生的希望。冀汸的《跃动的夜》用"火的跳跃""血的奔流"来形容抗战者沸腾的热情,"企图歌出我们民族不可侮辱与不可征服的潜在力"[1]。还有不少诗写敌人的入侵和血腥屠杀,书写国土沦丧的耻辱,同时也表现抗敌战士的战斗、突袭和突围。一些诗是对抗敌民族英雄们的热情颂歌,如绿原《颤抖的钢铁》是献给牺牲的民族战士的诗歌,全诗充满了爱国主义激情。当国土遭受侵略者的践踏,诗人更觉得祖国的天、地、阳光和水,甚至一草一木都是那么可爱,他们歌唱家乡,歌唱生活在故乡的父老乡亲,歌唱在故乡土地上的劳动。冀汸的《旷野》歌颂祖国辽阔的田野,《夏日》歌颂丰收的田地和劳动。彭燕郊的《雪天》中雪里的山村、树、田野都泛出异彩,因为这一切都已经披上了战斗的色彩。

七月派的诗也有对国统区黑暗现实的愤慨抒写,亦门的《雾》描写雾中重庆"不明不白的世界",庄勇的《朗诵给重庆听》对国民党当局不积极抗日却制造反共摩擦、压迫百姓,实行特务统治,都进行了愤怒的批判。牛汉的《在牢狱》书写牢狱生活,表达了"不屈的敢于犯罪的意志"。在抗日战争胜利的时候,及时告诫人们不要忘掉还有新的斗争。1944 年

---

① 胡风:《〈七月〉编后校记》,载《剑 文艺 人民》,泥土社,1950 年,第 256 页。

绿原写了《给天真的乐观主义者》，对国统区的现实发出猛烈的抨击，用人民的受难和统治者穷奢极欲的对比画面，提出在中国"谁能快乐而自由"的问题，就是提醒人们不可盲目地乐观。

七月派的诗也歌颂解放区，呼唤人民解放斗争胜利的到来。亦门的《哨》《窑洞》等都是歌颂延安、延安生活的。鲁藜的《山》中用优美的诗句描绘延安的窑洞，诗歌充满了对解放区真挚的爱。七月派更多的诗是表现人民在黑暗中对美好明天的向往。到了全国解放前夕，歌唱人民胜利的诗篇多了起来，罗洛在《我知道风的方向》中，用欢快的调子歌唱：

> 我知道风的方向，
> 风打从冬天走向春天，
> 我知道风的方向，
> 我们和风正走在统一的道路啊。

回应了20年代徐志摩发出"我不知道风是在哪一个方向吹"，明确宣告"风是按人民革命的方向吹"。在1948年发表的这首诗不仅是预言，还是面对革命胜利的现实所发出的无比欢快的呼告。

七月派诗人的诗往往十分自由，一行诗从一个字到三、五、十个字不等，任由诗句随着感情而奔涌。他们的政治抒情诗更是激情昂扬而自由奔放，不讲究文字的雕琢修饰，以始终炙热的语句、饱满的激情去燃烧沸腾读者。

第三节　40年代小说——多样态呈现

从1937年7月7日卢沟桥事变爆发，到1949年10月1日中华人民共和国成立，这期间抗日战争八年，国内战争四年，整整十二年的时间中国大地几乎一直处于战乱之中。社会的巨大动荡影响着文学发展的进程——文化中心散落聚合、作家颠沛流离、人民群众朝不保夕，这些内外因素都极大地规定着战争时代文学的走向。虽然这一时期战乱频仍，但文学创作并未凋敝，许多重要作家的成熟的中长篇小说都是在这一时期完成的，像茅盾的《霜叶红似二月花》、老舍的《四世同堂》、巴金的《寒夜》、沈从文的《长河》、萧红的《呼兰河传》、丁玲的《太阳照在桑干河上》、赵树理的《李有才板话》、钱钟书的《围城》、张爱玲的《金锁记》等。战争的特殊环境形成了纷繁复杂的文艺思潮，就小说的创作来说，根据战争时期的不同区域大致有三种形态：一是国统区内的"暴露与讽刺"小说；二是沦陷区先锋与通俗混合的小说类型；三是解放区基于民间传统的现实主义小说。

一、国统区的"暴露与讽刺"小说

抗战初期，因为宣传抗战的紧迫性，很多进步的作家开始写作时效性强的报告文学作品，使小说的创作经历过一段时间的低谷。也有些小说因为强调新闻性、纪实性而写得有些粗糙,丧失了文体本身的质量要求。这一时期比较著名的作品有艾芜的《南行记》、端木蕻良的短篇《螺蛳谷》、奚如的《萧连长》等。这些作品都诞生在宣传抗战的初期,多以鼓动宣传为主,虽然显示了抗战的热情,但也难免失之片面。姚雪垠的《差半车麦秸》是显示抗战小说回归深刻的一个标志。

姚雪垠(1910—1999)在《差半车麦秸》中塑造的农民游击队员绰号叫"差半车麦秸"。他是一个成长型人物,在他身上残留有旧时代造就的自私自利、目光短浅的缺点,但他已经开始认识到集体的意义,具有了民族意识。《差半车麦秸》中展示的这种民族新性格从整个民族战争的高度上来看具有重要的意义。姚雪垠之后的作品《牛全德与红萝卜》《春暖花开的时候》等都集中表现战乱中的人物成长过程,虽然不够洗练但都有可取之处。尤其是他注意使用方言俗语,使小说具有一种生动性,浓郁的乡土气息使小说成为抗战文艺大众化的范例。

努力展现民族意识的小说,这一时期还有萧红、吴组缃、荒煤等人的作品。萧红这一时期的作品《旷野的呼喊》《朦胧的期待》《孩子的演讲》等,写普通民众中的抗日情绪,情感的渲染极为动人。吴组缃的《山洪》写皖南山区人民的爱国热情,其中主人公在传统观念与爱国热忱间的左右摇摆写得细腻深刻。

正面反映抗日战场的是丘东平(1910—1941)。他的小说正面描写战斗的壮烈严酷,有战斗的实感,但也体现出一种悲剧意味。《一个连长的战斗遭遇》写殊死苦战的某部连长突围后反遭枪决,揭示国民党旧体制黑暗的同时,也不免有一种对抗战惨烈前景的警惕。之后丘东平进入新四军抗日根据地,写下的《友军的营长》对共产党领导的抗日部队的灵活机动和国民党的消极抵抗都有展现。1941年丘东平在苏北盐城的反"扫荡"中牺牲。他牺牲后,胡风将其遗作编入《东平小说集》(后改名为《第七连》)。

抗日战争逐渐进入相持阶段后,作家们开始将眼光从抗战的热情转向关注社会的阴暗面。其实丘东平的小说已经具有了这样的特质,但真正开始揭露、讽刺社会阴暗的是张天翼。

1938年4月,张天翼发表了短篇小说《华威先生》,其主人公是一个对待抗战"包而不办"的国民党基层官僚。在其时抗日热情高涨的情形下,这种对抗战阵营内部的批评是否不合时宜呢?国统区内部围绕着抗战文艺是否应该进行揭露讽刺展开了一场争论。茅盾发表了《暴露与讽刺》等文章,肯定《华威先生》的正面意义,认为抗战文艺也需要暴露与讽刺。但1938年11月,日本《改造》杂志别有用心地译载了《华威先生》,并在编辑按语中污蔑中国人民。这一事件引发更为激烈的争论,有人认为《华威先生》暴露内部问题起到了反作用,甚至有刊物认为揭露社会黑暗会使人悲观失望。也有很多作家不赞同这样的看法,认为一味宣扬光明反而有害,使人悲观失望的是黑暗本身而非揭露黑暗的作品。张天翼也发文指责日本《改造》杂志的险恶用心,认为"华威先生"只是民族身上的小疮,敢于揭露才能走向健康。但国民党当局始终反对揭露黑暗的文艺创作,他们害怕揭露批评引起的后果。

《华威先生》之所以是张天翼讽刺小说的代表作,是因为无论是在人物塑造还是在批评的尖锐深刻方面,它都达到了相当高的水准。整部小说似乎都由场景片段组成,几乎没有情节,但在这些场景中生动地塑造出一个看似匆忙却没有解决任何抗战实际问题的形式主义官僚。华威到处兜售"一个领导一个中心"的观念,把党派利益与个人私利混合在一起,狂热地攫取权力,是一个希望在所有会议、团体中占主导权的"开会迷"。这些描写表明张天翼在抗日统一战线成立之初就看清了内部潜伏的危机——抗战内部领导权的归属问题。之后,张天翼还发表了《谭九先生的工作》《"新生"》等讽刺小说。他的讽刺小说善于运用夸张的线条、戏剧性的节奏以及切入式的方法来展示人物性格。就其洞察力的敏锐、讽刺的深刻性、语言的劲捷来说,张天翼在讽刺小说的创作方面达到了相当高的水准。

在张天翼暂时终止创作时接过讽刺小说创作大旗的是沙汀。沙汀是当时最优秀的讽刺小说家之一。与张天翼的《华威先生》几乎同时产生的讽刺大后方的小说《防空——在堪察加的一角》,描写了一群争夺防空协会会长的乡绅在争夺过程中上演的一场丑剧。之后的《在其香居茶馆里》《淘金记》等都是他非常优秀的作品。《在其香居茶馆里》通过茶馆内上演的喜剧性故事,揭露出国统区兵役制度的黑幕。《淘金记》和《困兽记》《还乡记》并称"三记",它围绕着北斗镇筲箕背金矿的开采展开叙述,揭露国统区农村里恶霸、乡绅、地主间为发国难财进行的内讧。作者用个性化的语言塑造出性格鲜明的人物,暴露讽刺的矛头直指国统区政府的积弊和黑暗统治。1944 年,沙汀在国统区学习了毛泽东的《在延安文艺座谈会上的讲话》之后,作品的主题内容有所变化,《还乡记》就是此时的作品。虽然叙述的仍然是黑暗中的故事,但却塑造了一些走向光明的形象,如走向集体斗争的贫农冯大生等。进入解放战争之后的短篇小说集《呼嚎》《医生》等,不遗余力揭露国民党反动派的罪行:征兵、征粮、通货膨胀、选伪国大、镇压学生运动等等。沙汀为现实主义风格的讽刺小说创作贡献了自己的价值。

艾芜、靳以等人的暴露小说在这一时期也有很大的影响。艾芜的长篇《丰饶的原野》《山野》等旨在反映抗日战争中暴露出的民族性格痼疾,中篇小说《一个女人的悲剧》《芭蕉谷》等把视线转向了贫苦无告的农村妇女。靳以的《圣型》《群鸦》等写小市民的生活而有讽刺意味,《众神》则用夸张的笔法揭露抗战官僚的恶行。此外还有黄药眠、周文等人创作的暴露小说也有一定的影响力。

为 40 年代讽刺小说写下最出彩一笔的是钱钟书。钱钟书(1910—1998),江苏无锡人,字默存,其父是著名学者钱基博。钱钟书是一名学者型作家。在创作方面,1941 年出版了散文集《写在人生边上》,1946 年出版短篇小说集《人·兽·鬼》。他最著名的讽刺小说《围城》于 1946 年 2 月开始在《文艺复兴》上连载,1947 年 1 月连载结束后由晨光出版社发行了单行本。《围城》因其对现代知识分子的生动刻画被誉为"新儒林外史"。

《围城》以主人公方鸿渐留学归来作为故事的开端,描写了包括方鸿渐在内的一群知识分子的众生相。主人公方鸿渐学无所成,只好买了一个野鸡大学的文凭回来骗家人。之后的人生道路上,他遇到了贩卖私货的女博士苏文纨,外表温柔却工于心计的孙柔嘉,假洋博士韩学愈,市侩教授李梅亭,酒色之徒伪君子高松年等人物,这些人物表面都是受过高等教育的知识分子,实际上虚伪、卑琐、迂腐、市侩。他们在三闾大学内部的倾轧、打击、拉拢和利诱等人事纷争,是当时官场化的知识界的缩影。方鸿渐本人也有诸多的性格缺陷,他聪明、善良、有正义感,但又怯懦、犹疑。方鸿渐不仅要应付社会上的人事斗争,也要应付家庭内部的各种矛盾,终于进退失据,在一个寒冷的夜晚离家出走。钱钟书在对这些人物戏谑讽刺的同时又带有悲悯情怀。方鸿渐不断地从人生的一个"围城"逃到另一个"围城",始终是一个漂泊的孤独者,精神无可凭依。这种精神世界的存在形态不仅是方鸿渐本人的,也是西方现代主义文学中普遍存在的人的精神困境,是与人类整体的形而上的孤独感联系在一起的。从这个角度来讲,钱钟书的《围城》不仅是讽刺性小说,更具有深层次的哲理思考。

《围城》另一个独具魅力的地方是它活泼俏皮的讽刺语言。作者观察深刻,学识修养又深厚,因此小说中使用的大量知识性讽喻显得新奇犀利又恰如其分。与张天翼、沙汀等人的政治暴露讽刺小说不同,钱钟书是将道德、风俗、世态、人情的批判熔于一炉,因而更具有现代性。除了《围城》,钱钟书还有《猫》《纪念》等短篇小说。

二、沦陷区先锋与通俗混合的小说

卢沟桥事变之后华北沦陷,原来北平和华北的作家大多南下避难。沦陷区特殊的政治环境使得进步文学无法生存,通俗文学一时间获得了发展的契机。但毕竟新文学已经有了二十年的发展,普通市民对通俗小说有了更高的要求,再加上新感觉派的现代主义都市文学的冲击,使得通俗小说呈现出了先锋的一面。这种先锋和通俗的双面属性在当时海派作家那里表现得尤为明显。予且、张爱玲、苏青等都是其中的代表。

予且(1902—1989)原名潘序祖,他的读者都是上海石库门的市民。他30年代发表过通俗长篇小说《小菊》《如意珠》,短篇集《妻的艺术》《两间房》等。抗战开始后予且的创作进入高峰期,《试婚记》《埋情记》《觅宝记》《拒婚记》等都是在这一时期进行连载的热门小说。予且的小说多写普通市民的男女婚恋、弄堂生活,用已婚者的眼光透视婚姻中的各种心理,在老夫少妻、夫妻分居、家庭失和的日常故事里揭示都市中人与人的关系本质。他善于通过"物质"这一媒介折射男女关系、婚姻家庭的本质,揭露现代社会的婚恋本质——一种生存手段。他的小说在保有原来通俗小说趣味的基础上,融合了外国文学中的大众成分,例如《埋情记》中采用了一定的心理分析方法,《女校长》纳入了侦探推理的结构等等,这使得他的通俗小说有了一定的意义深度。

将通俗小说的先锋性继续发扬并且进一步提高其哲思意义的是张爱玲。张爱玲(1920—1995)自1943年在周瘦鹃主办的《紫罗兰》杂志上发表《沉香屑 第一炉香》而迅速走红沦陷区文坛。张爱玲入学前阅读了《红楼梦》《海上花列传》等大量的传统小说,进入教会学校后又学习了西方现代文学,尤其是之后在香港大学读书开始进行英文写作训练,更加深了她的外国文学修养。这样的成长环境造就了她写作的独特性,即熔古典和现代为一炉,古今、华洋杂错的新式小说。这一小说样式迅速被上海市民阶层接受,使张爱玲在当时的上海文坛红极一时。

张爱玲出身于封建大家族,这使她对于封建旧家庭了如指掌,她看惯了旧家庭纨绔子弟的庸碌无能,也看透了封建家族中争夺利益的丑恶行径。这些亲身体会让她看清了世态炎凉、人情淡漠,反映在她华丽辞藻下的千疮百孔的故事中,正如她所说:"生命是一袭华美的袍,爬满了蚤子。"①她借用男男女女间的情感游戏,揭示出现代都市中新的生活方

---

① 张爱玲:《天才梦》,载《流言》,北京十月文艺出版社,2012年,第3页。

式与老灵魂的旧观念之间的文化错位。小说集《传奇》中的故事大多都是这样。《倾城之恋》中范柳原一边做着现代都市的花花公子,一边却与传统女性白流苏纠缠不清,要不是偶发的战争,这一对男女的情感结局仍然未卜。《封锁》采取片段式的写法,将一对男女在封锁时段电车内的邂逅写成了一则城市寓言:都市的冷漠、不近情理,使得封锁期间的一切都是一场梦,偶然相遇的男女在封锁期间迸发出的情感只不过是城市打了一个盹,等于没有发生。她笔下的男女都有着这种梦似的情感经历,有些沉浸其中不愿醒来,像《沉香屑 第一炉香》中的葛薇龙;有些清醒之后仍然是失败者,像《红玫瑰与白玫瑰》中的佟振保;还有些梦未开始即已结束,像《年青的时候》中的潘汝良。张爱玲笔下的人物就她自己的说法都是"不彻底"的,是软弱平凡的普通人,是现代都市中最为普遍的一群。透过这些普通男女的婚恋故事,张爱玲热衷于揭示人性中不堪的一面,她笔下的世界总是灰色暗淡的。

张爱玲作为一个旧家庭走出来的女性作家,最能体认女性在现代都市当中的处境,尤其是旧式家庭中的女性。《金锁记》写在封建家庭中挣扎生存的曹七巧最终被物质的枷锁束缚,丧失人性的悲剧故事。年轻时的曹七巧被迫嫁给残废的丈夫,大家族里无依无靠的生活让她认定只有死死地抓住金钱才能生存,于是黄金的枷锁不仅锁住了她的情感,也锁住了她的人性。她成了一个疯狂变态的女人,不仅报复利用她的爱情牟利的小叔子,也把魔爪伸向自己的儿女。她挑拨儿子儿媳的感情,亲手毁灭女儿的爱情婚姻。别人毁了她的一生,她毁了自己儿女的一生,这是旧社会上演的中国妇女最为惨烈的人性故事。这样的人性故事还有《连环套》《红玫瑰与白玫瑰》《创世纪》等。

张爱玲的小说在传统故事的外衣下包含着现代的思想内核:故事本身是通俗性的家族传奇、小儿女婚恋等市民日常,但却透露出作者对于中国传统文化遭受现代生活方式、观念冲击的思考。再加上张爱玲善于运用心理描写、象征、讽喻、意象等现代表现方式,使得她的小说具有了传统与现代、通俗与先锋兼具的艺术品质。这一艺术成就虽然跟张爱玲本人的经历、才气密切相关,但同时也反映出中国现代小说发展到这一时期产生了质的飞跃。因为这样的艺术品质还出现在国统区徐訏、无名氏等人的小说创作中,沦陷区中上海的苏青和北方的梅娘也同样具有雅俗共赏的创作特色。

苏青(1917—1982)最具盛名的是自传体小说《结婚十年》。这部小说从1944年起到1948年,仅仅四年时间竟然印行了十八版,其续作《续结婚十年》也很快就印行了四版,其风行一时的盛况可见一斑。与张爱玲的传奇性写法不同,苏青的笔调是较为平实的写实主义风格。《结婚十年》以苏青自己的亲身经历为基础,写一位知识女性如何摆脱家庭束缚,结束不幸的婚姻,最终走向职业女性道路的故事。从家庭走向社会,中国的现代女性遭受了理想的幻灭、人生的失落和痛苦、渴望被爱而不可得等挫折困苦。《结婚十年》所关注的女性涉世而最终理想幻灭的主题,在苏青的其他小说如《歧途佳人》《涛》等中都有所延续。苏青在这些小说里坦诚地表露了务实的俗气,但这种俗气并不庸俗,常常显示出坦率的真诚,这是她的小说比市民通俗读物显得隽永的地方。

梅娘(1920—2005)活动在东北和华北沦陷区,她的小说多写宦商大家庭中的女性生存状态,其女性故事的"雅俗"介于张爱玲与苏青之间,比前者俗比后者雅。代表作是水族系列小说:《蚌》《鱼》《蟹》。这系列小说揭示的是大家族女性的三种生命处境:《蚌》的女主公无法挣脱家庭的牢笼去追求个人幸福,如蚌一样任人宰割;《鱼》里的女主人公虽然有所反抗,但遇人不淑,所爱之人过于怯懦,使得她仍然像鱼一样无法挣脱渔网;《蟹》中的孙玲像蟹,与蚌、鱼相比能够行走,于是她终于离家出走,结局稍显光明。梅娘因其行文舒展,故事可读性强,主题的象征性又比通俗小说深刻,因此在北方都市中有相当数量的读者。

徐訏和无名氏是上海"孤岛"和国统区内兼具通俗、先锋两栖的小说家。这类作家的出现证明了 40 年代城市读者欣赏趣味的提高。他们的作品兼有浪漫主义和现代主义的风格特点,因此有人称之为"后浪漫主义"。也有人因其在读书市场上的表现更投合沿海读者的阅读习惯,将其纳入海派的传统中。徐訏(1908—1980)因中篇《鬼恋》成名,这部小说颇能代表他的作品风格:浪漫虚构,极具神秘传奇色彩。《荒谬的英法海峡》《吉布赛的诱惑》《精神病患者的悲歌》等都有这样超现实的浪漫格调。等到了 1943 年长篇《风萧萧》发表,这种风格更是风行一时。徐訏和张爱玲一样推重文学的大众化,因此在写作时注重故事的通俗性,但同时又着意于故事的人生哲理内涵,再加上他善用弗洛伊德的精神分析法写作,使作品极具现代主义的特质,这些都让他的作品兼具了通俗和先锋两种品质。无名氏(1917—2002)的作品也有相似的风格。他的《北极风情画》《塔里的女人》等都是浪漫主义的爱情故事,用曲折离奇的情节,制造煽情悲剧的故事结局来吸引读者。但又在这"媚俗手法"中加入了作者对于生命探索的思考,这让他的作品显出不俗的主旨。这一特点在他的"无名书初稿"的七部长篇里表现得最为明显。这其中《野兽·野兽·野兽》颇具独创性,叙述中渗透出的生命探索意味既有存在主义的孤独感,也有儒家明知不可为而为之的信仰感,加上心理独白、情绪宣泄与现实场景的混合,使文体兼有散文、诗歌的某些格调。

除了徐訏、无名氏,这一时期兼有通俗和先锋风格的作家还有施济美、潘柳黛、东方蝃蝀等作家。

三、解放区基于民间传统的现实主义小说

这一时期解放区小说的发展具有一定的独特性。虽然大体来说,解放区的小说创作承袭了前一时期的左翼小说,但因为有统一的文艺政策指导,小说的发展向着革命现实主义迈进的同时又实现了民间化。与国统区、沦陷区相比较而言,解放区的文学也有丁玲的《在医院中》这样的暴露小说和赵树理为代表的通俗类小说。再加上孙犁的抒情小说,以及歌颂工农兵新人物的新型小说,可以说,解放区的小说既与 40 年代小说的整体发展保持了一定的一致性,同时又自成体系。

丁玲于 1936 年到达解放区。她在解放区的创作与前一时期相比有了很大的变化。《在医院中》虽然也是写知识女性,但却从关注个人解放转向揭露矛盾。通过年轻女医生陆萍在农村医院的经历,揭示了现代科学民主思想与小农思想、官僚主义的尖锐冲突。小说第一次在解放区提出小生产思想习气的问题,它承接的是鲁迅所开创的改造国民性议题。随后,丁玲根据解放区大规模土地改革的斗争情况,写下了著名的《太阳照在桑干河上》。它如实地反映了土改时期农村的阶级关系和斗争的复杂性。小说写华北一个叫暖水屯的村子中各种复杂的社会关系,这里的阶级不是概念化的层次清晰,而是各阶层犬牙交错互有牵连,各种势力互相渗透。例如其中的人物钱文贵,他本人是村里的恶霸地主,

亲哥哥却是贫农,他的儿子钱义又是八路军战士,女婿是村治安主任。各阶层的相互牵扯,再加上阶层内部的利益纠葛,使得农村的阶级斗争呈现出一种复杂的形态。这就使得人物的刻画变得丰富立体,人物性格真实可信,而不只是概念化的工具人。这种写法具有历史的真实感,真实地写出了农民在逐渐进步过程中遇到的阻碍,以及他们所具有的阶级局限性。

相比之下,同样写土地改革中的农村和农民的《暴风骤雨》就将整个过程简单化了。周立波的这部小说主次矛盾清晰,斗争营垒分明,似乎是一种去芜存菁后的规范化形态,这种简单化影响了现实主义的表现深度。但《暴风骤雨》也有它独到的优点,那就是充满了农村生活气息——生活场景的描写真实生动,充满幽默活泼的农民生活细节等等。周立波善于描写壮阔的斗争场面,同时又能细微地刻画农民的日常生活,这使得《暴风骤雨》极具生活的丰富性和真实性。《暴风骤雨》的语言简洁明快,富有地方特色,方言俗语充分展示了农民的幽默感。在这一方面有着更为典型发展的是赵树理。

赵树理熟知农业生产,对北方农村的风俗习惯非常熟悉,爱好并且擅长多种民间艺术,再加上他掌握着丰富的民间语言,这使得他的创作具有典型的民间风格。赵树理着重于从现实主义角度写农民心理思想的改造过程,他的小说《小二黑结婚》《李有才板话》和《李家庄的变迁》等被认为是实践毛泽东《在延安文艺座谈会上的讲话》精神的典型创作。关于赵树理的创作,后面将作详细介绍,在此不作赘述。

在解放区与赵树理一样以农民为主要创作对象的小说家还有孙犁。与赵树理的现实主义风格不同,孙犁常常以抒情方式书写农民的灵魂美和人情美。孙犁在小说艺术上追求诗歌般的抒情性,故事叙述带有风俗化的特质,对劳动人民尤其是劳动妇女的赞美,显示出一种淳朴的艺术审美。《荷花淀》和《嘱咐》中水生的妻子,《芦花荡》中的两个女孩子,《麦收》中的二梅等,这些年轻的妇女身上都有着坚韧刚毅的性格和纯朴乐观的精神。这种健康、乐观、积极、向上的精神品质正与解放区的社会风气相得益彰,是解放区时代气质的缩影。和孙犁一样歌颂农村新生活的还有康濯(1920—1991)。康濯的小说着重于新旧时代的对比,从而呈现农民精神思想的变化,代表作有《灾难的明天》《我的两家房东》等。康濯的作品多用平凡朴实的笔调表现人物细腻的内心世界,平淡而不刻板,虽然不是孙犁那种浪漫主义的风格,但也另有一番清新朴素之美。

孔厥(1914—1966)也是写农村农民的故事而迥异于孙犁的一位解放区作家。他比较关注生活中的病态和缺陷,善于对其进行剖析表现。短篇小说集《受苦人》着力于呈现被旧社会压迫而扭曲的人物,或者思想作风有缺点的革命人物。代表作《受苦人》着重批判封建婚姻的野蛮与丑恶,以及同样善良的两个人因这罪恶的婚姻制度而陷入无限的痛苦中。《一个女人翻身的故事》写一个童养媳成长为抗日先锋的故事,揭示矛盾的笔调开始减弱,逐渐加强了革命乐观主义精神。其他描写农村生活的小说家还有秦兆阳、马烽、西戎、葛洛、束为等作家,马烽、西戎、束为三位作家是以赵树理为首的"山药蛋派"中的成员,在当时较有影响。

除了农村题材的小说,解放区还有表现部队生活的军事题材小说。这其中比较著名的是刘白羽(1916—2005)。刘白羽的军事题材小说着重于展现革命战士丰富的内心世界,像短篇小说《政治委员》《无敌三勇士》《血缘》和中篇小说《火光在前》等都是此类型的小说。他用诗人一样奔放的情绪,高歌解放军战士仁爱、刚烈的灵魂,描写革命战友间超越血缘的友爱。这种情感外露的诗人气质使得他的小说语言激昂,气势磅礴,但有时候就显得失于节制。《无敌三勇士》在当时大受欢迎的另一个原因是借鉴了说唱文学的结构和语言,同样采用这种方法的还有邵南子的《地雷阵》等小说。

这一时期解放区的长篇小说还有关注新时代共产党内部、农民内部以及政府与农民之间矛盾关系题材的作品。虽然在当时这几种社会矛盾多数处于萌芽状态,但是已经有一些作家敏锐地觉察到如何看待、反映"人民内部矛盾"是一个需要关注的文学主题。在发扬现实主义传统,从解决矛盾立场出发如实地反映社会矛盾成为一些作家的共识。这一方面的代表作是欧阳山的《高干大》和柳青的《种谷记》。

欧阳山(1908—2000)的《高干大》以任家沟合作社的发展为线索,揭示共产党人、人民群众与党内官僚主义、主观主义倾向之间的矛盾和斗争。这部小说在认识当时社会矛盾和历史经验方面的价值远远超过了它本意关注的合作社发展道路问题。其塑造的农民出身的革命干部高生亮,对党和革命忠诚,工作忘我,但身上仍然有农民的思想局限。高生亮一边与官僚主义和主观主义作斗争,一边也在斗争中迅速成长。作者对高生亮的形象塑造揭示了党的工作只要扎根在群众中就能得到人民拥护的真理。柳青(1916—1978)的《种谷记》以王家沟组织集体种谷为主要事件,展示解放区农村组织互助变工,进行大生产运动的一个侧面。这部小说记录了解放区农村最初进行集体化的历史经验,作品的思想价值远远大于其艺术价值。欧阳山的《高干大》和柳青的《种谷记》都是社会主义文学的最初形态,它们本身已经具有了之后社会主义文学显露的问题:思想大于形象,认知价值大于美学价值。

解放区的小说总体来说是从多方面反映了现实生活,但其主题模式归纳起来多集中于敌我斗争和人民内部斗争。这种主题的小说几乎都有一个光明的结局——战胜敌人、战胜旧我、重塑新人等等。虽然也有部分小说展现了斗争的复杂性和人物性格的多样性,但主要的创作倾向却已经有所定型。在小说的民族化、群众化方面,解放区小说在内容和形式方面都有积极的探索,也取得了相当多的成果。现实主义小说的通俗化和民间化在赵树理等人作品的实践下开辟了新的道路,在本书的作家专章中将有详细论述。

四、七月派的现实主义小说

40年代的小说除了以上三个大致划分的发展脉络外,当然还有一些其他的发展趋向,比如在当时的国统区还有实质上存在的七月派作家群和他们的现实主义小说。抗日战争爆发后,胡风通过主持的《七月》《希望》等杂志在国统区文艺界团结着一批作家。他们共同关心文学的时代使命,讨论创作问题,交流文艺思想。作为文艺思想家的胡风,在反对左翼文学的"机械论"等方面有着重要的影响力,同时通过他编辑的刊物发现和培养了许多青年作家,像路翎、何剑薰等人都是胡风一手发现和扶持的,被公认为七月派的小说作家还有丘东平、彭柏山、冀汸等人。七月派是理论对创作影响比较明显的小说流派,尤其是胡风的文艺理论批评。胡风最基本的文艺理论主张是现实主义,但他强调生活真实和主观精神的融合,认为要把作家的主观精神"体验""搏斗""突入""扩张"到现实人生当中,这就形成了一种新形态的现实主义——有学者称为"体验的现实主义"。

七月派小说作家中最早登上文坛的是丘东平,在上一节的左翼作家中已经有过介绍,在此不做赘述。另一位较早与胡风有联系的七月派小说家是彭柏山。彭柏山(1910—1968),原名彭冰山,早年曾在鄂西洪湖根据地打游击。最初的作品集《崖边》就显示出注重体验、刻画心理的特点。抗战爆发后曾担任江苏省委机关刊物《斗争》的编辑。1938年开始在皖南新四军军部任职。这一时期他的作品《一个义勇队员的前史》《某看护的遭遇》《叉路》等均发表于《七月》,这些作品在情感体验、人物心理和气质等的把握上更接近七月派的理论主张。

七月派在创作实践方面最为重要的作家是路翎。路翎(1923—1994)原名徐嗣兴,笔名路翎、徐烽、余林、冰菱、嘉木等。早期的作品受丘东平的影响较多,到了《青春的祝福》第一辑中风格手法的多样,显示出作者出众的艺术想象力和感受力。中篇小说《饥饿的郭素娥》为路翎在国统区文学界赢得了极高的声誉,被认为是"中国的新现实主义文学中已经放射出一道鲜明的光彩"[①]。小说通过劳动妇女郭素娥的悲惨故事控诉命运不公、社会黑暗,在展示社会复杂性的同时,有力地写出劳动妇女身上的"原始的强力"——追求幸福自由的坚韧意志。

路翎最为著名的作品是长篇小说《财主底儿女们》,全篇八、九十万字,上部从"一·二八"战争写到七七事变,下部从"八·一三"抗战写到苏德战争爆发。小说通过讲述苏州首户蒋捷三家的分崩离析,以及蒋家第二代蒋蔚祖、蒋少祖、蒋纯祖三人的不同命运历程,写出了"以青年知识分子为辐射中心点的现代中国历史底动态"[②]。这部小说和巴金的《家》一样展现了封建大家庭落败和其子女们各自道路的选择。大家长蒋捷三和长子蒋蔚祖代表着封建家族制度,他们的死亡象征着封建制度在内忧外患之中的崩溃。二子蒋少祖作为曾经的反叛者,在经历了抗战的政治动摇和提倡复古主义之后终于背叛原来的进步理想沦为一个落伍者。蒋纯祖则在历经战乱、革命阵营内部的打击之后,仍然保持着和恶势力斗争,和封建势力斗争,和教条主义、宗派主义斗争,甚至和自己身上个人主义斗争的精神,即使最后贫病交加也没有停止追寻的脚步。蒋纯祖身上寄托了作者对中国进步知识分子摆脱沉重个人主义包袱的期望,他历经痛苦挫折而不放弃、不气馁的精神正是作者所赞赏的,也是《财主底儿女们》所提出的知识分子道路问题的意义所在。

路翎的小说实践着主观精神"扩张""拥入"客观现实的文学创作理论,主观色调强烈,心理刻画丰富深刻。他重视对人性、对人的生命本质的开掘,在揭示人的灵魂、生命形态的复杂性方面独具特色。类似于七月派小说家采用透过现实来表达个人内心体验的小说家还有爵青和袁犀。

除了以上的小说发展脉络,这一时期还有一些作家的创作整体呈现一种体验与追忆的倾向。诗人冯至的历史题材小说《伍子胥》是一部生命体验的象征小说;师陀的《无望村的馆主》、短篇集《果园城记》带着浓郁的怀旧情绪;沈从文的传人汪曾祺用京派回忆型手法写下了《复仇》《老鲁》《鸡鸭名家》《异秉》等篇;原东北作家群的左翼作家此时也有追忆

---

① 邵荃麟:《饥饿的郭素娥》,《青年文艺》1944年第1卷第6期。
② 胡风:《财主底儿女们》,人民文学出版社,1985年,第1页。

东北故乡的作品,像萧红的《呼兰河传》、端木蕻良的《科尔沁旗草原》第二部、骆宾基的《幼年》和短篇集《北望园的春天》等。

第四节 解放区文艺的双星——赵树理与孙犁

一、赵树理与“山药蛋派”

赵树理(1906—1970),原名赵树礼,出生于山西省沁水县尉迟村一个贫农家庭。青年时期对乡村民间文艺有强烈的兴趣,产生了为农民写作、做一个大众的文学家的愿望。30年代开始创作,1942年《在延安文艺座谈会上的讲话》发表之后,赵树理的创作进入成熟期。1943年创作的《小二黑结婚》《李有才板话》轰动文坛,之后又陆续创作了《地板》《孟祥英翻身》《李家庄的变迁》《田寡妇看瓜》等小说。新中国成立后,以山西农村为根据地,与农民群众密切联系,陆续创作了长篇小说《三里湾》、《灵泉洞》(上部)和短篇小说“锻炼锻炼”《套不住的手》《实干家潘永福》等作品。

赵树理曾表示要“立即排除一切客观的理由,长期地、无条件地、全身心地到群众中去吸取养料,写出作品来”[1]。他在创作中也始终践行着自己的这个思想,作品始终站在民间立场,紧贴农村普通百姓生活。赵树理完全称得上是一位具有大众风格的农民作家。他出身农家,长期同农民生活在一起,同农民建立起了鱼水般的感情,并立志写农民、唱农民、写给农民读。因此,他的作品以农民的视角和思想感情看待生活、观察社会,并以农民喜闻乐见的形式满腔热情地表现农民的生活、农民的心理和农民的气质特点与审美情趣。

《小二黑结婚》是赵树理确立自己创作风格的代表作,完成于1943年5月。通过一对农村“小字辈”——小二黑、小芹争取婚姻自主的故事,描写了中国农村新旧变革中新生力量与愚昧落后观念及反动封建势力间的冲突,揭示了农民翻身解放的历史必然性与复杂性。小二黑和小芹代表青年一代的新生力量,二诸葛和三仙姑是当时农村封建意识的代表,金旺和兴旺兄弟俩是当时混进乡村政权里的坏分子。小二黑、小芹和二诸葛、三仙姑的冲突,是民主意识和封建意识的冲突;与金旺、兴旺的冲突,是民主力量和乡村恶势力的冲突。对这种种冲突的揭示,反映了40年代抗日根据地农村阶段斗争的新动向,而小二黑和小芹在民主政权的支持下喜结良缘,说明了作者对历史进步倾向的准确把握。《小二黑结婚》不仅表现了新的生活和主题,确立了一种评书体的小说样式,而且塑造了一系列生动丰满的人物形象。除了两位主人公小二黑和小芹热情、纯朴、勇于斗争的新生民主力量塑造得非常成功之外。在书中塑造最成功的是两位反面人物二诸葛和三仙姑,作者在塑造他们时并没有简单地将其塑造成坏人或者反派的形象,而是突出刻画了他们性格中的愚昧迷信和自私荒唐,对他们的旧意识、旧思想、旧观念进行了批评,但这种批评却是善意的,通过让他们出乖露丑,揭示他们的心态和行为的不合时宜,这种包含着善良的调侃

---

[1] 赵树理:《决心到群众中去》,《人民日报》1952年5月22日。

和嘲弄,使作品具有了一种难得的乡村幽默风味。

中篇《李有才板话》(1943)也是赵树理的早期代表作之一,标志着赵树理"问题小说"意识的确立。小说围绕村政权改选和减租政策施行,展开农民和地主间的复杂斗争,并对革命工作的群众路线和主观主义、官僚主义展开辨析。李有才和老杨同志是作品中刻画得最生动完整的形象:李有才性格乐观爽朗、深沉冷静、机智风趣而富有谋略,运用快板这种巧妙的斗争方式,揭露了恶势力的丑恶嘴脸,并团结了新生势力;老杨同志是作为章工作员的对立面形象而出现的,老杨同志工作起来处处密切联系群众,工作作风朴实而深入。在艺术特色上,《李有才板话》除了和《小二黑结婚》一样采用小标题分段结构,叙述简洁明白、有头有尾,还有一个特点,就是配合情节发展,夹杂着大量假托李有才创作的清新活泼的快板词,强化了作品的泥土气息和民族化风格,所以小说名叫《李有才板话》。

赵树理的小说创造了新评书体的小说样式,语言清新活泼,闪烁着民间智慧的乡土幽默,他有着浓郁地域色彩的乡土通俗小说,真实细腻地展现了新的变革时代中国农民的生活与精神世界。赵树理小说被视为是实践《讲话》精神、体现"工农兵文艺"方向的代表。以他为代表形成的山西作家群"山药蛋派"也是中国当代文学史上一个重要的创作群体。

形成于20世纪50年代至60年代中期的"山药蛋派"是中国当代重要的小说流派之一,又称为"赵树理派""山西派"或"火花派",这是因为新中国成立后该派的作品大都发表在山西文艺刊物《火花》上。主要作家还有西戎、李束为、马烽、胡正、孙谦等,人称"西李马胡孙",他们都是山西农村土生土长的作家,有比较深厚的农村生活基础。扎根于农村写作,是"山药蛋派"创作的根本出发点。他们始终保持着强烈的现实主义精神,忠诚于生活现实,坚定不移地从生活出发进行创作。他们坚持深入生活,真正扎根农村,体察农民的思想感情。虽然"山药蛋派"作家的创作特点和艺术探究各有不同,但他们都与群众始终保持着密切的关系,赵树理以长治、晋城、沁水县为中心,马烽以汾阳、孝义两县为中心,西戎以运城、永济为中心,孙谦以榆次、太谷、祁县为中心,李束为以忻州、原平一带为中心,他们都一直用心地经营着自己的"生活根据地"。

赵树理为文学的民族化、大众化作出了卓越的贡献,但是,由于历史条件和时代所限,他过分地强调文学创作为当前中心任务服务,他的作品特别是后期的一些作品视野不够开阔,对矛盾的处理过于简单。他十分重视民间文学传统的继承和革新,但对外来文艺却借鉴吸收不够,这也影响了他在创作上的更大突破。

二、孙犁与"荷花淀派"

孙犁(1913—2002),河北省安平县人。中学时代就爱好文学写作。毕业后无力升学,曾在北京过了一段流浪生活,当过店员和小职员。1936年曾在白洋淀畔同口镇教小学。1937年冬回家乡参加抗日工作。1938年秋参加冀中区人民武装自卫会,曾任宣传部部长,抗战学院教官,晋察冀通讯社编辑、记者。1944年到延安文学院当研究生、教员。解放后任《天津日报》文艺副刊负责人。

孙犁真正的文学创作在30年代末,主要成就在小说和散文。他先后出版《荷花淀》《芦花荡》《采蒲台》《嘱咐》《农村速写》等小说、散文合集。1958年辑成小说、散文特写集《白洋淀纪事》,共收60篇,集中了作家文学作品的精粹。而《荷花淀——白洋淀纪事之二》一篇,一直被誉为现代短篇小说的优秀之作,也集中反映了孙犁的基本创作风格。解放后,他发表了长篇小说《风云初记》、中篇小说《铁木前传》和许多优秀散文。

20年代郁达夫的小说和鲁迅的《伤逝》《故乡》等作品,开现代抒情小说的滥觞,这些小说的主人公都有着被黑暗现实压抑和扭曲的心灵世界,抒发的是向社会抗争的悲愤之情,有着浓郁的悲剧色彩。30年代沈从文的小说,着力描绘湘西山区的风俗美和人情美。孙犁的小说创作也是着重表现人物的心灵世界和精神特征方面,这与上述二三十年代的抒情小说是一脉相承的。但因为孙犁生活的时代环境发生了变化,他处在一个抗日战争和民主革命的时代,他的主要描写对象是冀中平原和冀西山区抗日根据地党领导下的农民,无论是作者对生活的感受,还是作品所反映的生活,都有着鲜明的时代特色。不同于二三十年代抒情小说中的忧郁情绪和悲剧色彩,孙犁的作品给读者展示的是积极向上的乐观情绪。首先,孙犁在创作上主张革命现实主义,又总是试图将现实主义和浪漫主义结合起来,因此在现实主义的基础上揉进浪漫主义的情调是孙犁艺术风格的基本特点。孙犁用抒情小说的浪漫格调,来反映革命时代农民的精神世界,丰富和拓展了革命现实主义的表现力。其次,和赵树理一样,孙犁的作品中也表现出对故乡人民的深厚感情,具有浓厚的乡土气息。最后,孙犁特别擅长描写农村的青年女性,描写她们美丽容貌的同时,也深入她们丰富复杂的感情世界,从她们的命运变化中反映阶级斗争和民族解放斗争的历史内容。

最能体现孙犁创作特点和风格的小说是其代表作《荷花淀》。《荷花淀》创作于1945年,小说只写了两个场景和五个剪影式的生活片段,就巧妙地描绘出了以水生为代表的男人们和以水生嫂为代表的女人们两个群体的形象,生动地刻画了水生嫂这样一个勤劳纯朴、深爱丈夫、热爱国家、深明大义、勇敢机智、温柔善良的农村妇女形象。

小说写的是一群白洋淀妇女因探望刚参军离家的丈夫,恰好起到了引诱日寇进入伏击圈而全歼敌人的故事。男人们以水生为代表,女人们以水生嫂为代表,这一对夫妻是小说的主人公,但作者把笔触重点放在了水生嫂这个形象上。她的丈夫水生是一位不过三十五六岁的青年人,他是小苇庄的游击组长。在斗争形势复杂紧张的关头,他带头参军,显示了他保家卫国的决心和意志。故事虽然写的是发生在荷花淀的一场水上伏击战,但作家并没花太多笔墨去描写战士如何紧张,只用几句话简单勾勒出了一幅生动活泼的战斗场面。作家腾出更多的笔墨来写战士们如何装作聚精会神地瞄准,连半眼也没看落在水里的妇女们,通过这样的描写,突出这些白洋淀的战士们,神出鬼没,打击敌人的生动形象。

小说重点刻画的是水生嫂这一人物形象。小说开头介绍白洋淀席的名声,水生嫂月夜编席,"苇眉子又薄又细,在她怀里跳跃着","不久在她身后就编成了一大片",生动地表现了水生嫂正是做出这种闻名各地的白洋淀席的能工巧匠。她不仅心灵手巧、勤劳能干,在丈夫要带头参军时,也能够明大义、识大体,支持丈夫去抗日。当她听到丈夫夜归告诉出征的事,"鼻子里有些酸",写出一个普通的农村劳动妇女在遇到丈夫要上战场这样的重大事件时,感情上的人之常情。作家没让水生嫂说出一些豪言壮语,而是写她努力控制住感情,"流着眼泪答应",这既表明水生嫂是个重情感的妇女,同时又表现出她不是那种软弱无知、只知小家不知"大家"、只会拖后腿的农村妇女,而是心中有大义能够支持革命战斗的坚强后盾。作家在塑造水生嫂这一形象时,没有一味地写她的优点,写她的伟大,没有塑造一个"高大全"的形象,而是通过很多细节描写塑造出一个真实的、感情丰富的青年妇女形象。如丈夫参军去,虽然嘴上支持,但心中还是很牵挂。小说写水生嫂等一群年轻媳妇找了许多天真的理由想去探视丈夫,也由于她们的这种天真而冒失的行动,却误打误撞起到了引日寇进入游击队伏击圈的作用,从而使游击队打了一场漂亮的伏击战。而以水生嫂为代表的这一群媳妇,经过这场伏击战的洗礼后,体验到了胜利的喜悦,她们乐观奋进,不甘落后,在受到男人们的数落后,个个都不服气,认为打仗也没有什么了不起,无非是趴在荷叶底下瞄准而已,不承认给丈夫"丢了什么人",决心回去成立队伍。到秋后,她们果然组织起来,"出没在芦苇的海里",同子弟兵并肩作战,成为打击敌人的坚强的妇女战士。

茅盾曾经指出:"孙犁有他自己的一贯风格。"[①]孙犁的独特风格不仅受到广大读者的欢迎,也对河北以及其他地区的许多中青年作家产生了很大的影响。其中,50 年代在京、津、保地区有一大批青年作者积极主动地学习孙犁的风格,效仿孙犁的路子写小说,即通过描写儿女情、家务事反映时代的变化。比较突出的有刘绍棠、从维熙、韩映山、房树民等,形成了一个很有实力的作家群体。由于孙犁被视为这一流派的代表和领袖,所以这一流派后来被称为"荷花淀派",也称"白洋淀派"。孙犁及其影响下的"荷花淀派"作家虽然在创作上有许多不同的地方,但在乡土小说的风格特征上有不少共同点。

和"山药蛋派"一样,他们的创作也都体现出了浓郁的地方色彩。在语言风格上,他们用诗意的笔触描绘出一幅幅河北乡村生活的风情画,语言清新明快,整体呈现出诗化的特点。在思想内涵上,他们既传承传统美德,同时又宣扬现代意义上的人道主义精神。这使得"荷花淀派"乡土小说,在单纯明快中显露出思想蕴涵的复杂性,在和谐中隐含着不和谐的内在裂隙与冲突。在人物形象的塑造上,他们擅长青年女性的塑造,崇尚女性之美。所塑造的女性形象,既有传统的良善,也有特定的时代色彩,女性形象的外在容貌与内在的复杂情感,相互映衬,相得益彰。在创作手法上,他们主张现实主义,但同时也具有亲切可人的浪漫气息。他们继承了废名、沈从文的乡土抒情小说传统,在诗化、散文化的小说中,创造清新明丽的意境,形成"荷花淀派"独特的优美婉约的艺术风格。

第五节 40 年代散文——杂文与报告文学大放异彩

受当时战争的影响,1940 年代散文各种类型的创作发展各有偏重,但总体发展仍颇为繁荣。据研究统计,1937 年至 1949 年间的散文创作总量远超现代文学前两个十年的总和。在总体发展保持繁荣的同时,各文体的发展却呈现参差不齐的倾向。抗日战争爆发初期,出于实时报道和宣传抗战的需要,报告文学几乎占据了整个散文创作的总量。当抗日战争进入相持阶段之后,旨在揭示社会弊端和内部矛盾的杂文成为散文创作的主流。

---

① 茅盾:《反映社会主义跃进的时代,推动社会主义时代的跃进》,《人民文学》1960 年第 8 期。

事实证明,报告文学和杂文等这一类社会效应较强的文体,在整体社会面对共同困难时更能发挥其作用,也能得到更快速地发展。此时,强调个性的小品文和抒情散文相对而言就不大能引起民众的注意。进入抗战后期,各类型的散文都有了充分的发展,艺术水准都比前一时期有所提高。

一、兴盛的报告文学

1937年抗日战争全面爆发,面对亡国灭种的危机,全国上下掀起爱国浪潮,普通民众关注战况的热情空前高涨。而许多被迫南下流亡的作家,或者因为参加军队,或者因为流亡途中目睹战争的残酷,激发出为抗日战争写作的巨大热情。报告文学既能够进行纪实报道,迅速反映战况,又能使大众及时准确地了解战争现实,因此成为众多作家创作的首选文体。

具有新闻性的战地报告是当时报告文学中最初受到瞩目的一种。七月派作家丘东平在此时创作的反映淞沪战役的战地报告影响很大。《第七连》《我们在那里打了败仗》《我认识了这样的敌人》等,反映了战火纷飞背景下国民党抗日部队中下层官兵的爱国精神,也揭露国民党对日本妥协政策带来的恶果。他的纪实小说和通讯类文学因为都贴近现实,有时很难分辨清楚。他的战地报告最先突破一般的事件描写,擅长烘托气氛,刻画战场之中的人物,但有时候却偏重直接感受和印象。因为将外部场景和人物的思想结合得紧密,常能触动人心,产生摄人心魄的力量。骆宾基虽然是小说家,也很擅长写战地报告文学,这一时期有《救护车里的血》《我有右胳膊就行》《大上海的一日》《在夜的交通线上》等反映上海军民抗日热情的作品。《东战场别动队》是篇幅较长的中篇报告,写得十分生动,是他这一时期较有影响力的作品。同为七月派的作家亦门(1907—1967),即阿垅,用笔名S.M.在《七月》上发表了《闸北打了起来》,也较有影响力。曹白(1909—2007)当时写的报告文学,以反映"八一三"战事中上海难民的悲惨遭遇和不屈精神而受到瞩目。报告文学集《呼吸》记叙了上海失陷后军民的抗争。其中《杨可中》《纪念王嘉音》是人物通讯,报告材料来自他在难民收容所的真实见闻;《这里,生命也在呼吸》等则是暴露国统区抗战的阴暗面。曹白的报告文学感情色彩浓烈,语言丰富,在同期报告文学作品中很具独特性。碧野这一时期的报告文学多反映华北战场,写八路军领导下的北方游击健儿的战斗场景,像《太行山边》《北方的原野》《在北线》等都是此类作品。范长江和白朗也以报告华北战况而闻名,前者有《西线风云》,后者有《我们十四个》等,都是名篇。

这一时期的报告文学基本围绕抗日战争主题来展开,有的直写抗日战场的战事和抗日战士的英勇事迹,有的写后方民众的爱国热忱,有的写战争难民流离失所的惨象,有的写敌人的凶残暴虐,有的写国统区的政治腐败和社会阴暗,有的写敌后武装的发展壮大。像以群的《台儿庄战场散记》、徐迟的《大战之夜》、王西彦的《台儿庄巡礼》、姚雪垠的《战地书简》、田涛的《中条山下》、丁玲的《孩子们》、汝尚的《当南京被虏杀的时候》、慧珠的《在伤兵医院中》等,都是这一类的报告文学。国统区的报告文学则多以暴露批判为主,像宋之的的《从仇恨生长出来的》、草明的《遭难者的葬礼》、蹇先艾的《塘沽的三天》、老舍的《"五四"之歌》、李乔的《饥寒褴褛的一群》、于逢的《溃退》等作品都是这样的主题。沈起予的报告文学作品《人性的恢复》写日本战俘的思想转变,也是此一时期的佳作。

这一时期活跃的报告文学作家中有很多是职业记者,他们的职业素养为报告文学的写作提供了新的范式。上文提到的范长江即是职业记者,除了《西线风云》他还有《台儿庄血战经过》一篇传播很广。作为《大公报》记者的萧乾在国内外都进行了广泛的采访。抗战不久就写成了《血肉筑成的滇缅路》,用不到五千字的篇幅描绘两千多万民工"铺土、铺石,也铺血肉"的惊天事迹,此外还有《一个爆破大队长的独白》《岭东的黑暗面》等文。除了国内的报道,萧乾1939年至1946年间两次派驻英国,写出了许多反映欧洲人民反法西斯斗争事迹的报告文学作品和欧洲战时通讯,像《银风筝下的伦敦》《矛盾交响曲》等篇都有很大的影响。作为职业记者的萧乾,将通讯报告的新闻性、真实性等特点带入了报告文学的写作中。同时作为一位作家,他的报告文学写作也兼顾了叙述的艺术性,艺术手法多样,语言干净利落,具有很强的可读性。

还有一些人物纪实性散文在这一时期也有很大的影响力。这些散文多写抗战中的著名人物,比较接近人物传记,但带有时事性,文学性比一般报告文学强,因此很受读者欢迎,也称为人物特写。丁玲的《彭德怀速写》、沙汀的《我所见的H将军》(又名《随军散记》,后改名为《记贺龙》)、卞之琳的《第七七二团在太行山一带》、周立波的《王震将军记》、刘白羽和王余杞的《八路军七将领》、陈荒煤的《陈赓将军印象记》等都是其中有名的篇章。其中最引人瞩目的是沙汀的《我所见的H将军》,这篇记述八路军高级将领贺龙生活风貌的人物特写,并不直接描写人物的丰功伟绩,而是以素描的方式勾勒人物精神品格和典型性格特征。这种写法既具有了真实性,又使用了小说创作的一些艺术手法,如极为精细地描摹人物的言谈举止,甚至展现了人物的一些小过失,将人物的英武、豪迈、自信、倔强都展示出来,使贺龙的形象真实感人。

抗日根据地和后来的解放区涌现出了一批新进的报告文学作家,像周而复、黄钢、华山、刘白羽、曾克等人。周而复(1914—2004),南京人,原名周祖式,这一时期有名篇《诺尔曼·白求恩断片》。黄钢(1917—1993)的代表作是《开麦拉前的汪精卫》,讽刺性地揭露汪精卫虚伪的嘴脸,"画外音"式的点评穿插其中,深刻剖析了汪精卫丑陋的灵魂。刘白羽、华山主要作为随军记者,以报道的形式记录了人民解放战争的光辉历程。刘白羽的报告文学作品有《环形东北》《时代的印象》和《历史的暴风骤雨》等。华山有《踏破辽河千里雪》《英雄的十月》《解放四平街》等。曾克有《千里跃进》等战地报告。

这一时期的报告文学在主题方面有阶段性的特征。抗战爆发初期,新闻性强的战地报告和抗战宣传写作很多。1941年进入抗战相持阶段后,报告文学的中心转向解放区,介绍解放区和苏联的文学性强的报告文学多了起来。像赵树理的《孟祥英翻身》,虽然是文学作品,但因为取材于真人真事,作者也强调是"现实故事",也就具有了报告文学的品质。

二、具有鲁迅风格的杂文

抗日战争爆发后,大批文化人向内地和香港转移,原先以上海为杂文创作中心的格局被打破,香港、国统区、解放区的杂文创作都十分活跃。这一时期的杂文创作总体上继承了鲁迅的创作传统,继承和发扬了鲁迅散文的现实主义精神,以杂文作为武器针砭时弊,表现出犀利深刻的风格。田仲济、丁易、王力、秦牧、秦似、黄裳等都是这一时期涌现的优秀杂文作家。

在国统区异常困苦的社会环境下坚持鲁迅杂文传统的,是围绕文学杂志《野草》的一群作家。1940 年 8 月《野草》创刊于桂林,是一个专登杂文的小型刊物,由夏衍、聂绀弩、宋云彬、孟超、秦似五人合编。1943 年 6 月遭国民党当局勒令停刊后迁往香港,1946 年 10 月复刊后将原来的月刊改为旬刊。《野草》在桂林时有"野草丛刊"13 种。《野草》的杂文作家群在反抗日寇、反对投降、批判周作人、批判"战国策派"等方面充分发挥了杂文犀利深刻的文体特征。郭沫若、茅盾等当时重要的作家都为《野草》写过文章,秦牧、周而复等青年作家也是在《野草》发表作品而崭露头角的。夏衍既是《野草》的编辑也是其重要的作者,他擅写政论文章,《旧家的火葬》《论"晚娘"作风》等都是他这一时期重要的作品。孟超有《长夜集》《未偃草》等。宋云彬有《破戒草》《骨鲠集》等。

聂绀弩(1903—1986)是其时重要的杂文作家。他成名在 1930 年代,作品的高产期则是在抗战之后。杂文集有《历史的奥秘》《蛇与塔》《早醒记》《血书》等。他的杂文在抨击黑暗现实之外也批判旧道德伦理,旨在改变中国人的精神面貌。像《我若为王》批判封建制度而构思奇特,通过假设"我"为王之后的欲望贪念,为所欲为,以及让所有人诏媚臣服等荒唐幻想,来批判当时的专制统治现实。在批判专制主义的同时还揭示出其能存在的社会基础和民众意识基础,指出提高民众民主意识的重要性。聂绀弩的杂文常将历史与现实相互映照,在宏阔的视野中纵横恣意、雄辩幽默,同时好用反语表达讽刺,有一种冷嘲的风格。《韩康的药店》就是作者用荒诞喜剧的手法,将汉代的韩康与《金瓶梅》中的西门庆糅合在一起,映射讽刺国民党文化专制的名篇。在这一点上他学习了鲁迅的笔法,善于直刺论敌要害,寓庄于谐,嘲弄讽刺中见思想之深沉。不过他也有些作品略显冗繁拉杂。

秦似(1917—1986)也继承了鲁迅的杂文传统。他的杂文以历史知识和丰富的生活经验为基础,文化气息较重,论述舒缓有致,是作者厚积薄发的成果。像《随谈两则》就从中国人的时间观念谈起,批评了传统文化中"浮生若梦"的人生哲学。其行文平易如聊家常,看似说闲话却又论理精到,充满智慧。他多有揭露抗战中阴暗面的杂文,批判官僚统治的积弊。其杂文收入《感觉的音响》《时恋集》《在岗位上》等集中。

这一时期重要的杂文作家还有冯雪峰。冯雪峰曾与鲁迅有密切的交往,兼有诗人、评论家的身份,其政论文章广泛涉及社会症结,文笔曲折、透彻,又平易亲切。他的杂文说理绵密,比喻新鲜,论述中有哲思渗透,也显历史脉络,语言风格则显浑厚。他的杂文多收入《乡风与市风》《有进无退》《跨的日子》等集中。

上海"孤岛"在 1937 年至 1941 年间的杂文创作也很兴盛,其中影响较大的刊物有《鲁迅风》和《文汇报》副刊《世纪风》。上海"孤岛"特殊的政治气氛,使散文的写作更具现实性和批判性,但风格方面却具有多样性。唐弢(1913—1992)是颇得鲁迅杂文风致的作家之一,这一时期的杂文集有《劳薪集》《识小录》《长短书》等。唐弢侧重从历史角度发掘社会病症的源头,这一点颇得鲁迅杂文的精髓。他的杂文批判一切社会病毒,尖锐泼辣毫不留情,注重勾勒世相百态,讽刺汉奸、西崽、奴才之流,刻画其可憎面目入木三分,像《从奴隶到奴隶》《略论吃饭与打屁股》《丑》《氓》《逃与趋》等都是这类作品中的名篇。巴人(1901—1972)的杂文多批判汉奸敌伪之流,擅长用简笔画似的写法勾勒社会脸谱,笔调尖锐。这一时期有《窄木集》。周木斋(1910—1941)多思辨性的杂文,善于在社会评论中见微知著,有《消长集》。这一时期上海"孤岛"重要的杂文创作还有柯灵的《市楼独唱》,孔另境的《秋窗集》《横眉集》,阿英的《剑腥集》。

沦陷区的杂文创作中值得注意的是周作人的一些作品。抗日战争爆发后,周作人没有随北大南迁而是滞留北平,甚至出任日本人控制的伪职。这一时期他也有许多散文集出版,像《药堂语录》《药堂杂文》《药味集》《秉烛谈》《秉烛后谈》《书房一角》《苦口甘口》《立春以前》等。这些作品大多是随笔小品,也有杂文,有些篇章很难区别到底是哪种文类。其创作思想继承于上个时期,多为补白式读书札记和回忆文字,闲聊式的文风中夹杂着思想革命的意味和"亡国之音哀以思"的色彩,比上一时期刻意追求的生涩要更平易通俗些。单从杂文小品化的文体贡献来讲,周作人是有成绩的。这一时期沦陷区也有一些更年轻的作者遵循周作人的写作路数,如文载道、纪果庵等人多注重博识和情趣,被有些学者称为"学者的言志的散文"。

解放区的杂文相比上述地域而言较少,且多集中发表于1942年延安整风运动之前的一段时间,《解放日报》《谷雨》《抗战文艺》都刊登过杂文。除此之外,在以中央青委为主的一群年轻作者主办的墙报《轻骑队》上,也发表过许多有影响力的杂文。解放区的杂文揭露和批判性很强,多是批评革命队伍内的官僚主义、封建思想等不正之风,像丁玲的《三八节有感》、艾青的《了解作家与尊重作家》、萧军的《论同志之"爱"与"耐"》、王实味的《野百合花》等都是此类作品中的代表作。客观来说,虽然这些杂文在批评不正之风时有时言语过于激烈,但作者的本意大都是相信批评使人进步,本着革命作家的责任帮助抗日根据地肃清封建陋习。令人惋惜的是1941年延安整风运动开始后,很多作家因此受到了责难,并付出了极大的代价。之后解放区就很少出现批判性的杂文了。

1940年代是一个多难的战争年代。这种特殊的社会状态,使得作家更多地选择了具有"匕首"和"投枪"性质的杂文,以便能更直接地与现实问题短兵相接。不过杂文固有的文体特性使得它较难表现艺术个性,加上这一时期的杂文创作多重视现实批评,较少像鲁迅一样涉及文化和思想方面的批判,因此也难以达到鲁迅杂文的深度。

三、风致多样的小品散文

抗日战争爆发后,随着报告文学和杂文的兴盛,小品散文相对而言比较沉寂。因为文体的相对沉寂,这一时期新进的散文作者并不太多,已经成名的作家的作品则更加圆熟,有了更加多样的风致。

萧红这一时期的散文仍保持了上一时期抒写逆境中个人心情的风格,同时增加了抗战中的社会见闻。在她众多散文中尤其值得一提的是回忆鲁迅的一篇。鲁迅去世之后,作为他生前密切来往的后辈和朋友,萧红写下了《回忆鲁迅先生》一文。在纪念鲁迅的众多文字中,这一篇文章因其充沛的情感向为世人所称赞。萧红采用选取片段、交织成篇的方法,展现了鲁迅性格的诸多侧面。她用女性细腻的情感和敏锐的观察,多呈现鲁迅日常生活的细节,把鲁迅塑造得栩栩如生,这是萧红散文写作的特色。

在前一时期已经颇有名气的作家何其芳,到解放区之后文风大改,从沉醉美幻变为关注现实,这是所处社会环境产生的影响。这一时期的散文收入《星火集》《星火集续编》。虽然多数散文仍保持着哲思、象征和深情抒发的特点,但比起之前的创作,作者渗入了刚健的气息,从艺术性、独创性来说当然逊色于《画梦录》。这是作者丢弃之前风格,尚未形成新风格的转型期。和何其芳一样风格转变的有李广田。李广田进入大后方后,摆脱了沉郁的风格,社会感增强,像《圈外》《回声》《日边随笔》《灌木集》等集中的散文都是此类作品。尤其是《灌木集》中的散文极具艺术水准,在一种纯朴的意境中表现乡土、传统的风致,透露着诗意的美。和李广田一样热爱"平凡的田野",沉浸于大自然冥想的是诗人冯至。这一时期他的散文只有一集《山水》,集中散文所记叙并非山水名胜,而只是战时艰苦生活中的"一棵树""一株草"。在这样随处可见的普通景物中,寄托了作者明心见性的思索和美的体验。冯至的散文在山水中寄托了形而上的哲思,描写自然与人之间的息息相关,流露出诗的韵味。

巴金是一位多产的作家,只这一时期的散文集便有《梦与醉》《无题》《黑土》《废园外》《旅途杂记》《龙·虎·狗》《怀念》等。巴金的散文在激越的民族意识下呈现出强烈的爱憎,显得深沉而有力量。

原来的"立达"派散文家使散文在表达个人性情和表现抗战内容方面有了完美的结合,能在保持相当艺术水准的情况下使作品具备现实社会性。丰子恺这一时期有《率真集》,开始描写灾难中的中国社会。叶圣陶有《未厌居习作》《西川集》,其中洋溢着纯朴的爱国之情。

还有一部分作家虽然不直接反映抗战现实,却仍然关注着社会人生,他们走的是《论语》派幽默闲趣的路子,推崇一种生活中的智慧。梁实秋便是其中重要的一位作家。他的《雅舍小品》曾经风行一时,影响很大。他的作品重议论轻抒情,多以日常生活中的事物见闻为题,看似闲谈的论调中蕴藏博雅的知识和幽默的情趣,艺术化的人生体味产生了强烈的阅读吸引力。他的散文即使记载战乱时的艰苦生活也别有意味,作者豁达的心境和玩味的笔触,使得困窘的生活细节都显得颇为可爱。梁实秋的散文行文舒徐优雅,有名士气和绅士气,但因其题材的日常性而显得亲切,常能体现一种生活化的趣味。与其写作路数相似的还有钱钟书。这一时期的《写在人生边上》议论人生百态,文字汪洋恣肆,措辞深入肌理,充满机智幽默,有时却稍显尖刻有失温厚。王了一(王力)也是一位学者型散文家,《龙虫并雕斋琐语》是他这一时期的重要作品集。他的作品批评时政和风俗时能很好地融合学问和趣味,显示出他深厚的文化修养和语言驾驭能力。

沈从文这一时期重要的散文集是《湘西》,《常德的船》《辰溪的煤》等都是深受称赞的名篇。他的散文一方面仍然是写湘西的风土人情,另一方面则加深了对下层民众的同情。他还有一类追求冥想体悟的小品文,有一种玄秘的韵味和梦幻的感觉,像《生命》中那种跳跃无序的默想,就像散文诗一样优美华丽而又玄迷莫测。在这一类梦幻冥想玄秘的散文中,常有一种淡淡的悲伤,显示出作者一种茫然若失的心境,这是中年人对人生的感喟。

这一时期在小说方面显示出杰出天分的作家张爱玲,在散文创作方面也有不俗的表现,她的散文收在《流言》一集中。她常能在日常琐事中见人所不能见,《公寓生活记趣》写庸常的生活细节而趣味盎然;《更衣记》写服饰时尚变化,既有文化考证,又用略带调侃的语调写人与服饰之关系。她在小说中惯用的意象手法也融入了散文创作中,常有新奇的联想比喻,语言机智俏皮颇为耐读。在当时和张爱玲齐名的女作家苏青,这一时期也有散文集《浣锦集》,多写女性的生活体验,对乱世之中人的物质和精神的描摹颇合市民读者的阅读趣味。

1940 年代的散文创作日趋成熟,相较报告文学和杂文来说虽略显沉寂,仍然显示出多样的风致。

第六节　40 年代——现代戏剧的黄金时代

随着 1937 年 7 月 7 日卢沟桥的炮声,中国地域三分为共产党领导的解放区、国民党统治的国统区和日本占领的沦陷区。由于战争、政治、市场等多方因素的影响,中国文学从此进入了解放区、国统区和沦陷区三个地域圈层不同的表达。更由于各个地域圈层的统治者均重视戏剧的政治宣传、鼓动、激励作用,他们一方面想利用戏剧传扬自己的政治主张,另一方面又制定政策对剧目及内容进行审查,消除对自己统治的不利影响,尤其是沦陷区。在这种鼓励和限制的拉锯战中,戏剧意外地得到了空前的发展,并由剧场走向了广场,大体经历了从宣传剧到历史剧和世俗剧,再到讽刺喜剧的转变。

抗战初期,戏剧因为通俗易懂且极具宣传鼓动性的特点,更多地作为服务于抗战宣传的工具而风靡一时。当时的戏剧主要有街头剧、活报剧、茶馆剧、朗诵剧、游行剧等形式。这些剧作虽然大多概念化和公式化严重,且剧情简单、语言通俗、演出方式简陋,但政治性、斗争性、鼓动性极强,具有明显的时事化、大众化的倾向,很好地配合和激励了全国的抗战。其中当时影响最大的是被合称为"好一记鞭子"的街头短剧:《三江好》《最后一记》《放下你的鞭子》。

一、解放区戏剧的代表:新秧歌剧

(一)《在延安文艺座谈会上的讲话》(简称《讲话》)

1. 文化背景

随着七七事变的爆发,中国抗击日寇侵略的民族斗争加剧,国内政治形势发生了巨变。延安成为革命圣地,召唤和吸引了各区无数热血青年和优秀的知识分子。丁玲、萧军、罗烽等来自国统区与沦陷区的知识分子和许许多多知识青年带着赤诚的救国热情投奔延安革命根据地。他们的到来优化了以农民为主体力量的延安民众的知识构成和人员构成,为延安带来了一股清新的文艺之风,极大地丰富了延安的文艺生活。

但同时也出现了像关于民族形式、演大戏、歌颂与暴露、文艺与生活和政治等相关文艺问题的论争:文学如何走向大众化、民族化。1941 年,延安解放区出现了关于演大戏的文艺论争,解放区演出的一些中外名剧如《日出》《雷雨》《哈姆雷特》等,在引起轰动的同时,也与农民士兵的欣赏水平、审美趣味相距甚远。

2. 毛泽东早期文艺思想

(1) 1936 年,毛泽东《在中国文艺协会成立大会上的讲话》中就明确指出:"发展苏维埃的工农大众文艺,发扬民族革命战争的抗日文艺,这是你们伟大的光荣任务。"毛泽东首次提出了"工农文艺"的口号。

(2) 1938 年,毛泽东提出要创造"新鲜活泼的、为中国老百姓喜闻乐见的中国作风和中国气派",反对教条主义。1939 年,周扬、艾思奇、萧三、何其芳等人开展了对"民族形式"和"大众化"问题的讨论。

(3) 1940 年 1 月,毛泽东在《新民主主义论》中指出:"这种新民主主义的文化是大众化的,因而即是民主的。它应为全民族中 90% 以上的工农劳苦大众服务并逐渐成为他们的文化。"毛泽东承接五四时期平民文学的概念进一步扩大文学服务对象范围,初步提出了工农兵文学的实现方式:贴近民众,通俗的、大众化语言改革。

3.《讲话》内容

(1)"文艺是为什么人的?"是会议的首要问题。毛泽东从中国的实际情况出发,指出:"什么是人民大众呢? 是最广大的人民,占全人口 90% 以上的人民,是工人、农民、兵士和城市小资产阶级,所以我们文艺第一是为工人的,这是领导革命的阶级,第二是为农民的,他们是革命中最广大、最坚决的同盟军。"

(2) 如何为工农兵群众服务。

(3) 文艺与生活、文艺与传统、文艺与政治的关系,着重分析了文艺与政治的关系问题。

4.《讲话》的价值和局限

毛泽东不是从文艺本体论的角度来阐释文艺的本质,而是处于一种政治家的革命考量,为了服务并服从于中国革命的需要而提出的文艺政策。所以,解放区文艺一开始就被建构到中国革命的体系之中,作为中国革命的一个有机组成部分来进行讨论,这就决定了其双刃剑的两面性。

(1) 价值

首先,它是毛泽东领导工农大众反抗内外压迫、建立无产阶级政权的"一文一武"战线上的重要思想成果,平息了当时延安文艺界的争论,为当时文艺界指明了方向,有力地配合了时代现实国情,从思想文化上打击与动摇了封建主义、资本主义和帝国主义反动势力。

其次,总结了我国自五四以来革命文艺发展的历史经验,明确提出了文艺为工农兵服务和如何为工农兵服务等最根本的原则问题,奠定了此后中国共产党的文艺政策的坚实基础,从而丰富和发展了马克思主义。《讲话》为中国新文学的发展开辟了一条新的民族化、大众化的道路。

最后,在《讲话》的指引下,工农兵作为中国社会历史舞台上的正面主角、大地主人与英雄形象,首次出现在中国的社会历史舞台上,其意义和价值是巨大的、非凡的。

(2) 局限性

《讲话》对解放区文学和建国后的当代文学产生了深远的影响,同时不可避免地存在着时代局限性。

《讲话》关于文艺为政治服务的提法以及文艺批评中实行政治标准第一、艺术标准第二的提法,实际上颠倒了文艺与政治的主体性,割裂了文艺与政治的关系,脱离了文艺的主体性去要求文艺的政治价值,导致了后来文艺的概念化、公式化、政治化的弊端,导致了简单地为政治服务的审美偏向,偏离了文艺审美化的本质。

(二)新秧歌剧创作

1. 新秧歌剧的概念

新秧歌剧指 20 世纪 40 年代中后期在延安新秧歌运动深入发展的基础上兴起的一种完全新型的民族歌剧。它既融合了西洋歌剧和中国传统戏曲的有益成分,又汲取了延安秧歌和其他地方戏曲的表现手法,是在中国传统文化基础上,融戏剧、诗歌、音乐、舞蹈、美术为一体的音乐戏剧形式。由于它在形式上较直接脱胎于秧歌的作品,篇幅长、容量大,表演形式也更加复杂多样,因此,往往能够更好地表现秧歌剧体裁所难充分容纳的内容,新歌剧创作因此兴盛一时。新歌剧在戏剧结构上与近代戏剧形式接近。剧作家们努力从民族的和民间的戏曲遗产中继承有用的东西,在对歌剧民族化的道路进行了有益的探索。1945 年由延安鲁艺集体创作,贺敬之、丁毅执笔的《白毛女》,不仅是此时歌剧创作的优秀代表作,也是我国民族新歌剧的奠基之作。

2. 新秧歌剧的沿革

中国歌剧是一门新兴的艺术门类,它从小调剧、秧歌剧到初具规模的新秧歌剧,进行了几十年的探索。中国歌剧最早是 20 世纪 20 年代由李景辉先生编剧的《小小画家》《麻雀与小孩》等儿童歌舞剧。30 年代初期,田汉和聂耳合作把革命歌曲和话剧表演融合成一体,创作了《扬子江的暴风雨》,还有红军苏区的小调剧《送郎当红军》《亡国恨》《上前线》等。

1938 年出现了李伯钊等编剧、向隅等作曲的歌剧《农村曲》。1939 年有王震之编剧、冼星海作曲的《军民进行曲》,史航编剧、金紫光作曲的《再上前线》《反抗的怒吼》等。40 年代初还有王亚风编剧、刘炽作曲的《塞北黄昏》。新歌剧基本上都是采用民族风格的音乐,运用西洋歌剧的手法进行创作的。

1942 年,在毛泽东《讲话》精神的指引下,解放区推行文艺大众化,秧歌剧因为形式短小、结构严谨、音乐纯朴动听,成为农民大众喜闻乐见的艺术形式,解放区掀起了新秧歌运动,出现了一批优秀的秧歌剧,如《兄妹开荒》《动员起来》等,鼓舞了军民的士气,教育了广大民众。1944 年开始,又出现了比秧歌剧篇幅更长,故事情节比较完整,能塑造生动形象的新歌剧,如《马渠游击小组》《妯娌争光》等一批作品,成为从短剧到新歌剧,再到完整的新秧歌剧的过渡。

1944 年冬到 1945 年春,大型歌剧《白毛女》的问世,标志着新秧歌剧从内容到形式上的成熟,成为新秧歌剧的经典之作。解放战争时期创作于 1948 年的大型歌剧《刘胡兰》,把新秧歌剧再次推向高潮。此外,反映封建压迫和土改斗争生活的有由孔厥、袁静编剧,梁寒光、金紫光作曲的《蓝花花》等。多部新秧歌剧的问世,使新秧歌剧的创作出现了空前繁荣的局面。

歌剧的成长虽然是在纷乱的战争年代,但新秧歌剧在贴近现实、贴近人民大众的民族风格剧中孕育的战斗激情,既属于那个激情亢奋的时代,更属于广大民众,这是真正人民的艺术。

3. 新秧歌剧主要代表作家作品

1942年,毛泽东的《讲话》发表之后,解放区涌现了众多描写农民政治与经济上翻身的文学作品,记录了共产党领导下的伟大变革,农民在政治上和经济上第一次扬眉吐气、翻身做主人,农民的社会身份和内心情感都发生了巨大嬗变。

一些作家不仅敏锐地捕捉到了农民的新变化,而且还细心地感受到了农民精神文化、思想意识的觉醒与个体主体意识的萌芽成长。鲁艺文工团集体创作的《兄妹开荒》,丁毅、贺敬之执笔的《白毛女》,西戎等人的《王德锁减租》,马加的《夫妻识字》,周而复、苏一平的《牛永贵挂彩》,周戈的《一朵红花》,阮章竞的《赤叶河》,魏风等的《刘胡兰》等歌剧,有意识地表现了农民在精神文化、思想意识上的翻身解放,体现出了一种迥异的可贵的精神文化需求与人性意识,构成了解放区文学的一道独特景观。

4. 新秧歌剧的代表作:《白毛女》

(1) 新秧歌剧《白毛女》创作材料的来源

在华北山村,八路军进驻要开展工作,但当地的老百姓非常迷信,说村头奶奶庙里经常有一个浑身长毛的白毛仙姑出没,让村民给她上供。八路军干部为了解开这个谜团,消除群众的恐惧心理,就跟踪白毛仙姑到了一个山洞,发现所谓的白毛仙姑,实际上是一个女子,因躲避恶霸地主的迫害逃进深山,多年来一直以山上的野菜、野果和奶奶庙的贡品充饥,多年不见天日的野人生活以及缺盐使她毛发变白,一个农家女就这样变成了"白毛仙姑",后来八路军解救了这个姑娘。根据这个材料,延安鲁迅艺术文学院集体创作了《白毛女》。

(2)《白毛女》简介

它是根据白毛仙姑真实的故事改编而成的多幕大型歌剧,是延安鲁迅艺术文学院集体创作智慧的结晶。贺敬之、丁毅执笔,马可、张鲁、瞿维、焕之、向隅、陈紫、刘炽等作曲,1944年4月在延安上映。这部精心打造的新秧歌剧的演出,不但得到社会广泛反响,而且得到了党中央和毛泽东的认可。而后,经过多次修改的《白毛女》于1945年开始在延安公演,后来在全国巡演,倍受欢迎,以致当时解放区新秧歌剧《白毛女》的演出不计其数,家喻户晓。之后,《白毛女》又被改编为电影、芭蕾舞剧、舞台艺术片等多种艺术形式,长期流传,甚至在"文革"时期依然热度不减,可见其影响深远。

剧本情节是地主恶霸黄世仁逼死佃户杨白劳,污辱其女喜儿,喜儿被迫逃入深山成了"白毛女"。八路军来到该地区后,喜儿重见天日。其主题是"旧社会把人变成鬼,新社会把鬼变成人",痛斥了旧社会,歌颂了新生活。该剧采用中国北方民间音乐的曲调,吸收了戏曲音乐及其表现手法,借鉴西欧歌剧的创作经验,并在演出实践中不断打磨,最后成为新秧歌剧的巅峰之作。

(3)《白毛女》人物形象

《白毛女》影响深远的一个很重要原因就是它塑造了两个生动鲜明的农民形象——喜儿和杨白劳,他们的典型性、普遍性以及他们父女的遭遇和形象引起当时群众内心的强烈共鸣。

喜儿是《白毛女》的主人公,也是全剧所着力塑造的具有反抗精神的农民形象。她的性格和生活道路与杨白劳迥然相异。剧本在开头描写了她的天真淳朴,接着描写她在生活中所受到的一系列打击,最后才把她的反抗性推上最高点。当她受到黄世仁的污辱后,也曾喊着"爹呀! 我要跟你去啦!"企图自尽,但在遇救后很快就抛弃了"不能见人"的思想,决心为复仇而活下去。她表示:"我就是再没有能耐,也不能再像我爹似的了。"她决然地告别了父辈的屈辱道路。在她的性格发展过程中,正是一系列苦难的折磨,培育了她对地主阶级不共戴天的仇恨。

杨白劳是喜儿的父亲,是与喜儿相对照的形象。他勤劳善良,对生活要求很低,年关躲债七天,但忍耐只能使他遭受地主更残酷的剥削和压迫,虽看清地主的反动本质,却看不到出路,没能反抗,卖女后,痛苦自杀。他的形象告诉人们:劳动人民不奋起反抗旧制度,非但不能改变苦难的命运,反而会被旧社会所吞食。

新秧歌剧在成功地吸收本民族民间艺术的基础上,创造了来自西洋歌剧又完全适合中国老百姓欣赏趣味的新型剧,创立了中国现代戏剧中一个独立的有鲜明特色的戏剧样式,为现代戏剧的丰富发展做出了突出且积极的贡献。

二、国统区戏剧

抗战全面爆发初期,街头剧大量出现。1938 年武汉失陷后,战争进入相持阶段,抗战进入长期化和日常化,大批原来活跃在战地宣传阵地的话剧工作者又逐渐集中到重庆、成都、昆明等大后方据点与香港、上海等大中城市,话剧又开始成为都市文化生活的一部分。1940 年雾季演出中,重庆演出新编话剧达十多部。"从 1941 年到 1944 年,重庆每年演出话剧均在二十种以上。1944 年在桂林举行的西南第一届戏剧展览会历时三个月,演出话剧及其他改革戏曲近 200 场,剧场演出盛况,与剧本创作的繁荣互为促进。这一时期,大后方与孤岛上海的剧场戏剧的创作出现了三股潮流。"[①]

(一) 历史剧创作

抗战进入相持阶段,"中国向何处去"成为全民关注的焦点。我们常说"以史为镜可以知得失",一方面剧作家们重新认识、研究民族历史,另一方面国统区的专制统治使该地区的剧作者失去公开抨击时弊的自由,只好借古讽今,所以他们立足现实生活,选取与今人气质相通的历史人物,与今事精神相通的历史政治事件为题材,具有强烈的现实的政治功利性。其中郭沫若的历史剧影响最大。主要作家作品有:阳翰笙的《李秀成之死》《天国春秋》《草莽英雄》;欧阳予倩的《忠王李秀成》《桃花扇》;阿英(钱杏邨)的《碧血花》、《明末遗恨》、《葛嫩娘》、《海国英雄》(《郑成功》)、《杨娥传》、《洪宣娇》;郭沫若的《虎符》《屈原》《棠棣之花》《高渐离》《南冠草》《孔雀胆》。收到了极其显著的政治和艺术效果,有力地促进了国统区进步戏剧运动。郭沫若的历史剧除具有本时期历史剧注重防御现实等共同特征外,还表现为一个浪漫主义诗人的独特个性、主观性和抒情性,他在总结自己历史剧创作经验的基础上,提出了"失事求似"历史剧创作原则。

---

① 钱理群,温儒敏,吴福辉:《中国现代文学三十年》(修订本),北京大学出版社,2000 年,第 626 - 627 页。

(二) 正面描写知识分子的创作

战争中后期,大后方剧坛出现了一大批正面描写知识分子的作品,爱国的现代知识分子身上所蕴藏的精神力量对民族振兴事业所具有的特殊意义得以确认。主要作品有:于伶的《长夜行》、吴祖光的《少年游》《风雪夜归人》、宋之的的《祖国在呼唤》、夏衍的《法西斯细菌》、陈白尘的《岁寒图》、张骏祥的《万世师表》、田汉的《秋声赋》、路翎的《云雀》等。

夏衍的《法西斯细菌》堪称此类作品的典范。该剧 1942 年写于重庆。它真实地反映了日本军国主义的野蛮侵略给我国各阶层人民带来的深重灾难。故事描写一位潜心于细菌学研究的科学家俞实夫,在日本侵略军烧杀抢掠的残酷事实面前,终于从不问政治到走入反法西斯斗争行列的觉醒过程,以及知识分子面对时代挑战所经历的心理困扰和自我否定的痛苦过程。这是一部多层悲剧:时代民族的悲剧、英雄理想不能实现的悲剧、文明暂时无力战胜愚蠢和野蛮的悲剧。

(三) 讽刺喜剧创作

对知识分子的精英意识采用正面描写,而对国民党的黑暗、专制、腐败则采取辛辣的讽刺,讽刺喜剧因此而产生。初期讽刺中夹杂着激愤,喜剧内含着悲剧,最后只剩下辛辣的嘲弄,出现纯粹的喜剧。讽刺喜剧的作家作品内容丰富,其中陈白尘的剧作最为突出。

陈白尘的《魔窟》暴露沦陷区敌伪丑态,《乱世男女》嘲弄由南京逃难的“都市的渣滓”,《结婚进行曲》借妇女职业问题写国统区社会不合理现象,《后方小喜剧》讽刺官僚机构的腐朽性。其中《升官图》采用纯粹夸张的喜剧手法,人物情节漫画法,追求痛快淋漓的戏剧效果,反映了特定的时代情绪,是陈白尘讽刺喜剧的主要代表作。作品通过两个流氓强盗的梦境展开了国民党统治时期的“官场现形记”,最后让历史的真正主人觉醒,人民群众登场,当众表演了历史的审判。剧作借鉴并糅合了果戈理的《钦差大臣》和中国传统戏曲中丑角戏的经验,在喜剧艺术上达到了很高的水平,大胆而合理的夸张,荒诞而又真实的情节,使作品成为梦境与现实、荒诞与写实的统一,收到了“假中有真”“情伪毕露”的艺术效果。

另外,还有老舍的《残雾》嘲讽抗战官僚,《面子问题》揭露中国传统的面子问题在官僚机构的种种表现,《归去来兮》讽刺了知识分子的弱点。

喜剧作品主要有:袁俊的三个戏剧“故事”——《小城故事》《边城故事》《山城故事》,丁西林的《三块钱国币》《等太太回来的时候》《妙峰山》等。

三、沦陷区职业化、商业化的戏剧创作

沦陷区戏剧在回避日本殖民政治高压和思想严控的同时,以商业或“纯艺术”谋生,迅速走向了商业化、通俗化、职业化的道路。而内心恐惧政治的普通民众,则把看戏作为转移精神焦虑的场所。如此的双向契合,促进了沦陷区戏剧的繁荣。

(一) 职业剧团剧增,商业性演出繁荣

“沦陷区最早的东北地区,到 40 年代竟有 20 多个职业、业余话剧团在各地创作演出,并形成了长春大同剧团、沈阳协和剧团、哈尔滨剧团三大职业剧团鼎足而立的局面。北平本地的剧团多为业余性质,著名的有北平剧社、四一剧社等。1942 年以后,上海的一些职

业剧团如中国旅行社团、苦干剧团等来北平演出,轰动一时。到 1944 年,话剧演出达到高潮,被称为'话剧年',创下了'全年演出的话剧团体 12 个,演出剧目 23 个,共在剧场演出250 场以上'的可观纪录。市民观众群最为成熟的上海,仍然是沦陷区戏剧的中心。据不完全统计,1942 年,职业剧团已达 20 个,到 1943、1944 年进入繁荣期,苦干剧团、中国旅行剧团、新华艺术剧团、同茂剧团(后改为国华剧团)、上海艺术剧团、上海联艺剧团、国风剧团等剧团,同时活跃在话剧舞台上。报纸曾这样报道当时的盛况:'剧院林立,观众云涌,一二个好剧本上映,风魔万人,持久不衰','投资有人,观剧有人,所以剧团的组成,剧本的演出,如春雨后嫩笋一样的竞相茁长'。连银幕上的红星也都'纷纷投身剧坛'。此时的上海话剧的影响实际上已超过了传统戏曲与新兴的电影,这在中国现代戏剧史上几乎是唯一的一次历史机遇。"[①]

(二) 市民化的倾向

如果说解放区的创作是"农民化"的倾向,那么沦陷区的戏剧创作则体现了"市民化"的倾向。它将创作的题材主要集中在中国市民阶层的兴趣点和审美趣味上。

1. 反映宫廷政治为主的历史剧:姚克的《清宫怨》,周贻白的《天外天》等。

2. 写民间艺人悲欢离合的悲剧故事:小说家秦瘦鸥与剧作家顾仲彝、名导演黄佐临、费穆合作的《秋海棠》等。

3. 抒写都市家庭生活的悲喜剧:陈麟瑞(石华父)的《职业妇女》,费穆改编的《浮生六记》,陈绵改编的《天罗地网》(又名《干嘛?》),顾仲彝的《八仙外传》,杨绛的"喜剧双璧"——《称心如意》和《弄假成真》等。

4. 改编国外的经典剧目:李健吾的《金小玉》(根据法国萨都的《杜司克》改编)、《王德明》(根据莎士比亚的《麦克白》改编),师陀(芦焚)改编的《大马戏团》(根据俄国安德列耶夫的《挨了耳光的人》改编),黄佐临改编的《梁上君子》(根据匈牙利莫纳的《律师》改编),导演陈绵改编的《茶花女》(根据法国小仲马原作改编)等,这些经典名作改编的剧目演出经久不衰,成为职业剧团的"看家戏"。

以上这些戏剧创作,追逐热点题材,市民伦理观贯穿其中,或满足了市民和知识分子的审美需求,或对市民社会的民间价值观给予了充分关照,体现传统市民理想。

拓 展

拓展一:

孙犁曾谈过母亲和妻子是他文学语言的源泉,正是质朴的劳动妇女的美德,奠定了他早期作品的基调。请结合作品《荷花淀》等分析孙犁作品中女性形象的美。

拓展二:

40 年代的政治现实引起了一场以弘扬民族意识和本土意识为内涵的政治文化运动。赵树理的农民立场和民间形式的写作在潜意识中契合了这场运动。政治话语找到了与农

---

① 钱理群,温儒敏,吴福辉:《中国现代文学三十年》(修订本),北京大学出版社,2000 年,第 640 - 641 页。

民沟通信息的方式,而农民也找到了向上传递对生活状况看法的话语方式。赵树理的创作方式成为被政治话语与民间话语共同接受的一种存在。赵树理的创作不仅具有了一种形式上的民族特色,更是一种精神上的民间意识。毛泽东《在延安文艺座谈会上的讲话》对这种创作方式加以肯定,赵树理的创作被称为文艺为工农兵服务的方向。你如何看待这种定位?

拓展三:

张爱玲是中国现代文学史上一个独具魅力的作家,张爱玲小说超越了她所处的时代。她的小说无论是选材、立意,还是人物塑造、叙事结构和语言技巧无不显现出个人的特色,取得了较为突出的成就;她的小说无论是超越雅俗,还是对边缘化小人物的深入描写,都是 20 世纪 40 年代的其他任何作家无法比拟的。因此她的小说不能归于任何一个小说流派,而是个独特的存在,为中国小说史做出了独特的贡献。请结合《金锁记》谈谈张爱玲创作的独特性。

拓展四:

《围城》中的文化讽刺更多的是基于中西文化冲突、碰撞的历史平台,而这正是钱钟书的着力点之一。一是以现代文化观照中国传统文化的某些弊端,如方鸿渐的父亲方老先生的迂腐,他推荐的线装书中"中国人品性方正所以说地是方的,洋人品性圆滑,所以主张地是圆的"之类。二是嘲讽对西方文化的生搬硬套,"活像那第一套中国裁缝仿制的西装,把做样子的外国人旧衣服上两方补丁,照式在衣袖和裤子上做了",如曹元朗模仿"爱利恶德"(艾略特)《荒原》的《拼盘姘伴》诗。三是探讨对西方文明和西方文化的吸收中的荒诞,如方鸿渐在家乡中学演讲时所说的,"海通几百年来,只有两件西洋东西在整个中国社会里长存不灭。一件是鸦片,一件是梅毒,都是明朝所吸收的西洋文明"。又如三闾大学中的"导师制"。因此,《围城》被很多人誉为现代的《儒林外史》。谈谈你的看法。

✏ 作 业

一、精读

1. 赵树理的《小二黑结婚》
2. 孙犁的《荷花淀》
3. 张爱玲的《金锁记》
4. 钱钟书的《围城》
5. 陈白尘的《升官图》

二、泛读

1. 卢洪涛的《中国现代文学思潮史论》
2. 张爱玲的《传奇》
3. 孟语嫣的《沉默与空白——钱钟书传》
4. 郭志刚的《孙犁评传》
5. 山西省史志研究院编《赵树理传》

三、视频观看

1. 《赵树理》韦廉执导,潘保安、于淑莲等编剧,李雪健、赵二湖等主演的传记类电视连续剧

2. 电视剧《围城》

3. 电视剧《倾城之恋》(改编自张爱玲同名小说)

第四章
50—70年代文学(1949—1978)

扫码查看
本章资源

学习目标

了解20世纪50—70年代政治意识形态凸显的一元化对文学的影响以及诗歌、小说、散文、戏剧的主要代表性作家及作品。

本章摘要

50—70年代,是新中国成立后政治意识形态凸显的一元化时代。1949年第一次文代会的召开标志着新中国文学的开始,对中国当代文学的发展影响深远。它将"文艺为政治服务、为工农兵服务"的方向确定为新文艺唯一正确的方向,实现了党对文艺的绝对领导,开启了新中国的颂歌时代。新中国成立初期发动的三次大规模文艺批判运动,将文艺论争政治化,破坏了文学生态环境。特别是"文化大革命"的极度政治化,百花凋零,革命样板戏一旗独立。50—70年代诗歌歌颂新时代、新生活、新中国、新英雄、新人物,形成了欢快昂扬的颂歌潮流。郭小川、贺敬之是新中国政治抒情诗的杰出代表。受题材决定论的影响,这一时期的小说题材主要集中在革命历史斗争和农村生活这两大类,"三红一创青山保林"是对这两类长篇小说篇目的简括,最突出的成就就是塑造了一大批工农兵英雄形象。50—70年代的散文纵情歌唱与"诗化""政论""知识性"的散文相结合,出现了散文三大家:秦牧、杨朔、刘白羽。描写工农兵的主旋律话剧数目虽多,但影响有限,第四种戏剧《茶馆》成为经典,历史剧创作抢眼。戏曲通过戏改,出现了昆剧《十五贯》、京剧《秦香莲》《白蛇传》、越剧《梁山伯与祝英台》、黄梅戏《天仙配》、豫剧《花木兰》、花鼓戏《刘海砍樵》等"推陈出新"的典范之作,它们在戏曲舞台上一直熠熠生辉。"文革"时期革命样板戏独领风骚,它以艺术的感染力和政治的召唤力在全国风行十余年。

第一节　50—70 年代文学思潮

一、十七年文学思潮

(一) 十七年时期的文艺政策

1949 年 7 月 2 日至 19 日,在北京召开了中华全国文学艺术工作者代表大会,也就是第一次文代会。这次大会的召开标志着新中国文学的开始。党的重要领导人毛泽东、周恩来参加大会并发言。这次大会的主要目的是总结经验,吸取教训,确定今后全国文艺工作的方针和任务。大会期间,周恩来作了《在中华全国文学艺术工作者代表大会上的政治报告》,郭沫若作了名为《为建设新中国的人民文艺而奋斗》的报告,茅盾作了名为《在反动派压迫下斗争和发展的文艺》的讲话,周扬作了《新的人民的文艺》的报告。在这些报告中总结了国统区和解放区文艺活动的经验,分析并提出了新形势下文艺工作的任务。通过这些报告的总结和分析,大会明确提出今后的文艺工作要遵循毛泽东《在延安文艺座谈会上的讲话》中的思想原则和指导方针。

第一次文代会的召开是中国当代文学的开端,对中国当代文学的发展产生了深远的影响。它总结了五四以来新文艺运动的经验和教训,确立了毛泽东文艺思想的地位,将"文艺为政治服务、为工农兵服务"的方向确定为新文艺的唯一正确的方向;成立了中华全国文学艺术界联合会(简称"文联"),选举郭沫若为主席,周扬、茅盾为副主席,实现了党对文艺的绝对领导。

1956 年,中国绝大部分地区完成了对生产资料私有制的社会主义改造,党的"八大"也确定了中国的主要斗争不再是阶级斗争,主要任务是全力发展生产力。在这样的背景下,1956 年 5 月,毛泽东在最高国务会议上提出了"百花齐放,百家争鸣",作为促进艺术发展和科学进步、促进我国社会主义文化繁荣的长期的基本方针。随后,中共中央宣传部部长陆定一向文化界和科学界作了题为《百花齐放,百家争鸣》的报告,对这一方针做出了详细具体的阐释。他说:"党从未加以限制,只许写工农兵题材,只许写新人物等等,这种限制是不对的。文艺既然要为工农兵服务,当然要歌颂新社会和正面人物,要歌颂进步,同时要批评落后,所以文艺题材应该非常宽广。""提倡在文学艺术工作和科学研究工作中有独立思考的自由,有辩论的自由,有创作和批判的自由,有发表自己意见、坚持自己意见的自由。"但同时也对自由的范围做出了限制,指出"'百花齐放,百家争鸣',是人民内部自由"①。

新的文艺方针鼓舞了一大批作家的创作,出现了一批揭露人民内部矛盾、讽刺生活中不良风气的作品。如王蒙的《组织部来了个年轻人》,李准的《灰色的帆篷》,耿简《爬在旗

---

① 选自《人民日报》,1956 年 5 月 27 日。

杆上的人》,李国文的《改选》等都引起了文艺界的重视。在这一方针的鼓舞下,这一时期的创作在题材上也有所扩大,突破爱情不能作为文学题材的禁区,宗璞的《红豆》、邓友梅的《在悬崖上》、刘绍棠的《西苑草》等都展现了人们在爱情中的精神世界。在文艺理论批评上,大家也就历来争论的很多问题进行了探讨,围绕着反对教条主义和创作上的公式化、概念化倾向,展开了关于现实主义、典型形象以及美等多种学术问题的讨论,文艺界呈现出一片繁荣的景象。

"双百"方针提出不久,1957年4月,全党开展整风运动和反右斗争,这次运动的主要目的是反对官僚主义、宗派主义、主观主义,提高全党马列主义思想水平,改进作风,搞好建设。但是极"左"路线进一步发展,反右斗争迅速扩大化,一大批作家和理论家如艾青、舒群、吴祖光、傅雷、陈梦家、穆旦等都被打成了右派,宗璞、王蒙、高晓声、陆文夫、李国文、邓友梅、流沙河、张贤亮等一批青年作家也受到了严厉批判,而在"双百"方针指导下创作出的一批写人情、人性的作品被打成"毒草"。紧随其后的"大跃进"运动,更进一步助长了"左"倾路线的发展,文艺界也布满了浮夸、冒进的风气。1960年冬,"大跃进"失败之后,党中央决定对国民经济实行"调整、巩固、充实、提高"的八字方针,制定了一系列正确的政策和果断措施,同时也开始对文艺政策进行相应的调整。

1961年6月,全国文联在北京新侨饭店召开了全国文艺工作座谈会和故事片创作会(即"新侨会议"),周恩来参加会议并作了《在文艺工作座谈会和故事片创作会议上的讲话》。讲话的中心思想,就是要克服文艺界"左"的倾向,正确认识和解决艺术民主和艺术规律两个重大问题。会议根据周恩来同志讲话的精神,拟定了《关于当前文学艺术工作若干问题的意见(草案)》,经征求意见后,1962年5月正式确定为《文艺八条》,经中央批准,在全国各地贯彻执行。

1962年3月,文化部和戏剧家协会在广州召开了话剧、歌剧、儿童剧创作座谈会(即"广州会议")。周恩来作了《关于知识分子问题的报告》,陈毅也于稍晚作了报告。这次的两个报告最重要的贡献就是建国以来第一次对知识分子作出了全面、公平而正确的评价。这些讲话标志着党中央对知识分子的政策将发生重大转变。广州会议是在极其关键的时候,调整了党的政策,调动了广大知识分子的积极性,对文艺创作的活跃起到了非常重要的作用。

同年8月,中国作家协会在大连召开了"农村题材短篇小说创作座谈会"(即"大连会议")。许多著名的文艺界领导、作家、评论家都出席了会议,作协副主席、党组书记邵荃麟主持了会议,茅盾、周扬等都在会上发表了讲话。邵荃麟在发言中强调,创作应注重题材和人物的多样化,提出了"写中间人物""现实主义深化"的理论主张。

党的这次文艺政策调整,很大程度上调动了文艺界创作的积极性,使文艺界出现了短暂的繁荣局面。遗憾的是这次调整进程很快又被一场新的政治斗争打断。

1962年,党的八届十中全会召开。由于对形势的错误判断,毛泽东重新提出"千万不要忘记阶级斗争"这一口号。1963年4月,中国文联召开第三届全国委员会第二次扩大会议,以"加强文艺战线,反对修正主义"为中心议题,决定进一步深入开展文艺界的"反修"斗争。1963年12月,毛泽东作出了关于文艺工作的第一个批示,在批示中对文艺界提出了严厉的批评,认为文艺界"问题不少",许多部门至今还是"死人"统治着,"许多共产党人热心提倡封建主义和资本主义的艺术,却不热心提倡社会主义的艺术,岂非咄咄怪事";许多文艺协会"基本不执行党的政策",已经"跌到了修正主义的边缘"①。文艺界再次卷入了新的政治斗争的浪潮中。

毛泽东的批示错误地估计了文艺界的形势,给了林彪、江青、康生等阴谋家可乘之机,他们趁机夸大阶级斗争,使得"左"的思潮得到进一步的发展,文艺界开始了持续多年的大批判运动。如对小说《刘志丹》的批判、对昆曲《李慧娘》的批判、对《海瑞罢官》的批判等,都是别有用心、罗织罪名。

(二) 三次文艺批判运动

自五四新文学以来,各种文学主张和文学派别之间不同观点的论争和碰撞一直从未间断。十七年期间由于政治权力对文学的支配作用,使得文艺界的这种文学批评和论证常常变为用于阶级斗争、政治斗争的重要手段,从而演变为当代特有的大规模批判运动。

1. 对电影《武训传》的批判

电影《武训传》拍摄完成于 1950 年。电影以清末鲁西堂邑县农民武训的事迹为基本内容拍摄,讲述了农民武训具有传奇色彩的行乞兴学的故事。影片 1950 年 12 月在全国上映,引起了文艺界和整个社会的巨大反响,曾被推选为当年的最佳影片。1951 年 3 月,党中央发出通知,要求在全国范围内开展对《武训传》的讨论。同年 4 月,《文艺报》重新刊载了 30 年代鲁迅嘲讽武训及其宣传者的杂文《难答的问题》,之后又陆续发表了贾霁的《不足为训的武训》、杨耳的《试谈陶行知先生表扬"武训精神"有无积极作用》等文章,这些文章看似是对电影的讨论,实质已经开始了对《武训传》的批判。

同年 5 月 20 日,《人民日报》发表社论《应当重视电影〈武训传〉的讨论》。这篇社论经过毛泽东大量修改,并最后定稿。社论认为:"《武训传》所提出的问题带有根本的性质。"电影将武训的道路与中国革命相提并论,认为被压迫者的解放可以通过教育而不必经过革命手段来得到,承认或者容忍、歌颂武训就是"承认或者容忍污蔑农民的革命斗争,污蔑中国历史,污蔑中国民族的反动宣传为正当的宣传"。并强调,对于武训和电影《武训传》的歌颂竟如此之多,"说明了我国文化界的思想混乱达到了何等的程度!"②。自此,一场文艺界的批判运动逐步展开,并发展为一场全国范围的大批判运动。批判后期,周扬撰写了总结性质的长篇文章《反人民、反历史的思想和反现实主义的艺术》。在这场大规模的批判运动中,对《武训传》的批判主要有三点:一是歌颂了不应当歌颂的人物,美化了阶级投降主义和个人苦行主义;二是宣扬了历史唯心主义观点和资产阶级改良主义思想;三是歪曲历史面貌,贬低了农民革命的作用。事实上这些批判都是把电影作为一个政治问题来看待,用政治的标准进行批判,把本属于文艺的问题上升到政治的高度,这样的批判显然是有失偏颇的。

2. 对俞平伯《红楼梦》研究的批判

俞平伯是"新红学派"的主要代表,他于 1923 年成书的《红楼梦辨》和胡适著的《红楼

---

① 毛泽东:《关于文学艺术的两个批示》,《人民日报》,1967 年 5 月 28 日。
② 毛泽东:《应当重视电影〈武训传〉的讨论》,载《毛泽东选集》第 5 卷,人民出版社,1977 年,第 2 页。

梦考证》同属于该派的奠基之作。他们把美国哲学家杜威的实证方法同中国传统的考据、评点结合起来,对《红楼梦》的作者和版本做了大量去伪存真、核实正误的工作,以富于创见的阐释,推翻了自晚清以来颇有声势的"旧红学派"的虚妄臆测和索隐附会,开创了红学研究的现代格局。建国后,俞平伯在《红楼梦辨》的基础上未做重大修改,更名为《红楼梦研究》出版。后来又在报刊上发表了一些文章,如《读红楼梦随笔》《红楼梦简论》等。1954年,他将几年来创作的这些文章结集为《红楼梦简论》发表。发表过后不久,刚从山东大学毕业的两名青年学生李希凡、蓝翎对俞平伯的研究观点和方法提出了异议。他们的论文《关于〈红楼梦简论〉及其他》和《评〈红楼梦研究〉》分别发表在1954年9月号的《文史哲》和1954年10月10日的《光明日报》上。李希凡和蓝翎运用社会历史批评和现实主义理论对俞平伯的《红楼梦》研究进行批判。《文艺报》转载了他们的论文并加了比较谨慎的按语,认为"观点应引起注意",但"显然还有不够周密和不够全面的地方"。

两人的论文以及《文艺报》的态度引起了毛泽东的重视。毛泽东对两个人的批判给予了充分肯定,认为这种批判是对"在古典文学领域毒害青年的胡适派资产阶级唯心论"的"第一次认真的开火"。"看样子,这个反对在古典文学领域毒害青年三十余年的胡适派资产阶级唯心论的斗争,也许可以开展起来了。"并认为"俞平伯这一类资产阶级知识分子,当然是应当对他们采取团结态度的,但应当批判他们的毒害青年的错误思想,不应当对他们投降"①。自此,全国文艺界、文化界及整个政治领域迅速掀起了一场思想批判运动,其规模之大超过了对电影《武训传》的批判。整个批判是从两个方面进行的,一方面是批判《红楼梦》研究中的错误观点,进而发展为对胡适派资产阶级唯心主义、实用主义的清算;另一方面是对《文艺报》的"错误"的批判。这场批判表面看起来似乎是对俞平伯《红楼梦》研究的批判,实质上主要批判的是胡适的自由主义思想,铲除"几十年来胡适思想的老根"②。然而,这种批判将本属于学术和文艺思想的问题定性为"政治问题",不少批判都过于简单、粗暴,未能采取科学的、实事求是的态度。

3. 对胡风文艺思想的批判

胡风,原名张光人,是左翼文学阵营的著名文艺理论家、翻译家、诗人。抗战爆发后,先后主编文学杂志《七月》《希望》,并担负中华全国文艺界抗战协会研究工作。

1952年5月,《长江日报》发表了舒芜的文章《从头学习〈在延安文艺座谈会上的讲话〉》;6月8日,《人民日报》全文转载了这篇文章,并加编者按语指出,胡风等人的文艺思想"是一种实质上属于资产阶级、小资产阶级的个人主义的文艺思想"。同年12月,文艺界部分人士和胡风进行过几次座谈,对他的文艺思想进行讨论。在座谈会上,胡风在个别的问题上进行了自我检讨,但在一些根本问题上,胡风仍然坚持自己的观点是正确的。1953年初,林默涵、何其芳分别发表了《胡风的反马克思主义的文艺思想》和《现实主义的路,还是反现实主义的路?》,对胡风文艺思想进一步进行批判。但胡风并未因此改变自己的立场。1954年7月,胡风直接向党中央递交了长达三十万言的《关于解放以来文艺实践情况的报告》,对当时批评界的教条主义、宗派主义等作风提出自己的意见。意见书内

① 毛泽东:《关于〈红楼梦〉研究问题的信》,载《毛泽东选集》第5卷,人民出版社,1977年,第67页。
② 邵荃麟:《文学十年历程》,载《邵荃麟评论选集》(上),人民文学出版社,1981年,第78页。

容非常广泛,它从共产主义世界观、工农兵生活、思想改造、民族形式、题材等方面对当时的批评界进行了批判,提出了"五把刀子说"。意见书建议文艺界从理论到组织需要全面改革,并提出了具体的规划和措施。1955 年 1 月,中宣部向中央提交了《关于开展批判胡风思想的报告》。同年 2 月,中国作家协会主席团举行扩大会议,决定对胡风文艺思想展开全面的彻底的批判。同年 5 月 13 日至 6 月 10 日,《人民日报》分三批陆续公布了《关于胡风反革命集团的材料》,至此胡风等人被定性为反革命集团。

二、"文化大革命"十年文学思潮

(一)"文革文学"概况

"文化大革命"始于 1966 年 5 月,终于 1976 年 10 月,这场政治运动带给了中国文学严重的打击。1965 年,姚文元的《评新编历史剧〈海瑞罢官〉》在《文汇报》上发表。文章断章取义对《海瑞罢官》进行批判,说《海瑞罢官》是攻击庐山会议,从而将批判从文化引向政治,以此为借口掀起了一场政治斗争。1966 年 2 月 2 日至 20 日,在上海召开了部队文艺工作座谈会,之后陈伯达等人一起整理出了《林彪同志委托江青同志召开的部队文艺工作座谈会纪要》(简称《纪要》)①,4 月 10 日,《纪要》经过毛泽东三次审阅修改后,以中共中央文件的形式传达全党。《纪要》在全盘否定从五四到"十七年"所有文学成果的基础上,提出要创造"开创人类历史新纪元的、最光辉灿烂的新文艺",要"搞出好样板",由此,"样板戏"几乎成为"文革"期间戏剧的唯一表现形式。

1967 年 5 月 31 日,为纪念毛泽东《在延安文艺座谈会上的讲话》发表二十五周年,《人民日报》发表社论《革命文艺的优秀样板戏》。在这篇文章中,把现代京剧《智取威虎山》《沙家浜》《红灯记》《海港》《奇袭白虎团》,舞剧《红色娘子军》《白毛女》,交响音乐《沙家浜》这八个剧目定为"革命样板戏"。这期间,"样板戏"被大规模推广。"样板戏"要求所有团体排演时,从服装到表演的一招一式都绝对照搬,全国各地无论什么剧种都全面"移植"。在大力推行"样板戏"并总结"样板戏"创作经验的过程中形成了"根本任务论"和"三突出"原则。

(二)"文革"时期的文艺创作

限于当时的政治局势,这一时期的文学创作呈现出比较复杂的情况,总体上可以分为公开的文学和地下的文学两大类。其中公开的文学中占据主流位置的就是以文化专制主义和文化虚无主义为主导的文学创作。这类创作强调文学完全服务于政治,在创作中以"三突出"为原则,以"三结合"(即"党的领导""工农兵群众""专业文艺工作者")为创作方法。除"文革"期间产出的大量"革命样板戏"之外,也有诗歌、小说等其他文体的文学作品在上述指导思想下应运而生。诗歌创作上,"文革"开始后,公开发表的诗歌中,专业作家的创作已经很少,多为个人或者小团体为了某种目的而写,如当时最有名的"小靳庄诗歌"。这类诗歌创作已经与个人的情感、思想和体验完全无关,其文学性已经基本丧失。小说创作方面,短篇小说因为其在形式上有对现实生活快捷反映的优势,出现了很多写

---

① 1967 年 5 月 29 日的《人民日报》第一次公开发表《纪要》全文。

"文革"运动中的重要事件的作品。如《金钟长鸣》《第一课》《初春的早晨》等都属于这类作品。长篇小说因其容量较大,在创作时就有更全面严格的要求,需要创作者有更好的处理材料的能力。因此,相比于这一时期的其他作品,只有少数有较强驾驭材料能力的作者创作出的作品,能够一定程度上体现出一些生活实感。此类作品有浩然的《艳阳天》《金光大道》,谌容的《万年青》,古华《山川呼啸》,郭澄清《大刀记》,张抗抗的《分界线》等。

限于当时特殊的环境,文学界百花凋零,但也有一些作家在严峻的逆境中,仍然坚持文学创作规律,经过曲折斗争后创作出的作品。长篇小说《春潮急》《沸腾的群山》(第二、三部)、《万山红遍》都属于此类作品。而在当时影响最大的则是电影文学和戏剧文学,如由张天民执笔、集体创作的《创业》,黎如清原著、谢铁骊改编的《海霞》,李心田原著后集体改编、王愿坚和陆柱国执笔的《闪闪的红星》等,都是其中表现较为突出的作品,这些电影和戏剧虽然创作水平不如"文革"之前,但在当时那个特殊的环境能从社会生活实际出发进行创作,显得尤其可贵。

在当时除了上述公开发表的地上文学,还有一批文艺创作者不惧强权,以隐秘的方式进行的"地下文学"的创作,这些作品都未能公开发表,一般以手抄本的形式在读者中流传。诗歌创作上有以穆旦为代表的九叶诗派及绿原、牛汉、蔡其矫、公刘、流沙河、郭小川等。他们以笔通过诗歌记录下自己的心理历程。如蔡其矫的《玉华洞》《祈求》等。郭小川属于这其中表现较为突出的诗人,写出了《团泊洼的秋天》《秋歌》这样非常优秀的作品。进行诗歌秘密创作的还有另一个群体,就是在当时革命浪潮中的知青这一群体,其中写作较早、影响较大的是郭路生,形成一定规模的是"白洋淀诗群"。郭路生在"文革"期间的主要作品有《命运》《海洋三部曲》《四点零八分的北京》等。"白洋淀诗群"的主要代表人物有芒克、多多、根子等。在小说创作上,"文革"期间在读者中流传有手抄本小说,其中影响较大的有张扬的《第二次握手》、靳凡的《公开的情书》、赵振开(北岛)的《波动》、礼平的《晚霞消失的时候》等。

第二节 50—70 年代歌颂新时代、新生活的诗歌

一、颂歌潮流

中华人民共和国的成立,开始了新中国和平建设的步伐,新的生活振奋人心,诗人们也沉浸在万众一心、百废待兴的开国气象中,他们纷纷写诗歌颂新生的祖国、英勇的人民和伟大的领袖,建国初期形成了欢快昂扬的颂歌潮流。如郭沫若的《新华颂》,胡风的《欢乐颂》,田间的《祖国颂》,艾青、何其芳的《我们最伟大的节日》,臧克家《有的人》,冯至《我的感谢》等诗篇。冯至《我的感谢》最能代表从旧中国过来的知识分子对于党与领袖的真情实感。臧克家的《有的人》虽然是为纪念鲁迅而写,但是却超越具体对象,树立了一个"谁该诅咒谁该歌颂"的价值衡量标准——看其对人民的态度。

50 年代前期的诗歌有两大主题,一是和平,二是建设。其时,中国诗人的心胸与喉咙

受国内如火如荼的抗美援朝保家卫国运动和国际上汹涌澎湃的保卫和平、反对战争的热潮相鼓动,创作了不少优秀诗歌。塑造志愿军形象的诗歌有田间的《雷之歌》和未央的《枪给我吧》。郭沫若、萧三、柯仲平、艾青、李季等诗人都写过不少赞颂和平、友谊的国际题材的诗。祈求和平是为了建设祖国、提高人民的生活。新生的共和国给予了使人们难以抑制的激情,冯至的《我们的西郊》从身边的变化写起,由北京西郊"天天在改变""天天在生长",看到祖国"在千千万万劳动者的手里/转变成幸福的地上的天堂"。闻捷的《天山牧歌·序诗》从西部边疆开始游荡,"从东到西、从北到南,/处处看到喷吐珍珠的源泉",用优美的诗篇记载下各族人民生活的变迁。

从战争年代到和平建设时期,从解放区到大城市,诗歌的内容与形式因为诗人身处时空的不同也发生了改变,这在李季等诗人身上体现得尤为明显。在内容上,李季已经由讲陕北三边的故事转为讲石油工人的故事,他被人亲切地称为"石油诗人"。李季在诗歌形式上也突破了信天游的民歌体,走向现代、格律,但他的抒情诗与社会现实生活没有拉开距离,缺乏提炼与升华。田间追求更富有概括力的意象和象征,诗歌中出现了孔雀、红叶、白发等富有含义的形象。艾青的《大西洋》《在智利的海岬上》《维也纳》《一个黑人姑娘在歌唱》,诗人面对人民苦难的悲悯沉思的面容在这些诗歌中浮现出来,让人能领略到艾青在象征、拟人、色彩运用等技法上也与他30年代的诗作一脉相承。

50年代后期,一些年轻的诗人如邵燕祥、李瑛、未央、闻捷,他们自豪、单纯、活泼又富有生气,他们的诗歌呈现出一种整体的清新、明朗、昂扬、欢快的审美风格。同时,西南边陲还出现了一个青年诗人群体,有公刘、白桦、周良沛、顾工等,他们的诗歌成就也相当令人瞩目。这些都代表了50年代后期诗歌的成就。

闻捷善于从绚丽多彩的少数民族生活中取材,反映新疆的旖旎风光和少男少女的情感。闻捷的诗新颖细腻动人,如《葡萄成熟了》把小伙子们的憨厚痴情与姑娘们的矜持调皮传神地刻画出来,风靡一时。其他如《赛马》《舞会结束以后》《婚期》,紧扣少数民族特有的风土人情来刻画男女间的倾慕、追求、等待、表白等爱情生活的情趣,富有浓郁的地域色彩。

二、郭小川、贺敬之的政治抒情诗

政治抒情诗作为抒情诗的一种,带有鲜明的政治内容和强烈的政治倾向,一般通过诗的情感化与形象化的方式表达出来。郭小川、贺敬之是中华人民共和国成立之初和平建设时期政治抒情诗的杰出代表。

郭小川(1919—1976),河北丰宁人。中华人民共和国成立初期,在武汉,他与陈啸宇、张铁夫三人以"马铁丁"的笔名写了不少思想杂谈,他的第一首政治抒情诗《致青年公民》用马铁丁的笔名在1955年发表。从50年代到60年代,他一共出版了《投入火热的斗争》《白雪与山谷》《将军三部曲》《甘蔗林——青纱帐》《昆仑行》等诗集。

饱满的政治热情、不屈的战斗意志和正直的心灵,是彰显郭小川人品和诗品的三个重要因素。郭小川没有把自己打扮成一个完美无缺的战士,他在《向困难进军》一诗中,坦言自己在一场严峻考验到来时所表现的"烦恼和不安",在《自己的志愿》中谈到自己在成长过程中的种种"莠草般的杂念",在《致大海》中要用大海的博大与圣洁来荡涤自己"残留着污迹"的狭小心胸。诗人暴露自己的缺点是为了与缺点彻底告别,他是一个兼有革命战士和革命诗人两种气质的真诚坦荡的人。

郭小川的诗歌风格奔放、热情,他善于用排比、对偶、长句子来强化感情的力度。古代文学铺陈其事的赋体,很适合他的艺术个性,再加上他用现代汉语加以改造,就形成了郭小川式的新辞赋体,如《乡村大道》《厦门风姿》《甘蔗林——青纱帐》等诗。他还采用楼梯式形式写《致青年公民》,用民歌体写《三户贫农的决心》,用词曲短句写《祝酒歌》,用信天游写《平炉王出钢记》,用半格律体写《山中》。他不拘泥于一种体裁,也不为体裁而体裁。在当代诗人中,郭小川在诗歌内容与形式的创新上是最富有探索精神。

贺敬之(1924—),山东枣庄人。出生于一个贫苦农民家庭,读过小学与乡村师范,1940年奔赴延安,考入鲁艺,并开始革命与文学创作的道路。他的诗发表在胡风主编的《七月》与《希望》等杂志上,以反映农村遭受压迫、剥削的贫苦农民的悲惨生活为主,也写他们的反抗。1949年他和丁毅执笔集体创作了大型歌剧《白毛女》。

贺敬之在诗歌创作上的主要成就是政治抒情诗,代表作是《放声歌唱》和《雷锋之歌》。贺敬之在诗歌创作的数量不多,但他对每一首诗的要求都很严,诗歌发表出来都有一定的分量。1956年发表的《放声歌唱》就一鸣惊人。这首诗以辽阔、悠远的时空感和富有形象概括力的意象,展示了从灾难深重的旧中国到前景灿烂的新中国的历史性的转折与变化。诗中洋溢着作为共和国公民的自豪感、热爱祖国和建设祖国的热情以及对未来充满美好的憧憬。

诗人善于从历史与思想的高度来提炼人民的真情实感,奏出时代的强音。1963年写的《雷锋之歌》,以雷锋短暂的一生作为人生的标尺来思考:

> 人
> 应该
> 怎样生?
> 路,
> 应该
> 怎样行?

在诗人看来,向雷锋学习应是每个人自觉地对人生道路的抉择。其他的一些诗如《回延安》《三门峡歌》《桂林山水歌》也都很朴实、真挚而又亲切。

在风格上,贺敬之与郭小川同具阳刚之美,但郭小川更为粗犷硬朗,他写《向困难进军》铿锵昂扬、金戈铁马,即使像《林区三唱》《秋歌》《春歌》这样的闲情之作,也写得豪情万丈、慷慨激昂;贺敬之则是刚中有柔、宏中有细,除了像《放声歌唱》中的热情奔放,还有《回延安》的脉脉深情、《桂林山水歌》的缠绵柔婉、《三门峡歌》的古风犹存。与郭小川更重外展型的思维方式不同,贺敬之的思维方式更内敛,他更重视含蓄美,注意炼字、炼句、炼意,用最精致的语言表达最风云韵意味。

第三节 50—70 年代政治意识形态凸显的小说

20 世纪 50 年代后,当代小说的创作步入了一个崭新的阶段,小说作家写作的情况、小说题材的划分、小说写作风格样式及写作类型都已经发生了许多重大变化。这一时期的小说题材主要包括历史题材和现实题材两类。历史题材方面,主要以反映中国共产党领导的革命历史斗争为主;与历史题材相呼应,现实主义题材这一方面的小说主要是以反映农村生活为主,这里的"农村生活"区别于五四新文学的"乡村小说",两者是不能互相替代的。按照价值等级来划分,产生了"重大题材"和"非重大题材"的概念。在当时的小说题材中,政治斗争、革命斗争优于家长里短、情感生活,工农兵的身份、形象优于知识分子的形象、生活,当下发生的各种政治运动优于历史上发生的事件,集体的行动、斗争优于个人内心的情感。

"建国初三十年的小说全部一边倒地抒写光明、歌颂英雄,这势必掩盖了生活本身所固有的光明与黑暗共存、正义与邪恶同在的复杂性,削弱了文学全面地反映社会生活的功能,而且就建国初三十年文学看,只有革命斗争历史和农村现实生活这两类题材的片面繁荣……"①一方面是因为这类题材不断被提倡,另一方面是因为这类题材和当时的小说作家生活环境息息相关。作家队伍的不断壮大,是这一时期小说创作繁荣发展的基础,一部分作者是革命斗争的经历者,因此这类题材往往是以真人真事为原型,"'革命历史小说'的作者,大都是所讲述的事件、情境的'亲历者'"②;一部分作者的生活、情感和农村密切相关,农村生活题材更强调现实生活的阶级斗争。

一、革命历史小说概述

在革命历史题材方面,本时期小说主要以反映民主革命为主,描写了中国共产党领导的革命斗争的各个历史阶段。反映革命历史斗争的小说,一开始起点就比较高,其中反映解放战争的优秀长篇小说有杜鹏程的《保卫延安》,吴强的《红日》,曲波的《林海雪原》和罗广斌、杨益言的《红岩》。1954 年出版的《保卫延安》是建国后第一部描写人民解放战争的优秀长篇小说,也是当代文学史上第一部以如此宏大的气势来正面描写解放战争中敌我双方大兵团作战的军事文学作品,被誉为"英雄史诗"。"作品从我军撤离延安开始写起,将周大勇连队的战斗生活作为写作主线,描写了青华砭伏击战、蟠龙镇攻坚战、沙家店歼灭战等几次战役,最后收复了延安。作品再现了西北战场上中国人民解放军与强大的敌人浴血奋战的真实情景,描绘了一幅生动感人的人民战争的历史画卷。"③《保卫延安》标志着建国初期长篇军事题材文学所达到的高度,在当代文学史上具有里程碑的意义。《红

---

① 王嘉良:《中国现当代文学》,浙江大学出版社,1995 年,第 438 页。
② 洪子诚:《中国当代文学史》,北京大学出版社,2020 年,第 95 页。
③ 萧枫:《文学名著精华》中国卷(下),时代文艺出版社,2010 年,第 379 页。

日》是《保卫延安》后另一部正面描写解放战争的优秀长篇小说,两部作品是同一时期内一东一西两次不同的战争。《红日》是以莱芜战役、孟良崮战役为中心,反映了华东战场我军由弱到强、反守为攻的战局转折,把描写大兵团正规战争的军事文学推向了更高层次。《红日》对军长沈振新、副军长梁波这两个不同性格的高级指挥员形象的塑造是非常成功的,除了描写革命战争,还叙述了沈振新的婚姻生活,对反面人物的刻画也不是单一的进行丑化。《红岩》描写人民解放军进军大西南的形势下,重庆的国民党当局疯狂镇压共产党领导的地下革命斗争,着重表现共产党人在狱中所进行的英勇战斗,虽然最后惨遭屠杀,但充分显示了共产党人视死如归的大无畏英雄气概。作品结构错综复杂又富于变化,善于刻画人物心理活动和烘托气氛,语言朴实。《林海雪原》主要描写了一支智勇精悍的小分队剿灭东北土匪的斗争,在探索传奇性题材和塑造传奇性人物方面有新的特色和贡献,将这一时期反映革命斗争的历史题材的新传奇小说推向了一个艺术新高度。

同样描写解放战争,本时期短篇小说的代表作有峻青的《黎明的河边》、茹志鹃的《百合花》。《黎明的河边》主要描写解放战争中胶东人民与国民党反动派的斗争,正面展开潍河岸边小陈家与敌鏖战的悲壮故事。《百合花》侧面铺展一床洒满"百合花"被子的故事,其"清新、俊逸"风格受到茅盾称赞。① 关于革命历史题材写作的文学史意义和现实政治意义,当时的批评家曾指出:这些斗争,"在反动统治时期的国民党统治区域,几乎是不可能被反映到文学作品中间来的。现在我们却需要去补足文学史上这段空白,使我们人民能够历史地去认识革命过程和当前现实的联系,从那些可歌可泣的斗争的感召中获得对社会主义建设的更大信心和热情"②。

二、农村题材小说概述

建国初三十年的农村现实题材,情况较为复杂,在作家人数和作品数量上,以及小说创作上都是居于首位的。这三十年间我国农村社会变革异常复杂、剧烈,"作家们通常是以党在某个时期的具体政策作为自己观察、分析评价生活的准则,这不但影响到作品思想主题的正确性,也不可避免地会影响到作品反映生活的真实性,一定程度上削弱了小说创作中的现实主义力量。但仍有一些作家坚持现实主义的创作原则,在历史和时代的局限中,仍能最大限度地发挥现实主义艺术的优长,写出了一批至今仍未完全失去其审美价值的艺术作品"③。

以农村生活作为主要取材的有以赵树理为代表的山西"山药蛋派"作家群,以孙犁为代表的河北"荷花淀派"作家群,柳青、王汶石等陕西作家,以及李准、沙汀、西戎、刘澍德、管桦等作家。其中柳青的《创业史》一出现就获得了广泛好评,形成了建国后农村小说创作的第一次高潮,"是反映农业合作化的'史诗性''纪念碑'式的创作"④,标明了农村小说思想艺术上所达到的高度,而且标志着农村小说向着史诗性发展的趋向。《创业史》以梁

① 茅盾:《谈最近的短篇小说》,《人民文学》1958 年第 6 期。
② 邵荃麟:《文学十年》,作家出版社,1960 年,第 37 页。
③ 王嘉良:《中国现当代文学》,浙江大学出版社,1995 年,第 437 - 439 页。
④ 朱栋霖:《中国现代文学史》,高等教育出版社,2020 年,第 25 页。

生宝互助组的发展为线索,表现了中国农业社会主义改造进程中的历史风貌和农民思想情感的转变。作者在《创业史》中使用了典型化的创作方法,他把农业生产化运动放在中国的历史长河中去考察,进而写出历史演进的趋势,而非仅仅就合作化去写合作化。梁生宝是新人物的代表,作品着重反映了他的成长和逐渐在蛤蟆滩上产生影响力并掌握话语权的过程,以及姚世杰、郭世富等以前蛤蟆滩上的能人们逐步丧失影响力和退出权力结构的过程。

从人物形象塑造方面看,建国初三十年最明显、最突出的成就就是塑造了一大批工农兵英雄形象,如朱老忠、江姐、许云峰、杨子荣、周大勇、梁生宝、李双双等。这些人物身上所体现出来的真挚淳朴的高贵品质,和作家在作品中为表现这类高贵品质所付出的努力,构成了文学史上不可重复的时代印记。作为一种美学追求,它开创了一个时代的美学风尚。李准的《李双双小传》中,作者以重彩的笔墨,集中塑造了一位在 1958 年"大跃进"运动中涌现出来的性格鲜明的农村妇女形象。小说以 1958 年"大跃进"和随后的人民公社运动为背景,讲述了农村妇女李双双冲破丈夫的阻挠,为集体办食堂,提高劳动效率,并在这一过程中帮助丈夫提高政治思想水平的故事。

从艺术风格和流派方面来看,建国初三十年很多作家已形成了自己独特的艺术特色,一大部分作家以农村生活作为主要取材范围,比较典型的有赵树理的《登记》《三里湾》《小二黑结婚》等,孙犁的《山地回忆》《铁木前传》《风云初记》等,李准的《两匹瘦马》《李双双小传》《两代人》等,王汶石的《风雪之夜》《春节前后》等。这些作家按照南北方地域来分,南方农村是周立波、沙汀、刘澍德、谢璞、陈残云等一些作家的取材地域,而北方农村生活题材的作品,从数量和获得的评价高度上,占据当代农村小说的主要方面。北方的农村小说作家中,存在着艺术倾向有所不同的群体:以赵树理为首的山西"山药蛋派",以孙犁为首的河北"荷花淀派",以柳青为首的陕西作家群。相比较,柳青等作家更具有浪漫理想色彩,注重农村生活中先进人物的形象塑造,"具有较大的概括时代精神和历史本质的雄心"①。建国初三十年的小说,流派、作家群不断涌现,创作风格多样,但整体来看,小说创作题材基本是围绕现实主义,作家们呈现出的风格、流派只是现实主义同一美学范畴之内的风格差异,而现实主义之外的其他美学形态,例如浪漫主义、现代主义等风格的小说尚未出现。

第四节 50—70 年代纵情歌唱与"诗化" "政论""知识性"结合的散文

新时期散文的创作主要继承了 40 年代解放区以纪实为主的纪实性散文和古典散文,导致建国初期"通讯""报告"盛极一时,后者则促成 60 年代诗化散文创作的热潮,但无论创作方法、艺术个性、还是品种样式、风格流派,都比较单调,甚至趋于雷同化、模式化、公

---

① 洪子诚:《中国当代文学史》,北京大学出版社,2020 年,第 83 页。

式化。

一、报告文学

新中国的散文创作像新生活带来诗歌创作的繁荣一样,大量优秀的散文作品也涌现出来。五六十年代散文有一个主流类型,那就是报告文学。纪实性的通讯、报告在散文创作中占有绝对的分量,"散文特写"通常并举连用,作为一个同义的概念。当时大规模的建设景象和朝鲜战争是其取材的源头,便形成了歌颂新时代、反映社会主义建设和表现朝鲜战争中英雄行动的两大主题。

"朝鲜通讯"作为建国后散文的第一批成果,其中魏巍的创作最为出色,影响最大。他的《谁是最可爱的人》《依依惜别的深情》,感情真挚,格调高昂,一时间举国传诵。其中特别是《谁是最可爱的人》对典型情境的提炼,兼顾了抒情和议论,是这部作品能够获得众多读者的原因,其写作也提高了通讯报道在当代文学中的地位。其他如巴金的《我们会见了彭德怀司令员》《生活在英雄们中间》、杨朔的《鸭绿江南北》、刘白羽的《朝鲜在战火中前进》、老舍的《无名高地有了名》等,都从不同角度讴歌了志愿军英雄和中朝人民的深情厚谊。此类题材的作品结集有《朝鲜通讯报告选》《志愿军一日》《志愿军英雄传》等。

另一类反映工农业建设蓬勃发展的报告文学也很突出,如艾芜的《屋里的春天》、柳青的《一九五五年秋天在皇甫村》、靳以的《到佛子岭去》、秦兆阳的《王永淮》、李若冰的《在柴达木盆地》等,并结集有《祖国在前进》《经济建设通讯报告选》等。

二、散文复兴

对纪实性、叙事性报告文学的提倡和发展,必然会挤压抒情性散文的地位,不过也一直存在着散文复兴的要求。50年代中期"双百"方针施行的时候,对文学写作的限制有所减弱,因而在1956—1957年出现了短暂的复兴现象。而下一次的复兴现象发生在60年代初,国民经济进入为期四年的调整时期,文学界其实也有调整,一般认为是1961到1962年,其中心是调整文学和政治的关系,在题材和风格上倡导有限制的多样化。在1961年,人民文学辟专栏"笔谈散文",发表了老舍的《散文重要》和李健吾的《竹简精神》等文章,引发了一次规模不小的讨论,因而这一年也被称为"散文年"。

抒情散文也获得了很大发展。冰心的《小橘灯》、杨朔的《香山红叶》、陶铸的《松树的风格》、刘白羽的《日出》、秦牧的《社稷坛抒情》、碧野的《天山景物记》等作品,或歌颂理想、情操,或描绘河山、景物,均以新的时代精神、优美的文笔和洒脱的风格成为当代散文中的精品。众多质量上乘的作品的出现,使当代散文创作呈现出第一次高潮,为60年代初期散文创作的大丰收奠定了基础。

三、60年代初定型的散文模式

散文复兴时期的一个标志性成就就是,产生了实体性的散文作家,也就是以散文作为专业的作家。主要有杨朔、刘白羽和秦牧,其写作分别演化为当代散文的几种模式。

(一) 诗化散文

杨朔是影响较大的一个散文家,是"诗化"抒情散文的代表。20世纪30年代开始发表散文、小说。抗日战争开始后,参加革命。三四十年代的作品主要有《帕米尔高原的流脉》《红石山》《北黑线》等中短篇小说。50 年代初,写有表现朝鲜战争的通讯报告和长篇小说《三千里江山》。50 年代中期发表《香山红叶》起,主要力量转向散文创作。出版的散文集主要有《海市》《东风第一枝》《生命泉》《亚洲日出》等。另有长篇小说《洗兵马》上卷《风雨》。他的创作题材广泛,内容丰富,具有深刻的社会意义。他的作品基调是歌颂新时代、新生活和普通的劳动者,代表作品有《荔枝蜜》《蓬莱仙境》《雪浪花》《香山红叶》《画山绣水》《茶花赋》《海市》等,在发表当时以及 80 年代的一段时间,被看作是当代散文名篇,选入各种选本和中学语文课本中。其写法讲究诗意,要"拿着当诗一样写"。杨朔曾说过:"我向来爱诗,特别是那些久经岁月磨炼的古典诗章。这些诗差不多每篇都有自己新鲜的意境、思想、情感,耐人寻味,而结构的严密、选词用字的精炼,也不容忽视。我就想:写小说散文不能也这样吗? 于是就往这方面学,常常在寻求诗的意境。"[①]他所讲究的"诗意",既是指技术上的精巧,也是指一种象征化表达宏大政治命题的话术,寻常事物和日常生活被发掘出宏大的意义,从茶花联想到祖国欣欣向荣的面貌,从香山红叶联想到革命精神,等等,形成了一种"诗意"的模式,即借用古典诗歌中的借景抒情、托物言志等手法,在现代散文中寻求诗的意境所形成的独特的抒情结构样式。如《香山红叶》里"越到老秋,越红得可爱"的双关写法,使"香山红叶"和"老向导"随着文章内容的渐次展开而逐步靠拢、贴近,终于相互沟通,融为一体,在象征的巧用中漾出了清新的诗意。《荔枝蜜》《茶花赋》《雪浪花》等作品无不是按照这一模式创作而来的。

　　杨朔和当时大多数进步知识分子一样,献身民族解放、建设新中国的洪流中。首先是战士,其次才是作家,这是杨朔这一代在革命历程中成长起来的作家的角色。由于当时官方意识形态占着绝对的统治地位,它已基本规定了散文表现的题材和主题,所以散文家无法使散文直面真实的人生,散文家无法表现真实的自我,它由此决定了创作的出发点和主题话语。所以这一时期散文的"诗化"是一种浅层次的诗化,只是一种表面的诗化——追求诗情画意的生活画面和优美的语言,而其立足点还在于政治化的现实之上。

　　由于"诗化"的目的是为了更好地表现既定的政治题材和主题,所以这时期的"诗化"散文带有更多的理想化成分,许多散文成了严峻人生的诗意的伪饰。散文诗意与现实的严重对立,从而导致散文自身价值的失落。杨朔的"诗化"散文也一度成了散文创作的模式,这使得这一时期的散文创作呈现出千人一面的局面,散文创作虽繁荣却死寂。

(二) 政论散文

　　刘白羽的散文充满战斗豪情,追求诗意与政论的融合,是一种"诗化的政论"。20 世纪 30 年代开始发表散文、小说。1938 年去延安,40 年代中期曾在重庆的《新华日报》工作。主要作品集有:小说集《早晨六点钟》《火光在前》,报告文学和散文集《对和平宣誓》《早晨的太阳》《晨光集》《踏着晨光前进的人们》《红玛瑙集》等。50 年代后期开始,主要从事报告文学、散文的写作。《红玛瑙集》收入 60 年代初他最具特色的偏重于政论散文作品,如《日出》《灯火》《长江三日》《樱花漫记》等。他参加的 40 年代内战,是他感受和想象

---

① 杨朔:《东风第一枝·小跋》,作家出版社,1961 年,第 1 页。

的资源,也是评价生活的标尺。这决定其作品采用现实日常生活场景和战争年代记忆相互交织的构思模式,将当代新中国时期的场景和故事与 40 年代国共内战时期的记忆并排展出,最终宣泄一种激越的感情。正如作者所说,不是为了给那个年月的动人姿态作一点速写画,也不是希望在纸上留下一点当时的气息,而主要的是为了一种感情的冲击,而这种无法遏制的激情,也形成其叙事之政论情结和以情驭笔的诗性表达。

不过其散文也有不足之处,一是激情有余而含蕴不足。其散文从结构安排、选词用句以及画龙点睛的哲理式议论等方面都着力体现欣逢盛世的激情,这种激烈的情感抒发方式,固然给人宏阔的气势,但常流于空泛。作为心灵化的结晶,散文显然也需要应有的含蕴。二是其散文情感强烈的政治意识形态化。刘白羽的散文,表现出强烈的政治化情绪,从《在北京的春天》《火炬映红了长江》到《朝鲜在战火中前进》《对和平的誓言》等的取材,可以看出其散文所具有的政治情怀,或对新时代、新中国尽情地歌颂与欢呼,或以火一样的情感激励人们在困难时期勇于奋进,而后创作的偏重描写景物的散文如《长江三日》《日出》《红玛瑙》等,虽将这种缺少节制的政治抒情转化成一种隐喻的形式,但依然有强烈的说教感。三是文辞冗赘,为将意象表达成便于理解的政治意识的隐喻而不遗余力,从而损伤了形象的感染力。

(三)知识性散文

秦牧是知识性散文的代表。思想性与知识性相交融,思想统领知识,知识验证思想,是秦牧散文的自觉追求。他出版过《秦牧杂文》(收录 1943—1944 年的作品)。50 年代,除中篇小说《黄金海岸》外,散文集有《星下集》《贝壳集》《花城》《潮汐和船》,文艺随笔有《艺海拾贝》。80 年代出版的散文集有《长街灯语》《花蜜与蜂刺》《晴窗晨笔》等近十部。其创作表现了重视知识性的特点,提供趣味和从容的感受,有清晰的观念框架和逻辑线索,同时夹杂大量的历史记载、见闻等知识材料。那些被广泛称道的作品,如《古战场春晓》《社稷坛抒情》《土地》《花城》等,得益于有更多的情感的融入,和材料组织所显现的联想的丰富和从容,夹叙夹议也加强了谈天说地的趣味。

另外这一时期,曹靖华、吴伯箫、柯蓝、郭风、袁鹰、碧野、陈残云等,在散文创作上也取得若干成果。曹靖华的《花》,收入的大都是对旧日生活的回忆文字,如记叙他与鲁迅交往的《忆当年,穿着细事且莫等闲看》《雪雾迷蒙访书画》《智慧花开烂如锦》等。另外,他还写有记叙他在云南、广西、福建旅行见闻的《点苍山下金花娇》《洱海一枝春》等。吴伯箫早期的散文,收在 30 年代出版的集子《羽书》中。60 年代的作品如《记一辆纺车》《窑洞风景》《菜园小记》《歌声》等,记叙的是有关 40 年代初延安的生活。在当时对战争年代精神传统发掘的社会思潮中,吴伯箫以有个性色彩的记忆作出反应。郭风和柯蓝,在当代的散文诗的创作中作出贡献。郭风五六十年代的散文集有《叶笛集》《山溪和海岛》等。他的短小的诗化散文,多取材于家乡福建的山水民情,讲究意象、情调、语感的有机结合。

总之,当代散文尤其是 1957 年反右以后,散文创作几乎形成了一统的歌颂性的思维模式:只能歌颂,不能暴露;只能歌颂生活中的真善美,不能暴露生活中的假恶丑,更不能触及时弊,揭露现实生活中客观存在的尖锐深刻的社会矛盾和社会问题。作家不能全面地、正确地反映表现真实的生活,也就不能真实地抒写对生活的独特的理解和新鲜的发现,只能按照一个既定的思想表现模式去反映与表现生活。正如汪曾祺在《当代散文大系总序》中所言：“所谓‘模式’，一是不管什么题目，最后都要结到歌颂祖国，歌颂社会主义，卒彰显其志，有点像封建时代的试贴诗，最后一句总要颂圣；二是过多的抒情，感情绵缠，读起来有‘女郎诗’的味道。”①

第五节 50—70 年代政治意识形态凸显的戏剧

戏剧由于其传播的大众性、广泛性，拥有各阶层的大量观众，尤其是不识字或识字有限的大众，戏剧始终是他们能够接受和喜欢接受的最重要的艺术样式。因此，戏剧自然担负了全社会有效的教化和传播功能。也因此，从 20 世纪 30 年代的左翼文学开始，中国共产党一直特别重视戏剧。无论是 30 年代的左翼文艺还是 40 年代的延安文艺运动，直到新中国成立后的“戏改”以及建立不同范围的戏剧观摩或会演制度，“文革”时的样板戏达到巅峰。

20 世纪 50—70 年代，戏剧直接被纳入政治体制化的组织生产，它被赋予“为政治服务”的使命，成为政治的附庸，而作为文学的主体性逐渐被淡化。话剧由于其本身反映现实、阐发革命政治观念的优长，自然成为政治宣传工具的首选。戏曲，以政治评价为中心的“推陈出新”方针为指导，1951 年中央人民政府政务院颁布《关于戏曲改革工作的指示》，全面实施改人、改制、改戏的旧剧改造，将新的政治意识形态植入戏曲中。新歌剧自身就是《在延安文艺座谈会上的讲话》的产物，艺术上一直探索着民族化的道路，思想情感上高度革命化。

一、话剧

（一）描写新人、新生活的主旋律话剧

社会主义的新人物、新生活，成为新中国话剧工作者们共同的表现对象。崔德志的《刘连英》塑造了鲜明的工人形象，孙芋的《妇女代表》塑造了新型农村妇女张桂荣的形象，老舍的《龙须沟》歌颂了新社会，曹禺的《明朗的天》反映了知识分子思想改造，沈西蒙的《霓虹灯下的哨兵》表现了当代战士的生活，王炼的《枯木逢春》反映了农村生活的变化。

（二）探索性话剧（即“第四种剧本”）

50 年代中期，在“双百”方针的激励下，出现了一批突破工人剧本、农民剧本、部队剧本的“第四种剧本”。这些剧本大胆探索，努力克服政治的概念化、公式化，突破禁区，干预生活，书写人情、人性，张扬人道主义。岳野的《同甘共苦》探讨了伦理道德和情感问题，杨履方的《布谷鸟又叫了》表现了青春的生命气息，海默的《洞箫横吹》和王少燕的《葡萄烂了》大胆批判官僚主义，鲁彦周的《归来》批判了一个共产党的国家干部思想道德的变质等。这些剧作的探索意义表现在突破了“十七年文学”只准歌颂不准暴露的禁区，突破话

① 汪曾祺：《当代散文大系总序》，《当代作家评论》1993 年第 1 期。

剧中描写人性、人道主义的禁区,深入剖析人的心灵世界,塑造出一批鲜活、真实的戏剧人物,标志着当代话剧创作第一次高潮的到来。这当中处在潮头的则是老舍的话剧《茶馆》,这部话剧散文化的戏剧结构、精彩的语言艺术、鲜活的人物形象,对当代话剧产生了深远的影响,成了话剧史上的经典。

(三) 历史剧

20 世纪 50—70 年代,话剧中最耀眼的一道风景是由一批资深作家创作的革命历史剧和历史剧。在 20 世纪 50 年代"反右"扩大化之后,"左"倾思潮加剧,特别是 1958 年的"大跃进",浮夸风盛行,概念化、口号化的假大空作品盛行。面对此种状况,一批具有深厚艺术造诣的剧作家共同选用历史剧写作作为一种应对策略。一方面是选择革命历史题材创作革命历史剧,如金山的《红色风暴》、蓝光的《最后一幕》、白刃的《兵临城下》、马吉星的《豹子湾战斗》、王树元的《杜鹃山》等。另一方面,"他们用曲折之笔描绘历史、映照现实,从而出现了历史剧创作的热潮。影响较大的有:郭沫若的《蔡文姬》及《武则天》、田汉的《关汉卿》及《文成公主》、曹禺执笔的《胆剑篇》、朱祖贻和李恍的《甲午海战》等,无论在当时还是今天都深受观众及研究者的推崇。这些剧作有的重新评价历史人物,有的总结历史经验教训,创作动机各异,但它们有个共同之处,那就是在非常时期,以隐晦、曲折的方式,坚持现实主义的创作传统"[1]。

二、歌剧

"十七年"的歌剧继承和发扬了解放区新歌剧的传统,依然坚持民族化风格和政治化情感,并配合时代的政治需求,加强自身的建设和完善。这个时期的歌剧出现两种形式,一种是小型歌剧,以于村的《王贵与李香香》,田川的《小二黑结婚》为代表;另一种是大型歌剧,以任萍的《草原之歌》,丁颜的《一个志愿军的未婚妻》为代表。

"1957 年,中国剧协和中国音协召开歌剧讨论会,总结经验,探讨歌剧的未来,并指明了歌剧发展的方向,所以在 50 到 60 年代形成了歌剧创作的高潮。代表作有湖北省实验歌剧院集体创作的《洪湖赤卫队》,赵中的《红珊瑚》,阎肃的《江姐》,广西壮族自治区歌舞团改编的《刘三姐》等。这批作品无论在思想上还是在艺术上,都达到了一定的高度。"[2]

三、戏曲

戏曲在我国源远流长,是中华民族文化艺术的瑰宝,承载着中国人的情感和价值观,有着深厚的文化传统。新中国成立后,戏曲工作者为适应新的形式,满足观众新的审美需求,20 世纪 50 年代初,以"推陈出新"为基本原则,以"大力发展现代剧目,积极地整理、改编、上演优秀的传统剧目"和"提倡以历史唯物主义观点创造新的历史剧目"为基本措施,较好地实践了戏曲改造,从而使新中国的戏曲创作出现了崭新的局面。这一时期的"戏改"在两方面做出了变革的努力,一是整理改编旧有传统剧目;二是创作新的剧目,包括现代戏和新编历史剧。

---

① 杨朴:《中国现当代文学史》(下),人民教育出版社,2006 年,第 85 页。
② 杨朴:《中国现当代文学史》(下),人民教育出版社,2006 年,第 85 - 86 页。

对传统剧目进行改编、整理。昆剧《十五贯》、京剧《秦香莲》《白蛇传》、越剧《梁山伯与祝英台》、黄梅戏《天仙配》、豫剧《花木兰》、花鼓戏《刘海砍樵》等都是这个时期戏曲改革者们推陈出新的典范之作,它们在戏曲舞台上一直熠熠生辉。同时,新编历史剧也成为戏曲创作中的重中之重,吴晗的京剧《海瑞罢官》,田汉的京剧《谢瑶环》,孟超的昆曲《李慧娘》等新编历史剧,为促进戏曲的繁荣,也作出了重要贡献。

用戏曲的形式来反映现实生活,是戏曲工作者所进行的戏剧现代化的有益尝试,豫剧《朝阳沟》、沪剧《罗汉钱》、评剧《刘巧儿》《小女婿》、吕剧《李二嫂改嫁》等都是现代戏的优秀成果。60 年代出现的京剧现代戏创作的高潮,再次显示了戏曲改革的巨大成效,《芦荡火种》《红灯记》《奇袭白虎团》《草原英雄小姐妹》等都是这个时期戏剧中的精品。总之,"十七年"戏曲在"传统戏、新编历史剧、现代戏三者并重"的方针指导下取得了巨大成就。

四、"革命样板戏"

早在 20 世纪三四十年代,文艺就开始被作为政治权力机构实施社会变革、建立政治意识形态体系的重要手段,而在"文革"十年,政治权力机构与文艺生产的关系达到极致,把文艺直接作为政治的传声筒,明确指出社会主义文艺的根本任务就是"塑造无产阶级英雄人物",这也是"样板戏"的创作宗旨。为实现该宗旨,采取"三突出"(即"在所有人物中突出正面人物,在正面人物中突出英雄人物,在英雄人物中突出主要英雄人物"[①])和"三结合"(即"领导出思想,群众出生活,作家出技巧")的集体创作方式。由于集全国之力精心打磨"革命样板戏","文革"时期"样板戏"独领风骚,它以艺术的感染力和政治的召唤力在全国风行十余年。

"革命样板戏",最初主要是指盛行于"文化大革命"始终的八部作品:京剧现代戏《沙家浜》《红灯记》《智取威虎山》《海港》《奇袭白虎团》、芭蕾舞剧《红色娘子军》《白毛女》和交响音乐《沙家浜》。其后,"文化大革命"时期出现的京剧现代戏《龙江颂》《红色娘子军》《平原作战》《杜鹃山》以及现代舞剧《草原儿女》《沂蒙颂》等也被称作样板戏。

拓 展

拓展一

周立波在《1959—1961 散文特写选·序》中的一段话,足可概括 60 年代散文复兴的追求:"举凡国际国内大事、社会家庭细故、掀天之浪、一物之微、自己的一段经历、一丝感触、一撮悲欢、一星冥想、往日的凄惶、今朝的欢快,都可以移于纸上,贡献读者。"你是怎么理解的?

拓展二

佘树森在《中国现当代散文研究》中指出杨朔、秦牧、刘白羽的散文结构摆脱不了文章开头引人入"境",接着开拓与升华思想意境,最后点出所载的"道"这样的"三大块"结构模式。请以杨朔、秦牧、刘白羽"散文三大家"为例,谈谈"十七年"散文在艺术上的缺陷。

---

① 初澜:《中国革命历史的壮丽画卷——谈革命样板戏的成就和意义》,《红旗》1974 年第 1 期。

拓展三

五六十年代的中篇小说较少,较有影响的有孙犁的《铁木前传》,该书主要讲述了铁匠傅老刚、木匠黎老东、九儿和六儿在解放前后不同的时代背景下的交好与交恶,揭示了 20 世纪 50 年代初期北方农村的生活风貌和农业合作化运动给予农村社会的深刻影响。请你谈谈对该书的理解。

拓展四

《红旗谱》真实再现了中国现代农民革命运动,对农民英雄形象的成功塑造以及对民族文化艺术的执着追求,使这部作品获得了极为崇高的评价,在中国当代文学史上占有极为显赫的地位。对此,你是怎么理解的?

作 业

一、精读

1. 魏巍的《谁是最可爱的人》
2. 王愿坚的《党费》
3. 茹志鹃的《百合花》
4. 萧也牧的《我们夫妻之间》
5. 李准《李双双小传》

二、泛读

《海市》《东风第一枝》《茶花赋》《长河浪花集》《水滴石穿》《登记》《风云初记》《保卫延安》

三、观看视频

1. 电视剧《保卫延安》
2. 电视剧《红日》
3. 电影《百合花》(根据茹志鹃同名小说改编)
4. "文革"时八个革命"样板戏"

第五章

80—90 年代文学(1978—1999)

扫码查看
本章资源

学习目标

了解 20 世纪 80—90 年代"新时期文学"对文学的影响以及诗歌、小说、散文、戏剧的主要代表性作家及作品。

本章摘要

十一届三中全会后,文艺界开始了拨乱反正,"艺术民主"与"创作自由"深入人心,打破了"文化专制"的束缚,重新提倡五四时期"科学、民主"的启蒙精神。"伤痕文学""反思文学""改革文学""寻根文学""现代派""新写实小说""新历史主义""女性主义""后现代主义""大众化文学""新生代文学"等各种文学思潮此起彼伏,各有出色的代表性作家及作品。90 年代后的市场经济,社会生活中各种新现象层出不穷,新的都市生活、市民趣味等内容也成为 90 年代一些新生作家文学创作的主要对象。这类作品从个人愿望出发,表达在大都市中面对欲望、爱情等问题时心灵的孤独与迷惘,以及在对金钱和欲望的追逐中人性的挣扎和迷失。这一时期"个人化写作"与"精英写作"并存。80—90 年代的诗歌由繁荣到衰落;80—90 年代的散文由回忆和悼念散文独领风骚到"世纪末的狂欢";80—90 年代的戏剧在新启蒙、西方现代和后现代理论及市场经济转型的多重冲击下,在现实主义戏剧、现代主义探索剧以及小剧场戏剧等方面,艰难探索,使新时期的中国戏剧走向了更为个性化、多元化的境界。

第一节　80—90 年代文学思潮

1976 年底"文革"宣告结束。1977 年 8 月在北京召开的中共第十一次代表大会上,宣布"文革"以"粉碎'四人帮'为标志而结束"。这次会议的文件把"文革"结束后称为中国社会主义革命和建设的"新时期"。因此文艺界也把"文革"后文学称为"新时期文学"。在粉碎了"四人帮"之后,人们为政治解放欢庆的同时,文艺界也开始了拨乱反正的运动。但"文革"结束后的头两年,这种拨乱反正主要仍局限于政治批判,形式上是激烈的,但思想上表现出"左"的倾向,同时由于1977年华国锋提出了"两个凡是",使批判总体上是在维护"文化大革命"的前提下进行的。直到1978年的思想解放运动和党的十一届三中全会召开,建立正确的思想路线后,真正的拨乱反正才正式开始。1978年5月11日,《光明日报》发表特约评论员文章《实践是检验真理的唯一标准》,全国展开关于"真理标准"的讨论。同年12月,中共十一届三中全会召开,批评"两个凡是",确立"解放思想、实事求是"的思想路线。会议确定了停止"以阶级斗争为纲",将全党工作重心转移到"社会主义建设"上来。会议还为建国以来由于政治斗争造成的冤假错案平反。文学界在这次思想解放的运动中,首先做的也是拨乱反正的工作。1978年底至1979年初,《文学评论》《文艺报》《上海文艺》等报刊发表了一系列论述真理标准的专栏文章,还召开了"文艺作品落实政策座谈会",批判否定了"文艺黑线"论,推翻《部队文艺工作座谈会纪要》和"黑八论"。1979年5月,中共中央撤销了《部队文艺工作座谈会纪要》。同年10月,在北京召开了中国文学艺术工作者第四次代表大会(简称"第四次文代会"),这是时隔十二年之后再次召开的文代会。这次文代会是建国三十年以来最隆重的一次文艺界盛会,历经磨难的文艺工作者们欢聚一堂,"文艺民主"的诉求得到了充分的表达。会议明确指出执政党"对文艺工作的领导,不是发号施令,不是要求文学艺术从属于临时的、具体的、直接的政治任务,而是根据文学艺术的特征和发展规律,帮助文艺工作者获得条件来不断繁荣文学艺术事业",并重申了"百花齐放,百家争鸣"这一方针的有效性,由此,文艺界全面解冻。1984年12月,中国作家协会第四次会员代表大会召开,在这次会议上提出了"创作自由"的口号。由于对"文革"时期的"文艺专制"的极度憎恶,在"文革"结束后,文艺界对于"艺术民主""创作自由"等含义不是特别明确的口号都能很快达成一致,但在文艺得到彻底解放之后,不同文学主张的作家们很快便产生了一些分歧。因此进入80年代之后,不同文学主张之间的争论和冲突也时有发生,文艺界在不同思想和观点的论争和碰撞中向前发展。以1985年为界,80年代的文学思潮可以分为两个阶段。

一、20世纪80年代前期的文学思潮

80年代前期,由于距离"文革"结束不久,因此文艺界最集中的关注点仍然是打破"文化专制"的束缚,重新提倡五四时期"科学、民主"的启蒙精神。这一时期在思想观点上发生过几次大讨论。

(一) 文艺与政治关系的讨论

首先是对"文艺从属于政治""文艺必须为政治服务"这一长期制约中国文学的观念提出质疑,对文艺自身发展规律开始重视和重新认识。1979年4月,《上海文学》评论员文章《为文艺正名——驳"文艺是阶级斗争的工具"说》,对在中国左翼文学界长期存在的"工具论"提出质疑。在同年10月召开的第四次文代会上,邓小平发表《祝词》就这一问题明确提出:"党对文艺工作的领导,不是发号施令,不是要求文学艺术从属于临时的、具体的、直接的政治任务,而是根据文学艺术的特征和发展规律,帮助文艺工作者获得条件来不断

繁荣文学艺术事业,提高文学艺术水平……"①同年 7 月 26 日,《人民日报》发表社论《文艺为人民服务为社会主义服务》,文艺为人民服务和为社会主义服务的"二为"方针确立。

(二) 关于现实主义的讨论

关于现实主义的论争主要围绕着现实主义中对真实性的认识展开讨论,就现实主义理论中与真实性紧密相关的"写本质""倾向性"等几个问题进行了讨论。1979 年,王春元发表文章对"写本质"提出质疑,他在文章中指出:"'写本质'论对创作的直接损害,就是要作家按照某些'社会本质'的概念和定义去图解一种号称'英雄人物'的空洞抽象,这是对艺术特征的破坏。""写本质"的本质"就是要在'写本质'的名义下,粉饰生活,掩盖矛盾,用虚张声势代替真情实感,用连篇假话代替真实描写"②。1980 年陈涌在其文章《文艺的真实性和倾向性》一文中,就真实性与倾向性的关系进行了讨论,推翻了以往现实主义理论中强调政治倾向性对文学真实性的指导作用这一观点,把对生活的真实描写视为真实性与倾向性统一的基础。蒋孔阳也认为把倾向性片面理解为政治性,并把政治倾向的正确当做真实的基础,完全是一种"似是而非"的说法。通过这些讨论重新认识了现实主义中的真实性,厘清了生活事实与生活真实、生活本质与生活真实、生活真实与艺术真实、真实性与倾向性等一系列现实主义中似是而非的观念,为新时期的文艺复苏找到了方向。

(三) 关于人道主义和异化问题的讨论

"文革"结束后,基于对"文革"文学的反思,对人的尊严、价值和权利的呼唤成为文学中关注的话题,对于人道主义和人文主义精神的重新提倡成为新时期文学的主潮,关于人性、人情、人道主义的讨论也是当时影响重大、范围广泛的一次大讨论。早在 1978 年,朱光潜就在其发表的《文艺复兴至十九世纪西方资产阶级文学家、艺术家有关人道主义、人性论的言论概述》一文中提出了人性、人道主义及异化的问题,引发了文艺界的关注和争论。次年,朱光潜又发表文章《关于人性论、人道主义、人情味和共同美问题》。1983 年王若水发表文章《为人道主义辩护》。这些文章都将关注点放在了人道主义及人的异化上,引发文艺界关注并引起了大范围的讨论。在这次讨论中引起争议最大的是周扬于 1983 年发表的文章《关于马克思主义的几个理论问题的探讨》。他在这篇文章中认为马克思主义包含人道主义,但不应该把马克思主义全部归结为人道主义。在阐释马克思著作《1844 年经济学哲学手稿》的"异化"概念时,认为马克思、恩格斯所说的人类解放,不仅包括从剥削制度下获得的解放,还包括从一切异化形式中的解放;还认为"异化"不仅仅存在于资本主义中,在社会主义条件下,也存在"异化"。周扬的这篇文章发表后引起了激烈的论争,得到了一部分人的强烈支持,同时也受到了一些人的严厉批评。其中胡乔木 1984 年在中央党校发表的演讲《关于人道主义和异化问题》对周扬的观点进行了系统而严厉的批评,指出周扬"宣传人道主义世界观、历史观和社会主义异化论"是"带有根本性质错误的"思

---

① 邓小平:《在中国文学艺术工作者第四次代表大会上的祝词》,载《十一届三中全会以来重要文献简编》,人民出版社,1983 年,第 113 页。

② 王春元:《关于英雄人物理论问题的探讨》,《文学评论》1979 年第 5 期。

潮,"牵涉到离开马克思主义的方向,诱发对社会主义的不信任情绪"的问题。① 随后,在11月文联召开的座谈会上周扬作了公开的自我批评。

(四)关于现代派的讨论

论争由徐迟1982年发表的《现代化与现代派》一文引起。在这篇文章中徐迟把西方现代派作为我国未来文艺发展的方向和道路。文章发表后引起了广泛关注和讨论,冯骥才对徐迟的观点表达了赞同,认为"中国文学需要现代派",李陀和刘心武则持保留态度。② 《人民日报》和《文艺报》也发表了多篇不同意见的文章,双方就中国文学是否需要现代派、现代派好不好、现代派与伪现代派等问题展开了意见的交锋与争鸣。在这场讨论中,"三个崛起"文章先后发表,其中对新的创作倾向和美学原则的肯定也在某种程度上是对现代派的肯定。无论赞同与否,通过这次讨论,西方现代派顺理成章地进入了中国当代文学创作的视野,也影响了其后中国文学的创作。当然,中国文学中的现代派并不是照搬西方现代派,而是带有中国特色的现代派。

(五)"清除精神污染"运动

1983年10月11日至12日,中国共产党第十二届中央委员会第二次全体会议隆重召开。邓小平在会上发表了题为《党在组织战线和思想战线的迫切任务》的讲话,内容涉及全面整党和"清除精神污染"的问题。由此,1983年下半年至1984年初,文艺界开展了"清除精神污染"运动。这场运动始于对电影剧本《苦恋》和根据其改编的电影《太阳和人》的批判。批判者认为电影否定了党的领导和社会主义,反映出文艺界存在着严重的"资产阶级自由化倾向"③。随后一批作品和观点都受到了批判,包括上述讨论中赞同将西方现代派作为我国文艺发展方向的观点以及周扬关于人道主义和异化问题的观点都成了被清除的对象。其后的1986年底到1987年初,文艺理论界又开展了反对资产阶级自由化的运动。这两次运动使作家和理论家都受到冲击和伤害。所幸这场运动很快被纠正过来。

除以上几次思想和观点的讨论外,80年代前期在文学创作上总体呈现出几股具有明显特色的潮流。由于"文革"十年带给人们的灾难过于深重,在"文革"结束后的几年,文学的主题大多是有关"文革"这场历史灾难的记录和反思,因此在文学创作上主要出现了"伤痕文学"和"反思文学"两大潮流。伤痕文学直接起因于揭露"文革"的灾难,描述知青、知识分子、受迫害的官员在"文革"中的悲剧性遭遇。伤痕文学走出了"文革"的假大空颂歌模式,直面血泪人生。

二、20世纪80年代后期文学思潮

1985年这一年,无论是文学创作还是理论批评,都出现了很多不同于80年代前期的新变化,因此这一年被一些批评家认为是新时期文学发生"转折"的一年。首先在文学理论批评上发生了几次论争,都是围绕文学本身的问题进行的讨论。

---

① 胡乔木:《关于人道主义与异化问题》,《人民日报》,1984年1月27日。
② 冯骥才,李陀,刘心武:《关于"现代派"的通信》,《上海文学》1982年第8期。
③ 胡乔木:《当前思想战线的若干问题——一九八一年八月在中央宣传部召集的思想战线问题座谈会上的讲话》,《文艺报》1982年第5期。

(一) 关于文学主体性的讨论

对于"人"的观念的讨论自五四新文化运动以来的每一个时期都从未间断,"文革"期间人的主体地位遭到严重践踏,新时期文学的变革,也表现为对"人"的观念的不断更新与整合,以及对"人"的主体性的确立。《文学评论》从1985年第4期开始,推出了"我的文学观"专栏。在专栏中批评家们明确提出了探讨文学本体论的主张,体现出文学界寻找文学本体的现代性诉求,文学的本体性问题开始受到关注。专栏发表的文章从不同角度探讨了文学的本体、本性及主体性问题,其中影响最大的是刘再复1985年发表的长文《论文学的主体性》。有关文学主体性的争论焦点是人的主体性的认识和人的主体性与社会的关系问题。对刘再复的主体性理论,有的批评家给予了高度评价,也有批评家给予了尖锐的批评,认为他的这一理论存在思想原则上的错误。尽管对主体论的看法存在着争议,但不论存在怎样的分歧,主体性理论是新时期批评家各种文学理论中不可忽视的一个问题。

(二) 关于文化寻根的讨论

1985年,韩少功发表《文学的根》,紧接着,郑万隆、阿城、李杭育等人都发表了相关文章,他们不约而同地都用到了"根"这个字眼,在文坛上引起广泛关注,由此正式打出了"文化寻根"的旗帜。韩少功认为,文学之"根"应深植于民族传统文化的土壤里,寻根"是一种对民族的重新认识,一种审美意识中潜在历史因素的苏醒,一种追求和把握人世无限感和永恒的对象化表现",是重铸"民族的自我"①。阿城认为,作家需要重新认识民族文化,文学创作之藤应该攀在深广的民族文化背景上。寻根派作家认为文学创作的未来发展最重要的是对民族传统文化之"根"的纵向继承而非对外来文化的横向接受。而对于什么是民族传统文化之"根",寻根派认为正统的儒家文化和中心文化都不是民族文化的"根",非正统的民间文化、少数民族的一些传统、有鲜明特色的乡土文化等,这些才是我们民族文化的"根"。同时寻根派还对五四新文化运动的否定传统文化、引入外来文化给予了猛烈抨击。寻根派作家试图通过文化寻根重建民族传统文化的现代形态,对文学的创新和发展都有一定的积极意义。但因文化积累不足而对民族传统文化界定的随意轻率和对五四新文化的否定引起了一些坚持五四启蒙的批评家的反击和批评。

(三) 关于重写文学史的讨论

1988年4月,《上海文论》开辟"重写文学史"专栏,由陈思和、王晓明主持。在这一专栏中,主持人说:"我们今天提出'重写文学史',主要目的,正是在于探讨文学是研究多元化的可能性,也在于通过激情的反思给行进中的当代文学发展以一种强有力的刺激。"重写"一是以切实的材料补充或者纠正前人的疏漏和错误,二是从新的理论视角提出对新文学历史的个人创见"②。重写文学史,主要是文学回归自身的呼声,"使之从从属于整个革命史传统教育的状态下摆脱出来,成为一门独立的审美的文学史学科"③。重写文学史的

---

① 韩少功:《文学的根》,《作家》1985年第4期。
② 陈思和,王晓明:《主持人的话》,《上海文论》1988年第4期。
③ 陈思和:《关于"重写文学史"》,《文学评论家》1989年第2期。

提出,使人们观念上发生了很大的变化,在这一时期出现了一批研究文学史的成果,如陈平原的《二十世纪中国小说史》(第一卷)、严家炎的《中国小说流派史》,还有杨义的《中国现代小说流派史》等都出现于这一时期。1988年还在黑龙江召开了中国文学史研究学术讨论会,在北京、天津等地也举行过规模不等的文学史研究学术讨论会。在此基础上,"文学史"本身成为一个研究对象。

在文学创作上,1985年起,文学也到了新变时期,出现了一批与"伤痕文学"和"反思文学"不同艺术形态的作品。马原的《冈底斯的诱惑》、史铁生的《命若琴弦》、刘索拉的《你别无选择》、王安忆的《小鲍庄》、莫言的《透明的红萝卜》、韩少功的《爸爸爸》、残雪的《山上的小屋》、扎西达娃的《系在皮绳扣上的魂》等作品,均发表于1985年。这些作品的发表体现出文学创作上的两个新的潮流,一个是文学的"寻根",由此产生了"寻根文学";另一个是"现代派"的文学潮流,由此产生了"先锋小说"。"寻根文学"将关注的目光投向了民族文化,试图以现代意识去观照民族文化传统以及民族心理深层的文化积淀,从文学与文化的关系中去寻求民族文化的"根"。"先锋小说"致力于艺术创新,把现代主义文学的探索推向了极致。当时刘索拉的《你别无选择》《蓝天绿海》、徐星的《无主题变奏》,还有马原、残雪、陈村的一些作品都被认为是"先锋小说"的作品。80年代后期还有一个小说创作的热点是"新写实小说",主张还原现实生活的原生态,直面现实,直面人生,注重表现普通人的生活烦恼与欲望,追求客观冷静的叙述方式。另外80年代末90年代初王朔的写作也是当时社会的一大热点,他的作品很多被改编为影视作品播出,因而在社会上形成一股热潮,有人称他的创作为"痞子文学"。

三、90 年代文学思潮

进入90年代后,中国由计划经济体制向市场经济体制转变,社会转型加速,社会体制和环境的转变也必然影响整个文化形态的转变。尤其是1992年邓小平在南方谈话中明确提出中国社会要以市场经济取代计划经济,文学体制的改革也作为一项文化政策被直接提出。由此,文学体制也开始进行改革,作家、出版社以及文学刊物等,国家不再资助,而是进入市场,由市场决定其酬劳的多少。体制的改变使文学的存在形式和传播方式、作家的创作和接受方式等都受市场影响而发生了深刻变化。作家不再属于体制内,也就意味着创作上的自由度大大提高了,作家可以根据自己的意愿和市场的发展来进行创作活动。文学进入市场后也变成了商品,这就使文学作品的出现不再只是作家个人创作的结果,而是包括了出版策划、广告营销、市场流通等各个环节互相配合完成的集体行为的结果。因此作家创作时虽然国家意识形态的控制大大削弱了,但市场的影响力却大大加强了。正像有评论者所指出的:"我国的文化市场逐步建立,文化产业迅速兴起,大众文化以前所未有的态势迅速发展,影视媒介文化、广告文化和信息传播业异军突起,日见勃发,在国民生活中愈益显示出某种举足轻重的地位。"①这一改变使作家、读者和文本的关系发生了巨大改变,之前在创作中一直处于弱势的读者在市场中成为"上帝",这就使得精英文学从中心位置开始边缘化,被称为"俗文学"的大众化文学迅速占领市场,影视剧作的创作

---

① 金元甫,陶东风:《阐释中国的焦虑——走向文化的焦虑》,中国国际广播出版社,1999年,第77页。

热潮不断,商业主义的大潮一浪接一浪,纯文学很难再像之前一样引起轰动效应,而是进入了寂寞而平静的发展时期。90 年代的文坛就这样在大众文学与精英文学的相互碰撞融合中呈现出多元的发展趋势。

(一) 90 年代文艺思想讨论

1.“人文精神大讨论”

1993 年王晓明、张闳、徐麟、张柠、崔宜明五人在第 6 期《上海文艺》上发表对话录《旷野上的废墟——文学和人文精神的危机》,王晓明在这篇对话中说:“今天,文学的危机已经非常明显,文学杂志纷纷转向,新作品的质量普遍下降,有鉴赏力的读者日益减少,作家和批评家当中发现自己选错了行当,于是踊跃‘下海’的人,倒越来越多……今天的文学危机是一个触目的标志,不但标志了公众文化素养的普遍下降,更标志着整整几代人精神素质的持续恶化。文学的危机实际上暴露了当代中国人人文精神的危机,整个社会对文学的冷淡,正从一个侧面证实了,我们对发展自己的精神生活丧失了兴趣。”[①]由此引发了这场“人文精神大讨论”。在这篇对话录中他们对其认为的当前的文学危机和人文精神的失落进行了猛烈的抨击。他们认为中国特色的商业化浪潮已经将文学连根拔起。随后《上海文学》又相继发表了陈思和、陈平原等人的对话录或笔谈。《读书》连续五期发表总题为“人文精神寻思录”的对话,各方专家都参与其中。讨论扩展开来,《光明日报》《文艺报》《文艺争鸣》《文艺理论与批评》等多家报纸杂志均参与其中。讨论期间,作家王蒙、王朔、张承志和张炜也都被卷进了这场论争中,声势浩大,影响广泛。这次讨论的核心主要还是围绕知识分子的精神价值和社会功能问题展开的。什么是人文精神,如何看待消费性文化现象,以及如何重建人文精神等是这次讨论中涉及的重要话题。讨论虽然最后没有达成什么共识性的结论,但双方在文化上的差异及矛盾在这次论争中都凸显出来了,“雅文学”与“俗文学”之间的共同之处和差异也重新被讨论和区分。

2. 后现代主义思潮的讨论

1985 年 9 月到 12 月,美国后现代主义文论家詹姆逊应邀到北京大学讲学,他的演讲稿后经整理题名为《后现代主义与文化理论》于次年出版,这成为后现代主义进入中国的一个重要契机。到了 90 年代,随着一系列后现代主义相关论著的出版和译介,关于后现代主义的讨论在文坛迅速蔓延。1992 年,王岳川研究后现代主义的专著《后现代主义文化研究》出版,该书比较系统地研究了后现代主义文化,探讨了后现代主义的起源、发展和特征等问题。1993 年,陈晓明的《无边的挑战:中国先锋文学的后现代性》出版,产生了比较大的影响。随后,徐卉的《走向后现代与后殖民》、曾艳兵的《东方后现代》、姜静楠的《人类另一种智慧:后现代主义与当代小说》、张颐武的《从现代性到后现代性》等一批研究后现代的作品出版。90 年代这些关于后现代主义的论著从不同角度探讨了中国是否存在后现代主义、后现代主义与中国当代各种不同文学创作潮流的关系以及后现代主义应该如何解读等问题。除了论著的出版外,从 1993 年到 1996 年,中国还召开了多次与后现代

---

① 王晓明,张闳,徐麟,张柠,崔宜明:《旷野上的废墟——文学和人文精神的危机》,《上海文学》1993 年第 6 期。

主义相关的学术讨论会。1993 年 9 月 12 日,北京大学语言文学研究所联合山东《作家报》在北京召开"后新时期:走出 80 年代的中国文学"研讨会,在会上提出了"后新时期"的问题,《文艺报》《文艺争鸣》《文汇报》等都陆续发表文章进行讨论。王力军在其文章《关于"后新时期文学"的讨论》中指出,"若从一个更为广阔的视角看,'后新时期文学'则在一定程度上与国际性的后现代主义文学运动有着某种联系"①。之后几年又陆续召开了"后现代文化与当代中国文学""后现代主义与当代中国"等一系列关于后现代主义研究的会议。有关后现代主义不同观点的碰撞交锋,体现出中国在 90 年代对后现代主义思潮的极大关注。

(二)大众化文学思潮

大众文化不同于精英文化,其最重要的特点就是具有商品性、通俗性、流行性、娱乐性及对大众传媒的依赖性。大众化文学是伴随着文学的市场化和文学的商品化而来的,因此具有商品性。此时文学成为一种文化产品,被大量生产和大量销售,在市场上针对的不再是特定的某个阶层,而是满足大众阶层普遍的审美需求。大众文学还必须具有通俗性,能够为社会上的大多数人所欣赏,反映大众的日常生活,表达大众群体共同的愿望和审美趣味,调侃、滑稽、幽默等带有娱乐性风格的作品更受大众市场的欢迎。同时大众文学的传播手段主要表现为市场的策划与营销,因此具有一定的流行性,其流行性随着市场的营销策划而出现不同卖点,"王朔热""余秋雨热""琼瑶热""三毛热"等流行热潮背后都有市场营销的影子。大众文学的流行还对大众传媒有着很强的依赖性,尤其是借助影视改编带动文学作品销售的模式在这一时期流行一时。"王朔热"就是因为其小说被改编成电视剧播出后形成的热潮。钱钟书的《围城》被改编成电视剧播出后,当年小说销量也大幅度增加,莫言、刘恒、苏童、余华等作家的一些代表性作品都是被改编成电影或电视剧并获得好评,从而带动了小说的销售。在市场经济的浪潮中,人们追求的是短暂的快感和休闲,缺乏深度,通俗易懂同时带有娱乐性的大众文学正好满足了人们的这一需求。

中国的大众化文学是随着改革开放和市场经济的浪潮而崛起的,在很短的时间内就迅速壮大,成为与来自官方的主流文化、来自学界的精英文化并驾齐驱的社会主干性文化形态。它的发展壮大从根本上改变了中国文化的传统格局,具有消解政治意识形态话语一体化和精英文化中心化的作用,对于中国社会文化市场的发展和大众审美趣味的发展都有积极影响,但同时其流行性和娱乐性的特点也时常引发多种社会效应以及不同的评价和议论。

(三)新历史主义文学思潮

新历史主义文学思潮是 90 年代文学思潮中一个特征明显的创作思潮。90 年代,反思历史仍然是文学创作的一个主题,但书写历史的方式却发生了很大变化。作家在描写历史时,试图重新界定文学真实性问题,试图在正统历史之外,重新认识历史。同时 80 年代中期以后中国的政治氛围和文学氛围比较宽松,后现代主义思潮中解构主义的思维对一些作家的创作产生了影响。因此,新历史主义的基本特征显示出对所谓传统历史的解

---

① 王力军:《关于"后新时期文学"的讨论》,《人民日报》,1993 年 3 月 18 日。

构和反驳。它怀疑历史的真实性,书写的是作家主体心灵的历史及话语构造的历史,注重人在历史中的地位,消解传统历史中英雄的伟大,将大量的英雄平民化,挖掘个体生命存在的价值。格非的《边缘》《敌人》,池莉的《预谋杀人》《你是一条河》,苏童的《米》《我的帝王生涯》,余华的《在细雨中呼喊》《活着》《许三观卖血记》,叶兆言的《夜泊秦淮》系列小说、《1937 年的爱情》,刘震云的《故乡天下黄花》《故乡相处流传》《故乡面和花朵》,方方的《何处是我家园》等,都是这一时期新历史主义小说的代表作。小说的作者以转型后的先锋派作家和致力于拓展题材的新写实小说家为主,其创作中涉及的仍然是 80 年代文学中描绘的中国 1949 年以来的历史,但不再像 80 年代那样写重大的历史事件,从宏观上反思历史,而是将笔触重点放在了历史背景下个人命运的书写。

(四)女性主义文学思潮

在 80 年代后期就有一些西方的女权主义理论被介绍引入中国,但直到 90 年代,关于性别身份的观念才在中国当代文学中引起重视。随着改革开放的加快发展和西方女权主义理论在中国的深入发展,中国女性作家对性别意识有了更深的自觉。90 年代有一批女性作家以女性视角和立场书写独特的女性体验,形成了一股女性主义文学思潮。代表作家有林白、陈染、张抗抗、铁凝、王安忆、卫慧、棉棉等。这些女性作家在写作时都站在女性主义的立场上进行叙事,不再面对宏观的历史叙事,也不太关注当代文学史的语境,她们所关注的是女性自身的问题,用女性的视角去表达她们的生存体验。她们把女性作为一个有性别特征的社会群体,通过女性的生存体验和自我意识,努力构建新的话语空间,试图破解男性神话,颠覆以男性为中心的社会形态。这些女性作家的作品,被称为"是社会、心理压抑的书写,是男性主体性短缺的揭示,具有向男权文化挑战和向自身'被造就的自我'挑战的双重意味"[1]。女性作家们以其独特的视角和女性意识对这个时代的生活进行独特的书写,她们的创作是具有挑战性的,也是引人瞩目的,正是她们的创作使 90 年代的女性主义文学思潮成为与当时中国其他的文学现象平分秋色的一种潮流。

(五)新生代文学思潮

随着 90 年代中国社会发展的日新月异,社会生活中各种新的现象也层出不穷,新的都市生活、市民趣味等内容也成为 90 年代一些新生作家文学创作的主要对象。这些作品大多从物质对个人生存的巨大影响去思考,从个人愿望出发表达在大都市中面对欲望、爱情等问题时心灵的孤独与迷惘,以及在对金钱和欲望的追逐中人性的挣扎和迷失。朱文的《我爱美元》《单眼皮,单眼皮》,何顿的《弟弟你好》《生活无罪》,李冯的《多米诺女孩》,邱华栋的《都市新人类》《手上的星光》,韩东的《为什么》,王彪的《病孩》《欲望》,张欣的《绝非偶然》《首席》等都属于这类创作思潮的代表性作品。这些作品虽然在内容上有新的开拓,但作家在创作时拒绝崇高和深刻,追求感性直接的心灵和情感的宣泄,因此作品缺乏思想深度和厚度。

除了上述的文学思潮之外,处于社会转型期的 90 年代文学还有很多创作潮流轮番登

---

① 王光明:《女性文学:告别 1995》,《天津社会科学》1996 年第 6 期。

场,共同丰富着中国 90 年代的文学市场。"新写实主义"在 90 年代发展出"现实主义冲击波"这一创作潮流,刘醒龙的《分享艰难》,谈歌的《大厂》《车间》《天下荒年》,何申的《信访办主任》,关仁山的《大雪无乡》《九月还乡》,周梅森的《绝对权力》,陆天明《苍天在上》等均为这一创作潮流的代表。这些作品面对正在发生的现实生活,真实地揭示以改革中的经济问题和民生问题为核心的社会矛盾,注重当下的生存境况和摆脱困境的奋斗,贯注着浓重的忧患意识,时代感强烈,题材重大,矛盾复杂,给人的冲击力之大和触发的联想之广,都为当时所少见。在 90 年代这样一个社会转型期,个人经验在作品中的表达也成为许多创作者的选择,"个人化写作"也是 90 年代作家和批评家谈论较多的话题,陈染、林白等均是"个人化写作"的代表。同时,在八九十年代之交社会和文化转型期中,一些知识分子仍然坚持自己的艺术个性和文学地位,保持了一种"精英"立场的写作,试图在市场经济的浪潮中寻求反抗商业社会的实用主义和功利主义的精神资源,这方面代表性的作品有张承志的《心灵史》和《以笔为旗》,张炜的《家族》《柏慧》和《融入野地》,史铁生的《务虚笔记》和《我与地坛》,王安忆的《乌托邦诗篇》和《重建乌托邦》等。

第二节　80—90 年代由繁荣到衰落的诗歌

一、80 年代诗歌的繁荣

由于诗人的敏感性,诗歌在 80 年代中国文学变革中始终引领时代文学的潮流。70 年代的地下诗歌——天安门诗歌运动、朦胧诗的出现,80 年代诗歌多元性探索等都具有先锋性。80 年代的诗歌繁荣体现在不同诗人群体的集体复归和崛起,以多样的姿态和艺术方式激活、丰富了 80 年代的诗歌,这其中最为引人注目的是三代诗人群:"归来"诗人群、朦胧诗人群和新生代诗人群,其中朦胧诗人群影响最大。

(一)"归来"诗人群(第一代诗人群)

"归来"意指 50—70 年代由于种种原因被迫放弃诗歌创作,重返文坛的一批中老年诗人。一是 50 年代中期由于"胡风案"受牵连的七月派诗人:绿原、牛汉、曾卓、鲁藜、冀汸等;二是因错划为右派而重返文坛的诗人:艾青、公木、邵燕祥、流沙河、公刘、白桦等;三是九叶派诗人:穆旦、辛笛、郑敏、陈敬容等。

"归来"诗人的主题主要集中在三个方面。一是对历史进行理性大胆的反思。如公刘的《关于〈摩西十诫〉》"敬爱蜕变为迷信,/天真嫁接成愚蠢,/每一间屋子都改造成庙宇,/我们已经是教徒,不再是人"。诗人大胆地揭示了特殊年代盲目地崇拜导致的价值和自我迷失之后,人被异化为愚蠢的信徒。二是表达"特殊年代和特殊环境中的个体情志和人性之思"[①]。如曾卓的《悬崖边的树》通过对一棵被异风吹到悬崖边上的树的描绘,表

---

① 朱栋霖,朱晓进,吴义勤:《中国现代文学史 1915—2018》,高等教育出版社,2020 年,第 143 页。

达自己坚强不屈的生命意志。三是对社会的积极介入和热情关注。如白桦的《阳光,谁也不能垄断》、张学梦的《现代化和我们自己》、刘祖慈的《为高举和不举的手歌唱》等。

(二) 朦胧诗人群(第二代诗人群)

1. 朦胧诗概说

"朦胧诗是指 70 年代后期涌现出来的一批年轻诗人所形成的诗歌创作潮流。1978年,北岛和芒克在北京创办社团刊物《今天》,朦胧诗的诗人大聚会,也因此有人称这股诗潮为'今天派'诗歌。1979 年《诗刊》相继发表了北岛的《回答》和舒婷的《致橡树》《祖国啊,我亲爱的祖国》,1980 年,又以青春诗会形式推出了 17 位朦胧诗人的作品和诗歌宣言。"①朦胧诗迅速成为一股诗歌潮流,作家作品大量涌现,但其名字却来源于负面的批判文章《令人气闷的"朦胧"》。

1980 年前后,公开的诗歌刊物上出现的这种具有新的审美追求与审美特征的诗歌作品,使得当代诗坛为之一振。这些作品以对十年"文革"的反思为主,大都采用心灵独白和倾诉的视角,采取较为曲折的象征、暗示和隐喻的表现方法,注重形象、意象的刻画与表现,在形式和语言上大都具有明显的"陌生化"效果。代表性诗人有芒克、北岛、舒婷、江河、顾城、杨炼、食指、多多等。

1980 年春夏,《福建文学》和《诗刊》等刊物刊发了舒婷、江河和顾城等人的诗作之后,诗坛上旋即展开了对这些诗的讨论,一些人给予了有保留的肯定,另一些人则给予了无保留的批评。1980 年章明在《诗刊》发表《令人气闷的"朦胧"》一文,把那些"叫人读了几遍也得不到一个明确印象、似懂非懂、半懂不懂,甚至完全不懂、百思不能一解"的诗称为"朦胧体",朦胧诗由此得名。这一名称与此前现实主义诗歌传统的明晰、直抒、大众化的倾向相对立,具有贬义色彩。这篇文章代表了当时主要的反对派观点,由此"朦胧"一词便成为反对者和赞同者共同使用的约定俗成的名称。

从 1980 年开始,朦胧诗开始了影响与论争时期。1980 年 5 月《福建文学》倡议就舒婷的诗作展开讨论。1981 年第 3 期《诗刊》发表了孙绍振题为《新的美学原则在崛起》,全面分析了当代诗歌发展的轨迹与形式,将对新时期以来出现的新的诗歌现象的阐释评论提到了美学高度,以描述性的语言概括了其特点,即"三个不屑":"不屑于做时代精神的号筒,也不屑于表现自我感情世界以外的丰功伟绩,他们甚至于回避去写那些我们习惯了的人物和经历、英勇的斗争和忘我劳动的场景。"1983 年第 3 期《当代文艺思潮》发表徐敬亚的《崛起的诗群——评我国诗歌的现代倾向》,明确提出了"现代主义"的口号,将朦胧诗的论争推向了高潮,该文全面论述朦胧诗相对于传统现实主义诗歌的历史性超越意义。反对者称之为向社会主义的文艺"扔出战斗的白手套",加之 1983 年末这种争论超出了学术争鸣的范围,被纳入"反精神污染"的政治斗争之中,争鸣发展为全面的批判。1984 年 3月 5 日《人民日报》发表《时刻牢记社会主义文艺方向》成为这次争论的一个政治结语,有关朦胧诗与现代主义话题的讨论才宣告结束。朦胧诗的发展 1983 年底进入了沉落期,随着人们接受水平实现了历史性恢复与提高,阅读的障碍已不再存在,朦胧诗的朦胧感也就

---

①　朱栋霖,朱晓进,吴义勤:《中国现代文学史 1915—2018》,高等教育出版社,2020 年,第 143 页。

消失了。1985 年,随着政治形势的进一步开放和宽松,朦胧诗人大都恢复了创作,随着整个诗坛格局的新变化,朦胧诗作为一个重要的历史现象基本上已经结束。

2. 顾城的诗

1980 年代最为活跃的朦胧诗人包括舒婷、江河、顾城、杨炼、梁小冰、傅天琳等人。食指、江河、北岛、舒婷和顾城等早在 1970 年代中期就写下了他们的第一批诗作,如北岛的《回答》(1976)、顾城的《生命幻想曲》(1971)、舒婷的《船》(1975)等。

顾城(1956—1993),祖籍上海,长于北京、山东等地,1987 年出国旅居新西兰等地,1993 年 9 月在新西兰希基岛上的寓所杀死了妻子谢烨后自缢身亡。顾城是朦胧诗人中比较特殊的一个,他的诗较少关注社会历史,更多的专注于内心。其作品充满大量自然意象和纯稚风格与梦幻情绪,曾被称为"童话诗人"。

顾城的诗大致分为三类,第一类是对少年时代生活的追怀和生命的咏唱,如他十几岁时创作的《生命幻想曲》勾画出一个孩童对生命奇异的理想和向往。第二类是以他自己特有的委婉方式反思时代的作品,《一代人》虽只有两句,但却集中地表现了年轻一代的生命历程与心灵觉醒:"黑夜给了我黑色的眼睛,/我却用它寻找光明。"《远与近》也堪称一首代表作,这首诗曾被指为过于晦涩和朦胧,但他的表现力却是相当新颖深刻:"你/一会儿看我/一会儿看云/我觉得/你看我时很远/你看云时很近"这样的诗可以说是对十年浩劫造成的人性坍塌的准确概括。第三类作品是最具探索倾向也最受指责和最多争议的作品,如《感觉》《弧线》等,这些作品强调直觉感受、瞬间印象,用一些并无确定意义的意象来表达这种感受,给读者留下较大的想象空间。如《弧线》:"鸟儿在风中/急速转向//少年去捡拾/一枚分币//葡萄藤因幻想/而延伸的触丝//海浪因退缩/而耸起的背脊"各个意象和段落之间互不关联,造成感觉的陡转跳跃,给人以较强烈的瞬间印象。后期顾城因一味沉入感觉世界,造成了与社会的隔膜与疏远,人性和心理上扭曲最终导致了悲剧结局。

3. 江河与杨炼的诗

江河、杨炼的作品较早表现出转向探索历史文化的意向。

江河(1949—),北京人。诗作主要分两类,政治抒情诗与"文化寻根"诗作。政治抒情诗代表作品有《没有写完的诗》《纪念碑》《祖国啊,祖国》等。《没有写完的诗》具备了高于现实主义诗歌的反思视点,又注重了理性内蕴与悲愤激情的结合,在艺术上也富有新意,运用场景切换、叠加和意向刻画等一系列手法,取得了宏伟壮阔又幽深细密、激情澎湃又冷静深沉的艺术风格,具有震撼人心的艺术魅力。《纪念碑》《祖国啊,祖国》在题材选取上更为广阔,超越了具体事件的描述,而达到了畅想式的抒情、哲理式的思辨的境界。由于思想与形象以及情感的较完美的组合,使得《纪念碑》这首诗成为继北岛之后最具有代表性的反思主题作品。

江河的作品在 20 世纪 80 年代初期显露出历史文化主题的端倪。在《从这里开始——给 M》和《祖国啊,祖国》等诗中都包含着他凝重的历史思考。《从这里开始——给 M》中,诗人对民族的现实、历史、命运和选择都做了富有象征色彩的表现,这些思考比之前朦胧诗的作品要更加深入和有力。江河最重要的"文化寻根"诗作是长诗《太阳和他的反光》,这首作品完成于 1985 年,创作过程达四年之久,可以说是一部精心构思之作。全诗以中国古代神话为原型素材,分《开天》《补天》《结缘》《追日》《填海》《射日》《刑天》《斫木》《移山》《燧木》《息壤》《水祭》12 章。这首诗复活了古老鲜明的生存形式、生命形态与文化精神,结构宏伟,诗中贯穿了诗人博大的哲学意识,具有较高的艺术价值。

杨炼(1955—),出生于瑞士伯尔尼,长大于北京,1974 年插队期间开始写诗,著有诗集《礼魂》《黄》等。他专注于历史文化探求,力图从历史、哲学、文化选择的角度展开思想和创作的空间,代表作品《诺日朗》《天河》《半坡》《敦煌》《西藏》《自在者说》以及《与死亡对称》等,均为大型组诗作品。

杨炼的诗可以《诺日朗》为界分为两个阶段,前期诗作体现了朦胧诗的基本面貌,充满朝气和热情;而 1980 年以后写作的大型组诗则显示了诗人新的艺术追求和艺术风格:从单纯的社会性主题转向从神话传说、历史典籍中选择述说的对象。他的大型组诗《礼魂》(包括《敦煌》《诺日朗》等)、《西藏》、《自在者说》等,都以诗的形式来演绎中国古代文化精神或哲学观念。这些"史诗"的题材和主题由三部分组成:一是以历史遗迹为历史文化的承载物和象征物,通过对历史遗存物的刻意想象和描绘,抒写我们民族创造与挣扎、生存与毁灭的壮歌与悲剧,如《半坡》《敦煌》等;二是通过对宗教文化和民俗文化的审美投射,以民俗描写赞扬民族原始状态下的生命伟力,如《诺日朗》《西藏》表达的是对生命本质及其历程的哲学阐释;三是通过历史神话表现对生命构成、宇宙奥秘的形而上的探求,如《天问》《与死亡对称》均以周易卦象和古代神话为思维构架,表达对生命和历史的文化构成及其内涵的哲学思考,他将自然生命的存在过程、主体生命的体验与创造力、诞生与毁灭、存在与空无、实体与精神、苦难与超生、死亡与再造等一系列复杂的哲学命题,都作了富有形而上色彩的探求与表现。杨炼最大的贡献是将新时期的诗歌写作从政治和社会语境的层面引向了文化语义的层面。他诗中所指涉的意义不再像北岛等诗人那样集中在社会主题上,而是延伸到了复杂深厚的文化主题之上,这是新时期诗歌发展的一次内在的变革。

(三)新生代诗人群(第三代诗人群)

这是继朦胧诗之后另一股诗歌潮流,因此又称"后朦胧诗"。它崛起于 20 世纪 80 年代中期,一直延续到 90 年代中期。而新生代的得名则源于文学刊物《中国》1986 年第 6 期编者的话,牛汉首先将其称为"新生代"。他们一出场就打出鲜明反对朦胧诗的旗帜,高呼着"pass 舒婷、北岛"的口号,纷纷发表自己的宣言。1986 年《深圳青年报》和安徽的《诗歌报》联合举办了"中国诗坛现代诗群体大展",集中展示了数十个诗歌流派的宣言和诗作。此后,全国各地诗歌群落和民间诗刊如雨后春笋般涌现,"呼吸派""撒娇派""太极诗""新感觉派""日常主义""莫名其妙派"等流派纷纷出笼,曾被诗评家称为是"美丽的混乱"。十多年来,绝大部分流派消失了,留下来并产生一定影响的流派或群落主要有五大诗群。

1. "北京诗群"

"北京诗群"主要代表人物有:海子、西川、骆一禾、牛波、严力等,他们坚持严肃认真的诗歌精神和人文传统,着力于对人文精神家园的守护,追求唯美和浪漫。其中影响最大的是海子。海子(1964—1989),原名查海生,1979 年考入北京大学法律系,1983 年毕业后到中国政法大学任教,1989 年殉道式卧轨自杀。"在其短暂的生命中,他创作了 200 多万字的诗歌、小说和戏剧等文学作品和文学论文。"①

2."四川诗群"

"四川诗群"是"第三代诗人"所形成的影响较大的诗群之一,它包含了"非非主义""莽汉主义"和"整体主义",其中的欧阳江河、翟永明、钟鸣和柏桦等较早知名。"非非主义"的代表人物主要有周伦佑、蓝马等,是具有较强理论意识,并在诗学理论建设方面做了不懈努力的一个诗人群落。"莽汉主义"的代表人物主要有万夏、胡冬、李亚伟、马松等,对崇高和优美的破坏是这些作者创作的主要特征。

3."上海诗群"

"上海诗群"主要代表人物有:王寅、陈东东、宋琳、张真、张小波、孙晓刚、李彬勇等,他们主要表现都市人的复杂体验和在都市中的漂泊和焦灼。其主要创作特点是:都市意向的斑驳陆离、诗歌节奏的急促。宋琳、张小波、孙晓刚和李彬勇的诗歌合集《城市人》(1987)是一部较有影响的诗集。

4."他们诗群"

1985年于坚、韩东、小海、丁当等创办了《他们》诗刊,形成了对第三代诗群产生重要影响的"他们诗群"。"他们诗群"主要代表人物有:韩东、于坚、丁当、王寅等。"他们诗群"中的代表作有韩东的《有关大雁塔》《你见过大海》以及于坚的《尚义街六号》等。

5."女性主义诗群"

"80年代中期以来,一群女性诗人由于共同体现了'女性主义'的创作特色而被诗歌评论界命名为'女性主义诗群'。"②成员主要有天津的伊蕾、四川的翟永明、云南的海男、贵州的唐亚平和上海的陆忆敏等。新时期的女性主义诗歌,敏感而鲜明地记录了处于文化转型期的大陆女性内在的精神流向,新时期女性以诗作证,她们并没有被强大的"男性话语"所淹没。其中翟永明成就最高,被称为"舒婷之后最重要的女诗人"③,其代表作品有《女人》《静安庄》《人生在世》《死亡的图案》《称之为一切》《颜色中的颜色》等诗歌。

二、90年代诗歌的衰落

20世纪90年代以来,中国当代文学的精神内涵因整个社会的急剧转型而发生了重大变化,以理性启蒙为核心的文学话语逐渐被以欲望叙事为旨趣的文学话语所侵蚀和替换。作为时代敏感神经的诗歌,感知、承受并见证了这一当代社会的精神震荡与变迁。

20世纪90年代以来,诗歌写作的文化语境发生了颇具"断代"意味的转换。在新型文化语境下,在90年代最初的几年里,面对"诗人何为"的历史性诘问,诗人们大多感觉到焦虑而又无奈,诗歌写作呈现出乱世景象或者说不成格局的格局,由文本内外各种语境要素以及诗坛诸种现象所构成的诗歌生态渐趋失衡。首先,诗人们的处境变得困顿且富于喜剧意味。进入1990年代以后,诗人创作队伍在数量上大大减少,一些诗人停止了写作,

---

① 丁凡,朱晓进:《中国现当代文学》,南京大学出版社,2007年,第418页。
② 丁凡,朱晓进:《中国现当代文学》,南京大学出版社,2007年,第417页。
③ 丁凡,朱晓进:《中国现当代文学》,南京大学出版社,2007年,第418页。

一些诗人选择了经商。能够坚持写作的诗人也丧失了以往精神上的优越感。"诗人已死"是一种夸张说法,但90年代以来的诗人确实成为一群"词语造成的亡灵"①,而消费主义文化的兴起又使得诗人成为被排斥和嘲讽的对象。其次,诗歌日趋边缘化。一方面,在商品经济大潮的冲击下,人们的精神需求普遍呈现出泡沫化的特征,诗歌成为一种招致普遍诘难的形迹可疑的文类。另一方面,先锋诗歌的叙事文风和特有的格调又在一定程度上败坏了读者的胃口,读者锐减的直接后果之一,是诗歌内在审美标准紊乱,这反过来又进一步加剧了社会公众之于当代诗歌的漠视和道德上的指责。最后,抒情诗的比重渐趋失调。所有这一切最终导致了90年代诗歌的衰落。

第三节　80—90年代由多元化探索到个性化写作的小说

一、80年代多元化探索

整个80年代的小说,与前三十年现实主义文学形态一元化形成对比,是多元美学形态共同发展的时代。一方面是现实主义的回归,另一方面是现代主义的引进、借鉴。80年代是小说家情绪最为高涨、探索最为积极、取得成绩极为可观的十年,先后涌现了"伤痕文学""反思文学""改革文学""寻根文学""新写实小说"等。

(一)"伤痕文学"

"伤痕文学",是因1978年8月11日《文汇报》发表的复旦大学学生卢新华的短篇小说《伤痕》而得名。早在1977年11月,刘心武在《人民文学》上曾发表了短篇小说《班主任》,这是"伤痕文学"的开山之作。《班主任》同样写的是"伤痕",在题材的选择上具有更深刻的现实意义。刘心武在《班主任》中,以不凡的勇气和识见,通过两个表面上好坏分明,实质上都被"极左"思想扭曲而畸形的中学生形象,揭露和批判了极左思想对青少年的毒害。《班主任》以接收小流氓宋宝琦为线索,满腔热情地赞颂了忧国忧民、关心青少年成长的张老师,揭露了"四人帮"毒害腐蚀青少年纯洁心灵的罪行,提出了清除"四人帮"所造成危害的急迫性,成功地刻画出在"四人帮"的反动路线干扰破坏下长大的一部分青少年的形象。而《伤痕》写的是王晓华看到母亲被人诬为女叛徒后,认为母亲是可耻的,于是与母亲毅然决裂。为了改造自己,也为了能够脱离"叛徒"母亲,她选择了上山下乡,到渤海湾畔的一个农村扎下了根。在改造过程中,尽管作了最大的努力,但始终不能融合到当时主流的"上进"行列。终于,一个原本朝气蓬勃、脸上还有些许红润的年轻女生,成了一个"沉默寡言,表情近乎麻木"的年轻知青。母亲来信,讲述自己被陷害,已病入膏肓,希望有生之年能够再见女儿一面。但对组织充满崇拜的女儿不相信母亲的一纸信函,最终还是母亲单位通过公函形式,才使女儿走上了回家探望母亲之路。但为时已晚,母亲已含恨去

---

① 欧阳江河:《谁去谁留》,湖南文艺出版社,1997年,第260页。

世,至死也没有看到她深爱着的女儿,女儿心头留下了难以磨灭的伤痕。这是第一部直接以"伤痕"一词来揭露"四人帮"罪行的小说。之后写"伤痕"的小说开始大批涌现,并形成了一股新的创作潮流。

"伤痕文学"作为一股文学创作思潮,积极推进了新时期文学的发展,也产生了较大的社会现实意义。"'伤痕文学'以真实的画面和生动的艺术形象,再现了'文化大革命'的历史场景,同时,它冲破了'四人帮'极左文艺路线给文学创作制定的种种清规戒律,第一次恢复了现实主义的原本意义,高扬起文学真实性原则的旗帜,带给人们一种强烈的思想上的解放感和艺术上的新鲜感,在新时期文学的发展中起了披荆斩棘敢为天下先的开路先锋作用。"①

"伤痕文学"的主要作品,除了卢新华的《伤痕》,刘心武的《班主任》《醒来吧,弟弟》,还有王亚平的《神圣的使命》,王宗汉的《高洁的青松》,肖平的《墓场与鲜花》,吴强的《灵魂的搏斗》,陆文夫的《献身》,孔捷生的《姻缘》,陈国凯的《我应该怎么办》,张洁的《从森林来的孩子》,韩少功的《月兰》,冯骥才的《铺花的歧路》,竹林的《生活的路》,周克芹的《许茂和他的女儿们》,老鬼的《血色黄昏》,鲁彦周的《天云山传奇》,郑义的《枫》,从维熙的《大墙下的红玉兰》,等等。

(二)"反思文学"

"反思文学"是继"伤痕文学"之后掀起的又一次规模和声势都更为巨大、对新时期文学发展的影响更为深远的创作浪潮。茹志鹃于 1979 年 2 月在《人民文学》上发表的短篇小说《剪辑错了的故事》,是"反思文学"的起步标志。《剪辑错了的故事》打破了过去截取一个生活横断面的方法,选取七个生活场景,每一个场景自成一体,几乎是一篇篇独立的小小说。这七个生活场景的组接,采用一种剪辑"错了"的形式,有意略去情节之间的连贯性,打破正常的时间和空间顺序,跳跃式地在现实、历史和梦幻之间巧妙地交织与相互间隔。这其中老寿的心理活动成为各篇连接的内在纽带,把所有的场景、生活片段统一在一个鲜明的主题之下。这种时序的颠倒、自由联想和突兀多变的跳跃式的叙述故事的方法加大了现实和历史的对比幅度,使作品的主题在强烈的对比中更加突出。

对历史的深刻反思,是"反思文学"在创作上的一个重要特征,从政治层面上还原了"文革"的本质,和"伤痕小说"相比,主题更加深刻,内容更加深邃、清醒,具有强烈的理性色彩。"相较于伤痕文学,反思文学在叙事对象方面把农民作为审美对象囊括进来,随着人道主义讨论的深入,反思文学的乡土小说中农民的生存样态也受到关注。"②"伤痕文学"只限于对"四人帮"罪恶的揭露以及人民身心创伤的描绘,而"反思文学"以丰富的表现力,深彻的洞察力,探寻了造成十年浩劫甚至更久远的社会和历史根源,力求在对社会历史根源的发掘中,引出深刻的历史经验教训。

"反思文学"的出现,标志着小说创作从现实主义的回归阶段步入现实主义的深化阶段,从对表面生活的描写步入到有历史深度的深入开掘。"反思小说"一般涵盖了较长的

---

① 王嘉良:《中国现当代文学》,浙江大学出版社,1995 年,第 555 页。
② 于慧芬:《背弃与回归:80 年代反思文学苦难审美化的阶段性意义》,《南方文坛》2019 年第 4 期。

历史跨度,具有较大的生活容量。"为追求小说在有限篇幅内包含尽可能多的历史容量,于是又促进了小说创作在结构和表现手法上的变化。小说创作中出现了时序颠倒、时空跳跃、意识流手法、电影蒙太奇手法等。"①"反思文学"的巨大成就一般更为集中、突出体现在中篇小说的创作中,其中比较具有代表性的有王蒙的《布礼》《蝴蝶》《海的梦》,谌容的《人到中年》,张贤亮的《龙种》《河的子孙》等。毫无疑问,无论从作品反思历史的深刻程度,还是从作品艺术上所达到的高度上看,王蒙都可以称为这场巨大的"反思文学"浪潮的先导和主将。在"反思文学"浪潮中短篇小说逐步减少,但仍有一部分具有一定的影响力,如张弦的《记忆》,茹志鹃的《剪辑错了的故事》,方之的《内奸》,刘真的《黑旗》,高晓声的《李顺大造屋》《陈奂生上城》,李国文的《月食》,王蒙的《悠悠寸草心》等短篇小说,以多样的题材,从不同的角度,通过不同典型环境中典型人物的塑造,思考了我们国家的历史,并汲取了深刻教训。

(三)"改革文学"

1978 年,党的十一届三中全会召开,全党的工作重心开始由原来的抓阶级斗争转移到抓经济建设上来。1979 年 7 月,蒋子龙的短篇小说《乔厂长上任记》在《人民文学》上发表,作品正面描写了当时我国工业改革的现状,尖锐深刻地暴露了"四化建设"开创初期,我国工业战线在经受了十年浩劫之后所面临的千疮百孔的真实情况;同时并未一直停留在对伤痕的揭示和历史的反思上,将笔触向生活的深处和远处掘进,"以敏锐的目光发现并充满理想和热情地歌颂了那些在修复伤痕的过程中努力建设和开拓新生活的英雄人物,开创了'改革文学'的先河"。《乔厂长上任记》发表之后,立刻在全国引起了强烈反响,"它几乎影响到了中国社会生活的各个方面。文学界、工业界,甚至各行各业,一时间刮起了一股'乔旋风',出现了人人争说'乔光朴'的现象"②。此后,蒋子龙又陆续创作了一些反映城市工业改革的小说,均体现了勇于向前的开拓精神。

此后,一大批"改革文学"作品,如张洁的《沉重的翅膀》,张锲的《改革者》,张一弓的《赵镢头的遗嘱》,水运宪的《祸起萧墙》,柯云路的《三千万》《新星》,李国文的《花园街五号》,张贤亮的《男人的风格》,蒋子龙的《燕赵悲歌》,王润滋的《鲁班的子孙》,张炜的《秋天的愤怒》《古船》,贾平凹的《鸡窝洼人家》《腊月·正月》《浮躁》,何士光的《乡场上》,王蒙的《坚硬的稀粥》,路遥的《平凡的世界》等相继出现。1980 年,高晓声发表了《陈奂生上城》。陈奂生上城的"奇遇"充分说明了当代农民还没有从阿 Q 的翅膀下飞出,如果农民在精神上不获得真正的解放,农村经济改革、农村现代化是根本不可想象的。对于农村经济改革,贾平凹最初是持热情肯定态度的,其《小月前本》《鸡窝洼人家》热情洋溢地肯定了改革给农村青年思想感情、爱情婚姻等所带来的可喜变化,但作家其后所写的《腊月·正月》则较为冷峻。总体上看,"改革小说"侧重反映的是新旧体制转换时期的社会矛盾,记录了改革的艰难及其导致的伦理关系和道德观念的变化,在创作方法上以现实主义为主,注重人物形象特别是改革者形象的塑造。

---

① 王嘉良:《中国现当代文学》,浙江大学出版社,1995 年,第 561 - 562 页。
② 王嘉良:《中国现当代文学》,浙江大学出版社,1995 年,第 572 页。

（四）"寻根文学"

"寻根文学"是80年代出现的一股小说创作潮流。所谓"寻根"，主要是寻求传统民族文化之根。1985年韩少功在一篇纲领性的论文《文学的根》中声明："文学有根，文学之根应深植于民族传统的文化土壤中。"他提出应该"在立足现实的同时又对现实世界进行超越，去揭示一些决定民族发展和人类生存的谜"。在这样的理论之下作家开始进行创作，理论界便将他们称为"寻根派"。

"寻根小说"可以追溯到80年代初汪曾祺、刘绍棠、邓友梅、古华、叶蔚林等的乡土风俗画小说，如《受戒》《大淖记事》《那五》《翡翠烟嘴》等。兴盛时期是在1985年，韩少功、王安忆、贾平凹、郑万隆、李杭育、阿城、张承志等是"寻根小说"的代表作家，其主要作品有：韩少功的《归去来》《爸爸爸》《女女女》，王安忆的《小鲍庄》，贾平凹的《古堡》《远山野情》，郑万隆的《异乡见闻》，李杭育的《最后一个渔佬儿》《沙灶遗风》《土地与神》，陆文夫的《美食家》，阿城的《棋王》《树王》《孩子王》《遍地风流》，张承志的《黑骏马》《北方的河》等。

"寻根小说"最为显著的特点在于：以现代意识观照现实和历史，反思传统文化，重铸民族灵魂，探寻中国文化重建的可能性；作品题材和文化反思对象呈鲜明的地域特点；在表现手段上既有中国传统文学的手法，又运用现代派的象征、暗示、抽象等方法，丰富和加深了作品的文化意蕴。从文学自身发展来说，"寻根文学"也是一次文学寻找自我的思潮。一是寻找民族文化民族文学的自我。作家们认为，五四新文化运动从某种程度上断绝了中国文学与民族文化之间的血缘关系，现在必须接上这个"根"。二是寻找作家的个性自我，寻找新的艺术形式。寻根作家在寻根中并没有沉溺于古老的文化之中，他们各自以独特的艺术视角发现和重构着艺术文化世界。这本质上是对以往文学总以社会政治的模式把握和反映世界的传统的不满和反叛。

（五）"新写实小说"

新写实小说发端于80年代中期，繁盛于80年代末。据1989年第3期《钟山》杂志"新写实小说大联展""卷首语"说："所谓新写实小说，简单地说，就是不同于历史上已有的现实主义，也不同于现代主义'先锋派'文学，而是近几年小说创作低谷中出现的一种新的文学倾向。这些新写实小说的创作方法仍是以写实为主要特征，但特别注重现实生活原生形态的还原，真诚直面现实直面人生。虽然从总体的文学精神来看，新写实小说仍划归为现实主义的大范畴，但无疑具有了一种新的开放性和包容性，善于吸收、借鉴现代主义各种流派在艺术上的长处。'它'不仅具有鲜明的当代意识，还分明渗透着强烈的历史意识和哲学意识，但它减退了过去伪现实主义那种直露、急功近利的政治性色彩，而追求一种更为丰富更为博大的文学境界。"①

"新写实小说"的代表作家有刘恒、刘震云、池莉、方方等，他们的作品既真切地展现了一个个生活画面，又立足于呈示一种文化心态的积淀；既展示生活的原生状态和生命的体验冲动，又不乏深刻的哲学思考和文化探寻。其中短篇小说的代表作是刘恒的《狗日的粮食》。小说叙述了一个穷光棍汉用东挪西借来的200斤谷子在集上换回一个长瘿袋脖儿

---

① 刘坪：《卷首语》，《钟山》1989年第3期。

的丑媳妇。接下来便是两口子过日子、性、吃、生养活命……作品正是通过对人的这些最基本的本能欲求以及这些本能欲求与自然或社会环境的矛盾的描写,揭示了社会存在对人的生命存在与发展的限制和扼杀,甚至导致生命的退化。显然,这篇小说的立意已超出了以往现实主义小说仅从社会学层面上开掘主题的做法,而将笔触深入到文化学或文化人类学的层面,集中笔力揭示人与自然、人与社会、人与人、人与自我等属于现代本体哲学范畴的问题。"也有人认为'新写实'在表现生活庸常性一面的同时,也表示出拒绝崇高的倾向,认为'没有必要也不可能对生活作出评价'的态度,是一种可怕的冷漠,表明了他们中的'一部分人的历史观是唯心主义的'。"[①]中篇小说的代表作有刘恒的《白涡》和《伏羲伏羲》。刘震云的代表作有《塔铺》《新兵连》《一地鸡毛》《官场》等小说,他的叙述较为冷静客观,作品里的一切都是原色的,不掺杂任何主观情绪。新写实小说的女作家有池莉、方方等人,池莉的代表作有《烦恼人生》《不谈爱情》《太阳出世》等,方方的代表作主要有《风景》等。

从整个文化思潮背景来看,20 世纪 80 年代中国文坛主要受西方现代主义文学影响最大、最深。其中,尼采、弗洛伊德、萨特是影响中国 80 年代中国文学最深远的西方思想家。从小说创作方法和形式技巧方面来说,70 年代末开始的王蒙小说对西方现代派"意识流"小说技巧的借鉴运用,到 80 年代中期"寻根小说"对"拉美爆炸后"文学观念、创作方法乃至形式技巧的借鉴和运用;从"性意识"文学的勃兴,再到 80 年代中后期"新潮小说"对纯形式、纯技术、纯叙述的"小说技术革命"[②],80 年代的小说创作几乎是将西方现代小说演化发展的形式技巧过程像过电影一样演练了一遍。尽管 80 年代的小说还存在着种种缺憾,但其在思想价值与艺术探索方面已展示了丰富的内涵,在中国当代文学发展史上占有重要的地位。

二、90 年代个性化写作

中国文学进入 90 年代以后,一些小说的发表、传播和评价,以及由此引申的问题,不仅关系到作品自身,而且成为受到关注的文化事件。它们或者是引发文化论争的触媒,或者成为论争展开的平台,从中折射出这个时期复杂的文化现象和文化冲突的某些症候。这类事件有:对王朔小说创作的争议,女性作家的"私人写作",《废都》《白鹿原》等长篇的出版,对王小波的评价,"现实主义冲击波"等。

90 年代小说家的写作,比起 80 年代来,表现了更为多元的取向。1989 年到 1992 年,王朔写了《一点正经没有》《玩的就是心跳》《千万别把我当人》《永失我爱》《我是你爸爸》《动物凶猛》《许爷》《过把瘾就死》等中长篇小说。这些作品以颠覆性的小说叙事反叛了占主流地位的知识分子话语,一切美好、庄严、神圣的情感和价值,在小说中受到无情的调侃,化为轻松的一笑。而这样的小说之所以在当时产生较大的反响,客观上,一方面是因为它表现了社会转型期价值观念的变化。另一方面,随着社会的世俗化加剧,市民文化价值观念开始从向来受压抑的状态浮出历史地表,王朔小说在很大程度上正是为市民文化争得了显示自身、言说自身的话语表达权利。在王朔的小说中,生活在社会和思想文化的

---

① 程代熙:《新时期文艺新潮评析》,河南大学出版社,1997 年,第 63 页。

② 朱栋霖:《中国现代文学史精编(1917—2012)》(下册),高等教育出版社,2014 年,第 108 页。

边缘人物成了主人公和英雄。与此相联系的是,王朔小说从一开始就具有了鲜明的文化快餐性质。使王朔小说的上述意蕴凸显出来的方式是所谓"反智"的写作策略。王朔小说叙事的矛头直指知识分子文化或者说精英文化的存在,其对知识分子的一些劣根性如迂腐清高、自我膨胀等给予了痛快淋漓的挖苦与嘲弄,这当有助于知识分子的自我警策与自我批判;而其充满幽默生动的市井口语以及粗鄙而轻松的文风,对知识分子叙事所特有的凝重、优雅等,也形成了美学意义上的冲击,并以此构成文学多元格局中的"一元"。

90年代最先成为一种重要现象的是所谓的"女性写作"。林白、陈染、徐坤、徐小斌、海男、须兰等,在90年代前期风光无限,文学界耳熟能详的"个人写作""私人写作",就是由她们所引领。"90年代的女性小说创作以超乎以往任何时期的盛势,锐利耸起于中国文坛。"①这种"爆发式"的繁荣景观,充分标示着中国当代女性意识的觉醒已转化为女性写作的主动行为。几代同堂的女作家们以其卓绝的艺术才华、深刻的思想内涵和丰硕的创作成果,执着建构自己的女性文学谱系而独领文坛一代风骚。她们在多重文化矛盾中塑造的一系列女性形象,对传统女性形象进行了全方位的超越。女性作家以其特有的才情和敏感赋予了中国文学以独特的内涵,并作为一种重要的革命力量推动着20世纪中国文学的现代化进程。她们正以其极端性、尖锐性和革命性来强调那种也许在80年代恰恰被忽略了的"角色差异"和"性别意识",并使得女作家在90年代文学格局中的地位变得更为重要。某种意义上,中国的女性作家在90年代正在走向一种集体性的成熟。这种成熟不仅没有把中国的女性写作引入一种狭窄和封闭的境地,而且恰恰相反,它正以一种开放的、生长性的方式开创着中国女性写作的一个自由而多元的境界。具有代表性的女性作家有林白、陈染、徐小斌、海男、徐坤、须兰等,林白的代表作有《一个人的战争》《子弹穿过苹果》等,陈染的代表作有《纸片儿》《嘴唇里的阳光》等,陈小斌的代表作有《海火》《如影随形》等。

1993年,贾平凹出版长篇小说《废都》。《废都》写的是80年代我国西北一个大城市里一群知识分子的生活故事。小说主人公叫庄之蝶,是西京城四大文化名人之一,也是四大名人中最有能耐的一个,属"西京文坛上数一数二的顶尖人物"。小说中有大量的性描写,故而引起较多的争议。小说还较多地运用了象征的手法,是该小说值得注意的一个艺术特点。该书由于大量的性描写在国内遭禁16年,却在国外赢得声誉,1997年贾平凹凭《废都》获得法国费米娜文学奖。被禁16年之后,《废都》于2009年再度出版,并与《浮躁》《秦腔》组成"贾平凹三部曲"。《废都》是贾平凹站在传统文化的观照视角上来看待城市与乡村、男人和女人、外界与内心的作品。在它丰富复杂的人情世态背后,贾平凹想要说的不仅仅是一个男人和几个女人的恩恩怨怨,更多表达的是理想的坍塌、价值的失落。在这个时代的风口浪尖,贾平凹完成了他的转型,可是这一转变也带来了更多的困惑和非议。根植于他思想中的传统文化、乡土情结与城市文明、现代文明存在着悖论,而传统文化自身的驳杂性又一定程度上误导了作家的价值判断。所以,在考量城市、知识分子与女性三方面问题时,贾平凹是以一种相对狭隘的文化视角去观照他笔下的废都和废都里的人。

---

① 林晓华:《20世纪90年代女性文学繁荣之因新论》,《西南民族大学学报(人文社科版)》2004年第12期。

《白鹿原》是陈忠实的代表作品,主人公被称为"陈忠实贡献于中国和世界的中国家族文化的最后一位族长,也是最后一个男子汉。在他身上包容了伟大的中国文化传统价值——既有正面,也有负面"①。《白鹿原》是一次透析国人心灵与欲望裂变的精神史诗。它是白鹿村族长白嘉轩困顿磨难中秉承一生的仁义守己,是族长继承人白孝文被教化压抑后的放浪形骸,是长工鹿三的铮铮铁骨和卑微认命,是其子黑娃对低贱人生的愤怒不甘,是乡绅鹿子霖追逐权益的放纵奉迎,是其子鹿兆鹏把握命运的自觉革命,而让天下所有男人乱性的田小娥,既勇敢地追求天下所有女人最基本的幸福,又不得不在生存的压迫下委身于一个又一个男人,直至悲剧的来临。

王小波,1952年生于北京。"文革"期间在云南当农场职工,在山东牟平插队,做过民办教师,也在北京的教学仪器厂、半导体厂做过工人。1982年中国人民大学贸易经济系毕业后,任中国人民大学分校教师。1984年至1988年在美国匹兹堡大学东亚研究中心读研究生。回国后先后在北京大学、中国人民大学任教职工。1992年辞去公职成为自由撰稿人。1997年4月11日病逝于北京,年仅45岁。出版的长篇小说和小说集有《黄金时代》《白银时代》《青铜时代》《黑铁时代》《唐人故事》《万寿寺》《红拂夜奔》,杂文随笔集有《思维的乐趣》《我的精神家园》《沉默的大多数》《个人尊严》《思想者说》,书信集有《假如你愿意你就恋爱吧》《爱你就像爱生命》,调查报告《他们的世界——中国男同性恋群落透视》《东宫·西宫》,另有四卷本的《王小波文集》和十卷本的《王小波全集》。王小波的文学创作风格独特,富于想象力之余,却不乏理性精神,特别是他的"时代三部曲"。"时代三部曲"是由三部作品组成,分别是《黄金时代》《白银时代》和《青铜时代》。在整个三部曲系列中,他以喜剧精神和幽默风格述说人类生存状况的荒谬故事,并透过故事描写权力对创造欲望和人性需求的扭曲及压制。至于故事背景则是跨越各种年代,展示中国知识分子的命运。事实上,王小波的最过人之处,无疑是随心所欲地穿梭古往今来的对话体叙述,并变换多种视角。

90年代中后期的"现实主义冲击波",最初指90年代中期刘醒龙、谈歌、何申、关仁山等作家关注现实的一批作品出现的效应,后来扩大指称90年代后期大量出现的以现实主义方法表现当前乡镇、工厂、城市现实生活和经济生活为核心的社会矛盾的小说。这些小说开始为一些中短篇,后来则主要是长篇,并在题材上不断扩大,以全景方式书写90年代以来的经济改革、政治体制改革过程及其面临的问题与冲突,另一重要方面是对官场和遍布社会各个角落的腐败现象的揭发和抨击并出现"反腐小说"的类型概念。作品主要有刘醒龙的《分享艰难》《支书》,谈歌的《大厂》《车间》《天下荒年》,和申的《信访办主任》,关仁山的《大雪无乡》《九月还乡》,周梅森的《绝对权力》《中国制造》,陆天明的《苍天在上》《省委书记》等。庄严感几乎是这类作品一致的美学品格,而适度的悲剧色彩则用以支持正义感,加强阅读上感情宣泄、抚慰的效果。作品中对"官场"的内部情状、运行的"潜规则"的描述所提供的知识和窥视满足,部分来自过去"官场""黑幕"小说的艺术经验;部分作品也发掘、放大主流意识形态内部的矛盾、裂缝,以达到读者普遍期待的批判功能。从总体而论,这些主旋律小说所担负的,是"表达主流意识形态的重任",它们"依靠其曲折复杂的叙

---

① 李星:《〈白鹿原〉:民族灵魂的秘史》,《理论与创作》1993年第4期。

事结构(尤其是长篇小说)……以情感化的方式完成了对现实秩序合理化的论证,并对现实矛盾做出了想象性的解决"①。

第四节 当代文坛的镜子和旗手——王蒙

一、王蒙概说

王蒙(1934—　　),河北南皮人,祖籍河北沧州,生于北平(今北京市)。1940 年入北京师范学校附属小学,1945 年入私立平民中学学习,1948 年入党,1950 年从事青年团区委工作。1953 年,创作第一部长篇小说《青春万岁》,1956 年发表小说《组织部来了个年轻人》,该小说迅速引起轰动,并使王蒙因此被划为右派。1958—1962 年王蒙在北京郊区劳动。1962 年曾到北京师范学校任教一年。1963—1978 年王蒙在新疆伊犁伊宁市和伊宁县下属巴彦岱镇巴彦岱公社二大队生活工作,在学习维吾尔语之后任汉语翻译,后任二大队副大队长。1978 年王蒙调回作协北京分会。1979 年,被平反。1979 年 6 月,担任北京市文联专业作家,中国作协北京分会副主席、分党组成员、副秘书长。1986 年当选中共中央委员,任中国作协副主席、书记处书记。1986—1989 年任文化部部长。2002 年,担任中国海洋大学文学院院长。之后任解放军艺术学院、南京大学、浙江大学、上海师范大学等多所大学的教授、名誉教授、顾问等。1978 年回京后,进入创作的井喷期,一直笔耕不辍,以小说创作为主,散文、诗歌、论文兼备,有上千万字。其作品反映了中国人民在前进道路上的坎坷历程。《最宝贵的》《悠悠寸草心》《说客盈门》《蝴蝶》《相见时难》等获得全国中短篇小说奖。长篇小说《青春万岁》1981 年被评为"全国中学生最喜爱"的十本书之一,1986 年获人民文学奖,2019 年入选"新中国 70 年 70 部长篇小说典藏",并被拍成电影,影响至今。长篇小说《这边风景》2015 年获得茅盾文学奖。2019 年 9 月被授予"人民艺术家"国家荣誉称号。

二、王蒙在当代文坛的地位

(一) 他是新中国的一面镜子

他与新中国一起长大。1934 年出生,1948 年入党,14 岁的少年布尔什维克的身份时时出现在他的作品中。1949 年任北京市区团干,参与新中国的建设,少年的他打着腰鼓欢庆新中国的胜利。为了记录年轻人的热情洋溢,19 岁的他于 1953 年开始创作长篇小说《青春万岁》,反映建国之初青年人的激情澎湃、热血沸腾;1956 年响应"双百"方针,发表了《组织部来了个年轻人》,一夜成名;1957 年反右扩大化,因成名小说而被定为右派,1958—1962 年下放到京郊劳动改造;1963—1978 年自我流放新疆,16 年的新疆生活为他

---

① 刘复生:《历史的浮桥——世纪之交"主旋律"小说研究》,河南大学出版社,2005 年,第 26 页。

后来的《在伊犁》系列文学以及他作品的乐观、青春的基调着色,为后来的文学创作提供了丰厚的素材;"文革"结束后,1978 年回北京他很快进入文学创作的井喷期,可以说是他前期 16 年新疆生活的厚积薄发;1983—1986 年任《人民文学》主编,1986—1989 年任文化部部长,90 年代引发人文精神大讨论等。从这个简历中可以看出,王蒙的文学生涯与中国政治风云的起伏是分不开的,几乎在中国重要的时刻,其命运都会发生重大转折,他的作品几乎完整记录了他的沉浮和社会的变迁以及中国当代文学的发展。

他不是一个纯文人,而是一位革命作家。早年的少共风雨和中年的政治生涯是他挥之不去的宿命。评论家顾骧称其小说是"革命情结的升华",这种"革命情结"使他置身其中又能出乎其外,既是参与者,又是旁观者,并能用自己的笔表达出来,他的小说自然成了革命的见证,他自己也是新中国的见证人,以致有评论家说他的小说时刻都在"布礼",虽颇多怀疑,但更有解不开的忠诚。

(二)当代小说艺术的探险家

王蒙的早慧、敏感、创新和文学天赋使他始终探索文学的各种表达,在建国之初率先突破文学图解政治的表达模式;"文革"结束后,首开新时期国内意识流小说创作先河,倡导作家学者化、学者作家化,掀起人文精神大讨论,不断开拓中国当代文学现代写作技巧,走在文学前列,引领当代文坛的发展,成为当代文坛的旗手。

(1) 20 世纪 50 年代,突破了当时文坛盛行的图解政策条文的小说模式,书写人的平凡生活和情感以及人的丰富性和复杂性。代表作主要有:《青春万岁》和《组织部来了个年轻人》。后者是王蒙早期的成名作和代表作。他通过一位名叫林震的年轻人,新调入北京一个区委组织部的工作经历和感受,揭露了某些党的领导机关存在的官僚主义,表明了健全和纯洁党的机体的重要意义,歌颂了青年人主动思考、追求真理、敢于斗争的精神。小说直面现实、干预生活、开风气之先,在题材、主题和人物方面进行了有益的探索和开拓,使《组织部来了个年轻人》成为 20 世纪 50 年代中期"干预生活"文学思潮代表作之一。

(2) 20 世纪 80 年代初中期,大胆尝试借鉴、运用西方意识流技法。"但王蒙作品中的意识流不同于西方表现主义的那种非理性和下意识的心路内容,而以经验为基础,感觉为先导,重心理情感的社会性和思想性。"[1]"他的意识流小说主题隐晦、人物虚化、情节淡化、放射性心理结构、时空倒错、内心独白、幻觉、梦境、大容量的生活信息等特征吸引了大批作家,与几乎同时出现的朦胧诗一起突破了传统文学观念,同时还描绘了一幅幅发人深省的历史反思图。"[2]他创造性地引进和运用了意识流的艺术手法,使中国小说艺术走向现代,走向开放,走向多元。代表作主要有:《夜的眼》《布礼》《春之声》《蝴蝶》《风筝飘带》《海的梦》等。

(3) 20 世纪 80 年代后期,以另类小说《杂色》和《坚硬的稀粥》为代表,隐喻、象征成了小说的结构要素,使小说在现实性的基础上获得了文化哲学意味。《坚硬的稀粥》借一家四世同堂的一日三餐,影射了在东西文化碰撞和改革浪潮冲击之下,传统文化的权威性和模式化虽然受到威胁和挑战,但余威犹存,不过全盘西化也并不适合中国国情,中国的改

---

① 丁帆,朱晓进:《中国现当代文学》,南京大学出版社,2011 年,第 353 页。
② 丁帆,朱晓进:《中国现当代文学》,南京大学出版社,2011 年,第 353 页。

革步履维艰,适合的才是最重要的。这是作者对民族整体进行全景式的考察和哲思后,一种抽象还原的缩小艺术处理,其整体象征的意味非常明显。

（4）20 世纪 90 年代探讨"叙"什么和怎么"叙"。作者把客观呈现与作者的评述紧密结合,形成一种夹叙夹议的讲说方式。经常在情节中插入一些作者和人物的议论,这对小说主题深化作用是显而易见的。"季节系列"之所以能够展现王蒙与其同代人的心路历程,能够成为当代知识分子的心灵发展史,与其讲说模式密不可分。但过多出现的议论使得作品显得庸常乏味,含蓄蕴藉不足。代表作主要有长篇小说"季节系列",包括《恋爱的季节》《失态的季节》《踌躇的季节》和《狂欢的季节》等长篇小说。王蒙把新中国成立以来的创伤记忆化作写作资源,以极大的勇气真诚直面我们民族沉重的历史。

（5）21 世纪的"非虚构"小说,探讨小说的虚构与真实人物、事件及场景的表现。非虚构小说除可以有新闻性、时事性、问题性,同时"更要有小说的小说性,例如曲折、故事、细部,与真人面对真事时的奇思妙想,要发掘非虚构的人对于非虚构的事的充分想象,这样的想象中可以洋溢着最最真实的却又是突破了真实的虚幻与结构"①。如《女神》中王蒙由陈布文的人生经历生发出的各种想象。王蒙由一封亲笔信上的行云流水、隽永、清丽等集一切美好词语的书法,而想象出陈布文执笔时的神态:面带微笑、运筹帷幄和收放自如等。"合理性的想象拓展了读者于纪实之外的阅读空间,双重空间造就了亦真亦幻的文本世界。"②代表作主要有:《悬疑的荒芜》《闷与狂》《女神》《邮事》等。

三、《青春万岁》

（一）创作及主题

长篇小说《青春万岁》,1953 年开始创作,1956 年定稿,因为政治原因,直到 1979 年才出版。为王蒙早期创作,是其进入文坛的代表作品。自出版以来至今还在不断重版,可以说《青春万岁》是给历代年轻读者留下了难以磨灭记忆的优秀作品。从 1957 年这部长篇小说的部分章节在《文汇报》上发表,到 1979 年人民文学出版社出版,再到 1983 年黄蜀芹导演的同名电影,后来 2005 年国家话剧院一度要把它改编成话剧,再到 2019 年《故事里的中国》节目中,它以舞台剧的演绎形式得以呈现,可以说它影响了一代代的读者并且还将持续影响下去。为什么要写这部小说？王蒙解释说:"从旧中国到新中国,这使我激动,我就觉得我需要记录一下一代青少年在这个社会大变动中,他们的经验,他们的体验,他们的激情。正像我序诗里写的,所有的日子都来吧,我所珍惜的这些日子,我所感动的这些日子,我所咀嚼的这些日子,这就是我写作的源泉,就是我写作的依靠。"③王蒙以浪漫的诗情为共和国创建初期最为激情和浪漫的岁月作永久的记录。

该作品集理想主义、个性主义、浪漫主义于一身。"以高昂的革命乐观主义精神向读者展示了 20 世纪 50 年代初期北京女七中高三女生热情洋溢的青春生活,刻画了一批成长于新旧交替时代的青年人特有的精神风貌:她们有理想,有热情,对生活积极乐观,'用

---

① 王蒙:《非虚构小说》,《小说选刊》2019 年第 4 期。
② 周静静:《非虚构框架下的趣味性书写》,《北京化工大学学报(社会科学版)》2018 年第 2 期。
③ 胡荣锦:《王蒙,永远青春的中国作家》,《少男少女》2020 年第 8 期。

青春的金线'和'幸福的缨珞'编织属于她们的日子。小说采用了色调鲜明的对比衬托手法,表现了不同社会制度下人物的命运,歌颂了青春的力量。"[1]这部作品为王蒙的青春书写打好了底色。

(二)人物形象

《青春万岁》之所以从发行之日起至今再版不断,其中一个很重要的原因就是书中塑造了一系列鲜活、生动的少女群像。纯真、热情、正直的杨蔷云,朴实、厚道、乐于助人的大姐姐郑波,聪明傲气的李春,多愁善感的苏宁,孤儿院长大不知道什么叫蛋糕的苦孩子天主教徒呼玛丽以及活泼又贪吃的胖姑娘吴长福。其中最出色的是杨蔷云和郑波。杨蔷云是位青年党员,热情、开朗、真诚、正直、果敢,人小志大,勇于承担;团支书郑波朴实厚道,热情如火,真诚助人,具有组织能力和指挥才能。她们在一起总结交流工作经验,互相鼓舞,互相切磋,互相砥砺,她们共同享受着革命、胜利、享受着荣耀、青春。她们身上始终洋溢着青春的朝气、激情、浪漫、纯真,活力四射,令人震撼。青年的热血沸腾、生活的五彩斑斓激起了年轻读者内心的强烈共鸣。另外,一心想当科学家,对集体的事情漠不关心,有些自私的李春;大大咧咧,在宿舍出尽洋相的吴长福;饱受心灵摧残的苏宁;生长在天主教堂,生活孤苦,思想落后的呼玛丽等,也给我们留下了惊艳的一笔。

可以说,王蒙的《青春万岁》真实再现了建国初期青年一代的理想、情操和生活,抓住建国初期中学生特有的青春美,细致入微地向人物内心活动的纵深开拓、挖掘,形成隽永淡雅的艺术风格,创造出一种富有浓郁生活气息和时代风貌的意境,自然、和谐的抒情氛围,写出了一群不同思想性格、充满青春活力的女学生的神态风采,谱写了一曲新中国成立之初的社会主义青春之歌。

(三)抒情的笔法

《青春万岁》在文体上比较明显的特点是不以追求小说的情节和故事取胜,而是追求表达一种年轻的激情或者是诗情。小说创作中大量运用抒情笔法描写,章节段落更近于诗歌和散文,如开头的序诗:

> 所有的日子,所有的日子都来吧,
> 让我编织你们,用青春的金线,
> 和幸福的缨珞,编织你们。
> 有那小船上的歌笑,月下校园的欢舞,
> 细雨蒙蒙里踏青,初雪的早晨行军,
> 还有热烈的争论,跃动的、温暖的心……
> 是转眼过去了的日子,也是充满遐想的日子,
> 纷纷的心愿迷离,像春天的雨,
> 我们有时间,有力量,有燃烧的信念,
> 我们渴望生活,渴望在天上飞。

---

[1] 丁帆,朱晓进:《中国现当代文学》,南京大学出版社,2011年,第353页。

是单纯的日子,也是多变的日子,

浩大的世界,样样叫我们好惊奇,

从来都兴高采烈,从来不淡漠,

眼泪,欢笑,深思,全是第一次。

所有的日子都去吧,都去吧,

在生活中我快乐地向前,多沉重的担子我不会发软,

多严峻的战斗我不会丢脸;有一天,擦完了枪,

擦完了机器,擦完了汗,我想念你们,招呼你们,

并且怀着骄傲,注视你们。

写得激情澎湃。王蒙开始写《青春万岁》时只有 19 岁,并且在初恋中,他更像抒情诗人,由于对生活的爱,最终被生活所强烈地吸引、强烈地触动着的感觉,使其走向了文学。作品中北京女中一群即将毕业的高中生,伴随野营、五一劳动节、五四青年节、学习评奖、学习成绩讨论会、新年联欢会、毕业分手等一系列学生时代生活的展开,虽以时间发展为线索,但并没有精心设计的故事情节,而是作者对生活的爱的情感的一次次喷涌。比如作品有一段关于露营的描写,其中写到一个男同学故意把脚一横,把一本正经地提议大家去散步的袁新枝绊了一脚,可谁也不在乎,他们又笑着跑走了。书中写到"既然飞翔都不能满足青年的心,更何必谈散步呢? 让青松的阴影交错,让金色的亭台旋转,让姑娘的裙子掀起来吧"。只有内心幸福感满满的年轻人才会有如此旺盛的精力,肆意地尽情挥洒和炫耀自己靓丽的青春年华。

第五节　乡土生活历史的记录者——莫言

一、莫言的文学道路

(一) 莫言的生平与创作概述

莫言,原名管谟业,1955 年出生于山东省高密县大栏乡平安庄。1966 年"文革"开始后务农。1973 年进入高密县棉油厂做临时工。1976 年参军,1979 年以后开始尝试文学创作。起初道路并不平坦,莫言自己评价道:"我那时并没有意识到我二十多年的农村生活经验是文学的富矿,那时我以为文学就是写好人好事,就是写英雄模范,所以,尽管也发表了几篇作品,但文学价值很低。"①1984 年秋,莫言考入解放军艺术学院文学系。在他的恩师、著名作家徐怀中的启发指导下,他写出了《白狗秋千架》《透明的红萝卜》《红高粱》等一批中短篇小说。在《白狗秋千架》这篇小说里,第一次出现了"高密东北乡"这五个字,

---

① 摘自莫言诺贝尔文学奖演讲词——《讲故事的人》。

第一次有了对自己精神原乡的认同。这一时期的作品中,莫言认为《透明的红萝卜》是最有象征性、最意味深长的一部,那个浑身漆黑、具有超人的忍受痛苦的能力和超人的感受能力的孩子,是他全部小说的灵魂。但在发表后引起巨大轰动的作品无疑是《红高粱》,它开创了民间理想主义的道德境界,是中国当代文学创作中具有里程碑意义的作品。1986年莫言从解放军艺术学院毕业,分配至解放军总参政治部工作。1987年出访西德,同年出版长篇小说《红高粱家族》与《天堂蒜薹之歌》。1989年,出版长篇小说《食草家庭》与《十三步》。1993年,出版长篇讽刺小说《酒国》。1996年,出版献给母亲的长篇小说《丰乳肥臀》。1997年转业到北京《检察日报》社工作。1999年,出版长篇小说《红树林》。2001年,出版长篇小说《檀香刑》。2006年,出版长篇小说《生死疲劳》。2009年,出版长篇小说《蛙》。2011年,莫言凭借《蛙》获得茅盾文学奖。2012年10月11日,莫言获得诺贝尔文学奖,成为首位获得诺贝尔文学奖的中国籍作家。2020年,中短篇小说集《晚熟的人》出版,莫言打破了外界对其陷入"诺奖魔咒"的质疑,回归写作本身,给读者带来了全新的阅读体验。

(二) 莫言小说的独特风格

在当代文学史上,莫言以其犀利大胆、想象诡异、张扬肆虐的笔触,创作出众多震撼人心、令人拍案叫绝的个性文本。一些评论家把莫言归类为"寻根文学"作家,一些评论家又将莫言归入"先锋小说"作家的行列,可见莫言创作文本的复杂性和独特性。关于莫言小说的艺术特色和成就主要体现在以下四个方面。

1. 浓重的地域色彩

莫言的小说以其独特的乡土地域魅力吸引着读者和研究者的兴趣。他生活了二十多年的故乡山东高密县东北乡,那里的地域文化深刻影响莫言的思想和行为,他用小说又创造了一个神奇的、历史的"高密东北乡"。自从小说《白狗秋千架》中第一次出现"高密东北乡"这个概念后,他以"高密东北乡"为背景创作了一系列的小说,其中以中篇小说《红高粱》和长篇小说《檀香刑》最为著名,这两部小说从对过去时态的回溯中,窥探、展现和审视我们民族的文化心理世界。在"高密东北乡"独特民俗文化的熏陶下,作者采用多角度多侧面的视角塑造的小说人物,性格与形象也极具民间特色。莫言将地域文化融入作品中,不但增添了作品的艺术特色,更重要的是凸显了人物的个性特征,发掘了人物的深层心理,强化了小说人物的塑造。莫言笔下的"高密东北乡",是莫言继沈从文的"湘西世界"和汪曾祺"江苏高邮镇"后,开拓的又一个独具神秘色彩的文学审美领域。

2. 独特的叙事风格

在小说的叙事艺术方面,莫言是积极的探索者。早期小说比较多地采用全知的客观化叙述,而到了《透明的红萝卜》《红高粱》尤其是后期的长篇《丰乳肥臀》《檀香刑》等作品,他开始采用复杂新颖的叙述手法。如《檀香刑》,在叙事结构上避免了《红高粱》单声道的叙述,而是多声部的合奏,狗肉西施、县官等各色人物分别以个性十足的话语方式展开叙事。写作视角也体现了莫言小说叙事的独特性。《檀香刑》以"我"的主观视角,讲述了一个充满悲怆的故事。而在《红高粱》中,莫言发明了"我爷爷、我奶奶、我姑姑、我姐姐"的个性写作视角——儿童视角。此外,莫言狂欢化的小说叙述方式,也使他的作品充满了荒诞意味。他运用荒诞的叙事手法描写故事情节的作品比比皆是,莫言精心描述了很多与人们正常审美趋向迥异的事物,并且将丑陋和污秽尽情地放大和夸张,体现出了似真非真、似假非假、浓重的荒诞感。莫言小说独特的叙事风格,对当代小说过去的观念结构所形成的文体模式,是一次冲击。他在创作艺术手法方面的探索,使中国文学在民族化的道路上向前迈进了一大步,加快了中国文学走向世界的步伐。

3. 现代主义技巧的运用

莫言的小说在思想与艺术上诸方面的成功探索,对当代小说创作与发展具有重要的启示意义。以《红高粱》和《檀香刑》为例,作品本着现实主义的精神,运用了象征、隐喻、暗示、借代等现代主义文学技巧,增强了文本的表现力,丰富和深化了文本的内涵。莫言的作品还借助于反讽和黑色幽默等技巧,将读者引入新鲜阔大的悲剧审美空间,他以冷漠、粗犷、精致而不乏华丽的叙述给读者以耳目一新的惊奇之感。现代主义技巧的运用,丰富和深化了作品的思想和艺术内涵,增强了作品的表现力。

4. 非凡的语言艺术

莫言的作品语言个性鲜明,风格独特,以绚丽的色彩语言表达自己的独特情感。从莫言的小说题目我们就可以看出他对色彩语言的情有独钟:《红高粱》《透明的红萝卜》《白狗秋千架》……品读莫言的小说,会使人在语言的色彩斑斓的波浪里,心旷神怡地遨游起来。作品中五彩缤纷的色彩描绘自然风景,显示出了大自然无穷的生机和活力。他利用多种色彩词的超常搭配,和色彩之间鲜明的对比,给读者感官上的刺激,而创造了一个色彩斑斓的感觉世界,从主观上形成了强烈的思想感情。以绚丽的色彩语言表达丰富的主观情愫是莫言小说的一大亮点。

莫言的语言风格也相当犀利,他善于打破语言约定俗成的惯例,创造性地把固有语言进行重新排列,使其在特殊的语境中发出崭新而深刻的意蕴。如,"奶奶只能看到一些稍纵即逝的光圈,只有短暂的又黏又滑的现在,奶奶还拼命抓住不放"(《红高粱家族》)。此外,莫言还善于把多个俗语和成语接连交替合理地组合,使得语言表达酣畅淋漓、幽默诙谐、妙语连珠。莫言写作风格素以大胆著称,小说中充满进攻性的语言,与众不同的表达风格和对文学语言的实验与运用,使他拥有了在中国文坛上无可取代的地位。

二、对战争历史的新审视:《红高粱》

(一) 情节框架

莫言的中篇小说《红高粱》讲述的是一个抗日故事。对于抗战故事的描写在中国当代文学中并不少见,但《红高粱》与以往革命历史战争小说的不同之处在于,它以虚拟家族回忆的形式把全部笔墨都用来描写由土匪司令余占鳌组织的民间武装,以及发生在高密东北乡这个乡野世界中的各种野性故事。这部小说的情节是由两条故事线索交织而成的:主干写民间武装伏击日本汽车队的起因和过程,辅线由余占鳌和戴凤莲在抗战前的爱情故事串起。

(二) 人物形象

在人物形象塑造上,《红高粱》去除了传统意识形态二元对立式的正反人物概念,比如把作为"我爷爷"出场的余占鳌写成身兼土匪头子和抗日英雄的两重身份,并在他的性格中极力渲染出了一种粗野、狂暴而富有原始正义感和生命激情的民间色彩。20世纪50—70年代现代历史小说中也出现过类似的草莽人物,但必须要在他身边再树立一个负载政治道德标准的正统英雄人物,以此传达意识形态所规定的思想内容。但在《红高粱》中,余占鳌是唯一被突出的主要英雄,他的草莽缺点和英雄气概都未经任何政治标准加以评判或校正,而是以其性格的真实还原出了民间的本色。这些特点也同样体现在对于"我奶奶"戴凤莲和罗汉大爷等人物的刻画中。比如"我奶奶"的温热、丰腴、果断,罗汉大爷的忠诚、坚忍,小豆官的莽撞冲动等,都有一种民间的放纵和生气充盈其中。由于叙述者把这些人物都作为自己的家族长辈来写,就又在他们身上体现出了以前革命历史故事中少有的任性和平易之感。这就使得这部小说在人物形象塑造和情感亲和方面,都非常鲜明地表达出了一种真正向民间价值尺度认同的倾向。

(三)新颖的叙事方式

1. 独特的叙事视角

《红高粱》发表后之所以会引起轰动,独特的小说视角是非常重要的一个方面。以往革命战争题材的小说里有第一人称、第二人称和第三人称,而在《红高粱》里,莫言寻找到了一种第一人称视角和全知全能视角相互交叉、相互转化的方法。莫言甚至可以不用去研究调查资料,一旦他不能确定的地方,他就会改变视角,把读者引到另一个故事里。在这种写作中,莫言变成了魔术师,将整个红高粱世界完全掌握在自己的掌心里。他的表达力和创造力,得到了空前的释放。

2. 现代的叙事技巧

莫言深受美国作家福克纳和拉美作家马尔克斯的影响,从他们那里大胆借鉴了意识流小说的时空表现手法和魔幻现实主义小说的情节结构方式。《红高粱》由五章相对独立又连成一体的中篇构成,故事情节的展开是非线性的,很多情节的补充经常打断原来的叙事结构。读者如果要弄清每一个细节就必须彻底读完整部小说,并且在时间顺序上要自己重新排序。故事的讲述自由而散漫,但这种看来任意的讲述却统领在作家的主体情绪之下,也透露出作者极强的表现欲。

3. 卓越的驾驭语言的能力

在这部小说中,莫言还显示出了驾驭语言的卓越才能,大量充满了想象力并违背常规的比喻与通感等修辞手法、诡异的色彩运用(譬如蓝色的血液、墨绿的脑浆等奇特色彩的反复出现),使《红高粱》在语言层面形成了一种瑰丽神奇的特点,以此造就出整个小说中那种异于寻常的民间之美的感性依托。

三、《蛙》

(一)题材的独特性

长篇小说《蛙》由一个乡村女医生波澜壮阔的一生来反思中国六十年计划生育史,传达了对生命强烈的人道关怀,呈现出知识分子灵魂深处的矛盾与伤痛。该题材有着独特的现实意义和高度的敏感性。莫言不是一个大胆的人,无论是他的家庭出身,或是人生经历都决定了他内心充满自卑、恐惧与担忧。但作为作家,他内心又有坚强、追求自由的一面。面对这两种冲突,他常用的方法就是埋头写作。虽然他不会直接抨击时政,但在他的作品里不难看到对现实的思考,甚至对敏感问题的深刻反思。

(二)人物形象

1. 姑姑——荒诞的悲剧

小说中的姑姑无疑为中国文学史增添了一位令人难忘的乡村妇科医生形象。她一生动荡不安,毁誉参半。姑姑从专业知识分子到冷酷而坚定的计划生育政策执行者的蜕变,源自男友叛逃台湾事件发生后,党对她的知识分子身份的信任危机。为证明自己的清白和忠诚,姑姑"从血泊中站立起来","以火一样的热情投入了工作"。她风里来雨里去,遗忘爱情,搁置亲情,将青春韶华给了被乡间百姓所唾弃的计划生育政策。她甚至亲自将怀有六月身孕的侄媳妇王仁美送上堕胎的手术台,并酿成了一尸两命的惨剧。双手沾满血污的姑姑竟毫无忏悔:"我不怕做恶人,总是要有人做恶人。我知道你们咒我死后下地狱!共产党人不信这个,彻底的唯物主义者是无所畏惧的!即使是真有地狱我也不怕!我不下地狱,谁下地狱!"①她骇人的激情和钢铁般的决心来自对计划生育政策的强大信念。在这里,作家反思和质疑的对象是"膜拜"——对"理想""信仰"及相关事物无节制、无原则、无条件、集体无意识的"膜拜"。小说前面大半部分篇幅,讲述的就是逝去的那个膜拜风行的时代里,道德、情感、是非、对错是如何的混淆莫辨,而身处这个时代的人和人性又遭遇了怎样的戕害和扭曲。晚年的姑姑开始忏悔和反思,她口述每个被自己扼杀掉的胎儿的父母形象,让自己的丈夫郝大手据此塑像,直到完成二千八百个泥娃娃,以减轻心中的罪责。但讽刺的是,历史的发展再次使姑姑的赎罪降格为现代商业经济体制中一个平庸的生产环节,显得荒诞无力——泥娃娃们最终被渴求生育的女性重金买下。赎罪的行为,不觉中也成为商业交易的一部分。正如莫言在小说中反复写到的,当初神圣得不得了的事情,现在全成了笑谈。痛苦绝望的血痕还未淡去,当代的富人权贵无良不仁者们却早利用金钱悄悄轻轻巧巧地击溃了国家的生育政策,背叛了数代中国人在现代性的道路上所做出的沉痛的神圣牺牲。

2. 蝌蚪——虚妄的救赎

蝌蚪(剧作家)是小说中另外一位知识分子忏悔者,他的忏悔让我们看到了人性灵魂深处的黑暗。与姑姑相比,蝌蚪是卑微和胆怯的。他善于自我安慰和随遇而安。在某种意义上,蝌蚪就是我们每个人,懦弱、自私、实际,虽不乏同情心,但恐惧为道义所累,背负过多负担。同样承受过计划生育政策下个人悲剧的蝌蚪,他的同情最终没有在代孕的陈眉这一边,他恐惧的是乱伦带来的伦理的失常,忧心的是来自组织、社会舆论的压力,他的赎罪很快在补偿早年失子的遗恨和"这个孩子是个生命,我不能再次扼杀"的念头中淡化了,赎罪最终成为一种虚妄的自我慰抚。

---

① 莫言:《蛙》,浙江文艺出版社,2017年,第347页。

3. 陈眉——被遗弃的失败者

陈眉是《蛙》中最纯洁无辜却饱受重重苦难的人物。她性情中的高贵、贞洁、孝顺和母性,象征着民间伦理中最坚实和美好的部分。然而,她却被卷入了一场权力、物质、金钱、欲望和谎言编织成的阴谋里,成了赤裸裸的牺牲品。

(三)《蛙》的文体形式

《蛙》最引人瞩目和争议的就是五封书信和一部话剧的文体选择和使用。这种书信体加剧本的模式并不能算新颖,早期西方小说便多采用日记体和书信体。但无疑书信体的朴素性、私密性和自由性,可以让读者有亲历现场聆听一般的参与感与投入感,并容易跟随作者的叙述产生心理共鸣。需要指出的是,小说第五部分的剧本与前四部较为现实主义的风格差别较大,里面的意境很黑暗,意象的塑造是超现实的,可以理解为对前四部分魔幻现实主义的浓缩和演绎。这种一部作品中运用多种文体的写作方式,无疑能够给读者留下极深刻的印象。

第六节　路遥与蒋子龙

一、平凡人生的歌者——路遥

路遥(1949—1992),陕西省清涧县人。1966年初中毕业,1969年回乡务农,1973年进入延安大学中文系学习,1976年大学毕业到陕西文艺创作研究室、《延河》编辑部工作。1973年发表处女作《优胜红旗》,之后陆续发表中短篇小说《惊心动魄的一幕》《风雪腊梅》《姐姐》《痛苦》《在困难的日子里》《人生》等中短篇小说,其中《惊心动魄的一幕》和《人生》获全国优秀中篇小说奖。1986年发表长篇小说《平凡的世界》,荣获第三届茅盾文学奖。

路遥于1949年出生于陕北的一个偏远的小山村,在那块贫瘠的土地上他经历了底层生活的挣扎与奋斗,这些成长的经历和生活感受成为他以后创作的基础。由于路遥自身的这些经历,使路遥对农村知识青年这一特定群体有着特殊的情感,因此在他的创作中对农村知识青年有着特别的关注和同情。他的很多作品中的主要人物都属于这类人物。如《姐姐》中的小杏、《月夜静悄悄》中的兰香、《风雪腊梅》中的冯玉琴与康庄、《黄叶在秋风中飘落》中的卢若琴和刘丽美等,都是有理想、有追求的农村知识青年形象,这类作品中最具代表性的是《人生》。

1982年路遥发表了中篇小说《人生》,以此为标志,路遥的创作进入了一个新的境界。《人生》讲述了农村青年高加林在高中毕业后回到农村,因种种原因又离开农村进入城市,最后又回到农村的个人奋斗故事。高加林是一个充满热情和理想的青年,当他高中毕业回到村里做一名小学民办教师时,他是满足的,认为这个职业能够体现他的才能。然而很快,他就因为无权无势被大队书记的儿子顶替了民办教师的位置,这对他是一个很大的打击。在他落魄之际,温柔善良的农村姑娘刘巧珍闯入了他的生活,给他的生活带来了温暖和美好,抚慰了他受伤的心灵。刘巧珍的爱是热烈而纯朴的,是全心全意的,是不计回报的,高加林在她眼中是完美的。而刘巧珍于高加林而言则只是他落魄时的一支精神安慰剂。所以,当进城的机会来临时,面对进城和爱情的选择时,高加林毫不犹豫地选择了进城,之后又很快与他中学时代的同学黄亚萍确立了恋爱关系。可惜的是好梦难圆,高加林走后门进城的事最终被揭发了,他被退回了农村,而此时,深爱他的刘巧珍也已经被迫嫁给了别人。作品通过高加林个人的悲剧命运揭示了农村知识青年的不幸命运,对当时我国政治、经济和文化等各方面的矛盾进行反思。作品发表后引起了较大反响,高加林这一农村知识青年形象也引起了读者广泛的关注和讨论。

《平凡的世界》是路遥在 80 年代后期创作出的一部优秀的长篇小说。小说的主人公仍然是作者关注的农村知识青年。小说以 20 世纪 70 年代末到 80 年代中期的中国城乡经济改革为背景,以农村青年孙少安、孙少平兄弟俩的奋斗史为主要线索,刻画了一批个性鲜明、富有时代气息的各阶层普通人形象。

1975 年初,农村青年孙少平到原西县高中读书,他贫困但自尊,爱学习爱劳动,与地主家庭出身的郝红梅互生爱意,但郝红梅却与家境优越的顾养民恋爱,少平又高考落榜,回乡生产。但他并没有消沉,与县革委会副主任田福军女儿田晓霞建立了友情,在晓霞帮助下关注着外部世界。少平的哥哥少安一直在家劳动,与村支书田福堂的女儿、县城教师润叶是青梅竹马,却遭到田福堂反对。经过痛苦的煎熬,少安与勤劳善良的秀莲结婚。1979 年春十一届三中全会后,百废待兴又矛盾重重,田福堂连夜召开支部会抵制责任制,孙少安却领导生产队率先实行,接着也就在全村推广了责任制。少安又进城拉砖,用赚的钱建窑烧砖,成了公社的“冒尖户”。少平青春的梦想和追求也激励着他到外面去“闯荡世界”,他从漂泊的揽工汉成为正式的建筑工人,最后又获得了当煤矿工人的好机遇,他的女友晓霞从师专毕业后到省报当了记者,他们相约两年后再相会。1982 年秋,少安的砖窑有了很大发展,他决定贷款扩建机器制砖,却因技师不懂技术,砖窑蒙受很大损失,后来在朋友和县长的帮助下再度奋起。但少安的妻子秀莲却在欢庆由他家出资两万元扩建的小学会上口吐鲜血,确诊肺癌。少平的女友晓霞在抗洪采访中为抢救灾民牺牲,少平在一次事故中为救护徒弟也受了重伤。但他们都没有被不幸压垮,少平从医院出来,又充满信心地回到了矿山,迎接新的生活和挑战。

《平凡的世界》是一部优秀的现实主义作品。创作方法上,路遥一直把现实主义作为一种自觉追求,但同时他对现实主义又有着自己的理解。他认为:“现实主义在文学中的表现,绝不仅仅是一个创作方法问题,而主要应该是一种精神。从这样的高度纵观我们的当代文学,就不难看出,许多用所谓现实主义方法创作的作品,实际上和文学要求的现实主义精神大相径庭……许多标榜‘现实主义’的文学,实际上对现实生活作了根本性的歪曲。这种虚假的‘现实主义’其实应该归属‘荒诞派’文学,怎么可以说这就是现实主义文学呢? 而这种假冒现实主义一直侵害着我们的文学,其根系至今仍未断绝。”[①]因此路遥的现实主义创作追求的是一种精神的自觉,小说在对现实存在进行关注和描写的同时,对

---

① 路遥:《早晨从中午开始》,北京十月文艺出版社,2012 年,第 16 页。

人的深层意识和灵魂世界的探究与追问都是对传统现实主义的超越。结构上来看,路遥以编年史的方式来构架作品,全景式地反映了中国社会城乡生活近十年的历史变迁。结构恢宏,视野宽阔,显示了路遥驾驭复杂题材的深厚功底和出色的写作能力。在人物形象的塑造上,小说为我们展现了一批形象丰满、个性鲜明的人物形象。孙少安和孙少平兄弟俩从开始到最后的形象变化,温柔美丽的润叶,天真热情而又坚强的晓霞,纯洁善良的兰香,还有各种城乡官员各类人物,每个人物都塑造得个性鲜明,内涵丰富,给人们留下深刻印象,使作品充满艺术魅力。

二、改革文学的书写者——蒋子龙

蒋子龙,1941 年出生于河北沧县,1958 年进入天津锻铸件厂工作,1960 年参军,在部队业余为文艺宣传部编写节目,1965 年复员后进入天津重型机器厂工作。发表有中短篇小说《机电局长的一天》《乔厂长上任记》《维持会长》《开拓者》《燕赵悲歌》《人事厂长》《一个工人秘书的日记》等作品。蒋子龙从发表《机电局长的一天》正式进入文坛开始,始终紧紧把握国家发展脉搏,感应时代的神经,在创作中反映国家改革过程中的种种矛盾及冲突,塑造了一批国家现代化进程中的改革者形象,被称为“改革文学之父”,并于 2018 年 12 月 18 日,被党中央、国务院授予“改革先锋”称号,颁授改革先锋奖章,并获评“改革文学”作家的代表。

《机电局长的一天》发表于 1976 年 1 月复刊的《人民文学》,这篇小说写了一个机电局长霍大道在一天的时间内紧张忙碌的工作和他建设现代化的急切心理。机电局要向国家计委汇报今年的生产计划,然而,“气象台预报夜晚有场暴雨,而机电局必须在山洪到来之前交付矿山四千二百五十毫米潜孔钻机。这个铁任务落在矿山机械厂。如果这场雨引起大水,铁任务十有八九要吹灯,怎么向国家汇报?”。同时,机电局生产调度会也等着他去主持,“全局三百多个企业,成千上万的喜讯,成千上万的产品,成千上万的困难,成千上万的矛盾,一大摊子事情都要在调度会上解决、调整。这会儿,参加调度会的重点企业负责人快到齐了,可还没有主持人!”[1]。小说开始就以一连串急迫的事件召唤霍大道出场,使其投入繁重工作的同时,也解释了这种急迫与国家现代化建设的关系:“现在,任务越来越难,说明我们工业建设面貌日新月异;任务越来越重,说明我们国家的建设规模更加宏伟壮丽;任务越来越急,说明我们的经济在快马加鞭,突飞猛进。20 世纪内,我们要成为社会主义的现代化强国! 今后的二十多年里,‘难、重、急’的任务将会一个跟一个,而且必然要求我们提前再提前。因为这几十年许多国家的经济都上去了,谁落后谁就被动挨打。这个挨打不光是指军事上,还有政治上、经济上,这就叫现代化战争。时间,是个很严肃的问题。咱们必须一切往前赶,拼命往前赶,一定要赶在这种现代化战争之前准备好。”[2]小说塑造了霍大道这样一个对中国现代化有强烈责任感、大刀阔斧干工作、带病抓生产的机电局长形象。也因此,小说发表之后引起了轩然大波,作品成了政治博弈的工具,蒋子龙也因为这篇作品成了批判的对象,他因此被要求写了一篇和《机电局长的一天》完全

---

① 蒋子龙:《机电局长的一天》,《人民文学》1976 年 1 月。

② 蒋子龙:《机电局长的一天》,《人民文学》1976 年 1 月。

不同的文章《铁锹传》,同时还写了检查,说:"《机电局长的一天》之所以犯了错误,就是因为没有坚持党的路线,坚持以阶级斗争为纲……霍大道的一天遇到了许多矛盾,却唯独没有遇到阶级矛盾,没有抓阶级斗争这个纲。"因为这次事件蒋子龙沉默了三年没有再写作,直到 1979 年《乔厂长上任记》发表。

《乔厂长上任记》发表于 1979 年第 7 期的《人民文学》。作品描写电机厂新任厂长乔光朴,官复原职后,面对 2 年零 6 个月没有完成任务的现状,向上级立下军令状,决心在重重困难与矛盾中杀出一条出路。他采取大考核、大评议、成立编余"服务大队"等方法,大刀阔斧进行企业改革,整顿无政府主义思想,抓产品质量等,巧妙地与原厂长冀申陇耍弄的一系列政治手腕周旋,激发点燃了党委书记石敢心中的革命火焰,正确处理郗望北的问题以及与童贞的爱情关系,使电机厂焕发活力。作品深入地揭露矛盾、针砭时弊,真实地反映了新的历史时期中国工业建设中的复杂面貌,提出了"四化"建设中需要什么样的实干家与带头人的重大问题,塑造了开拓者的新英雄典型——乔光朴。他是一个敢想敢干、雷厉风行的管理者,"他说一不二,敢拍板也敢负责,许了愿必还。他说建幼儿园,一座别致的幼儿园小楼已经竣工。他说全面完成任务就实行物质奖励,八月份电机厂工人第一次拿到了奖金"[1]。同时他也懂技术、懂管理,不仅对全厂进行大考核、大评比,还让群众考评厂长,通过整顿管理和考评厂长,乔光朴使劳动生产效率大幅度提高,获得了高层的支持和认可。同时高层还鼓励他"不妨把手脚再放开一点,各种办法都可以试一试,积累点经验,存点问题,明年我们到国外去转一转。中国现代化这个题目还得我们中国人自己做文章"[2]。作者在作品中不只歌颂像乔厂长这样的锐意改革者,展示生活和工作中光明的一面,同时也不回避在当时改革中遇到的矛盾和阴暗面,某些党的工作岗位在有的人眼里成了"肥缺""美缺",对领导干部没有奖惩制度或者奖惩制度形同虚设,冀申陇那样的投机者却升官有道,揭示了国家建设中来自党的队伍内部的阻力及其恶劣后果。

蒋子龙的创作谋篇布局高屋建瓴,气势宏大,语言直白,贴近生活,善于将人物置于矛盾冲突的漩涡中来表现其性格特征。创作内容上始终保持着对现实的关注,有着强烈的时代意识。深广的现实视野和对现实的热烈关切使他的创作充满理想和激情,表现出强烈的感染力。他的作品着力典型改革人物的塑造,塑造了"开拓者家族"人物系列形象。同时作品中还对改革大潮中遇到的困境、弊端和问题都予以关注和反思,挖掘原因并试图找到解决办法。

---

① 蒋子龙:《乔厂长上任记》,《人民文学》1979 年第 7 期。
② 蒋子龙:《乔厂长上任记》,《人民文学》1979 年第 7 期。

第七节　王安忆与铁凝

一、王安忆

(一) 王安忆的创作简介

王安忆,1954 年 3 月生于江苏南京,原籍福建。现为中国作家协会副主席、上海市作家协会主席。她出身于知识分子家庭,父亲是剧作家,母亲则是著名女作家茹志鹃。从二十多岁开始,王安忆便开始了自己的写作生涯,最终成长为一个创作风格多变、文学视野开阔、创作生命力旺盛而持久的作家。

1976 年,王安忆发表了处女作散文《向前进》。1980 年,成名作、短篇小说《雨,沙沙沙》面世。在 1980 年前后,王安忆创作了一批以雯雯为主人公的系列作品,如《幻影》《在广阔天地的一角》《在疾驶的车窗前掠过》《命运》等,构造了一个可爱的雯雯形象系列。但很快,王安忆便有意跳出已有的创作领域,开拓更宽的题材和视野。1981—1983 年,王安忆先后创作了《本次列车终点》《庸常之辈》《墙基》《野菊花,野菊花》《分母》等短篇小说,《尾声》《运河边上》《命运交响曲》《归去来兮》《流逝》等中篇小说,所刻画的人物,有下乡知青、年轻女工、资产阶级家庭成员等。在这些作品中,她以生动真实的生活细节塑造人物,以细腻、明丽的语言刻画人物心理,尤其是对上海市民的日常生活进行了风俗画般的描写,初步显现了自己独特的创作风格。

1984 年,王安忆完成美国爱荷华大学"国际写作计划"的文学活动之后,创作思想和风格发生了明显的转变,正式开始了她此后不曾间断的文学探索和实验。她以客观的、冷峻的态度,以质朴真实的风格,创作了《人人之间》《话说老秉》《一千零一弄》《阿跷传略》《老康回来》《好姆妈、谢伯伯、小妹阿姨和妮妮》等作品,塑造了一群"俗人"的形象。1984 年面世的《小鲍庄》成为 80 年代"寻根文学"的代表性作品,小说通过一个孩童的形象,别具一格地展示了传统文化及儒家文化孕育之下人们的生活方式、精神状态和心理意识。1986 年发表的"三恋"(《小城之恋》《荒山之恋》《锦绣谷之恋》)引起了巨大的争议和讨论。"三恋"和之后的《逐鹿中街》《岗上的世纪》等作品,聚焦于人的生命本能,通过男女间交织着现代与原始、精神与肉体的性爱生活,剖析中国传统性意识和性文化所造成的精神压抑与性爱悲剧[1]。

90 年代之后,王安忆的创作又发生了变革性的改变。创作观念上,她更加注重小说的虚构本质,注重理性、逻辑的力量对于小说的作用和价值。在《叔叔的故事》《乌托邦诗篇》《歌星日本来》《伤心太平洋》《香港的情与爱》《我爱比尔》等作品中,王安忆开始更多地关注人与现代都市之间的情感关系,以及不同文化影响之下的两性关系及命运。1995 年

---

[1]　王如青:《自觉的嬗变与自我的超越——评王安忆的小说创作》,《天津师范大学学报(社会科学版)》1994 年第 3 期。

完成的《长恨歌》被看作城市题材及女性命运书写的经典之作。在书写城市及城与人的关系的同时,从1995年开始,王安忆还创作了《姊妹们》《隐居的时代》《花园的小红》《喜宴》《开会》《青年突击队》《王汉芳》等一系列乡村题材的作品,这些作品对乡村生活的描写,聚焦于人与人的关系以及人与自然的关系,是一种生存形态的观照,而不仅仅是现实层面的、写实性质的反映,"我写农村,并不是出于怀旧,也不是为祭奠插队的日子,而是因为,农村生活的方式,在我眼里日渐呈现出审美的性质,上升为形式"。①

进入21世纪之后,王安忆仍然保持着旺盛的创作生命力,先后写出了长篇小说《富萍》《桃之夭夭》《遍地枭雄》《启蒙时代》《上种红菱下种藕》《天香》《一把刀,千个字》等,此外还有多部中篇小说如《妹头》《爱向虚空茫然处》《月色撩人》《新加坡人》等,数十篇短篇小说如《保姆们》《民工刘建华》《丧家犬》《陆家宅的大头》《骄傲的皮匠》《菜根谭》《浮雕》《黑弄堂》等。

总的来说,王安忆的写作,题材广泛,形态丰富,手法纯熟而多变,从不拘于某种思潮或流派,始终在进行自我突破和探索,呈现出"山重水复"般的写作面貌,无法简单地加以归纳总结。

(二)《雨,沙沙沙》和《长恨歌》

《雨,沙沙沙》是王安忆的成名作,也被认为是王安忆早期创作的代表性作品。这部于1980年面世的短篇小说,奠定了王安忆早期创作的基调:真诚、温柔、细腻,生机饱满。小说以女孩雯雯为主角,细致地描写了少女朦胧纯真的心理和情感,笔调清新,意境优美。其中的故事很简单,讲述的是雯雯懵懂、羞赧的爱情萌发和执着表现,没有大起大落的情节和激烈的冲突,但凭借动人的细节描写和氛围烘托,生动地塑造了一位纯洁、善良、如春雨般滋润人心的少女形象,受到广大读者的欢迎。此后,王安忆又以《幻影》《命运》《在疾驰的车窗前掠过》等作品,延续了这个可爱的雯雯形象,以此构建了自己早期的艺术世界。

《长恨歌》是王安忆在90年代创作的影响巨大的作品,曾获得第五届茅盾文学奖。《长恨歌》书写了"一位女子与一座城市的纠缠关系"②,小说的主要内容是上海小姐王琦瑶的近半个世纪的怀旧人生,即从王琦瑶参加上海小姐选美成为"沪上名媛",到上海解放后失去生命支点,同数个男人发生情感纠葛甚至错爱的生活和故事。在《长恨歌》中,王安忆以尤为精致、细密的叙述语言,以及极其丰富、生动和具体的细节描写,纤毫毕现了上海这座城市的风情风物,勾画了上海生活的历史与记忆,更写活了王琦瑶这个上海女人,将城市和人在生活层面、精神层面都融成了一体。在王安忆笔下,王琦瑶不仅是一个人物形象,而且是一种文化符号,"她既是精神方式和生活方式的象征,又似乎是上海和历史的某种象征"③。通过王琦瑶这个象征性的形象,王安忆以《长恨歌》这部小说,写出了一个座城市、一个时代、一段历史,也写出了一种文化精神的肌理。

---

① 王安忆:《生活的形式》,《上海文学》1999年第5期。
② 王德威:《落地的麦子不死 张爱玲与"海派"传人》,山东画报出版社,2004年,第192页。
③ 朱栋霖,朱晓进,吴义勤:《中国现代文学史 1917—2013》(上),高等教育出版社,2014年,第134页。

二、铁凝

(一) 铁凝的创作简介

铁凝1957年9月18日出生于北京,祖籍河北。中国作家协会主席、中国文联主席。

迄今为止,铁凝的文学创作已有三十多年的历史。早在70年代中期,铁凝便开始自己的写作了。1975年收入儿童文学集《盖红印章的考卷》中的《会飞的镰刀》被认为是铁凝的处女作。1977年恢复高考后,铁凝一度想报考北京大学中文系,但最终为了写作的理想放弃了读大学的梦想。在这一年,铁凝发表了短篇小说《火春儿》《蕊子的队伍》以及诗歌《丰收纪实》(组诗),第二年又发表了短篇小说《夜路》。从1975年到1978年,铁凝一直扎根于农村,这一段人生经历是她当时以及之后文学创作的重要资源。铁凝在这一时期的写作,"基本上都是反映农村生活的作品,作品中出现知青的形象,却往往是配角的身份。她通过写作很虔诚地表达了她对当时的主流思想的认同:知识青年要向贫下中农学习"①。

进入80年代之后,铁凝的写作走向成熟,在数量上保持高产,在写作题材和写作视野上更是日益丰富和广阔,从城市到乡村,从对现实的思考、对人性的打量到对心灵困境的探索、对女性存在的关心,都被纳入她的文学世界中。她的写作风格,也在发展和探索中发生着改变:从真诚、纯净、清新、含蓄的诗意构建,到犀利冷峻地揭示人生、人性的复杂层面,直面人性幽微的深处,再到浑然、厚重、大气的史诗性书写。总的来说,铁凝从80年代初至90年代末创作了数十部中短篇、两部长篇以及多部散文随笔,其中影响较大并为铁凝带来文学声誉的有短篇小说《哦,香雪》、中篇小说《没有纽扣的红衬衫》《麦秸垛》,以及铁凝的第一部长篇小说《玫瑰门》。

21世纪之初,铁凝发表了另一部重要的代表性作品——长篇小说《大浴女》。这部小说仍然以女性的存在为观照对象,通过描写几位女性的人生、爱情及命运,展示女性存在的矛盾与困境,叩问女性在社会文明进程中的历史命运。进入21世纪之后,在自己的文学创作之外,铁凝还承担了重要的社会职责和工作,于2006年接替已故作家巴金成为中国作协主席。同年,铁凝经过六年的写作,完成了长篇小说《笨花》。《笨花》被视为铁凝三十年创作经历的阶段性小结,小说在一段风云变幻的战争背景中,描写了"一群中国人的生活,他们不败的生活之意趣,人情之大美。世俗烟火中的精神空间,闭塞空间里开阔的智慧和教养,一些积极的美德,以及在看似松散、平凡的劳作和过日子当中面对那个纷繁、复杂年代的种种艰难选择,这群人最终保持了自己的尊严和内心的道德秩序"②。

作为当代的优秀作家,铁凝是一个深入生活、善于思考的写作者。从早期清亮、天真而充满活力的纯净书写,到后来对社会、历史以及文化内涵的深入探寻,再到对历史情境中女性命运的叩问与思考,铁凝始终关注着人与自我、他人、世界之间的关系,人性、女性、善是她书写的立场和重要主题。她可以做到既不完全脱离时代主潮而又不为潮流所左

---

① 贺绍俊:《铁凝评传》,郑州大学出版社,2005年,第19-36页。
② 铁凝:《透过历史,窥视"日子的表情"——关于〈笨花〉的对谈》,《像剪纸一样美艳明净》,人民文学出版社,2006年,第226页。

右,同时又能始终坚守自己的审美个性。①

(二) 从《哦,香雪》到《玫瑰门》

《哦,香雪》是铁凝创作于 1982 年的重要作品,这部短篇小说为年轻的铁凝带来了巨大的文学声誉。整部小说充满了诗情画意,被孙犁评价为"这是一首纯净的诗,即是清泉"②。小说的故事发生在一个名叫台儿沟的偏远山村,火车的到来影响了这里宁静而封闭的生活,虽然火车每天只停一分钟,却为村里那群天真少女带来了现代文明的冲击,让她们对外面的世界产生了美好的想象和向往。小说的意境清纯,语言优美,不仅充满了诗的韵味,人物也被塑造得具有感人至深的魅力和美感。主角香雪是一个坚强、淳朴又温柔、大胆的乡村女孩,她身上焕发着对生活对希望的激情和淳朴纯真的美,尤为打动人心。少女香雪,以及此后的中篇小说《没有纽扣的红衬衫》中的少女安然,都是铁凝笔下具有象征意义的经典形象,也是铁凝早期作品所建构的女性形象的代表。

《玫瑰门》被认为是铁凝最重要的代表作之一。在这部小说中,铁凝以女主角司猗纹的一生为主干线索,书写了庄家三代女性的命运,通过她们的人生际遇与情感遭际,观照女性存在的境况和本真,揭示女性存在同现实、历史和社会秩序之间的纠葛与矛盾,显示出鲜明的女性立场和女性意识。在这个意义上,《玫瑰门》当属新时期以来女性文学的典范之作。

《玫瑰门》是一部母系家族生命史。在以血缘关系为纽带的三代女性中,每一代人里都有一个典型代表,她们折射的是不同历史情境中的女性意识和成长轨迹。通过这三代女性的故事,《玫瑰门》展现了历史时代进程中女性的精神发展和裂变,反映了 20 世纪中国女性心理结构的某种演化,也融入了新时代中社会文化新的核心概念,无愧于为展现女性历史命运的厚重之作。

第八节 毛茸茸生活的记录者——池莉

一、池莉的文学道路

池莉,1957 年生于湖北仙桃,曾做过知青,当过小学教师和医生。1983 年就读于武汉大学中文系,后进入《芳草》杂志社任编辑。1978 年开始发表作品,先后出版《烦恼人生》《预谋杀人》《来来往往》等小说集,曾获全国优秀中篇小说奖、鲁迅文学奖等多个奖项,多部小说被改编为影视作品。她以贴近生活、关注现实、朴素细腻的创作特色成为新写实主义的代表作家之一。

池莉在文坛活跃的三十多年也恰巧是中国改革开放,向市场化转型,全球化、信息化的三十多年。作为一个对时代和生活都有敏锐触觉的作家,池莉以小市民的视角、平民化

---

① 张光芒,王冬梅:《铁凝文学年谱》,《东吴学术》2013 年第 2 期。
② 孙犁:《芸斋书简》,山东画报出版社,1998 年,第 263 页。

的立场和具有地域性色彩的笔调,记录时代和社会环境转型中普通市民在精神和生活上的改变。池莉的文学创作道路大致可分为三个时期。

第一个时期是 80 年代初期,这个时期是池莉创作的起步时期,主要创作了《妙龄时光》《未眠夜》《鸽子》《月儿好》《有土地就会有奇迹》等小说。这一时期池莉的创作主要以青少年作为主要描写对象,作品中洋溢着蓬勃向上的青春气息,作品的主题大多是歌颂美好的心灵和人生。这一时期的池莉在作品中塑造的多是像老姚、明月好这样平凡而美好的人物形象。

第二个时期是 80 年代中期到 90 年代中期,这个时期池莉创作了她的"人生三部曲":《不谈爱情》《烦恼人生》和《太阳出世》,这三篇小说完整体现了人生最重要的三个阶段——恋爱、工作、生育。在这几篇小说中池莉选取的人物都是底层普通小市民,他们终日为生活中的各种琐碎的事而忙碌奔波,被家庭、工作、感情上的种种烦恼所扰。这一时期池莉还创作了《冷也好热也好活着就好》《你是一条河》《汉口,永远的浪漫》等小说。池莉这一时期创作风格较第一个时期的清新风格有了巨大转变。她在《写作的意义》中写道:"我终于渐悟,我们今天的这生活不是文学名著中的那生活。我开始努力使用崭新的眼睛,把贴在新生活上的旧标签逐一剥离。""我坚持着自己的撕裂。"[①]"生活,我非常喜欢这两个字。它有着毛茸茸的质感,它意味着千奇百怪,包含着各种笑容和泪水。它总是新的新的新的,它发生着的形态总是大大超过人们对它的想象。"[②]因此,池莉将自己的写作从早期《月儿好》那种青春少女情怀式的叙事"撕裂",不再像早期那样试图通过小说中的人物来表现她个人的情感和追求,转变为关注普通小市民充满琐碎、卑微、烦恼和无可奈何的日常生活。写作风格不再是清新雅丽的,而是以平实的叙述表现真实的生活,反映普通人的烦恼人生。叙事风格上池莉隐藏作者感情,采取了中性立场的叙事态度。这构成了池莉在艺术上的基本特色和主要标志,成就了她新写实主义的艺术风格。

第三个时期是 90 年代中期开始至今,这一时期池莉的创作转型仍然是紧跟我国社会环境的变化。这一时期我国从计划经济向市场经济转变,国家发展以经济为主导,倡导先富带动后富,在经济改革的浪潮中出现了大批公职人员及下岗工人下海经商,而池莉就将目光投向了这些在商海沉浮中的人和事。这一时期主要创作了《来来往往》《小姐,你早》《口红》《惊世之作》《一夜盛开如玫瑰》《生活秀》等都市言情小说。这些作品主要关注了改革开放后出现的市场经济价值观念、道德准则的变化,主要反映的是在市场经济冲击下由经济和金钱的观念改变给人们的生活和精神带来的巨大冲击和改变。

作为新写实小说的代表作家,池莉的小说创作显示出强烈的平民意识,她坦承自己就是一个"小市民",在小说中她不拔高、不放大、不矫饰,无论是工人、家庭妇女、白领、小商贩,还是博士、教授,在她看来,人人都逃脱不了一个"俗"字,都有着世俗的欲望与企求。她通过细致入微的观察,用细腻的笔触记录生活的点点滴滴,使她的小说有一种前所未有的"毛茸茸"的质感,展现了生活混沌的本相。

---

① 池莉:《写作的意义》,《文学评论》1994 年第 5 期。
② 池莉:《写作的意义》,《文学评论》1994 年第 5 期。

二、《烦恼人生》和《太阳出世》

发表于 1987 年的《烦恼人生》是池莉创作生涯中最重要的作品之一,这篇小说的发表使她在全国赢得了声誉,并凭借这部作品在当时的巨大影响在文坛站稳了脚跟。

小说通过武汉钢铁厂的一名普通工人印家厚一天的生活经历,十分详尽地展现了当代普通工人所面临的永无尽头的生活困境和人生烦恼。小说以“早晨是从半夜开始的”为开端,把读者一下子就带入到了印家厚一地鸡毛的家庭生活中。半夜印家厚被儿子跌下床的哭声吵醒,慌忙中把灯绳拉断,老婆连声地指责和埋怨他,起床又和邻居挤在公共卫生间洗漱,之后带着儿子挤公共汽车上班,又被误会为耍流氓,接着是抢上渡轮、匆匆忙忙吃早餐、急慌慌送儿子上幼儿园、快步跑去车间,又要面对工作上的一系列问题和烦恼。本月按常规轮到他得一等奖金 30 元,却因厂方评奖金政策有变而得了末等奖 5 元;中午去食堂吃饭,却在菜里发现了青虫;去幼儿园看儿子,发现儿子因调皮被阿姨锁进“空中飞车”玩具的铁笼里。下班后更大的烦恼就接踵而来:他们家目前的住房即将拆除,未来住哪却还是未知数,这是印家厚最大的心病。就这样带着一天的劳累和烦恼,印家厚跌入了梦乡。

除了家庭和工作上的烦恼,印家厚也面临感情上的挣扎。当他看到幼儿园老师肖晓芬长得像他的初恋对象时,他“顷刻之间便发现或者认可了他多年来内心深藏的忧郁,那是一种类似遗憾的痛苦,不可言传的下意识的忧郁”[1]。他的这种忧郁正是源于对现实的不满,对年少时爱情的遗憾。老婆生活中的不修边幅,对他无休止的唠叨和抱怨都让他心生不满却又无法反抗。同时他的徒弟雅丽爱着他并对他大胆表白。年轻漂亮充满热情的雅丽和对他没完没了地指责和抱怨的老婆相比,印家厚也曾动心,肖晓芬和雅丽都让印家厚产生过出轨的念头,甚至心中还瞬间有过可怕的念头:“手中的起子寒光一闪,一个念头稍纵即逝。”[2]但印家厚最终还是回归了理智,他清楚地意识到理想固然美好,但现实生活才是真实的,虽然老婆不够漂亮,唠唠叨叨,但“普通人的老婆就得粗粗糙糙,泼泼辣辣,没有半点身份架子,尽管做丈夫的不无遗憾,可那又怎么样呢?”。“这个世界上只有她一个人在送你和等你回来。”[3]他明白了家庭就好像平衡木,夫妻二人需在上面维持平衡,而他自己也需要努力寻求理想与现实之间的平衡。印家厚从琐碎而充满矛盾和烦恼的生活中感受到“少年的梦总是带着浓厚的理想色彩,一进入成年便在无形中被瓦解了”[4]。然而这才是真实的生活。但是作者最可贵的地方在于,认识到生活的现实和残酷后,印家厚并没有因理想的婚姻和爱情幻灭而变得麻木。恰恰相反,他在经历了内心的挣扎和感悟后,认为自己生活正常,家庭稳定,精力充沛,情绪良好,能够面对现实,他的自信心又陡然增强了许多倍。印家厚在面对生活的琐碎、矛盾和无穷无尽的烦恼的过程中变得成熟了。全篇以梦开始以梦结束,但结束也意味着新的开始,印家厚也相信也许有一天梦醒后很多

---

① 池莉:《烦恼人生》,十月文艺出版社,2010 年,第 23 页。

② 池莉:《烦恼人生》,十月文艺出版社,2010 年,第 4 页。

③ 池莉:《烦恼人生》,十月文艺出版社,2010 年,第 6 页。

④ 池莉:《烦恼人生》,十月文艺出版社,2010 年,第 30 页。

问题都会解决,目前的状况会有所改观,因此他对未来仍然是充满希望的。这就是真实的生活,没有什么重大事件,没有太多的豪言壮语,有的只是日复一日的平凡的家庭琐事、工作琐事和社会琐事,印家厚知道他不可能主宰生活中的一切,他选择接受这一切,并竭尽全力去做好自己该做的事情。

同属于"人生三部曲"中的另一部作品《太阳出世》发表于 1990 年,不同于《烦恼人生》中表现出的在无穷无尽的矛盾和问题中产生的无数的烦恼体验,《太阳出世》表现的则是在琐碎生活中面对矛盾和问题,经过挣扎感悟后得到的幸福愉快的体验。小说描写的是一对普通的青年赵胜天和李小兰从结婚、怀孕、生子到养育孩子的过程。小说一开始就是结婚的华丽场面。然而在结婚的途中,赵胜天却与别人大打出手,被对方打落了一颗门牙;洞房花烛夜李小兰用脏话与丈夫对骂,两人分床而眠。就是这样一对还像孩子一样冲动的青年却在新婚的甜蜜生活还未正式开始时就突然发现李小兰怀孕了。从父母的孩子突然变成了孩子的父母,在这样的角色转换中,李小兰和赵胜天经历了一次又一次心灵的感悟,体验到了为人父母养育孩子的责任和快乐。最初他们也曾有过挣扎,因为想到生孩子后要面对的种种困难而决定去把孩子打掉,但当李小兰在流产室等待时思想发生了转变,她意识到了自己不再是单纯的少女,她已经是一个与另一个"生命"有着密切联系的"女人",她体内的母性被激发了,她决定要生下这个孩子并好好养育。从决定生下孩子开始,李小兰和赵胜天无论从思想上还是行为上都发生了巨大的改变。李小兰开始意识到自己以前是多么的幼稚和浅薄,她后悔"在图书馆工作几年没有读完一本书"①,她开始意识到自己以前所谓的"潇洒"是浅薄的掩饰,真正的应该是"腹有诗书气自华"的充实。真正的自尊需要靠自己的劳动去创造,靠丰富的文化知识和修养去获得。所以她决定要"好好治理这个家,好好看点书学点知识"②。一心一意织婴儿服,备橡皮奶头和塑料便盆,按《怀孕指南》做生产前的各种准备。她改变了自己过去娇娇滴滴大大咧咧的个性,变成了一个踏踏实实,勤劳能干,不怕吃苦受累的母亲。而赵胜天改变了开始吊儿郎当、动不动就和别人吵架斗殴的个性,他从妻子怀孕生子的过程开始,理解了一个生命从孕育到诞生的痛苦过程和女人在这个过程中所付出的代价,他为"自己从不给孕妇和抱小孩的乘客让座"而感到羞愧,因此他开始变得体贴妻子,抢做家务,在家里抱孩子,洗屎洗尿,侍候产妇。他也意识到了他不懂的道理和要学习的东西还有很多很多,他要给女儿当一个像模像样的好爸爸,所以他有意识地疏远了那些过去的哥们儿和姐们儿,他开始认真看书,积极参加厂里的技术革新并考上了成人大学。

女婴的出世,使一对幼稚的年轻人成熟起来。他们明白了婚姻不是浪漫,步入其中意味着更多的责任和义务,而孩子的出世让他们想到了许多以前从未想过的事情,他们开始有了自己的期望,自己的理想。面对现实的困难和问题,小两口一起面对,同舟共济,共渡难关,勇敢地承担自己的责任和义务,在完成责任和义务的过程中他们的心灵得到洗礼,人格得到了升华,也感受到了为人父母的快乐和幸福。正像小说中写的那样:"你把从来不哭的赵胜天一下子激动得扑沙扑沙流泪了。你爸爸结婚那天打架,你妈妈穿着新娘婚

---

① 池莉:《太阳出世》,长江文艺出版社,1992 年,第 113 页。
② 池莉:《太阳出世》,长江文艺出版社,1992 年,第 113 页。

纱骂街,多么调皮,多么轻浮,多么无知,多么浪漫的一对年轻人,是你默默无声地把他们变成了稳重的成年人,从前他们不知有爱,现在他们对你对其他孩子对老人对所有人都充满爱意充满宽容。"池莉笔下的爱情不是那种充满了浪漫主义却经不起现实考验的空中楼阁,是真实扎根于生活,褪去了浪漫幻想,能共同面对生活本来面目的真情。生活中各种琐碎小事消磨了赵胜天和李小兰年轻时的那种精神气,他们也对彼此不满,不停地抱怨生活,也不停地吵架。但这就是生活本来的面目,没有那么多浪漫的烟花,只有烟花过后满地的狼藉。但尽管他们抱怨,他们吵架,他们却也仍然对生活充满乐观,在充满烦恼的生活中感受片刻的温情,全力以赴地做好自己该做的事情。所谓"太阳出世"指的不仅仅是新生婴儿的出生,也暗喻了赵胜天和李小兰心灵和人格的重生,他们被这个新生的小"太阳"照亮了灵魂和心灵,在孕育生命和养育生命的过程中理解了人生的价值和意义。

从《烦恼人生》到《太阳出世》,池莉小说中的人物"不再是创造历史动力与历史场景中经典英雄地位的人民,亦不是新文化运动中必须予以启蒙的大众,而是小市民",而池莉正把赵胜天、李小兰们这些"消费社会中的主体"当作历史中涌现出的"新神",为他们"正名并论辩"①。

第九节　80—90年代散文:由回忆和悼念散文独领风骚到"世纪末的狂欢"

相对于之前的50—70年代文学,80年代则进入了一个新时期。新时期的文学也有一些新的特点,在反省和躁动中继续着自己的发展。这个时期可以称之为当代文学中最重要的时期,也是当代文学界所共同怀念的"黄金时代"。

一、新时期的报告文学

80年代的改革开放为报告文学的繁荣提供了良好的社会环境,使报告文学也呈现出走向开放的总体特征。同时,报告文学这种真实反映现实生活的文体特征也适应了现实社会生活对它的需求。

1984年前的报告文学,主要集中于人物再现,主题倾向于主旋律的鲜明意识,如徐迟的《哥德巴赫猜想》、理由的《中年颂》等成功再现了典型人物陈景润、索桂清。1985年后,报告文学向"问题报告文学"发展,题材涉及面甚广,具有警世省人的作用和意义。报告文学出现了作家职业化倾向,其中徐迟、理由、陈祖芬等在经过一定创作积累和探索后,成了具有个人特色的代表性作家。

徐迟报告文学的显著特征是题材的科技化。他1934年开始发表诗作,后结集为《二十岁人》。1936年起陆续发表散文《歌剧院及其他》《贝多芬之恋》《理想树》等,后收入《美文集》《狂欢之夜》。50年代出版《我们这时代的人》等报告文学集。60年代报道敦煌艺术家常书鸿事迹的报告文学《祁连山下》获得了好评。"文革"结束以后,徐迟以报告文学的

---

① 戴锦华:《池莉:神圣的烦恼人生》,《文学评论》1995年第6期。

形式反映自然科学领域的生活,写出了《哥德巴赫猜想》《地质之光》《生命之树常绿》《在湍流的涡旋中》等一系列反响强烈的作品。《哥德巴赫猜想》是徐迟最重要的代表作,也是当代报告文学中具有里程碑意义的作品。他倾心于科技题材,为科技人员立传塑像,颂扬科学精神,这在题材拓展与主题开掘上具有文学史意义。《哥德巴赫猜想》的成功也正体现在这里。

理由的报告文学具有小说化的特点。他1972年开始发表短篇小说。1977年开始致力于报告文学写作。1978年发表的《扬眉剑出鞘》,获首次全国优秀报告文学奖。此后,理由激情喷发,发表了大量的报告文学作品。他的报告文学创作贯穿80年代全程,他也成为这一时期最为重要的报告文学作家之一。与徐迟的题材相对单一有所不同,理由报告文学有题材泛化的特点。《高山与平原》《她有多少孩子》写科学家;《淘气的姑娘》《扬眉剑出鞘》写运动员;《痴情》写艺术家;《希望在人间》写企业改革;《倾斜的足球场》写球迷骚乱。80年代前期的作品以《扬眉剑出鞘》《中年颂》为代表,主写人物。后期以《倾斜的足球场》《香港心态录》为代表,以反映重大事件、重要世相为主。他说:"我是习惯于用小说的手法来写报告文学的。就表现形式而言,我甚至感觉不到报告文学与小说的写作有什么区别。它们同属于叙事性的文学体裁,使它们在艺术上天然接近。我认为,小说的一切技法在报告文学中都可以采用。"[①]在这种观念的支配下,理由运用除了虚构以外的小说艺术写作报告文学,特别注重人物的塑造,注意通过环境烘托、心理刻画和细节描写等,再现生活中的典型人物。

陈祖芬的报告文学主要具有深刻性和信息总集的特点。1977年开始在《人民文学》等报刊发表诗作。1979年起从事报告文学写作,作品《祖国高于一切》《共产党人》《催人复苏的事业》《理论狂人》,在80年代分别获得第一至第四次全国优秀报告文学奖。她也是80年代唯一享有"四连冠"美誉的女报告文学作家。她的作品大致可分为两个系列,一个是知识分子题材系列,另一个是经济改革题材系列。尤其她写作"经济与人"的系列作品,以系列的形式报道经济的改革开放,这在报告文学中属于首创。"经济与人"系列是以信息为本的,作品以集纳、全景的体式,全方位地报道改革开放进程中观念的冲撞与世相的变迁。我们可以将它视为研究80年代改革态势的"信息库"。

二、80年代初期的悼念散文

粉碎"四人帮"后,人们开启了心灵的窗扉,许多作家以顿挫的笔触,缅怀老一辈革命家、十年期间被迫害致死的优秀人物,把对历史的记忆与反思结合起来,明辨是非,伸张正义,阐扬真理,具有高亢苍凉的旋律,称之为悼念散文。这样的散文可以分为两类,一类是悼念领袖人物的,另一类散文以悼念在"文革"中受冤屈死的文学家、艺术家、科学家为主。其中重要的作家作品有:悼念领袖及无产阶级革命家,如毛岸青《我们爱韶山的红杜鹃》、巴金《最后的时刻》等;悼念被林彪、"四人帮"迫害致死的艺术家、文学家及其他被迫害者,如丁一岚《忆邓拓》、楼适夷《痛悼傅雷》、巴金《怀念萧珊》等。其中最具代表性的作品《怀念萧珊》,在质朴凄婉的叙写中,涌动着作者湍急的情感之流。在这篇纪写夫妻生活故事

---

① 刘菌,理由:《话说"非小说"——关于报告文学的通讯》,《鸭绿江》1981年第7期。

与情爱的作品中,既再现伉俪患难与共、相濡以沫的生活情景,又直抒悼念、自责自悔之情,如泣如诉,感人至深。

这些文章借助于悼念,愤怒声讨了"四人帮"、林彪的滔天罪行,表达了人民对老一辈革命家的无限热爱,讴歌了他们的丰功伟绩和高尚情操。悼念散文真实地反映了十年动乱时期我国人民独特的情怀,境界高远,情深意切,有力地震撼着读者的心灵。它们将以表达一个历史年代的人民的心声和开拓一代文风而在现代文学史上占有一个鲜明、突出的位置。

三、老作家的回忆性散文

80 年代老中青三代散文作家相承共生,耕耘于散文苑圃。冰心、巴金、孙犁、韦君宜、杨绛、郭风、柯灵、黄裳、何为、袁鹰、碧野等老一辈作家,引人注目。一些老作家在回忆往事的文章中,或悲悼怀念亲友,或记叙个人琐碎片段的经历,或对所见所闻的事情发表感言,用轻松随意的语气来直接讲述个人的经历、体验和思考,对反思"文革"提供了真切的个人经验。这些作品主要有巴金的《随想录》,杨绛的《干校六记》《将饮茶》,孙犁的《晚华集》《秀露集》《无为集》,萧乾的《北京城杂忆》《未带地图的旅人》,丁玲的《牛棚小品》等。后来 90 年代还有季羡林的《牛棚杂记》,韦君宜的《思痛录》,李锐的《"大跃进"亲历记》等。

《随想录》是巴金新时期"最重要、最有价值的巨著",是巴金"以散文的形式在自己的文学道路上竖起的又一座丰碑"。开始写作于 1978 年 12 月,1986 年 9 月最终完成。总共 42 万字,150 篇作品,由《随想录》《探索集》《真话集》《病中集》《无题集》等 5 集组成。巴金将写作《随想录》作为"一代作家留给后人的遗嘱"(《探索集·后记》)。巴金说:"讲出了真话,我可以心安理得地离开人世了。"可以说,《随想录》是巴金晚年回忆、探索、总结历史之旅与人生心路的实录,对历史与人生做出了深刻的检视与理性的反思。解剖自我、怀念旧人、自我忏悔,敢于说真话,反思"文革"。其中《怀念萧珊》《小狗包弟》《"文革"博物馆》《说真话》等影响较大。

《随想录》最重要的思想成就,是他怀着强烈的社会责任感,把他对历史的反思,对某些思想的批判,对亲友的追忆,还有对自我的拷问,用朴实流畅的文字直白地讲述出来。其在严格的社会批判和自我反省中,坚持着对理性人性的坚定信仰,表现出了鲜明的思想启蒙倾向。

孙犁与巴金并称为新时期散文的"双璧"。孙犁在"文革"结束后进入散文随笔写作的高峰期,其风格平淡古朴,却耐人寻味,和巴金的热情峻急形成对比。其在对往事故人的回忆中,透露出对人生无常的感慨和饱经忧患的残破意识,用超然和平静的眼光来看待人生的悲喜。其在文体上有多种经营,随笔、杂感、书信、序跋、评论等,格式多样。

杨绛有《干校六记》和《将饮茶》,前者写在五七干校中的生活经历,后者则更多地回忆亲人往事,其文字简约含蓄,用温婉的语气来平静地审视历史,虽然其集中于对琐碎插曲的记叙,但其中隐有时代的光影。

四、抒情散文

经过十年痛定思痛的反思之后,作家们已普遍走出了回顾"文革"十年间的哀情,心态变得开放、轻松，所表达的情怀更加多元化了。这个时期出现了不少歌颂祖国、人民和生活的赞歌。有些抒情散文主要描写生活中的人情美，也倾注着作者的真情。更有许多托物言志的新作，写物在于言情。其中周涛、贾平凹、刘烨园、周佩红等是在抒情散文创作中取得较为突出成绩的作家。

周涛的散文作品以描述西部边陲的自然人文景观为主要内容，往往借对博大而广漠的边疆自然山水的描述，赞美勇猛、强健、充满阳刚之气的野性生命力，以及这种方式所坦示的生命哲学。他的长篇散文《游牧长城》《伊犁秋天札记》等，由一些松散的短章构成，但都统一在奇诡的想象和流泻的情感之中，往往融议论、抒情和叙事于一体，思路开阔，笔触自由。《巩乃斯的马》是其突出的代表。

贾平凹的散文多运用抒情的笔调，擅长表达古典情致与乡土情结，具有哲理而有情趣，深得美文的品质。代表性的散文集有《月迹》《爱的踪迹》《商州三录》《红狐》等。如散文《静虚村记》通过一个村子的现实和虚幻的对比，从历史、道德、审美三方面表达了对价值评判尺度的思考。

一些女作家的散文也常常表现了抒情性的特征。她们善于从细微的日常生活中挖掘诗意，并在对自我情绪的敏感表达中，营造一种细腻而多情的情调。女作家群中较为突出的有活跃在 80 年代文坛的中青年作家张洁、铁凝、张抗抗等。

五、90 年代散文创作的"世纪末的狂欢"

散文在 90 年代的文学板块中是非常引人注目的。相对宽松、自由的社会文化环境下，散文成为社会文化转型期知识分子精神和情感存在方式的首选文体。多元审美时代为散文的自由创作提供了广阔的空间，加之各类媒体推波助澜，因此各种形态的散文呈现出来，创作群体和作品数量庞大，从某种意义上可以说，使 90 年代成为一个散文的时代，有人甚至把这一时期散文热的现象称为"世纪末的狂欢"。

（一）文化散文

90 年代出现的一种散文，它在创作中注重作品的文化含量，往往取材于具有一定文化内涵的自然事物和人文景观，或通过一些景物、人、事探究历史文化精神。这里指的就是文化散文，其中最有代表性的作家就是余秋雨。

余秋雨从文艺理论研究转向散文创作，其理性思考的敏锐和深入也随之融入他的散文。自《文化苦旅》出版以来，声名鹊起，受到海内外华人的广泛好评和关注，他相继又推出了《山居笔记》《霜冷长河》《千年一叹》《行者无疆》，开创了大文化散文的新路子，不仅对当代散文创作产生了重大影响，而且他散文中的文化批评、人文反思、人性溯源也引起了文化学术界的批评和讨论，见仁见智，褒贬皆有。

余秋雨的大多数作品都是以游记的方式进行文化思考，在自然山水中发掘人文内涵，以个体的生命来询问中国文化的历史和命运，具有鲜明的文化色彩，被学界誉为文化散文的开创者。他说："在我居留的大城市里有很多贮存古籍的图书馆，讲授古文化的大学，而中国文化的真实步履却落在这山重水复、莽莽苍苍的大地上。大地默默无言，只要来一二个有悟性的文人一站立，它封存久远的文化内涵也就能哗的一声奔泻而出；文人本也萎靡柔弱,只要被这种奔泻所裹卷,倒也能吞吐千年。"①可见余秋雨的散文表面是山水游记,实质是文化寻根。山水只是表象,他要从山水中寻找生命的真谛,文化的根源。他的文章与其说是写出来的,不如说是走出来的,诚如他在《千年一叹》自序中说的:"与笔端相比,我更看重脚步;与文章相比,我更关注生命;与精细相比,我更倾情粗糙。"②

中国大地丰富的自然山水风物为余秋雨的文化思考提供了坚实的依托,有镌刻着无数历史人物足迹与印记的文化名城、风景名胜、地域场所,这样的作品如《都江堰》《白发苏州》《抱愧山西》《江南小镇》《一个王朝的背影》等;还有历史上流传千古的文人达客,如《柳侯祠》《苏东坡突围》《千年庭院》《流放者归来》《酒公墓》等作品;甚至包括凝聚着厚重文化内涵的物象,已经上升为文化符号,如天一阁、道士塔、莫高窟、牌坊庙宇、笔墨、吴江船、废墟等。他的散文突破了传统游记散文"移步换形"、借游说理的简单套路,游览过程退居为某种断续的、或隐或现的情结框架,大胆借助想象复现为传统历史所没有记载的历史瞬间。

而他在海内外讲学和考察途中写下的作品也形成了他的第一部文化散文集《文化苦旅》。《文化苦旅》虽有一"旅"字,作家在自序中也表明是漂泊旅程的感悟心得,但却与常规的游记大相径庭:其重心并非见闻描述,也非一般意义的借景抒情,更少游记特有的轻快笔调,反而"一落笔却比过去写的任何文章都显得苍老"。全书凭借山水风物来寻求文化灵魂和人生真谛,将自然山水置于人文山水的层面上,抒情、写景、理性思索相融合,从中探寻中国文人的足迹,挖掘积淀千年的文化内涵。

余秋雨散文的主题似乎又并不复杂,但这是一个对于古今中外的优秀人文遗产都曾经作过深入体察与辨识的当代中国知识分子、学者对整个中国历史文化传统的"指点江山,激扬文字"。他将思考集中在文化良知的问题上,并以此贯穿了他的文化散文创作。

在历史文化主题方面引人瞩目的除了余秋雨,还有王充闾,即人们所说的"南余北王"。王充闾是辽宁盘山人,现任辽宁省作家协会主席。出版的散文集有《柳荫絮话》《清风白水》《沧浪之水》《春宽梦窄》《面对历史的苍茫》《沧桑无语》《何处是归程》等。同样是关注历史文化主题,余秋雨表现出对文明发展的焦虑和感伤,而王充闾往往揭示出文明的隐性结构,更深层地探究生命的价值和意义,充溢着对人类命运和社会进步的关切。

(二)学者散文

学者创作的散文是新时期散文创作的重要补充,构成了学者散文这一重要现象。学者散文作家主要来自高等院校或科研机构,有金克木、张中行、季羡林等。他们站在文化的高度,以学者的眼光和理性,透视社会历史人生,辨析民族的文化人格和精神品格,思考中国社会历史文化形态,对人类的生存现状或生命的终极意义作出自己的判断,具有鲜明的主体智慧和艺术智慧。

张中行1936毕业于北京大学中文系,在北大任教,与季羡林、金克木合称"燕园三雅士"。80年代后出版《负暄琐话》等散文多部,人称"文坛老旋风"。其散文平实朴拙、散淡冲荡,具有独特的艺术品位。人生的浮沉与生活的磨难并没有在他笔下留下太多痕迹,反

---

① 余秋雨:《文化苦旅》,长江文艺出版社,2014年,第1页。
② 余秋雨:《千年一叹》,作家出版社,2012年,第1页。

而更多地赋予他超凡脱俗的品格。他与季羡林互相称道,但是季羡林是对生活始终满腔热忱,而他更多的是冷静的思考。记人,写出人物文化内涵与精神品格;状物,机智洒脱,常发出智慧之音;言理,冷静超脱,化高深的学理为平实的意识,充满哲学与史学、灵感与理性的宁静邃远之美。

金克木可以说是老生代散文作家中的佼佼者。80 年代以来写作大量散文随笔,主要是思想文化随笔,往往从某一学术议题生发开来,依据自己的人生阅历以及广泛学识,信笔展开,但是引证的材料和所得的结论,却颇为严谨,被人称为是"散文小品的学术化"。他的散文虽然在思想上博大精深,但在风格上却有着当代散文中少有的活泼。与其他学术型的散文家相比,他思想开放,无论怀人记事还是评事说理都妙趣横生,洒脱自如,严肃中浸润着诙谐。其中"对话体"的应用是其散文的一个突出表现。

(三) 女性散文

女性散文是新时期女性主义思潮在散文创作中的体现,以女性特有的视角观察生活、体察人生,以自身的经历体验女性的心理,传达女性特有的对美的追求与理解,把笔触伸向女性隐秘的世界,展示女性私人空间,表现了女性对传统文化的反叛。女性散文是对五四散文张扬个性、主张人的解放的传统的继承,又有在新的历史条件下新的超越。90 年代出现并产生重大影响的女性散文作家,有王英琦、叶梦、斯妤、唐敏等。王英琦散文创作的不同阶段,都以自己对生活体验的感受为创作的基本素材,成名作是《有一个小镇》。唐敏较有影响的作品是《女孩子的花》。她们善于从细微的日常生活中挖掘诗意,并在对自我情绪的敏感表达中,营造一种细腻而多情的情调。这些作品在 90 年代由杂志和出版社共同包装成"小女人散文"推向文坛。最初以马莉的一篇文章命名的散文集《夕阳下的小女人》而得名,随后出版社又接连推出《都市女性随笔》一套 7 本,包括素素的《生命是一种缘》《心安即是家》和《现在的心情》,黄爱东西的《相忘于江湖》,张梅的《此种风情谁解》,南妮的《随缘不变心》等,使"小女人散文"名声大噪。"小女人散文"以素素、南妮、黄爱东西、张梅等女作家为代表,通过叙写日常生活景象和人的心绪情愫,表现特定时代人性的色彩。当时"小女人散文"的作品一版再版,可谓红透了大江南北。

(四) 思想散文

90 年代中国社会面临着巨大的转型,面对社会变迁,人们普遍难以适应,心态上往往不知所措。正如著名学者潘旭澜教授在谈到当代散文创作时说:"历史转折或思想活跃的时代,总是特别热切地呼唤有思想深度和力度的艺术。"[①]因此思想散文的创作应运而生。思想散文既显示出思想者独立思考的人格色彩,其创作又贴近散文文体,体现出散文的诗性特征。代表性作家当属张承志、韩少功、史铁生、王小波等。他们的散文充满清醒冷峻的现代理性精神,在物欲横流、世风日下的社会环境里,他们倾心营造精神之塔,挖掘人文之泉。

为了更加准确、全面地表现自己的个体体验、情感经历,许多小说家、诗人等其他领域的作家也转向散文创作。其中张承志为了能更好地表述自己的思想,从理性的角度进行

---

① 潘旭澜:《长河飞沫》,河北教育出版社,1998 年,第 167 页。

思想的批判,他选择了直接、真实的散文文体书写自己对社会现实的理性批判。他在小说作品中对生命的崇敬、底层人民的关爱,对现实社会问题所表现的忧患意识,也在他的散文作品中得到进一步的延伸,甚至在散文的特性中,张承志的思想上升到理性色彩的分析高度,浪漫主义逐渐退却到散文内容的叙述中。散文创作中的张承志所依赖的依然是他充满自信的精神大旗。张承志曾在首届"爱文文学奖"授奖词中对他创作时的思想进行过总结:"如果文学仍然可以被憧憬为一个神圣领域的话,那么克服世俗化的决意程度将影响着文学的性质,我希望自己的文学中永远有对于人心、人道和对于人本身的尊重,永远有底层、穷人、正义的选择,永远有青春、反抗、自由的气质。"特别在其散文集《荒芜英雄路》中的《汉家寨》,这篇富于诗性的散文包含的理想主义和生命激情更是凝固为一种坚守的精神。所以从整体的创作思想来看,在张承志的散文创作中,他坚持的精神原则依然贯穿其中。

类似张承志坚守理想主义立场的散文作家,还有韩少功。他的散文集主要有《夜行者梦语》《心想》《山南水北》等。其中《山南水北》记录了作家离开城市到湖南八溪峒乡生活的见闻,不仅展现了作家徘徊于城市与农村、现代文明与自然生态之间的思考,还透露出作家对乡土生活以及由此生发出来的人性光芒的重新发现,表现出作家对人类生存状态的思考,映射出作家的博大胸怀与大仁大爱。

与张承志和韩少功有所不同,史铁生对人生、理想、精神拯救的思索开始于他面临的生存困境。史铁生发表的主要散文集有《我与地坛》《自言自语》《史铁生作品集》等。其中《我与地坛》代表了他散文创作的最高艺术成就。他在人生最风华正茂的年纪,遭受双腿瘫痪的打击,也正因此他曾一度生活在哀痛与自暴自弃之中,惶惶不可终日。这篇散文记录了他如何与地坛相遇,以及在地坛中的所思所想。地坛就是史铁生的精神家园,看透生活后继续热爱生活,这是史铁生在《我与地坛》中所灌注的理想主义。他的散文境界博大,触及了人本的困境和人类生存的命脉;其作品既充满着强烈的悲天悯人的苦难意识,又激荡着一股奋发向上的精神力量。史铁生那沉湎而又执着的生命理念和生命哲思,给无数徘徊在生死边缘的人以温馨的慰藉和积极的勉励。

在思想性散文中,王小波的散文别具一格,其思想的成熟与理性都是旁人所不及的。其代表作散文集《我的精神家园》《思维的乐趣》后合编为《沉默的大多数》。王小波的论理是一种叙述式的论理,不掺杂任何抒情的成分,便根除了由现代而来的过度情绪化和伤感滥情的散文传统,在90年代散文中能够做到这一点的大概也只有王小波了。他的散文既深刻又有趣,严肃的主题却又不乏幽默诙谐。他的幽默细细品味,可透过生活体会出其中的辛酸。反讽是他最热衷的手法,《一只特立独行的猪》即是代表。文章以一只猪的境遇展开,揭示出我们生存状态的无奈,他企图用这只猪来唤醒无知的我们,犀利深刻又饱含温情。

王小波无论为人还是为文都颇有特立独行的意味,深具批判精神。他曾说过,"对一位知识分子来说,成为思维的精英,比成为道德精英更为重要","每一本书都应该有趣"。他让我们领略了他的智慧和有趣,听到了一个特立独行的中国知识分子的声音。

第十节 通透生命的书写者——史铁生

一、史铁生的生平与创作概述

史铁生(1951—2010),中国当代作家、散文家。1951年出生于北京,1967年毕业于清华大学附属中学。1969年上山下乡运动展开,史铁生不顾母亲劝阻,怀揣美好浪漫的想象,自愿到陕北延安农村插队,这段辛劳而又静谧、疏离政治运动的日子,是《插队的故事》《我的遥远的清平湾》等作品的故事来源。1971年9月,史铁生腰疼加剧返京治病,却因病情加重导致双腿瘫痪,这成为他人生的界碑。刚出院的前几年,史铁生没有工作,也找不到出路。为了获得政策上的一点照顾,他和母亲不得不摇着轮椅无数的奔波于街道和知青办等地,最后终于找到一个街道生产组临时工的工作,在《庙的回忆》《老屋小记》等文中,史铁生都谈到了自己的这段经历。1979年,是史铁生写作事业的真正开端,这一年,他连续发表了《爱情的命运》《兄弟》等作品,对一位文坛新秀来说成绩不俗。1981年,史铁生因急性肾损伤辞去了街道工厂的工作,从此待在家中开始了真正意义上的作家生涯。1983年,史铁生在《青年文学》发表了他的成名作《我的遥远的清平湾》,获得了该年度的全国短篇小说优秀奖,激发了他的写作自信。之后,他的《秋天的怀念》《几回回梦里回延安》等散文作品陆续问世,这些作品较之《命若琴弦》等小说杰作,无论在思想性还是艺术性方面都不遑多让。1990到1996年期间,他连续推出了《我与地坛》《好运设计》等散文名篇。1997年,史铁生出版了他的首部长篇小说《务虚笔记》,该小说不仅对史铁生意义重大,也奠定了他小说大家的文坛地位。1998到2002年,史铁生在重病之中写下随笔散文《病隙碎笔》,继续着《务虚笔记》里的存在之思。2006年,史铁生出版了他的最后一部长篇小说《我的丁一之旅》,对《务虚笔记》等作品中多次涉及的终极性精神命题进行了深邃解答。2010年岁末,史铁生因病离世,终止了用写作去提前经历死亡的生活方式。

二、史铁生的生死观

史铁生是对生死问题最为敏感的当代作家之一,从1983年的《我的遥远的清平湾》到1997年的《务虚笔记》,再到2006年的《我的丁一之旅》,史铁生的生死之辩几乎贯穿了他全部的创作历程。

瘫痪之后,史铁生沉陷绝望,他对自己遭受的不幸和不公耿耿于怀、愤愤不平,他对生死满是疑问,于是写作应运而生。写作过程他渐渐明白:"出生"只是上帝交给我们的一个事实,"死是一件不必急于求成的事,死是一个必然会降临的节日",剩下的就是怎样活的问题了。既然活着就有苦难和残缺,那么,谁去承受呢?他得出了一个令人绝望的结论,"就命运而言,休论公道",一切都是宿命,没有道理可讲。四十多年与病魔的斗争,他早已明白残缺于人生必不可少,苦难也可以转化成宝贵的人生财富,他开始尝试承受苦难与接受残缺,因为在他看来,苦难与残缺作为人生宿命的内在规定,其实是上帝对于人的一种馈赠。因为存在，人才能感知幸福，也才有可能通达自我认识之境。史铁生靠着勇敢与达观，直面虚无与宿命，而同时又超越了它们，走向新生。正如中国社会科学院文学研究所研究员陈福民所言：史铁生以自己的苦难，为我们这些健全人背负了生与死的沉重答案，他用自己的苦难提升了大家对生命的认识，而我们没有任何成本地享受了他所达到的精神高度。从这个意义上说，史铁生堪称当代文化英雄。

三、《我与地坛》

（一）发表

1991 年，《我与地坛》在《上海文学》通过终审。本来因其叙事线索清晰、人物丰满、情节完整，想以小说文体发表。这一提议被史铁生否决了，他对文体之辨的坚持，也反映了他想以散文形式备忘自己生命历程的创作意图。

（二）《我与地坛》的创作背景

1976 年，出院好几年的史铁生找不到工作，找不到出路，精疲力竭之际，失魂落魄的他摇轮椅进了那个等待他很久的地坛。在那段极其灰暗的人生岁月里，地坛给史铁生提供了一个地理学意义上的精神家园，他终日静坐在这里，心魂漫游，冥思苦想，破解命运给他布设的迷局。

（三）生命深思的两个阶段

1. 观察与反省个人遭遇

自从无意中走进地坛，史铁生就再没长久地离开过它。地坛之于他，是精神坐标，是明亮的灯塔。"在满园弥漫的沉静光芒中，一个人更容易看到时间，并看见自己的身影。"①从此他几乎天天都要来这里，摇着轮椅走遍了园子里的每一处角落，他在这里度过了各个季节，专心致志地思考着生命的难题。置身于"这样一个宁静的去处"，人或许就渐渐达到了物我合一的从容，于是这样想了好几年，有一天史铁生终于豁然开朗："一个人，出生了，这就不再是一个可以辩论的问题，而只是上帝交给他的一个事实。"②生与死我们无法反抗，生命中的残酷与伤痛也无法选择，一切都被超越个体生命的外在力量所设定，没有任何改变的余地。观察与反省个人遭遇的过程中，史铁生渐渐地看清了个体生命中必然的事相。

2. 由己推人的观察与反省

接下来，史铁生将视界稍稍越出自身的范围，写到来这园子里的其他人，去看看别人都有什么样的命运和活法。先是写到他的母亲。那时他被命运击昏了头，一心以为自己是世上最不幸的一个，却不知道儿子的不幸在母亲那儿总是要加倍的。她唯一的儿子长到二十岁忽然瘫痪，她情愿截瘫的是自己而不是儿子，她兼着痛苦与惊恐祈求儿子能好好地活下去，"可她又确信一个人不能仅仅是活着，儿子得有一条路走向自己的幸福"。③忧

---

① 史铁生：《我与地坛》，人民文学出版社，2018 年，第 5 页。
② 史铁生：《我与地坛》，人民文学出版社，2018 年，第 7 页。
③ 史铁生：《我与地坛》，人民文学出版社，2018 年，第 13 页。

190

思操劳之下,母亲夜不能寐、心如刀割,在苦难的折磨中匆匆离去。史铁生伤心而怨恨地想,"莫非她来世上只是为了替儿子担忧"。看来,命运也设定了角色的分配和承担的方式,有些人仿佛生来就是为了承受苦难,在苦难中默默地忍受着命运的重压。他感慨着命运的不公,但在园子里遇到的一个漂亮但智力障碍的小女孩,却彻底改变了他对命运的看法。小女孩的故事让他唏嘘不已,不仅仅为了她容貌和智力的反差,更为了她承受苦难的痛苦。然而,"假如世界上没有了苦难,世界还能够存在吗? 要是没有愚钝,机智还有什么光荣呢? 要是没了丑陋,漂亮又怎么维系自己的幸运? 要是没有了恶劣与卑下,善良与高尚又将如何界定自己成为美德呢? 要是没有了残疾,健全是否因其司空见惯而变得腻烦和乏味呢"?[1] 世界本身就是由差别组成的,一个失去差别的世界将是一潭死水。譬如说这个智力障碍的小姑娘,若她心智健全,其漂亮的容貌也会变得普通,因为在史铁生这个旁观者眼里,女孩容貌的美丽实际上就来自于她的残疾,正是这种反差让他人产生了一种怜惜的爱怜。差别本就是世界的存在形态,不会因为人类的价值偏见而有所改变。

既然差别无法避免,苦难终将存在,"看来就只好接受苦难——人类的全部剧目需要它,存在的本身需要它"[2]。那么由谁去承担那些苦难呢? 史铁生得出了一个令人绝望的结论,一切都没有道理好讲——"就命运而言,休论公道"。尽管人的命运早已被上帝预定,但在史铁生看来,努力仍是必要的。写作便是通往救赎的方式,是存在的理由,他为写作的欲望活了下来,最终超越了个体生命的有限,将自己的深思带入到了生命全体的融会之中。

四、"我手写我心"

在复旦大学演讲时,史铁生说:"你们就把我当成一个写作者,不见得是作家,我写的跟文学可能也有很大差距。文学几千年有很多讲究,我写东西很没有讲究……我是完全按照心里想的写。"这显然是一种"我手写我心"的写作形式。对史铁生来说,文学技巧固然重要,但说到底,不论是小说的虚构艺术,还是散文的抒情形式,都只不过是他展开心魂漫游的自然选择而已。

第十一节　文化散文作家——余秋雨

一、余秋雨的文学道路

(一) 余秋雨的生平与创作概述

余秋雨(1946—　),中国当代著名的文化学者和散文家。出生于浙江余姚,1963年考入上海戏剧学院戏剧文学系,入学后以下乡参加农业劳动为主。1968年被下放到江苏

---

① 史铁生:《我与地坛》,人民文学出版社,2018年,第39页。
② 史铁生:《我与地坛》,人民文学出版社,2018年,第40页。

吴江的军垦农场服劳役,1971年学校复课后参加教材编写,直至"文化大革命"结束。1976年,余秋雨留校任教。1991年,厌倦戏剧研究的余秋雨辞去一切行政职务,开始从西北高原出发,系统考察中国文化的重要遗址,以一种轻松、放任的心态来创作《文化苦旅》。1992年,《文化苦旅》出版,获得巨大反响。1993年,《收获》杂志开始连载余秋雨以"山居笔记"为总标题的系列文化散文。与《文化苦旅》相比,《山居笔记》在思考的层次上有了大的拓展。1996年,余秋雨受邀赴台湾演讲,场场爆满,轰动一时,台湾刮起了"余秋雨旋风"。1999年,决不重复自己的余秋雨出版了散文集《霜冷长河》与《掩卷沉思》,"着重谈人生的困境、人生的陷阱和人生的沟通"。1999年余秋雨随凤凰卫视考察世界文化后,推出散文集《千年一叹》与《行者无疆》,与《文化苦旅》《山居笔记》中对文化的思考一脉相承。

(二)余秋雨对中国散文文体的拓展

1. 将传统与文化作为主要叙述点

余秋雨将着眼点放在传统与文化上,试图通过对传统与文化的剖析与反思来作用于现实和政治。他在《文化苦旅·自序》中表述道:自己心底的山水并不完全是自然山水而是一种"人文山水","在这看似平常的伫立瞬间,人、历史、自然浑然地交融在一起了,于是有了写文章的冲动"。并希望自己的散文创作"能有一种苦涩后的回味、焦灼后的会心、冥思后的放松、苍老后的年轻"。《山居笔记》台湾版后序中,他也表达过同样的思想,他说:"我显然已经不在乎写出来的东西算不算散文,只想借着《文化苦旅》已经开始的对话方式,把内容引向更巨大、更让人气闷的历史难题。"显而易见的是,余秋雨在创作《文化苦旅》与《山居笔记》时,考虑最多的是对"历史难题"的演算与解答,同时强烈地希望他演算与解答的结论能引起人们广泛的兴趣和共鸣,至于"算不算散文"在他已是无所谓的事情了。

2. 戏剧化艺术手法的运用

当余秋雨急于把他对"历史的暗角""历史的难题"这些问题的思考介绍给广大读者时,当他认为这些思考的结论对中华民族的进步和发展是如此重要时,他会自然地在艺术上寻找适当的方式,寻找能让他畅快地表达并能吸引读者注意的写作技巧。在这里,他找到并运用得炉火纯青的是戏剧化的手法,在散文中演绎剧情,这是余秋雨对当代散文艺术的一个重要贡献。创作时余秋雨刻意追求散文中的情景仪式,试图有意识引入小说创作中的手法,把小说营造情景的方法引入到散文中来。譬如《文化苦旅》中的一篇散文《白发苏州》。

一开头,余秋雨是这样描写的:

前些年,美国刚刚庆祝过建国200周年。洛杉矶奥运会的开幕式把他们两个世纪的历史表演得辉煌壮丽。前些天,澳大利亚又在庆祝他们的200周年,海湾里千帆竞发,确实也激动人心。

与此同时,我们的苏州城,却悄悄地过了自己2500周年的生日。时间之长,简直有点让人发晕。

入夜,苏州人穿过2500年的街道,回到家里,观看美国和澳大利亚国庆的电视转播。窗外,古城门藤葛垂垂,虎丘塔陷入夜空。

在清理河道,说要变成东方的威尼斯。这些河道船楫如梭的时候,威尼斯还是荒原一片。

在这里,尽管我们读的是文学,然而在脑海里闪现出的却是不同画面的剪辑,好像我们置身于一个个时空交错的舞台之中。这种艺术处理手法的运用,使余秋雨的散文篇章跌宕起伏,曲折多变,充满着阅读的张力。

二、《文化苦旅》

(一)"苦旅"的多重含义

台湾老作家欧阳子在分析《文化苦旅》时,曾精到地点出了余秋雨"苦旅"的多重含义。她认为《文化苦旅》的表面意思就是作者浪迹天涯,一站又一站地走访"人文山水",行行止止,风尘仆仆,劳苦了四肢筋骨,有了不少苦涩的感想,故谓之"文化苦旅"。然而她认为书名所隐含的深层意义最为重要。深意可从两方面来说,一是观照个体的生命,一是观照中国文化的生命。"个体生命"是作者本人对于人类的生命以及文化走向的问题,由困惑而至感悟的心路历程,这历程相当辛苦,故谓之"文化苦旅";"中国文化的生命"是指"我们中国文化,在时间的长途中,已跋涉了数千年的路,其间所见证的天灾人祸,沧海桑田,岂是言语所能说尽!而数千年所累积下来的旅行包袱,变得如此沉重难荷,今后还走得下去吗?……这是何等艰苦的旅程啊!故谓之,文化苦旅"①。

正如作者余秋雨所说:"在探访过程中渐渐明白,中华义化不像当时哄传的那样顽固和腐朽,它确实步履艰难,却来自历史意志和文化伦理之间的深刻冲突。历史意志要求强蛮、突进、超越,文化伦理则要求端庄、秩序、和谐。两者都有充分理由却方向相反,互相牵制,谁也无法实现自己,结果成了千年厮磨的生死冤家,'苦旅'之苦,即来自于此。"②

(二)《文化苦旅》的成功因素

《文化苦旅》出版后,不论大陆还是台湾的出版社,都创造了发行几十万乃至上百万册的纪录,显示出众多读者对《文化苦旅》的喜爱与肯定。甚至一些盗版集团,也因非法出版该书、发行四五十万册而大获其利。人们常常有这样的疑问:《文化苦旅》仅仅是一部有关文化的书籍,为何社会反响如此强烈?概括地说,《文化苦旅》的成功与三个因素密不可分。

1. 低回、感伤的历史氛围

在余秋雨如数家珍般的历史描写与山水文化的临摹中,常常会笼罩一层淡淡的感伤气息。这种感伤,来自对数千年历史文化的清理与总结,来自对中国历史坎坷命运的反省与思考,从而带有了一种悲剧的味道。当这种感伤、悲剧的气息在《文化苦旅》中升腾与发散时,便带给了读者极大的美感与阅读效果。

① 欧阳子:《跋涉山水历史间——赏读〈文化苦旅〉》,尔雅出版社,1998 年,第 516 页。
② 余秋雨:《千年一叹》,作家出版社,2011 年,第 24 页。

如在《风雨天一阁》中，作者便以强烈抒情的笔调，营造出低回、感伤的历史氛围：

> 让偌大的中国留下一座藏书楼，一座，只有一座！上天，可怜可怜中国和中国文化吧。
>
> ……
>
> 明以前的漫长历史，不去说它了，明以后没有被归拢的书籍，也不去说它了，我们只向这座房子叩头致谢吧，感谢它为我们民族断残零落的精神史，提供一个小小的栖脚处。

从《道士塔》到《柳侯祠》，从《都江堰》到《白发苏州》，从《家住龙华》到《这里真安静》，余秋雨在《文化苦旅》中，几乎每篇都在刻意营造着那种低回、感伤的历史氛围。在《文化苦旅》的每一篇，我们几乎都可以看到一个哲人瘦瘦的影子，背着手，低着头，皱着眉在慢慢地蹀着，读者也与这位哲人一起，品味历史，体验文化，让唐朝的烟尘宋朝的风，徐徐地吹过多情而脆弱的心灵。

2. 散文创作中的剧场效果

余秋雨认为在散文创作时，"灵感的产生需要气场，文章中的气场就是情景"。这里的"情景"指的是创作中有意识地引入小说、戏剧中为增强故事性，在情节设置、悬念安排、高潮营造等方面采用的一些技巧，使文章跌宕起伏、曲折多变，始终充满着阅读张力。对情景的精心营造与追求一直是余秋雨努力的方向。

在此，我们以《道士塔》为例。

在简单介绍了王道士之后，作者以这样的笔墨叙述他的生活和行状：

> 王道士每天起得很早，喜欢到洞窟里转转，就像一个老农，看看他的宅院。他对洞窟里的壁画有点不满，暗乎乎的，看着有点眼花。亮堂一点多好呢。他找了两个帮手，拎来一桶石灰。草扎的刷子装上一个长把，在石灰桶里蘸一蘸，开始他的粉刷。第一遍石灰刷得太薄，五颜六色还隐隐显现，农民做事就讲个认真，他再细细刷上第二遍。这儿空气干燥，一会儿石灰已经干透。什么也没有了，唐代的笑容、宋代的衣冠，成了一片净白。道士擦了一把汗憨厚地一笑，顺便打听了一下石灰的市价。他算来算去，觉得暂时没有必要把更多的洞窟刷白，就刷这几个吧，他达观地放下了刷把。

这一段叙述有人物，有动作，有道具，有音响，与其说是散文，倒不如说更像一段绝妙的戏剧文学剧本。这也正是《文化苦旅》的典型叙述风格，它不是用传统的散文笔法记事抒情，而是刻意营造与追求一种小说化的味道，并由小说叙述变成剧场化效果。

3. 雍容、典雅而抒情的文字描写

余秋雨非常注重文字的提炼，《文化苦旅》可以说是以"吟安一个字，捻断数茎须"的认真态度完成的。如《狼山脚下》一文，如此写道：

　　狼山蹲在长江边上。长江走了那么远的路,到这里快走完了,即将入海。江面在这里变得非常宽阔,渺渺茫茫看不到对岸。长江一路上曾穿过多少崇山峻岭,在这里画一个小小的句号。狼山对于长江,是欢送,是告别,它要归结一下万里长江的不羁野性,因而把自己的名字也喊得粗鲁非凡。

　　这一段写得优雅俊逸,轻快迷人。一个"蹲"字,尤其形象、传神。"句号"也使用得十分贴切、自然。

　　而在《西湖梦》中,作者则是如此点染苏小小的心灵世界:

　　由情至美,始终围绕着生命的主题。苏东坡把美衍化成了诗文和长堤,林和靖把美寄托于梅花与白鹤,而苏小小,则一直把美熨帖着自己的本体生命。她不作太多的物化转换,只是凭借自身,发散出生命意识的微波。

　　文辞雍容、典雅而又不显出雕琢的气息。在淡淡的叙述中,又蕴涵有浓浓的抒情意味。

　　在《文化苦旅》中,几乎随处都可以找到精雕细琢的文字。因在《文化苦旅》中既有特定的历史氛围作为烘托,又有类似小说情节的剧场效果作为主干,因而,其中配以雍容、典雅而又抒情的文字描写,就不会让读者有过于雕琢之感,反而会让文章增添一些诗意,增强一份艺术的魅力。

(三)《文化苦旅》的缺陷

　　《文化苦旅》蜚声文坛后,也迎来了不少学界对余秋雨散文创作的批评之声。批评主要集中于几个方面:一是他的散文中多次出现常识性错误的硬伤,二是他对中国传统文化在某种程度上的曲解和误会,三是其文的矫情和媚俗;还有对其散文文化底蕴的质疑等,不一而足。虽然有些批评过于激烈,但不可否认有些问题在《文化苦旅》中确实是客观存在的。但瑕不掩瑜,余秋雨《文化苦旅》的价值以及它对读者的影响也是不可一笔抹杀的。

第十二节　80—90 年代艰难发展的戏剧

　　"文革"结束以后,戏剧在新时期获得了艰难的新生。随着曹禺、陈白尘等老一辈戏剧家的归来,以及苏叔阳、李龙云、沙叶新、刘锦云、高行健等一大批中青年剧作家的崛起,为新时期的话剧事业带来了生机和活力。郭启弘、魏明伦等人对戏曲的现代性改造,也为传统剧种注入了一股新鲜的血液。20 世纪 80—90 年代的戏剧在新启蒙、西方现代和后现代理论及市场经济转型的多重冲击下,在现实主义戏剧、现代主义探索剧以及小剧场戏剧等方面,艰难探索,使新时期的中国戏剧走向了更为个性化、多元化的境界。

一、现实主义戏剧

"文革"后"伤痕文学"使现实主义文学得以复归,而"反思文学"则是"伤痕文学"的拓展和深化,它们共同促成了现实主义戏剧的发展。现实主义戏剧的复苏是从1977年《豹子湾的战斗》《八一风暴》等"十七年"优秀剧目重新上映开始的,而新剧作再生的标志则是金振家、王景愚的《枫叶红了的时候》和白桦的《曙光》等新剧作的问世。这两部作品继承了五四以来的现实主义文学传统,为新时期的戏剧创作开启了一个良好的开端。特别是十一届三中全会以后,思想的大解放促进了戏剧艺术的繁荣,出现了一大批优秀现实主义剧作,其内容主要体现在以下五个方面。

(1)揭批"四人帮"罪行。代表性作品主要有:李龙云的《有这样一个小院》、嘟嘟的《哦,大森林》、金敬迈的《神话风雷》、苏叔阳的《左邻右舍》、陈屿的《白卷先生》等,这些作品深刻反映了"文革"时期畸形的社会现实,揭露了林彪、"四人帮"的罪行及其对国家和人民造成的严重伤害,也反映了人民与林彪、"四人帮"集团英勇斗争的顽强精神。

(2)歌颂老一辈无产阶级革命家及其他革命领袖。代表性作品主要有:所云平的《朱德将军》、程世荣等的《西安事变》、丁一山的《陈毅出山》、沙叶新的《陈毅市长》、马融的《转战陕北》、王德英和靳洪的《彭大将军》、宋平的《孙中山》、耿可贵的《孙中山和宋庆龄》、沙叶新的《马克思秘史》等作品。

(3)反映现实重大社会矛盾和问题。代表性作品主要有:崔德英的《报春花》、赵梓雄的《未来在召唤》、贺国甫的《血,总是热的》、赵国庆的《救救她》、邢益勋的《权与法》、中杰英的《灰色王国的黎明》、沙叶新的《假如我是真的》等。其中《假如我是真的》因为对现实的干预视角,成为当时文艺观念冲突的焦点,在当时引发了一场尖锐的文艺论争,成为一个时代性的文艺事件。

(4)老艺术家创作的历史剧。代表性作品主要有:曹禺的《王昭君》、陈白尘的《大风歌》、白桦的《吴王金戈越王剑》、李民生和杨平的《唐太宗与魏征》等。这一时期的戏剧始终高扬现实主义精神的旗帜,揭露了许多触目惊心的社会病态和阴暗面,体现了作家大胆干预生活的勇气和社会责任感,因此,新时期的戏剧不仅声势浩大,而且作品数量增多,质量也高。

(5)继承并发扬老舍"京味儿"话剧的现实主义传统。代表作品有李龙云的《小井胡同》、何冀平的《天下第一楼》等。

二、探索剧

探索剧,亦称探索戏剧。探索剧是因不满足于既有的一套戏剧模式,而大胆地引入新的戏剧表现手法,进行新的尝试和实验的戏剧,使话剧的"散文化"和叙事成分有所增加,并将象征、隐喻、荒诞变形等手法广泛运用,加强了舞台表演的综合性。新时期现代主义戏剧的探索剧从20世纪80年代初开始,经过二十年的发展,达到成熟。"探索剧体现了新启蒙文学中戏剧发展发生了质的嬗变。它主要接受西方现代话剧观念,淡化人的行动的客观真实性,消解传统的戏剧性、戏剧冲突,用各种非现实的方式,重在表现人对世界与人自身的观念性理解及心理世界、情感世界。"①

　　较有代表性的是 1986 年,北京人民艺术剧院上演了一台话剧《狗儿爷涅槃》(刘锦云编剧,林兆华导演),这是中国先锋话剧最早的代表作。在戏剧结构上,采用意识流与倒叙交叉互用的方法安排情节,用心理外化的方法突出人物的潜意识,这部话剧被誉为是探索剧的成功之作。《绝对信号》(编剧高行健)将西方戏剧观念与中国戏剧传统融合在一起,用西方戏剧观念将人的心理世界作为话剧的本体展示,在结构上采用了散文化、开放式的形式,又将传统话剧的情节结构、戏剧冲突植入其中,还借用了中国传统戏曲虚拟、写意的表达方式,将中西戏剧观念和实践完美结合。

　　探索剧的代表作主要有:高行健的《车站》《绝对信号》《野人》、马中骏等人的《屋外有热流》、刘树纲的《一个死者对生者的访问》、陶俊等人的《魔方》、王培公的《WM(我们)》、沙叶新的《孔子、耶稣、披头士列侬》、刘锦云的《狗儿爷涅槃》、杨健等人的《桑树坪纪事》、姚远的《商鞅》、孟京辉的《爱情蚂蚁》和张广天的《一个无政府主义者的意外死亡》等。而在戏曲探索创作中,最值得关注的是魏明伦创作的荒诞川剧《潘金莲》等。

　　总之,探索剧打破传统,拓展了戏剧表现时空,改变了戏剧形态和表现形式,开通了艺术创作观念,踏出了戏剧革新的新路,打开了戏剧艺术的新天地。

三、小剧场戏剧

　　小剧场戏剧是相对于大剧场戏剧和常规戏剧而言的。所谓小剧场戏剧指的是在小型剧场内进行的戏剧演出,或者是在非常规的演出场所,譬如排练厅、剧场休息室、饭堂、教室甚至是废弃的车间、仓库进行的戏剧演出,总而言之,小剧场戏剧是在较小空间演出,观众和演员之间存在密切交流的那类戏剧样式。

　　小剧场戏剧运动最早产生于 19 世纪末 20 世纪初的欧洲,是西方戏剧反商业化、积极实验和探索的产物。在话剧出现危机、大剧场的演出艰难的情况下,戏剧人想通过调整观演距离,进行小规模的探索和实验,来实现话剧自身的突破与提高,吸引观众重返剧场。1982 年,导演林兆华率先将《绝对信号》搬上了首都的戏剧舞台,这是中国小剧场话剧运动开端的标志。之后,小剧场戏剧的影响悄然渗透于全国各地。

　　1989 年 4 月,南京举办了第一届中国小剧场戏剧节。这是在大剧场戏剧极度不景气的前提下,话剧人为坚守阵地、争取生存而进行的一次实践总结和理论探索。90 年代初期以后,小剧场戏剧开始重新复兴,小剧场戏剧在京沪地区发展迅速。出现了 90 年代初期和末期的两个小剧场演出热潮,涌现了一批成熟的小剧场艺术工作者,在演艺市场的总体颓势中,一定程度上改善了戏剧的市场处境,以孟京辉为旗号的先锋戏剧逐渐得到观众的认可。②

　　小剧场作品大多是积极的入世心态以及关乎人和人生的沉重思考,关于社会生活的忧患意识,如《绝对信号》《思凡》《我爱桃花》《恋爱的犀牛》《死无葬身之地》《断腕》《盗版浮

---

　　①　傅书华:《中国现当代文学史综合教程》(第 2 版),北京师范大学出版社,2014 年,第 201 页。

　　②　https://baike. sogou. com/v6106343. htm? fromTitle=％E5％B0％8F％E5％89％A7％E5％9C％

士德》《三姊妹·等待戈多》《非常麻将》《霸王别姬》《同船过渡》《留守女士》《热线电话》等作品均可看出这种鲜明的倾向。

以林兆华、孟京辉等为代表的戏剧人,从20世纪80年代初到90年代在小剧场上演他们的作品,他们在作品中对过于依赖文学剧本、表现手法单一的传统戏剧表现出了强烈不满。让戏剧获得独立的艺术形式,并在此基础上探索戏剧表达方式的多种可能性,成为他们共同的追求目标。

作为中国第一个小剧场话剧的始作俑者,林兆华一向以领头羊姿态出现并被广泛认定为先锋和实验。他认为一个导演排戏,不是为自己的风格服务,而是为戏剧服务。林兆华的主要作品有:《为幸福干杯》(这是他独立执导的第一个戏)、《谁是强者》、《绝对信号》、《车站》、《野人》、《红白喜事》、《狗儿爷涅槃》、《鸟人》、《阮玲玉》、《鱼人》、《古玩》、《茶馆》、《风月无边》、《北京人》、《哈姆雷特》、《中国孤儿》、《浮士德》、《棋人》、《三姊妹·等待戈多》、《故事新编》、《理查三世》等。

孟京辉是近年来最受欢迎,也最有争议的年轻戏剧导演,他的戏剧在北京的小剧场火爆一时,如《一个无政府主义者的意外死亡》《等待戈多》《我爱×××》《恋爱的犀牛》等都得到了很高的赞誉。业界普遍认为他的作品在剧坛独树一帜,是新的青年先锋剧派代表。主要戏剧作品有:《等待戈多》《思凡》《阳台》《我爱×××》《爱情蚂蚁》《坏话一条街》《一个无政府主义的意外死亡》《恋爱的犀牛》《盗版浮士德》《琥珀》等。

新时期小剧场话剧的艺术实验,从一开始就肩负着艺术与票房价值的双重探索。对舞台美术的要求是:既要节省开支少花钱,又要创造全新的高质量的艺术形式吸引观众。所以,我国小剧场戏剧从萌芽开始,便因其与传统风格迥异的选材、立意、表现形式而被贴上了探索戏剧、先锋戏剧的标签。它所追求的绝不仅仅在于演出空间的缩小,更重要的是它对传统戏剧内容和体制的反叛,它始终致力于营造一种区别于传统大剧场戏剧的戏剧情景、戏剧氛围,体现着一种新的美学追求。新时期小剧场话剧的艺术探索和艺术实验,对中国话剧从传统到现代产生跨世纪的深远影响,对中国的话剧演出市场起到了不小的推动作用。

另外,在90年代的戏剧创作中,戏曲现代化的创作也有几部作品引人注目:1994年的淮剧《金龙与蜉蝣》、1995年的川剧《山杠爷》、1996年的京剧《圣洁的心灵》、1997年的川剧《变脸》、1999年的越剧《孔乙己》等。

拓 展

拓展一:

莫言:"我看,艺术方法无所谓中外新旧,写自己的就是了,想怎么写就怎么写,只要顺心顺手就好。我主张创作者要多一点天马行空的狂气与雄风,少一点顾虑和犹疑。无论在创作思想上还是艺术风格上,不妨有点随意性,有点邪性。"对此你怎么看?

拓展二:

高晓声的小说反映了建国以来中国农民的生活和心路历程,有社会政治批判,也有对民族性格和民族心理等深层内容的揭示。对此你怎么看?

拓展三：

汪曾祺的小说创作是对建国以来单一的审美情趣和单一的小说形式技巧的一次冲击。学者认为，汪曾祺小说的出现，标志着中国当代小说创作多元化趋势的开始。谈谈你的看法。

拓展四：

如今对巴金《随想录》的评价存在赞誉和贬抑两种声音，誉之者激赏有加，贬之者锋芒迭现。你如何看待巴金的《随想录》？

拓展五：

作为文化散文最杰出的开创者和领跑者，余秋雨凭借《文化苦旅》《山居笔记》《霜冷长河》《千年一叹》等极度畅销的散文集，当之无愧被称为"跨世纪中国文坛的掌门人"。但随之而来的，是大量褒贬不一的评论。请结合余秋雨的生平和创作，谈谈你的看法。

拓展六：

"学者散文"因其独特的写作姿态和深广的文化背景，因其溯通了中国文章学的传统，引发读者持续不断的关注和阅读的兴趣。不过也有散文研究者认为，学者散文退回书斋、疏离现实，其创作倾向并不可取。究竟应如何评价学者散文？

作业

一、精读

《伤痕》《班主任》《棋王》《小鲍庄》《活着》《许三观卖血记》《平凡的世界》《雨，沙沙沙》《长恨歌》《哦，香雪》《玫瑰门》《虚构》《现实一种》《无主题变奏》《你别无选择》《一地鸡毛》《单位》《烦恼人生》《风景》《透明的红萝卜》《蛙》《杂色》《减去十岁》《乔厂长上任记》《陈奂生上城》《随想录》《文化苦旅》《我与地坛》《恋爱的犀牛》《绝对信号》

二、泛读

1. 《人到中年》《受戒》《围墙》《我们的军长》《红高粱》《山南水北》《一只特立独行的猪》《沉默的大多数》《干校六记》《我的遥远的清平湾》《命若琴弦》《务虚笔记》《红高粱》

2. 铁凝：《女人的白夜》

3. 贺绍俊：《铁凝评传》

4. 王安忆：《父亲与母亲的神话》

5. 叶立文：《史铁生评传》

6. 李扬：《中国当代文学思潮史》

三、观看视频

1. 电视剧《乔厂长上任记》

2. 电影《陈奂生上城》

3. 电影《长恨歌》

4. 电影《红高粱》

5. 舞台剧《绝对信号》

6. 川剧《潘金莲》

第六章

21 世纪文学(2000—2020)

扫码查看
本章资源

学习目标

了解 21 世纪网络对文学的影响和网络文学所包含庞杂性、暧昧性、新异性、新质性,以及 21 世纪诗歌、小说、散文、戏剧的主要代表性作家及作品。

本章摘要

21 世纪网络极大地发展,中国经历了非典型肺炎、地震、雪灾、奥运、共和国 70 周年等重大事件,新世纪文学发挥了文史不分家的优势,用文学记录了历史和社会的发展轨迹。诗歌在生态巨变中呈现多元发展、良莠并存的局面:诗意的坚守与题材的碎片化并存,网络诗歌泥沙俱下,叙事的个人化进一步彰显。小说体现新三足鼎立:以文学期刊为主导的传统型文学,以商业出版为依托的市场化文学(或大众文学),以网络媒介为平台的新媒体文学(或网络文学)。传统散文衰落,新媒体散文繁荣。戏剧迎来转机,话剧和传统戏曲都得到了一定的发展,无论是国营剧团还是民营剧团均很活跃,剧本创作增量,演出逐渐繁荣。

第一节　21 世纪在困境中挺立的诗歌

经过 80 年代的繁荣,90 年代的衰落,21 世纪的诗歌在生态巨变中呈现多元发展、机遇与挑战并存、主流与支流并行、良莠并存的局面。在市场化和大众化的浪潮中,诗歌更加边缘化,在此窘境下,"主流诗歌上承左翼文学精神传统,下继个人化写作浪潮,尝试在公共性与个人性之间取得平衡"[1],主流诗人们努力建构诗歌与现实的关联,不断探索诗歌艺术多样化的表达,并借助网络媒介和民间刊物,拓展诗歌的表现空间,这种探索不仅

---

[1]　魏振国:《主流话语视域下 21 世纪诗歌一瞥》,《名作欣赏》2021 年第 4 期。

有利于其自身诗歌样式的完善，也为21世纪诗歌发展提供了新的可能性，在困境中力争诗歌的一席之地。

一、诗歌的生态失衡与诗歌创作的复苏

1999年在北京召开"世纪之交：中国诗歌创作态势与理论建设研讨会"，诗歌界展开了一场自朦胧诗论争以来最具有辩难色彩的世纪末论战。民间诗刊的再度涌现和网络诗歌写作的兴起，成为当代诗歌复苏的又一表征。这不仅拓展了诗人们发表作品的自由度和批评的互动空间，而且催生着多种多样诗歌风格的形成。民间诗刊（纸质版）与网络诗歌互相转换、支持，构成一个与"公开诗坛"并行不悖的、自足的、小众化的"隐形态诗坛"。

21世纪之后，"叙事"兴盛，纯粹意义上的抒情变得不合时宜。2000年，以"诗江湖"网站为阵地的部分青年诗人出版民间诗刊《下半身》，力图将身体的"下半部分"确认为一项再生的写作资源；2001年部分诗人策划出了两个新的代际概念——"70后诗人"和"中间代诗"；2003年网络上出现了"垃圾诗派"；2004年从"垃圾诗派"分化出来的"垃圾运动"在《垃圾运动》创刊号上标举出了所谓的"垃圾写作"的核心理念：崇低、解构、另类和贱民思想。一个与"垃圾诗派"有着相近诗学价值诉求但却更加讲究话语策略的"低诗歌"运动由为数众多的体制外诗人和诗评家共同发起。"低诗歌"运动提出的"引体向下""审丑""反饰""话语革命"等系列写作原则，在相当程度上昭示着新世纪诗歌的"低贱化"走势，而这种走势由2006年的"赵丽华诗歌网上遭遇恶搞"事件加以印证和强化了①。

新媒体在21世纪快速发展，民间诗刊主要有《倾向》《北回归线》《现代汉诗》《诗参考》《锋刃》《诗歌与人》《丑石》等。中文诗歌网站或论坛（包括个人诗歌博客）的数量已超过了1000家，其中影响较大的有诗生活、灵石岛、扬子鳄、诗江湖、北京评论、诗歌报、女子诗报、第三条道路、低诗歌、物主义、非非评论、打工诗人等。

21世纪以来诗歌也在困境中挺立，出现了六代诗人同台竞技的景象。处于不同年龄阶段、有着各自不同生活阅历与知识背景的诗人，站在不同的历史观察点和人文向度上，来表情达意、述景抒怀，新诗的现代性精神面貌显得繁复而多样、丰富而庞杂。"桃花泛滥，房前屋后风情万种，/每一张脸上都可以挂红。/后来诗歌长满了枝桠，/我这一首掉下来，/零落成泥，/回到那条逝去的驿路。"（梁平《龙泉驿》）这是50后诗人对现代地理风情的艺术绘制。"苦命人干脆唱起欢乐的歌/胸腔里，喉咙里/有轰响的泥泞、熊熊的火/这是男人们的豪情在迸发/惊颤旷野的死寂、寒星的梦。"（沈苇《小酒馆》）这是60后诗人对底层人抗争命运、乐观向前精神状态的描述。"醒来后却发现手脚瘙痒，可能已长出/错觉的枝桠。因为飞行的座椅/离地大约只有两尺，/算上对远方的种种猜测/其机械的复杂度不超过一只相思的排比句/怎么会使气缸里抽泣的法官发怵。"（姜涛《机场高速》）这是70后诗人对现代出行的精彩记录，字句中袒露出丰富的现代感知。"很多人沉睡/我用失眠爱你//很多人笑/我用忧愁爱你//你有一张多么好看的脸/我用一张不好看的脸爱你//很多人成功了/我用失败爱你"（杨庆祥《思无邪》）这是80后诗人对现代爱情的个性化理解与表达。还有更多更年轻的90后、00后诗人，也都用诗歌各自写出了属于他们的现代性理

---

① 谢冕：《20世纪中国新诗：1978—1989》，《诗探索》1995年2期。

解与认知。《2014 年中国诗歌排行榜》在对当年的诗歌创作进行盘点时,该书编者首次将生于 1940 年代至 2000 年代的七代诗人的作品齐聚于一个选本,这些诗人中有的是年近古稀的老者,有的则是刚刚步入学龄的孩童,他们共同书写了这一年充满变数的"诗歌江湖"。该书的开篇之作是 00 后诗人董其端的《骨头》:"我们的骨头/穿上了人肉/我们一笑它就笑/我们哭了它也哭/我们的心里有神秘/我们的骨头会和我们一起生活"00 后诗人的作品展示了诗歌与世界的秘密,他们的写作剥离了一切外在的伪装之后,让诗歌回到了婴孩一样干净与鲜活的本真境界。

二、21 世纪诗歌的特征

1. 诗意的坚守

在物欲横流、大众狂欢、娱乐至死的商业化小时代,不少诗人依然诗意地坚守。在本土历史和生活现实中寻找激情、灵感,真诚书写真切的生命体验、平实的生活态度和深切的现实关怀。诗人柏桦的《水会仙侣》,全书就是一首诗和对诗的注释,诗歌讲述了明末清初历史人物冒辟疆与名妓董小宛的传说故事,引文贯穿古今中外。诗歌深入历史文化的深层,探寻地域民族文化延续和救赎的可能,穿插着对死亡、生命、文化等命题的思考。飞廉的《雪夜读贾谊》表达了忧国忧民的思想。西川的《一条迟写了 22 年的新闻报道》表达了对底层矿工生存状态的人文关怀和人性温度。翟永明的《老家》则对河南艾滋病人表现出了深切的关注。朵渔的《今夜,写诗是轻浮的……》不仅呈现了 2008 年汶川大地震震后的废墟、断臂、尸体等惨烈场景,更表达了灾后的悲悯情怀。何小竹的《哀歌》对不幸遇难的孩子们,送上了自己真诚的祈福。

2. 题材的碎片化

21 世纪的诗歌题材一步步滑向边缘的、具体的、琐碎的、形而下的领域,具有碎片性质。对于诗人而言,碎片的选择有着双重意味:它既是信仰,特别是诗歌观念转换的结果;又是诗人自我怀疑、自我辩解的方式。诗人将身体肢解成身心分离、各部分独立行事的欲望零部件,落实到写作实际当中的最终结果却往往给人以某种轻薄或粗鄙的印象。性或肉身固然可以作为抵制宏大叙事的符号,但当其被毫无节制地运用于快感叙事的时候,是很容易沦落为休闲商品的。正是出于对"下半身"诗歌"帮闲"作用的警惕,一些不无偏激的诗人在网络上发起了更为彻底的"垃圾派"运动。"垃圾派"的核心宗旨是"崇低",写作原则是"向下、非灵、非肉、离合、反常、无体、无用、粗糙、放浪、方死、方生"[1]。和"下半身"相比,"垃圾派"作品非但不刺激身体欲望,相反,它竭尽所能地引发读者的身体不适以及精神上的恶心感。

写作题材从碎片一路播撒下来,直至"垃圾",在一定程度上揭示了 21 世纪诗人的精神焦虑和被物质欲望撕裂的窘迫状况,以及重置写作资源的差强人意的局面。

3. 叙事的个人化

叙事的个人化是 21 世纪诗歌的一个显著的特征。韩东的《甲乙》、侯马的《种猪走在

---

① 老头子:《垃圾诗派宣言》,《垃圾诗派》2004 年第 1 期。

乡间路上》、于坚的《飞行》、西渡的《在硬卧车厢里》、肖开愚的《动物园》、孙文波的《祖国之书,或其他……》、王家新的《伦敦随笔》、谢湘南的《零点搬运工》等,叙事对象非常广泛,日常生活、公共空间或私人空间的各种事件、事物的状态和过程、现实遭遇、历史记忆以及想象的异邦,等等,凡是可以纳入现象范畴的东西都进入诗人的写作视野。诗人们往往选取较为客观的他者的叙事角度,以近乎小说的笔法来描写、陈述当代生活的事实及其纹理。西渡的《在硬卧车厢里》一诗,开篇即交代了事件的全部要点:"在开往南昌的硬卧车厢里/他用大哥大操纵着北京的生意/他运筹帷幄的男人气概发动起邻座/一位异性的图书推销员的谈兴。"接下来的几段用类似于电影特写镜头的笔调,描述了这对男女从陌生、试探、交流到"牵手"的过程。全诗叙事简洁有力,富于节奏感,并且留下了意蕴连绵的想象空间。21世纪诗歌的叙事,多数都像《在硬卧车厢里》这样,形神皆备地记录下现实的镜像,透露出特定的时代气息,具有隐而不显的现实的介入力和文本的包容性,诗歌叙事得以成为一种时代性的写作标志。

21世纪诗歌的叙事在风格上属于个人叙事。诗歌叙事者获得了相对独立、自由的写作立场和心性,他们不再是离开了宏大叙事就茫然无措、不能生活的、丧失掉主体内涵的人。在写作实践中,叙事者与写作者的身份时而重合,时而分离,但在一般情况下都是以看似超然的、掩饰价值判断的眼光去观察、审视、分析、陈述现象世界,从而赋予了具体诗作以"零度抒情"的阅读效果。在21世纪的诗歌叙事里,主体成了自己"一个人"的代言人或历史变故的旁证人,主体将叙事立场从文化激进主义那里撤退下来,甚至干脆隐身成了诗人西川笔下的那种"身份不明的人"或"看不见的黑衣人"。和叙事手段本身一样,主体的隐身、主体态度的搁置,映射出当代诗歌调整写作策略的被动性,同时也是诗人们努力化解身份危机的结果。在一部分诗人那里,对叙事的青睐与对现代主义诗歌现代性品质的自觉追求联系在一起。叙事性已经成了现代诗歌先锋性的一个标准。当代中国现代主义诗歌正经历着从情感到意识、经验的重大审美转向,表明它开始从对于整体性情感和感性经验的过分依赖转向了对差异性、个人性的经验与情感的概括、考察及辨析。

21世纪叙事诗风格的形成,是当代诗歌话语诸要素之间共同作用、相互牵制的结果。创作多样态的诗歌应该是21世纪诗人们的共同期待。

4. 传播的网络化

互联网为新世纪诗歌拓展了新的传播媒介和书写空间。网络诗歌的出现成了引人注目的一道风景,随着诗歌网站如中诗网、中国网络诗歌、诗歌中国、中国诗歌网、中华诗词网、现代诗歌网、诗词吾爱网、诗生活网等网站的不断涌现,特别是微博、微信等自媒体的兴盛,极大地促进了诗歌的网络传播。"新浪博客成了私人博客的最大集散地,其纯写作博客群是最大的私人博客群,诗人博客的大量出现,预示着诗人写作的个人化时代的来临。大众参与催生了网络诗歌的繁荣,每天数以万计的诗歌呈现在网络平台之上,借助于网络,不仅出现了艾若、陈忠村、沉香木、朵朵、老枪、利子、燕南飞、冰黛儿等一批网络诗人,而且许多主流诗人如伊沙、刘春、韩东、朵渔等也开始参与到网络诗歌的活动中来,或出任驻站诗人、版主,或通过网站个人空间发表自己的作品。网络空间的自由性和虚拟性,也使得网络诗歌书写的个性化、私语话、多元化特征得到充分的张扬。网络媒介的自由性可以让不同价值观念和艺术方式的诗歌创作都有机会得以播放和流传。这期间的梨花体事件和余秀华热,可以说是网络诗歌这一特性的典型案例,而网络的多媒体为诗歌的呈现方式带来了新变化,诗歌的视觉价值得到了重视,其音乐性也可以通过语言之外的手段得以直观的呈现。"①

当然,网络诗歌给诗歌传播带来高效、便捷的同时,也不可避免地泥沙俱下,呈现出一些负面的特征:"网络诗人所关注的通常不是主流艺术的焦点,当下的网络原创诗歌更为偏重新奇性、偶发性、狂欢性,表现为选材的个人化、风格的时尚化、语言的流俗化、趣味的极端化等等。网络媒介的自由性、无序性和娱乐化,经常能制造出诸如下半身写作、梨花体事件、裸体读诗事件、羊羔体事件、余秀华热等热点,给人的感觉浮躁有余,沉静不足。因此,网络诗歌到目前为止,给予当代汉语诗歌思想和艺术上的贡献,与人们的期待依然相去甚远。"②

第二节　21 世纪"新三足"鼎立的小说

20 世纪基本上形成了以专业作家为主体队伍,文学期刊为主要阵地,作协、文联为基本体制的一个总体格局。但经由 80 年代、90 年代的不断演进与剧烈变异,21 世纪已经逐步呈现出一种"三分天下"的新格局,这就是以文学期刊为主导的传统型文学,以商业出版为依托的市场化文学(或大众文学),以网络媒介为平台的新媒体文学(或网络文学)。

一、以文学期刊为主导的传统型文学

传统文学或主流文学,在过去基本上占据了整个文坛。由作协、文联系统举办的各类文学期刊是文学作者学习写作和发表成果的基本阵地,也是文学读者阅读作品和瞭望文坛的唯一窗口。一个作者要从事文学、进入文坛,在文学期刊上发表作品和演练自己,这是唯一的必经之路。现在则不然,一些作者可经由出版运作直接出书,一些作者可在文学网站自由发表作品,文学的进路与出路都较过去更多了。但文学期刊仍然以严肃文学的坚守、高质量作家作品的推出,成为整体文坛的重要构成和中心所在。"这可由三个方面来看:一是由各级作家协会和有分量的出版社主办的文学期刊,联系着长期从事创作的各类文学作者,尤其是一大批造诣较高、影响较大的专业作家,这使它集聚了当下文坛最为重要的创作力量;二是文学期刊因为作者素质高,办刊专门化,所发表的各类作品都代表了同个时期的重要成果和最高水准;三是文学期刊本身也在不断变革,过去相对圈子化的现象开始有所打破,一些过去忽略了的领域如长篇小说、散文随笔、青少年文学等,都有专门的文学期刊开始涉猎,这使得文学期刊在代表性与影响力上都有新的提升。所以文学

---

①　朱栋霖,朱晓进,吴义勤:《中国现代文学史(1915—2018)》(下),高等教育出版社,2020 年,第 235 - 236 页。

②　朱栋霖,朱晓进,吴义勤:《中国现代文学史(1915—2018)》(下),高等教育出版社,2020 年,第 236 页。

期刊这一块,虽然在整体上的影响不如过去,甚至经常面临生存困境,但它仍然是当下文学的主体构成部分。"①

这一时期各种文学类型争相涌现。其中乡土叙事题材小说数量最丰,例如毕飞宇的《平原》、林白的《妇女闲聊录》、贾平凹的《秦腔》、孙慧芬的《上塘书》、阎连科的《受活》、关仁山的《麦河》、李佩甫的《城的灯》《生命册》等;历史题材小说有铁凝的《笨花》、严歌苓的《第九个寡妇》、刘醒龙的《圣天门口》、莫言的《檀香刑》、格非的《人面桃花》和《山河如梦》、叶广芩的《青木川》、叶兆言的《1937年的爱情》、李洱的《花腔》等;官场反腐小说有周梅森的《梦想与疯狂》和《人民的名义》、张平的《国家干部》、陆天明的《命运》等;少数民族文化题材小说有阿来的《空山》、范稳的《悲悯大地》;新革命英雄传奇有都梁的《亮剑》、项小米的《英雄无语》、徐贵祥的《历史的天空》和《高地》等;底层叙事小说中短篇小说有陈应松的《马嘶岭血案》和《太平狗》、曹征路的《霓虹》等,长篇小说有贾平凹的《高兴》、许春樵的《男人立正》、曹征路的《问苍茫》、孙惠芬的《吉宽的马车》、钟求是的《零年代》、刘国民的《首席记者》等;生态小说有陈应松的《豹子最后的舞蹈》、杜光辉的《哦,我的可可西里》、红柯的《哈纳斯湖》、白雪林的《霍林河歌》和鲁敏的《颠倒的时光》等。

二、以商业出版为依托的市场化文学

市场化文学是在文学图书的大众化出版与商业性营销的过程中逐渐浮出水面的。文学出版在新时期以来得到了较大的发展,但在长期以来都只是文学期刊的延续与补充。在以前,一个作者不具有一定的知名度,是很难出书的。只有那些在文学期刊上发表了一些作品并造成一定影响之后的重要作家,才有可能结集出书。而长篇小说作品,也往往是先在文学期刊上连载之后,再行出书。但进入90年代之后,情况便发生了明显的变化。因为出版行业的逐渐市场化,乃至产业化,尤其是民间力量介入出版后进而强化了市场运作与媒体炒作,文学出版开始由过去的以作者为主转而走向以读者为主。一些文学名家的力作经由"炒作",大幅度地提高了印数;一些无名作者的作品也可经由包装,走进图书市场甚至成为畅销作品。文学出版由此进入了市场化的新阶段,而且逐步形成了以大众化读物和类型化小说为特色的文学图书阵地,而这种类型化小说已成为当今网络写作与图书市场的主要品类。类型化作品当然并不等于低俗,但靠题材类型与故事类型取胜本身,就使它天然地属于通俗文学、大众文学。大众通俗文学为适应市场,不做"越矩"或"超前"冒险,更愿在大众道德层次上为人们提供"平面""安全"性阅读消费的保守倾向,也是需要注意的。所以,这也不难理解为什么大众通俗文学在"现代文学"时期一直游离于党争之外,没有也无意与政治集团发生纠葛,而觅得了娱人自娱的独立空间。② 在这背后,是阅读的分化,趣味的分化,甚至是"粉丝"文化的表现。

新世纪后,畅销书理念深入人心。市场定位成为畅销书实现成功运作的先导。在市场的影响下,一部作品出版后能否取得应有的市场效果,往往离不开对于目标读者的判断。精确的目标群体定位和营销策略是畅销书取得成功的重要基础。青春文学作家曾炜

---

① 白烨:《新世纪文学的新格局与新课题》,《文艺争鸣》2006年第4期。

② 张均:《中国当代文学制度研究》,北京大学出版社,2011年,第137页。

的《一光年的距离有多远》一书,出版社的策划编辑将该书的宣传重点放在"《我为歌狂》《心的二分之一》的作者又出新作"这个点上。姜戎的《狼图腾》,在出版前策划者也进行了精心的市场定位,确定了五类目标读者:"下过乡或者有知青情结的人""热爱动物的人""喜欢读励志方面图书的人""企业营销人""有很强的社会责任感,向往大草原的人"。李可的《杜拉拉升职记》在文本的打造上则注重与读者的心理认同。《杜拉拉升职记》最初只是一个发表在网络上的两千来字的小故事,但因为点击率很高,反响很大,于是受到了出版商的关注,督促作者将其写成小说,编辑还对小说中人物形象的塑造给予了建议。于是,李可把小说中的"杜拉拉"塑造成一个"姿色中上,受过良好的教育,没有任何背景,靠个人的奋斗取得成功"的都市白领形象。[1] 出版商将艾米的《山楂树之恋》的文本价值定位在"史上最干净的爱情故事"。这一定位,既让中年读者对自己无悔青春充满深切的怀旧,也暗合了当下年轻人追求纯爱的社会心理,从而为这本书找到了读者、市场和卖点的统一。[2] 随着民营出版企业进入图书市场,一批民营出版纷纷通过类型化出版强化自身的品牌建设,如"悦读纪"专注于女性读者这一细分出版领域,出版了《致我们终将逝去的青春》《钱多多嫁人记》《门第》《微微一笑很倾城》《步步惊心》《宫锁心玉》等,成为国内首个且影响力最大的女性阅读专业出版品牌。"智工场"出版的军事文学《狼牙》,上市后一个月内总销量就达 8 万册,到 2005 年年底,销量突破 20 万册,并成功签约影视公司。随后出版的《冰是睡着的水》《最后一颗子弹留给我》等作品的成功,奠定了"智工场"的军事文学地位。

三、以网络媒介为平台的新媒体文学

新媒体文学主要是网络文学,网络文学一般有三种形态:上网文学、网上文学、网话文学。与此相对应的,网络文学的含义也分为三种:广义、中观、狭义。

广义的网络文学称为上网文学,即所有上传在网上的作品,均可称为上网文学。传统作家将他们的纸面文学作品提供给文学网站并在网上传播。中观的网络文学称为网上文学,指网络上的原创文学,用电脑创作、在互联网上首次发表的文学作品。狭义的网络文学称为网话文学,指一种超文本多媒体作品,即用电脑将各种图片、声音、动画组合在一起,语言是多向连接语言。这种网话文学是最能体现网络文学本性的作品,包括多媒体制作、超文本链接等。

随着技术的发展,网话文学可能会是将来网络文学的发展方向,真正的网络文学应该是以互联网、手机、电子阅读器等新媒体为展示平台和传播媒介,并应该借助超文本链接和多媒体演绎等手段来展示内容,甚至包括文学作品、类文学文本及含部分文学成分的网络艺术品。

网络文学和传统文学有很大的区别。思想差异方面,网络文学更加注重娱乐性以及阅读快感;传统文学更加注重思想内涵。结构差异方面,网络文学一般是连载性的作品,结构较为随意、松散;传统文学一般情况下结构紧密。语言差异方面,网络文学创造了大

---

[1] 姜蓉:《博集天卷把"杜拉拉"做成现象》,《中国经营报》,2009 年 11 月 7 日。
[2] 梁春芳:《试读引爆市场　荐书震撼人心》,《中国出版》2013 年第 17 期。

量的词汇,显得更加喧哗、躁动,并充满了激情;传统文学的语言往往较为朴实、深刻。除了以上较为明显的差异之外,网络作家和传统作家也有较大的不同。年龄方面,传统作家的年龄分布在各个阶段,而网络作家基本在80以后,思想前卫、时尚、大胆、开放;传统作家的社会阅历较为深厚,写作功底较为扎实,而网络作家的写作水平参差不齐,综合知识面较广;网络作家的写作题材喜欢跟风,形成各种各样的写作套路,幻想、言情题材较多,而传统作家写作题材形式多种多样。

传统文学的投稿发表时间较为漫长,需要通过层层审核校对,更为严谨,价格即图书定价,而网络文学上传发表可在瞬间完成,因此作品可自由发表,基本上是原汁原味,在费用上即网费或VIP付费,因此,网络文学作品的定价一般情况下是低于传统文学作品的。总而言之,传统文学是需朝着新形势发展的,但是其具备的优势是目前市场上的网络文学应该借鉴和思考的。

"中国网络小说起步20世纪90年代末,大陆网络小说最初以转载台湾的原创网络作品为主。1998年,蔡智恒的网络小说《第一次亲密接触》制造了中国大陆第一波网络小说高潮。"①2001年,几个西陆文学论坛联合成立"龙的天空"原创联盟网站,标志着网络文学原创时期的到来。随着我国网络技术的快速发展和普及,网络文学经过二十多年的发展,网络写手队伍庞大,作家结构日趋年轻化,网络作品庞杂,质量良莠不齐。

网络小说类型庞大,网络玄幻小说有萧鼎的《诛仙》、血红的《逆龙道》和《神魔》、天蚕土豆的《斗破苍穹》等;网络穿越小说有金子的《梦回大清》、波波的《绾青丝》、桐华的《步步惊心》、海飘雪的《木槿花西月锦绣》、李歆的《独步天下》;网络同人小说有今何在的《悟空传》和《九州·羽传说》等;网络架空小说有酒徒的《家园》、灰熊猫的《窃明》、我吃西红柿的《星辰变》、随波逐流的《随波逐流之一代军师》等;网络后宫小说有流潋紫的《后宫:甄嬛传1》、凌语嫣的《争锋——世界顶级企业沉浮录》、孔二狗的《东北往事:黑道风云20年》、嬷嬷茶的《和校花同居的日子》、阿越的《新宋》、可蕊的《都市妖奇谈》等。

"网络文学发展至今已成为文学市场的一股重要力量,网络文学的出现改变了作品的写作方式和传播方式,也影响了人们对于文学的传统观念。从网络文学行业整体格局来看,随着互联网知名企业、创业者们纷纷加入网络文学市场中,行业竞争愈发激烈。从网络文学内容来看,网络文学与传统文学相比更简单易懂,且更加具有娱乐性;尤其受到年轻群体的喜爱。然而,由于对市场过分迎合,网络文学行业出现了过度娱乐化和过度商业化的倾向,网络文学'轻内容'现象严重。"②

"在这样的一个三足鼎立的文学新格局的背后,是文学的环境与氛围的变异,是文学的生产与传播的转型。新世纪文学显然在不断地延展与陡然的放大之中,已非单一、单纯的文学领域里自给自足的现象,它必然又自然地连缀着社会风云、经济风潮与文化时尚,正成长或变异为一种混合形态的新型文学。"③新世纪文学包罗万象,充满了多样性、复杂

① 朱栋霖、朱晓进、吴义勤:《中国现代文学史(1915—2018)》(下),高等教育出版社,2020年,第204页。
② 《第32次中国互联网络发展状况统计报告》,《互联网天地》2013年第10期。
③ 白烨:《新世纪文学的新演变与新挑战》,《解放军艺术学院学报》2013年第4期。

性,充满着可能性、创造性。"从作者的身份与业者的构成看,因写手的不断涌现,作家的重新组合,队伍急剧地膨胀起来。从作者秉持的观念和操持的写法上看,各种观念并存并举,不同的写法兼收齐备,其多样性与多元化,不仅不一而足,而且前所未有。这一切,都造成了当下文学的异常繁盛景象,而且从内到外,方兴未艾。"①

第三节　中原大地的书写者——李佩甫

一、李佩甫的文学道路

1953年,李佩甫出生在许昌市一个穷人的大杂院。在童年时期,喜爱阅读的他,在油灯下看了许多课外书,比如《古丽雅的道路》等。17岁的时候,李佩甫下放到许昌县苏桥镇后王村当知青,四年后离开。这段日子里,长大的李佩甫在田野里劳动,与村里人们相处,这让他从各个方面积累着农村实际生活的经验,为以后的创作打下了基础。

李佩甫从1978年开始发表作品。他写作的第一阶段是从1978年到1985年,这期间发表的作品有:《青年建设者》《在大干的年月里》《谢谢老师们》《憨哥儿》《二怪的画》《多犁了一沟儿田》《我们锻工班》《十辈陈轶事》《青春的螺旋桨》《小城书柬》《蛐蛐》《森林》。这是李佩甫小说训练的初期,他在试探摸索着写什么以及怎么写。他先写机械厂的技术员,再写刚承包到户的农民,再写城市青年的苦恼和农村青年的拼搏,在迷茫中寻找着写作方向。那时,李佩甫刻苦努力,也压抑痛苦,为叙述内容和叙述形式的突破而焦虑。当时,他已经贪婪地阅读过大量西方现代派小说,也积极地尝试着叙述方式的变化,比如《青春的螺旋桨》是日记体,《小城书柬》是书信体;《蛐蛐》则贴近改革开放初期的农村年轻人,借杏的成熟隐喻男女爱情的成熟;《森林》是零碎化了故事情节,着意突出三个要改变命运的农村青年的内在情绪。后来,李佩甫同代的其他50后作家,在马尔克斯和福克纳的影响下,开始了以地理上的家乡位置为原中心的"圈地运动":莫言找到了"高密东北乡",贾平凹开始了"商州"系列,这让内秀而要强的李佩甫,感到压力很大,他每天晚上像狼一样满大街乱走,苦苦思索着、等待着。终于,功夫不负有心人,他在1985年寻到了自己的文学领地——豫中平原,开始了自己文学王国的精耕细作。

1986年到1992年,是李佩甫写作情绪饱满激越的一段时期,作品风格逐渐形成。1986年,作家在《莽原》上发表了《红蚂蚱　绿蚂蚱》(写于1985年),这是他创作过程中的重要界碑。这篇小说,将沉睡的乡村记忆和乡村情感唤醒,文字间氤氲着温暖动人的诗意。这个小说一发表,顺理成章地推动他的文学命运进入了一个新阶段,变投稿为约稿,作品走进了全国期刊的视野。《红蚂蚱　绿蚂蚱》中,那个端着小木碗在舅舅家混吃的小脏孩是李佩甫绝大部分小说的叙述者,他一出场,李佩甫的文运就一发不可收,不仅很快

---

① 白烨:《新变、新局与新质——为新世纪文学把脉》,《海南师范大学学报(社会科学版)》2011年第1期。

写出了让人怀念至今的许多经典作品，如《黑蜻蜓》《金屋》《无边无际的早晨》《画匠王》等，还基本形成了他独特的写作风格，形成了他独特写作视角下的社会认识。之后的写作，就是这风格的延续和这认识的再深化。与莫言《透明的红萝卜》中那个沉默寡言的黑孩儿一样，李佩甫的这个"黄土小儿"是他文学世界中的领头人，引导着他后来的创作方向和范围。这段时期的李佩甫，精神平稳下来，在自己的"自留地"里安心劳作起来，他以"地之子"的身份，进入了对大平原的反复追问和书写中。很快，他不满足于中短篇小说的体量了，想要在更阔大的空间中施展拳脚。1986年，他辞掉《莽原》编辑部主任的职务，到省文联创作室当起了专业作家，立即着手第一部长篇小说《李氏家族》的准备。很快，1987年，这部长篇在长江文艺出版社出版。1988年，李佩甫参加一个采风团，到豫北一个富裕的回民村参观。村街上空是腥膻的牛皮羊皮味儿，家家户户高楼大院，屋里床上垛满了花花绿绿的被子。敏锐的李佩甫嗅到了金钱对这个村子的占领，对村民精神的逼压和败坏，感到一种不同以往的大地命运即将来临。于是，1989年，他凭着直觉的准确写出了《金屋》。这是一则关于乡村命运的寓言，也是指向未来图景的预言——"金屋"突然金碧辉煌地耸立在沉默的大地上，它以无法抗衡的诱惑与力量摄去了村庄的魂魄，给村庄带来了前所未有的"变乱和灾难"。《金屋》写得劲儿大气儿足，显示出李佩甫提炼社会现象、归纳典型人物和典型情节的能力。在这个长篇里，他开始重点思考"人场"关系学和"村场"成长课，这是以后他"人与土地"关系学这一思考核心的组成部分。

1992年至今，是李佩甫创作的成熟阶段。一方面，他创作了几部有代表性的电视剧：1992年创作了《颍河故事》（堪称乡土电视剧史上的经典），1997年创作了《红旗渠的故事》，2003年创作了《红旗渠的儿女们》，前几年，还创作了电视剧《康家大院》（后改为长篇小说《河洛图》），是中原书写的扩展。另一方面，他的长篇代表作，在这时期陆续完成。1995年，他写了具有探索意味的《城市白皮书》，借一个有特殊功能的小女孩的"眼睛"，呈现一系列关于人灵魂形象的"意象"，并让这些有病意象成为长篇小说的主体内容。1999年，李佩甫的代表作《羊的门》由华夏出版社出版，在当时引起了轰动，好评如潮，热议不断。2003年，他写了《城的灯》，这是他努力寻找拯救精神迷失的意图。2012年，他的长篇小说《生命册》出版，并在2014年获得了第九届茅盾文学奖。《生命册》是李佩甫耗费心力最多的一部作品，写作之前，他频繁地下农村，了解新变化，沉淀新感受，着意弥补自己新农村生活经验和认识的匮乏。他还拿出一部分钱去炒股，只为了了解炒股的常识，体会书中人物的心态起伏。经过八年时间的准备和调整，他克服了以前写作忍耐力不足的问题，写得沉稳、细致、从容了。

整体来看，李佩甫的每一部作品，都是动态轨迹图上的一个点，每一部作品都是一个向上递进的台阶。过程是不可超越的，李佩甫是一步步踏踏实实地走过来的，这其中有不可逆的因果。

二、中原三部曲

李佩甫是中原大地的书写者，他的代表作是中原三部曲：《羊的门》《城的灯》《生命册》，这三部长篇有共同的主题——关于现实生存的观察和思考，他由此延伸出了一个核心思想——人与土地的生成关系，用植物与土壤的关系来喻指。

《羊的门》是关于中国人社会生存真相的村庄寓言,写了一块土地的命运,一个民族生活的寓言。相信读过《羊的门》的人,一定会被前边写土地和草的篇章震惊住了,没有人这样写过,这么新鲜,这么细致,感觉捕捉这么准,平原的气息——混合着泥土味、青草味,和人的鼻息,就在眼前、在耳边。第一章是整部小说的总领,李佩甫完成了对豫中平原的绘形、立象、写意,有《诗经》的比兴手法和意味。这是一块"展展的一马平川"、经受"连年的战乱、天灾"的"绵羊地","绵羊地"在此既是外形类比,也是意义暗蕴,"羊性"喻指了平原上的人性。然后,作家详细、深情、带些感慨地刻画了平原上"最为低贱的植物"——草,他列举了 24 种草,描写了它们的"各种各样",也参悟了它们那"默默让你踩"的"生生不灭"的生存韧性。这些不起眼的植物,庄严地入了文本,成为解密大地、喻示民性的符码。它们就像这块土地上的人们,骨头是软的,气却是硬的,这"三寸不烂之气"让"一代代后人"在残酷险恶中仍得以繁衍,这就是平原的精神了。《羊的门》的主要人物是呼天成,他是呼家堡的村支书,也是一个责任感和能力都强大的"牧羊人"。在村里,他有权威,有方法,管理着村民的日常生活,引领他们在时代经济潮中走向共同富裕,村民对他是又敬又怕;在外面,他善于经营人场,将外圆内方的智慧实践得淋漓尽致,到哪个层面做事情都游刃有余,无往不利。这样的呼天成,不仅属于中原,还属于中国,不仅属于当下,还属于历史。每次读《羊的门》,都有种要被淹没的感觉,好像水要消失于水中一样,人要消失于人海中。这点,应该是李佩甫内心深处的矛盾和悲哀。

2003 年,李佩甫写出了"中原三部曲"的第二部《城的灯》,这是他的精神救赎方向的探索之作。早在 1994 年,他就认识到:"文学艺术可以看做迈向精神空间的桥梁和阶梯。"但精神空间上实实在在的上进,每一次都很艰难。《羊的门》的结尾,呼天成死后,人们发出了此起彼伏的一片狗叫声。这是情义还是奴性? 实现了物质富裕的中原农村,真的进步了吗? 这疑问和痛苦,迫使着李佩甫的思索转向新的层面——精神拯救。在《城的灯》里,李佩甫从一个社会精神病症的批判者,过渡到了精神救赎之光的探寻者。他想从精神指引和环境熏陶两方面探索改良人心的良方,主人公刘汉香,就是他配出的药。

刘汉香在前半部分是扛起了一个穷家的现实女子,后半部分就被提升为引领百姓物质、精神双丰足的带路人,死后更被奉为地方信仰的女菩萨——香姑。她聚合了人类文化精神财富的多种元素(有主次轻重之分):她是儒教的,具有同杜甫一样"忧国伤民"的情怀;她符合民间传统道德伦理,宽厚善良,忠贞刚烈,富有牺牲精神,是河南戏剧常讴歌的那类女性;同时,她的精神价值"种子",又借用了《圣经》字句——"一粒麦子,不落在地里,仍旧是一粒。若是落在地里死了,就结出许多子粒来";她还像挺拔的俄罗斯女子,显示出人的高贵和尊严。这些基本对应着李佩甫的精神构成,显示出他的精神版图拼块:渗透在中原大地与中原人血脉中的儒家精神、民间传统道德观念、成长于小时候特殊年代的"舍小我为大我"的集体主义观念和奉献牺牲精神、《圣经》的救赎思想、俄罗斯文学的接受和想象。

刘汉香是一个象征形象,她在李佩甫的作品形象序列中很重要。但是,她精神灯塔的光源,似乎并没有照进现实生活的幽暗角落和人心中去。小说结尾处,她被几个图财的农村少年害死,这里隐含着道德救赎的现实无力。刘汉香是一个神话,作家要写这样一个神话,他深深懂得神话是不可实现之物,但必会被人永久缅怀,尤其是在后世。这个刘汉香,她身上的大地圣母意味很清晰。大地哺养植物，哺养人类，以无私的恩义养育了世上的万物。刘汉香也很无私，她与冯家昌恋爱时，将青春的时光和努力，用来换取冯家的幸福生活了。她爱情受挫后，并没有成为秦香莲，而是当了村长，辛苦培育"月亮花"，为带领全村人奔向幸福生活而尽心竭力。最后，埋葬着她的"香姑坟"，矗立在平原上，许多迷途的人们、忏悔的人们下跪虔心伏拜，也是在回到大地、朝拜大地，并最终回到大自然、朝拜大自然，洗涤自心的意味。

第三部《生命册》，与《城的灯》间的时间跨度是九年。这期间李佩甫还写了《等等灵魂》，他在电视剧剧本的情节基础上，渗入了自己对时代飞速发展的怀疑，以一个商业帝国的顷刻覆灭为教训，表达出"别走太快，等等灵魂"的呼喊。《生命册》是李佩甫写作时间最长的小说，花了三年多时间。这也是他写作内容跨度最长的小说，他回头写了五十年来的"脚印"史。这部小说读起来很有意思，可以找到一些关键字句出来，将这些关键字句联在一起，会发现整部小说的结构线索。《生命册》里的关键词句是这几个："我是有背景的""我把自己移栽到了城市""会变形""我怀念""再也回不去了""寻找让筷子立起来的方法"，这些，其实是对小说主要内容的高度概括。

这部小说主要刻画了以下几个人物：老姑父，他是村长，担负着村人们的艰难生计，常帮助没爹少娘的孤儿，但后来，他渐渐变得入乡随俗，成了腰里系着村印章的"酒鬼"，最后中风，被家里人嫌弃；梁五方，他有底层人改变命运的志气和付诸实施的狠劲儿，有不容于人的能干和"各料"，他后来沦为了几十年的上访户，颓废邋遢，竟成了算卦先生；虫嫂，是农村里的扛家妇女，有三个孩子要养活，能豁出去，后来，她三个孩子都考上大学后就进了城。还有春才、慢毒药杜秋月、眼里爬满黑蚂蚁的苇香……这些无梁村的人们，就是作品中的"我"（吴志鹏）的"背景"，是影响他生命形成的"土壤"元素。

回望李佩甫的创作历程，他是将几十年得来的叙述经验都用在了《生命册》中。

他用植物与土壤的关系来象征人与生存环境之间的影响关系，这是他的思想结构，也是他文字的意义核心。比如《羊的门》中的24种草，《城的灯》中的"花"和《生命册》中的树。他以无梁村那些离开土地就会变形的树，来喻指在社会生存中纷纷走到自己反面的那些人们。"这里不长栋梁之材……平原上的树有一个最可怕的、也是不易被人察觉的共性，那就是离开土地之后：变形。"这里，蕴含了一个长久追究人性生成关系的作家的内心感慨。

李佩甫对文学有敬畏、有神圣感、有献身精神，他知道"情感是写作的灵魂，作家情感的真诚度对作品质量有很大影响"，因此他文无虚作，"勤一世以尽心于文字间"；李佩甫专一，这专一"让他摸到真东西，老老实实、心无旁骛地参透"；他珍惜有幸找到的这只"笔"，他说"除了这支笔不能丢掉，其他的一切都可以丢掉"；李佩甫在写作中强调"咬住"，他知道十人有九个都能做到"理上通""嘴上行"，只有那最后一个能落实到行动上。践行这个关卡，拦住了许多人，有聪明的，更有笨的。

人拿出多少来养文学，文学就会拿出多少来回馈人吗？不知道。热爱写作就去爱，何必计算呢？但写作过程中，生命不断借由文字经受的冶炼和修行，对写作者来说，是重要的。是文字，让写作者从过去的一个个"我"，成了今天的样子。是文字，让李佩甫从大杂院里、庄稼地边的"小脏孩儿"，不断蜕变、不断完成，成了现在这个有典型地域特色的、中原大地的书写者。

第四节 21世纪传统散文衰落与新媒体散文繁荣

20世纪80年代中后期,尤其是进入90年代以来,中国散文获得了长足甚至是前所未有的发展。其中余秋雨的文化散文可谓势不可挡,掀起了散文热潮,追随者众多。进入21世纪后,文化散文的热潮还未完全退却,尚有余韵。随着社会生产力的迅猛发展,网络时代的到来,文学传播的媒介发生了实质性转移,引起传统散文的衰落,可以说中国的散文已经进入一个新媒体散文的时代。

一、传统散文的衰落

在新时期里,当代文学展示出了它蕴藏已久的活力,蓬勃发展。随着国外新小说方法的引入,使当代小说进一步摆脱了创作方法单调的尴尬窘境,获得了从未有过的成功。与小说的成功相似的还有电影与戏剧的发展,至于新诗更是风云迭起,流派纷呈。唯独总是走在文学前列的散文创作,在这个文学复兴的时代里显得发展迟缓。但散文作为具有传统底蕴的古老文体,文化根基深厚,21世纪以来仍然有一大批代表性的散文作家如周国平、林非、张抗抗、张玮、贾平凹、冯骥才、铁凝、毕淑敏、迟子建等创作出了数量不菲的作品。

进入21世纪以来,20世纪90年代以来已经出现的问题被延续下来,甚至日渐突出和尖锐,同时又有新的问题不断涌现。因此传统散文的内容大多反映社会存在的现实问题,体现出了对心灵与命运的叩问,对历史文化的人性发掘,对乡土与底层的关注,对亲情的深层表现的发展走向。无论是李登建的《短工市》里城市中短工争夺超负荷体力劳动的生活,还是朝阳的《丧乱》里饱受苦难的农村老人绝望的一生,都让我们真实感受到了底层人民的生活,反映出在社会转变中出现的民生问题、城乡关系问题等。

21世纪以来,物质发达与精神匮乏之间的矛盾日渐突出和尖锐。人们处于一种极度浮躁和迷茫的状态之中,在大多数情况下,人们没有时间也没有心思顾及精神的问题。而传统散文中对生存、生命意义的探寻,对精神和灵魂领域的追求仍然存在。如王开岭的《仰望:一种精神姿势》是对被物质和功利主义席卷的当今社会发出的有力的回应。他认为"仰望星空"不仅仅是一种身体的姿势,更具有美学和宗教性的意义,对人的生存意义深远。"在我眼里,这不仅是个深情的动作,更是一束信仰仪式。它教会了我迷恋和感恩,教会了我如何守护童年的品行,如何小心翼翼地以虔敬之心看世界,向细微之物学习谦卑与忠诚……谦卑,人只有恢复到谦卑,生命才能获得神性的支持,心灵才能生出竹节的高度与尊严。"①这些隽永的话语是引导我们守住精神与灵魂的宝藏。

人间挚情是文学作品永远的主题,传统散文历来有表现生命体验和真情实感的作品。21世纪以来表现亲情、友情、爱情的情感类散文佳作也颇多,其中阎纲的《我吻女儿的前

---

① 王开岭:《精神明亮的人》,书海出版社,2009年,第12页。

额》写父女之爱，将白发人送黑发人的痛感写得淋漓尽致，是近年来最受关注的至情之作。

二、文化散文的余热

如果说余秋雨的《文化苦旅》开创了新时期文化散文的先河，那么21世纪以来，王充闾、林非、李国文、卞毓方、梁衡、李存葆、石英、刘长春、郭保林、杨闻宇等一批作家的作品则共同构成了文化散文创作新的景观。90年代末以来，文化散文曾一度走入困境。这与一些作品存在的明显缺陷有关，一是追随者的仿写模式化，二是缺少具有现代意识的文化反省和独到的精神思索，因此为人所诟病。

当下大量新作品的问世为文化散文注入了新的生机。首先是余秋雨在新世纪相继创作了《千年一叹》《行者无疆》《借我一生》等散文集，沿袭了他的文化视角的散文书写。王充闾创作于2002年的《用破一生心》也是其中的代表性作品。散文作者紧贴人物的精神状态行文，在历史文化语境还原中揭示历史人物的生存状态和精神世界，以细致入微的笔触去触摸历史人物的灵魂，对曾国藩得出了切合实际的评断。之后又接连创作了《他这一辈子》《灵魂的拷问》《人生几度秋凉》等作品，通过历史人物解读人生，体现了思想的深度。林非对中外历史文化和历史人物的解读同样建立在鲜明的现代意识之上。如《询问司马迁》《浩气长存》等散文作品为这些遥想中的历史先贤注入了新的生机和血脉，显露出作者宏大的人生志趣和价值理想。另一方面则也有作品《古代美女息妫的悲剧》《在卢梭铜像前的思索》等，对中外传统文化中的封建主义、专制主义进行着深入而犀利的批判。此外，还有一些作者沿着历史回望这一角度作出个人化的思考，如章诒和的《往事并不如烟》、唐韵的《谁为暴力屈膝》等透过历史的烟尘探索人类发展的精神之路，带给我们以思想启发。

三、新媒体散文的繁荣

随着科学的发展，网络时代的到来，新世纪出现了依托于现代媒介的散文形式，这种网络散文可以称之为新媒体散文。与传统纸质散文有所不同，它突破了传统散文的限制。长期以来，散文主要是由散文家进行的创作，虽然也有其他主体参与其中，但散文家创作的散文仍是主要的。如今这一状况发生了根本性变化，创作主体空前繁荣壮大起来，散文成为最具大众化并为全民关注和参与的文学形式。

网络的发展尤其是博客的流行更带给散文以巨大影响，它打破了写作的门槛，解构了话语霸权，越过了出版环节，给每一个跃跃欲试的人提供了平台。可以说，有互联网的地方就有散文写作。散文真正成了无拘无束的自由之花，在中国大地的任何一个角落尽情绽放。从最早的"榕树下"到天涯社区"散文天下"等的文学论坛时代，到博客，再到微博、微信、App时代，网络技术不断更迭，散文的版图不断扩张。今天的豆瓣阅读、网易人间、简书以及微信公众号都积聚着新散文创作的潜能。归结起来，散文走红最重要的原因在于其自身在精神上的深刻性、多样性和艺术表现上的丰富性。这不论在时空感、灵活的表达方式、语言的简凝，还是内容的通俗化，抑或是受众之广，都是前所未有的，对传统纸媒散文都是一次历史性的重大突破。它的轻松、幽默、诙谐、智慧都是传统散文所望尘莫及的。

总之,散文的文体特质使其在信息时代得到了发展的良好机遇,尤其是网络的发展和博客的流行给散文写作的全民参与带来了现实可能,散文成为创作数量最丰、作家队伍最为庞大,同时也是最受读者关注的文体。当然,这难免会导致散文质量的泥沙俱下、良莠不齐,出现格调不高的快餐式散文,但毕竟开拓了散文的题材和主题领域,丰富了其品类和艺术风格。

第五节 21 世纪迎来转机的戏剧

20 世纪 80 年代中后期的戏剧陷入危机,经过 90 年代的戏改、探索、调整,特别是小剧场运动,进入 21 世纪的戏剧开始出现转机,话剧和传统戏曲都得到了一定的发展,无论是国营剧团还是民营剧团均很活跃,剧本创作增量,演出逐渐繁荣。其繁荣原因主要有四点:一是政府机构对原创舞台艺术的奖励机制成为中国戏剧发展的重要动力;二是从全国到地方的各类戏剧奖项、电视戏剧大赛、各类戏剧节的举办等,促进了当代戏剧的繁荣,催生了新的戏剧剧目的产生;三是一些商业戏剧出于营销策略,需要不断推出新剧目,激发了戏剧爱好者的创作热情;四是一些小说、影视剧作家如莫言、刘恒、万方、邹静之等人的加盟,提升了剧本质量,拓展了戏剧的艺术表现空间。

一、话剧

(一) 立足当代,关注现实

进入 21 世纪之后,话剧继续探索民族性、现代性的艺术进程,围绕着变革时代出现的社会矛盾与问题进行人性反思,出现了立足当代、关注现实的一系列剧目。2003 年邹静之编剧的《我爱桃花》,是一部探讨情感问题的后现代剧。故事由古代小说《醒世恒言》的一个小故事改编,编剧用戏中戏的方法巧妙地将古今如一、永远也无法说清的人类情感困惑展现在舞台上,揭示在两性问题上,误会成为难以跨越的症结,从而全景化地展现出人自身的生存状态。2006 年万方编剧《有一种毒药》,是一部标准的家庭心理剧。该剧讲述了一家四口:父亲、母亲、儿子和儿媳之间不可调和的矛盾。婆媳矛盾是全剧的主线之一,而儿子儿媳间女强男弱的夫妻对比也折射出当代男人所面临的悲惨现实。该剧之所以叫作《有一种毒药》,就是为了阐释人的极端情绪对人际关系带来的巨大伤害。它是曹禺的女儿万方为纪念自己的父亲逝世 10 周年而作。2007 年李宝群编剧的《矸子山上的男人女人》,是一部反映国有企业的改制,东北地区下岗工人现实处境的话剧。该剧最大的成就在于塑造了一群哀而不伤、沉郁悲壮的人物形象,他们在人生低谷中不失生命力量,在未来的憧憬中总有美好希望。2014 年中国国家话剧院演出了话剧《枣树》,该剧由黄盈编剧并导演,发生于 20 世纪 90 年代。大幕拉开,观众眼前是一座北京大杂院,枣花胡同 31 号院子即将拆迁,住家各自施展心机,只有何大妈最割舍不下的是院子里老伴儿种下的枣树。树没了,人在哪里? 情何所系? 心何所依? 编剧透过经济社会的现象,审视社会人心。2016 年刘一达编剧的《玩家》是一出京味浓郁的世态话剧。该剧取材于 20 世纪 80

年代后期北京兴起的民间收藏热潮,围绕靳家一对祖传元青花瓷引发的纷争,着重展示了不同时期北京收藏界的众生态。2017年,孟冰改编、路遥同名小说《平凡的世界》,该剧全景式地展现了1970年代到1980年代陕北地区普通人在大时代历史进程中平凡而又曲折的人生道路,塑造了一批鲜活的农民群像。

2020年是全中国人民共同抗击新冠肺炎疫情的一年,是"十三五"规划的收官之年,也是决战脱贫攻坚的关键一年。所以,2020年的中国话剧有三个主题。

一是抗疫主题。解涛编剧的话剧《因为有你》,展现的是抗疫斗争,焦点却是人心和人情。尽管人们很难预测,"明天与意外,哪一个先来",但是因为有你,不离不弃。赵瑞泰编剧的《逆行》,剧中表现了两个医护家庭武汉抗疫的故事。刘金妮编剧的《人民至上》,以武汉医护人员抗击新冠疫情的事迹为表现内容,展现了中国人民众志成城,不怕牺牲,共同抗疫。"此外,还有上海戏剧学院的《护士日记》、天津人民艺术剧院的《生死24小时》、南京市话剧团的《鸽子》、北京人民艺术剧院的《社区居委会》、广东省文化和旅游局的《致勇气》、北京儿童艺术剧院的《14天》等等,这些戏剧聚焦普通人,讴歌时代英雄,表现众志成城的抗疫行动,展现了生死面前人的处境和反应,以及在疫情面前的生命感悟和感动。"①

二是脱贫攻坚主题。蒲逊编剧的《村里新来的年轻人》,该剧以扶贫干部为表现主体,展现当代农村的社会现实和农民精神面貌的改变。李龙吟编剧的《金色的胡杨》,该剧写一个汉族村支书刘国忠帮维吾尔族群众脱贫,并受到新疆喀什科克敦村人的热烈拥护和真心爱戴,刘国忠与村民融为一体,每一个人都像长在这片土地上的一棵胡杨树,枝叶相连,根脉相通。另外,此类题材还有:辽宁人民艺术剧院的《千字碑》、煤矿文工团的《情系贺兰》、福建人民艺术剧院的《县委书记廖俊波》、南通艺术剧院话剧团的《索玛花开的地方》、云南省话剧院的《白鹭归来》,等等。

三是讴歌英雄主题。为英雄立传、为时代画像历来是话剧艺术工作者的责任和担当。唐栋编剧的《今夜星辰》,以"两弹一星"元勋郭永怀与妻子李佩为主人公,表现了他们为祖国和人民无私奉献、忠心报国的感人事迹。周振天编剧的《深海》,表现了国家荣誉勋章获得者、人称"核潜艇之父"的黄旭华为核潜艇事业呕心沥血的人生。

（二）历史剧彰显人性

剧作家们从历史文化资源中寻找创作灵感,借历史人物和历史事件彰显人性的复活。

2000年,赖声川编导的《如梦之梦》,是21世纪初期华人剧场最受瞩目的话剧之一,也是他个人从事剧场工作多年来最大胆的突破:该剧首创环绕式的剧场,演出长达八个小时。故事讲述一位病人,在医学无法诊断他绝症的时候,开始做的追寻。整出戏像一次庞大的旅行,从主角的生命末端开始,从20世纪末到20世纪初,从亚洲到欧洲,从生到死,从痛苦到解脱的可能性。2009年郭启宏编剧历史剧《知己》,表现了文人之间的惺惺相惜以及境遇造成的心灵距离,深刻地表达了对知识分子的遭遇与人格变异的反思,揭示了现实对理想的摧残。莫言的历史剧创作见解独特,重新阐释历史人物。1999年他创作的《霸王别姬》,避开了传统戏剧表现项羽的征战之功,挖掘出项羽幼稚的单纯与宽容以及莽

---

① 宋宝珍:《2020年话剧:疫情之下的征程》,《文艺报》,2021年1月11日第4版。

汉般任性的人性弱点。2011 年莫言编剧的《我们的荆轲》，该剧一反传统荆轲舍生取义的侠义精神，而是一举成名的心态——"戏剧一开场便是几个演员在闲聊：'没有亲戚当大官，没有兄弟做贷款，没有哥们儿是大腕儿，要想出名难上难。于是他们决定好好演戏，或许这也是出名的机会。历史与现实，他者与自我浑然一体地连接在一起。他的创作意识穿越古今，不仅解构传统意识中的英雄迷梦，也解构人自身将他人当祭品的私欲野心。"①2013 年孟冰编剧的《伏生》，以当代文化立场对先秦历史人物和文化事件进行反思。2017 年，罗怀臻编剧的《兰陵王》，此剧透视人性、寓意深刻。兰陵王的本我与可人儿、大面之间的伪装与伪化，阻抗与挣扎的心理动机与外在行动逻辑清晰，充满张力。2019 年郭启宏编剧的《林则徐》，采用碎片式的作品结构，截取了虎门销烟这一事件和前后所能勾连的支脉，包括鸦片战争、被诬罢官、发配新疆等，用林则徐人生中最闪光的片段来折射风雨如晦的近代中国史。同年郭启宏编剧的《杜甫》，呈现了杜甫自"安史之乱"后到去世这段人生轨迹，其中既有他仕途的坎坷，也有他与严武、高适、李白、苏涣的相交与相离，更有他内心的困顿与精神的伟大。塑造的杜甫形象不仅有忧国忧民的情怀、路见不平的侠义热肠，更有常人眼中的"迂阔"：平凡人的小计较和钻牛角尖，以及原则固执背后的可爱。

　　21 世纪的历史剧创作，明显带有当代意识的观照，显现了鲜明的人文精神。

二、小剧场戏剧

　　21 世纪以来，民营戏剧迅速发展，文化环境大为改观，小剧场戏剧的商业化、流行化、娱乐化趋势逐渐明显，比较著名的民营演出团体有：戏逍堂、雷子乐笑工厂、三拓旗剧团、开心麻花剧社、哲腾演出运营院线、李伯男戏剧工作室、至乐汇等。2008 年孟京辉编导的《两只狗的生活意见》，被誉为"孟氏戏剧金牌爆笑组合"。该剧融入了法国喜剧、意大利即兴喜剧和中国传统喜剧的表演手法，创造性地将热情洋溢的即兴表演风格和扎实的现实主义表演熔为一炉。该剧描述了狗哥哥来福和狗弟弟旺财离开家乡，走进城市，去寻找幸福生活和伟大理想的故事。在光怪陆离灯红酒绿的城市里，它们看到了人生百态，也闹出了天大的笑话，从而对生活产生了各种意见，而这些意见是它们简单纯洁的头脑无法理解的生存难题。同年，潘军编剧、王晓鹰导演的《霸王歌行》揭示了历史的悖论和人性的奥秘。2009 年黄盈编导的《卤煮》以一家胡同深处的卤煮老店为背景，讲了卤煮的三代传人对传承手艺这件事的不同态度和观念，通过色彩缤纷的人物带出了改革开放三十年间人们生活的巨变。黄盈编导的《黄粱一梦》是对中国戏剧国际化的一次大胆的尝试。2011 年张巍、哈智超编剧的《剩女郎》，这部戏是以 29 岁的张小姐为视角探讨都市情感生活。2012 年北京开心麻花娱乐文化传媒股份有限公司出品了《想吃麻花现给你拧》和《夏洛特烦恼》。《想吃麻花现给你拧》可谓是"麻花系列"的开山力作，该戏的讲述方式完全是搞笑的、无厘头的，却又是讽刺的，主要讽刺了社会上种种不良现象。2012 年由闫非和彭大魔联合编剧、执导的《夏洛特烦恼》，讲述了一个普通人穿越重回到高中校园并实现了种种梦想的不可思议的经历。同年青年学生温方伊编剧、吕效平导演的《蒋公的面子》，在现实利

---

　　①　朱栋霖、朱晓进、吴义勤：《中国现代文学史（1915—2018）》（下），高等教育出版社，2020 年，第 239－240 页。

益和精神坚守中拷问知识分子的精神困境。周申编导、至乐汇演出的《驴得水》,探讨知识分子的命运以及我们每个人的底线。李宝群编剧的底层人三部曲:《两个底层人的夜生活》(2012)、《两只蚂蚁的地下室》(2014)、《两只蚂蚁在路上》(2017),展示了底层人在当代社会的焦虑、彷徨、奋争和梦想。2016年黄维若编剧、赵淼导演的《罗刹国》,是一部颇有表现特色的肢体剧,更是一部关于真假、善恶、美丑、爱恨、生死的寓言剧。

总之,小剧场戏剧"往往借助主流文化热点,对历史与现实进行艺术的折射式反映,采用戏仿、戏谑等喜剧手段或肢体语言与新的叙事手段,反映年轻人对社会人生的反思,顺应青年观众的欣赏习惯,在演出市场上赢得了自己的一席之地"①。

三、戏曲

随着市场经济繁荣,人们对于文化的精神需求不断提升,中央也提出文化大发展大繁荣、弘扬传统文化的国策。2002年,文化部、财政部设立了国家舞台艺术精品工程,特别是联合国教科文组织推出非物质文化遗产代表作认证,极大改善了中国传统戏曲发展生态,新世纪20年来,中国戏曲得到了长足的发展,出现了诸多精品力作。

陈涌泉2001年编剧的豫剧《程婴救孤》是新中国成立后第一个登上纽约百老汇剧院的剧目,被美国戏剧界称为"中国歌剧"。该剧讲述的是春秋时期,晋国忠臣赵盾一家三百余口被奸贼屠岸贾杀害,围绕着赵氏孤儿的生死存亡,程婴等人冒死历险,慷慨赴义,与屠岸贾上演了一场正义与邪恶的较量、善良与残暴的比拼。该剧注重人性意蕴的拓展,将民族精神、人格力量、理性光辉三者统一,实现了从传统名剧到现代新戏的艺术转换,演绎了"一出戏救活了一个剧团"的传奇。2003年编剧的豫剧《朱安女十》(后改名《风雨故园》),是首部以鲁迅的原配夫人朱安为主角的作品,该剧既浓墨重彩地体现出朱安的挣扎和对希望的执着,也深刻揭示了鲁迅的无奈和心灵突围的艰难。2002年姚金成、张芳等编剧的豫剧《村官李天成》,该剧以河南省濮阳县西辛庄党支部书记李连成为原型,塑造了一个带领群众脱贫致富的基层干部形象,较好地演绎了主人公李天成在困境中表现出的高尚思想,在真切的情感独白中展现出人格的光辉。2004年白先勇编剧的青春版《牡丹亭》,上演了一部戏振兴一个剧种、培养大批年轻观众的传奇。王仁杰编剧的新版梨园戏《董生与李氏》,代表了当时戏剧的成就。2006年郑怀兴编剧的晋剧《傅山进京》,兴盛了晋剧,成就了演员,赢得了市场,推动了文化产业的良性发展。2007年上海昆剧团全本的《长生殿》,对昆曲艺术的保护和发展,进行了卓有成效的推动。2011年姚金成编剧的豫剧《焦裕禄》,再现了焦裕禄为民、务实、清廉的作风以及人性与党性的力量。2014年李锦云编剧的秦腔《狗儿爷涅槃》是秦腔的经典,甚至可以说是中国戏曲里程碑式的作品。2016年的滇剧《水莽草》在中国文化史上直面婆媳关系话题,用一种民间的、民俗的、神话的、梦境的素材和方式,化解了中国文化、中国大家庭中的这个永恒的矛盾。2019年王宏、张军编剧的滑稽戏《陈奂生的吃饭问题》,以小人物的命运波折反映家国沧桑。2019年张火丁以程派风格重排了京剧《霸王别姬》。另外,芗剧《保婴记》、锡剧《三三》、湖南花鼓戏《蔡坤山

---

① 朱栋霖,朱晓进,吴义勤:《中国现代文学史(1915—2018)》(下),高等教育出版社,2020年,第244页。

耕田》、莆仙戏《踏伞行》、苏州滑稽戏《顾家姆妈》、秦腔《大树西迁》、京剧《生活秀》等剧目也是这一时期的优秀剧目。2020年陈涌泉编剧的曲剧《鲁镇》，剧本构思独具匠心，为21世纪20年代的戏曲创作画了一个圆满的句号。

第六节 守正创新的剧作家——陈涌泉

一、陈涌泉的文学道路与戏曲观念

陈涌泉（1967—　　），河南唐河人，当代著名剧作家。1991年毕业于河南师范大学中文系，先后在河南省曲剧团、河南省豫剧三团、河南省文化艺术研究院、河南省文联任职，曾长期担任河南省戏剧家协会驻会副主席兼秘书长，现任河南省文联专职副主席。

当新世纪中国戏剧的"河南现象"越来越引人注目时，陈涌泉的戏曲创作也越发成为其中最重要的标识，他堪称这片戏剧高地上一位勤勉踏实的耕耘者、勇往直前的探索者和具有标志性意义的领军者。他长期致力于传统戏曲现代化、民族戏曲世界化、戏剧观众青年化、戏剧生态平衡化。作为河南剧协主事人，陈涌泉通过一系列卓有成效的改革举措，促进了河南戏剧生态的整体优化，并以自己的切实行动，一步步将戏曲走向青年、走向现代、走向世界的理想付诸实践。更重要的是，他以一大批文质兼备、雅俗共赏的优秀剧作，努力攀登着中国当代戏曲创作的高峰。在陈涌泉剧作序列中，《程婴救孤》《张伯行》《李香君》《皇家驿站》《诸葛亮——临危受命》《两狼山上》《义薄云天》《郾城大捷》等古装剧，《风雨故园》《阿Q与孔乙己》《婚姻大事》《黄河十八弯》《天职》《都市阳光》《黄河绝唱》《我的大陈岛》《远山丰碑》《南水迢迢》《布衣英雄》《鲁镇》等现代戏，大都受到业内专家和普通观众的广泛赞誉。其中影响最大、成就最高的，当属参考《左传》《史记》和纪君祥的元杂剧《赵氏孤儿》改编创作的豫剧《程婴救孤》、首次正面表现鲁迅与原配夫人朱安爱情悲剧的豫剧《风雨故园》、取材于鲁迅原著小说的曲剧《阿Q与孔乙己》等。

陈涌泉的剧作以文学性强、思想深刻而见长，注重人文精神，坚持当代立场，富有文化意味；而这极强的文学意蕴和深刻的思想观念以高度戏曲化的方式呈现于剧场中，充分彰显了坚守戏曲本体的意识。坚持当代立场，就是站在当代中国人的思想高度，用符合当代中国人审美情趣的艺术语汇，表现当代中国人的情感与追求，引领当代中国人的精神取向；坚守戏曲本体，就是既要坚持戏曲美学的基本理念，使戏曲始终保持其区别于其他艺术门类的独特审美格调，又要探索戏曲发展的可能空间，开拓戏曲可能达到的新境地。二者交融互渗，共同建构着陈涌泉剧作鲜明的文化品格，其内在则源于剧作家"持中守正、固本求新"的艺术理念。在陈涌泉看来，持中是指做事待人适时适度，恰到好处；守正是指坚守正道，不走旁门左道，不玩雕虫小技，不搞哗众取宠；固本则是指固戏曲艺术之本，固民族文化、民族精神之本。持中、守正、固本的目的，归根结底还是为了最终的创新，因为创新是文艺的生命。①

守正创新的戏曲观念，在陈涌泉剧作中主要体现为四个方面。其一，在坚持当代人文立场的同时，实现了对中国传统戏曲艺术的精神回归。以中国现代文学精神为基色，熔铸着西方戏剧的人文意蕴，陈涌泉剧作的思想含量大大增强，人物的立体感和丰富性显著提升；同时自觉地向中国古典戏曲的精神靠拢，浓郁的情感、诗性的语言、诗化的意境乃至整体流露出的"剧诗"风格，都体现着古典戏曲的审美韵致："写情则沁人心脾，写景则在人耳目，述事则如其口出是也。"②其二，在大胆借鉴姊妹艺术的技法和精神的同时，始终坚守戏曲艺术的美学理想。借鉴话剧的块状结构和电影蒙太奇的剪辑手法，使得场面集中，结构紧凑，剧情进展迅速，时空转换灵活，从而更加符合当代观众尤其是青年观众的审美情趣；而这所有的借鉴都是为了丰富戏曲的艺术语汇，提高戏曲的艺术表现力，而绝不是要把戏曲变成戏曲化的话剧、戏曲化的电影或戏曲化的西方戏剧，所以戏曲的虚拟美学、自由时空、线型结构、程式规则，以及无声不歌、无动不舞的舞台呈现方式是陈涌泉剧作一以贯之的美学风范。其三，尊重剧种差异，彰显剧种特色。戏曲百花园的花色品种理应越多样化越好，可自1980年代以来，地方戏京剧化、戏曲话剧化、剧种趋同化的倾向就日益明显。陈涌泉对此保持了高度的理论警醒和创作自觉。他为豫剧写《程婴救孤》，剧情推进大气磅礴，人物塑造激情澎湃，感情抒发酣畅淋漓，尤其是"哭惊哥""十六年"两段长篇咏叹调，写得全情投入，唱得惊心动魄。这正是戏曲之美，更是豫剧之长。为曲剧写《阿Q与孔乙己》，机智诙谐，自由灵动，气韵洒脱，这恰是曲剧最为擅长，以丑角作为主人公，也最能体现曲剧特色。其四，积极探索戏剧文体的丰富可能性，使当代戏曲的悲剧和悲喜剧审美形态得到了一定程度的拓展。

二、《阿Q与孔乙己》《风雨故园》

1995年创作、1996年首演的曲剧《阿Q与孔乙己》是陈涌泉的成名作。该剧曾荣获第十五届中国曹禺戏剧奖·剧本提名奖，也让主演杨帅学摘取河南曲剧第一个梅花奖，并已成为新时期以来河南曲剧最具代表性的新经典剧目。

该剧取材于鲁迅最具经典意义的小说《阿Q正传》和《孔乙己》，创造性地使鲁迅笔下最著名的这两个人物出现在同一时空。剧作分为"入戏的一种形式""姓氏及其他""一块钢洋""恋爱悲喜剧""不准革命""梦里风光""最大的遗憾""大团圆"等八个部分，汲取了原著小说的核心情节，又有对场面、细节及人物关系的丰富。特别是以对钻桌子换来一块钢洋的不同态度来比照阿Q与孔乙己的不同性格，用梦里风光将阿Q的精神胜利法形象外化，对阿Q画圈场面的夸张演绎，对阿Q与吴妈关系的重塑，以及阿Q押赴刑场时"革命革成了抢劫犯"的经典唱段，都是基于人物性格而又合情合理的精彩创造。《阿Q与孔乙己》是再明显不过的"拼贴"之作。众所周知，拼贴本是后现代主义的典型文本策略，在中国以林兆华、孟京辉为代表的先锋戏剧家最擅长此道，而他们的拼贴往往同时意味着解

---

① 陈涌泉，李小菊：《持中守正　固本求新——专访著名剧作家陈涌泉》，《戏曲研究》2016年第3期。

② 王国维：《宋元戏曲史》，上海古籍出版社，1998年，第99页。

构。《阿Q与孔乙己》虽然也做了拼贴,但它绝不是对经典的解构或颠覆,更不为佶屈聱牙或玩笑耍弄的后现代做注脚,而是既充分尊重原著的精神内涵,又实现了面向当代的意义激发。陈涌泉之所以改编鲁迅小说,正是因为他清楚地意识到,在启蒙现代性的文化使命远未完成的当下中国,鲁迅在20世纪初提出的改造国民性的主题,在新的世纪之交仍有强烈的现实针对性,仍有振聋发聩的文化效用。阿Q和孔乙己这两个人物之所以能够出现在同一个舞台而丝毫不显隔阂,正是因为二者虽有农民与知识分子的身份之别,但其麻木和落后的精神实质却高度一致,都体现着鲁迅笔下"沉默的国民灵魂"和不幸的"中国的人生"。陈涌泉"把这两个人物集中在一起交叉对比,有助于观众从他们险恶的生存环境和畸形的精神世界中,感悟、发现更多的东西,更深刻地认识自我、认识历史、认识现实"①。因此,该剧的拼贴不仅没有进行所谓的文化改向,反而通过阿Q与孔乙己两个典型人物的互文见义,产生了"1+1>2"的剧场效果,将原作的深刻内蕴及当下价值充分发掘出来。《阿Q与孔乙己》的创作思路和艺术形式,启发甚至引领了世纪之交戏剧舞台上的"鲁迅改编热",这表明陈涌泉对鲁迅改造国民性主题的世纪焦虑,引起了强烈的文化共振。

《阿Q与孔乙己》在多个层面存在悲喜并置、悲喜交融,以及悲喜之间一体两面的复杂审美形态,堪称一部多层次、复调式的悲喜剧。整体来看,将阿Q和孔乙己两条发展线索系在一起,时而交织,时而并行,阿Q主要出之以喜,孔乙己主要出之以悲,二者交互出现,呈现为悲喜并置的状态。具体而言,阿Q的行动、语言、性格、心理处处存在矛盾,必然显得滑稽可笑,其最著名的"精神胜利法"也带有一点"超脱"的喜剧感。但阿Q的生活是不幸的,命运是悲惨的,而比这更可悲的,是他麻木于自己的不幸和悲惨,浑浑噩噩,从未觉醒,所以骨子里折射出深深的悲剧意味。阿Q的线索以富有喜剧感的外在形式传达了深沉的悲剧意蕴,是喜于表而悲于里。孔乙己的外在行动基本是严肃的,态度是庄重的,遭遇是不幸的,总体上呈现出悲剧气息;而在封建体制的束缚和黑暗社会的压迫下,他的人格发生畸变,精神已经扭曲,行事偏离了正常的轨道,身上经常表露着矛盾,言行举止与其所处环境之间存在明显错位:站着喝酒而穿长衫,机械地讲着之乎者也,吃个茴香豆还要考究"茴"字的多种写法,执着而可笑地在"偷书"与"窃书"之间做着文字游戏,孔乙己由此就带上了苦涩的滑稽气息。孔乙己的线索以浓郁的悲剧意蕴裹挟着苦涩的滑稽表征,是悲于神而喜于形。《阿Q与孔乙己》这种十分复杂的悲喜剧形态,显示出其在戏剧文体探索方面的独特价值。

陈涌泉从小说走进了鲁迅的世界,又从鲁迅走向了其背后那个可怜又可悲的女人。2003年创作、2005年首演的豫剧《风雨故园》,首次正面展现鲁迅原配夫人朱安悲剧性的一生。这一荣登曹禺剧本奖榜首的剧目,以鲜明的现代理念彰显出充沛的人文品格,并在一定程度上打破了既有的艺术惯性,拓展了豫剧艺术的表现空间和创作路向。

《风雨故园》最成功之处,在于塑造了朱安和鲁迅这两个极具人学内涵的艺术形象。当鲁迅和许广平的爱情早已成为文坛佳话和伟人颂歌,朱安就注定长期处于"无名"状态,

---

① 陈涌泉、李小菊:《持中守正　固本求新——专访著名剧作家陈涌泉》,《戏曲研究》2016年第3期。

她的喜怒哀乐乃至生死似乎都变得无关紧要,成为湮没于历史长河中的一粒微尘。但是陈涌泉看到了这种"历史选择"的人为性与荒谬性。朱安虽然目不识丁,可谁也无权泯灭其追求感情的权利;她虽然孤独落寞,可谁也不能无视其内心的痛苦;即便鲁迅是一座大山,朱安也不应该永远成为山脚下阴影处的一棵草芥。于是,陈涌泉以饱含深情的笔触使朱安从幕后走到了台前。这是一个传统守旧、懦弱无助的朱安,又是一个温顺敦厚、善良勤劳的朱安,她有着自己的向往、追求与信念,而终究还是可怜可悲,遭受着灵魂深处的痛苦。在再现一个真实朱安的同时,《风雨故园》也就还原了一个真实的鲁迅。当朱安浮出历史地表,世人看待鲁迅的视角就有可能从此前的一味仰视或刻意俯视改为真正的平视。平视的视角是直面人本身的,所以《风雨故园》中的朱安是一个卑微却有尊严的生命个体,鲁迅是一个饱含着人情味与烟火气、体现着人性之真与情感之复杂的伟人。《风雨故园》通过朱安和鲁迅的不幸婚姻折射了一个时代的悲剧,从而使这两个鲜活饱满的形象具有了丰富的历史内涵和普遍性的悲剧意蕴。历史上曾有过无数像朱安一样的女人遭受过同样的不幸,该剧通过朱安个人的遭遇对封建体制及观念进行了深入的揭示,进而对长期以来遮蔽朱安的那些权力话语以及建构这些话语的文化及社会生态,进行了深刻的反思。在新旧碰撞十分激烈的晚清民国时期,作为新文化人的丈夫要搭乘甚至引领时代的列车,而作为传统女性的妻子则被无情地甩出了时代的轨道之外,这种落差造成的悲剧数不胜数。我们不能轻描淡写地以所谓"现代化的阵痛"将此类悲剧一笔带过,因为这带给朱安们的伤痛实在刻骨铭心,任何以牺牲个体生命的幸福为代价的"现代化"都应引起我们的反思和质疑;我们也没有必要以"符合时代潮流"来为鲁迅们作出辩解,因为他们并不需要辩解,他们自己又何尝不是这些悲剧的受害者呢?

传统的悲剧作品往往依赖剧烈的外在冲突,通过善与恶、忠与奸、美与丑的激烈交锋导致有价值的东西被毁灭,或是天降之祸导致主人公命运的磨难。但《风雨故园》显然不是如此。该剧聚焦于鲁迅和朱安的家庭琐事,既无恶人阴谋,也无意外变故,二人的悲剧并非源于人与人之间的外在冲突,而是源于琐细的日常生活在人物灵魂深处烙下的精神创伤,正是在这自然而然、悄无声息之中,悲剧发生了。在特定的位置和关系中,每个人都做出了在其自身处境下所能做出的唯一选择,但恰是这一次又一次无可选择的选择产生了相反的结果,最终导致悲剧的发生,每个人也都成为悲剧的承受者。这样的悲剧就不是哪一个人造成的,同时又是每一个人造成的,众人都被网罗其间,逃无可逃,体现出悲剧的必然性和人生的永恒困惑。《风雨故园》由此为丰富中国当代戏曲的审美形态做出了贡献。

三、《程婴救孤》

2002年创作并首演的豫剧《程婴救孤》,荣登包括第十一届文华大奖、第七届中国艺术节最受观众喜爱的剧目、2004—2005年度国家舞台艺术精品工程十大精品、全国"五个一工程"奖等多个国家级奖项的榜首。这一剧目的巨大成功,显示出传统题材现代转换的重要价值,也引领了21世纪之初的《赵氏孤儿》改编热。

纪君祥的元杂剧《赵氏孤儿》冲突剧烈,戏剧性强,有着很好的改编基础,但这样一个原本侧重表现忠奸斗争、子报父仇的传统故事置于当代文化语境中,难免会存在某些错位。原作中那些英雄义士为救孤儿赴汤蹈火,固然是忠义之举,可毕竟带有知恩图报的意味,甚至或多或少带有某些"愚忠"之嫌;程婴舍子救孤的行为在古代被视为舍身成仁,乃人之大义,而在主张尊重每一个生命的今天,这样的行为也必须经得起推敲。正如程婴在剧中所说:"别人的孩子是孩子,可我程婴的孩子也是孩子啊!"这个问题极为关键,如果解决不好,就使作品的真实性和可接受性大打折扣。陈涌泉的处理是深刻精巧且富有当代意蕴的。在主题立意上,《程婴救孤》淡化了原作知恩图报的色彩,以惩恶扬善、舍生取义作为背景,更加凸显的是重义然诺、忍辱负重、生死不渝、坚忍顽强的人格力量和精神境界。在人物塑造上,以程婴作为第一主角,不仅表现了其舍子救孤的大仁大义,更表现了其在作出舍子抉择时的灵魂煎熬,痛失亲人之后的撕心裂肺,遭人误解、忍辱含垢时的痛彻心扉,抚养孤儿时的含辛茹苦。纪君祥笔下的程婴是一个机智果敢的忠义之士,而在陈涌泉笔下,程婴不仅是一个可敬的义士,更是一个可亲的丈夫、慈爱的父亲,一个蒙冤受屈不后悔、万箭穿心不低头的无名英雄。无情棍打得程婴皮开肉绽,而比肉体磨难远甚百倍的,是程婴因作出巨大牺牲却不被理解,身背骂名又有口难辩而在灵魂深处烙下的千疮百孔。该剧最打动我们的其实并非救孤本身,而是作为父亲的程婴亲手将儿子送入虎口时的灵魂撕裂,是作为普通人的程婴生命深处的精神苦痛,更是作为无名英雄的程婴在面对这样的苦痛时那虽九死而未悔的人格力量。这样的程婴就不再是民族大义或民族精神的道德符号,而以令所有人感同身受的巨大情感力量触及了最深的人性,是超越了时代、民族和文化差异而具有普遍价值的。

在悲剧形态的开拓方面,《程婴救孤》同样取得了重要成就。相对于中国古典戏曲普遍存在的"团圆之趣",《程婴救孤》是一出彻头彻尾的大悲剧。从人物塑造来看,《程婴救孤》浓墨重彩渲染程婴施义反被诬、蒙冤无处诉的悲剧性命运,尤其是补写十六年后还遭公主痛骂、魏绛毒打的场景并作为全剧的情感高潮,这极为精彩的创作既把程婴的苦难推向了极致,也为展现程婴面对任何苦难都坚忍顽强的精神力量提供了充分的情感支撑。程婴所遭遇的精神磨难、迸发出的坚强意志及其因此而达到的悲剧高度不仅是历代孤儿故事所未有,而且即使放在整个传统戏曲范畴内也是极其罕见的。程婴悲剧形象的最终完成,落实在陈涌泉对《赵氏孤儿》结局的成功改造上。在纪君祥的时代,孤儿作出复仇的抉择是轻而易举的;而在今天,这个问题却值得推敲了。屠岸贾虽是杀死赵氏满门的仇人,可毕竟又是养育孤儿的义父,孤儿能够轻易举起那复仇之剑吗?可如果放弃复仇,那赵家三百余口的惨死就变得毫无意义,程婴为救孤做出的牺牲、为养孤付出的心血、承受的超乎寻常的精神痛苦就付之东流,那么正义何存呢?所以仇是一定要报的,而怎么报则需要仔细斟酌。陈涌泉对此的处理十分妥帖且令人信服。孤儿得知真相,为自己身世和家族的不幸而伤悲,为程婴的巨大磨难而心痛,为程婴的伟大精神所震动,同时也由于屠岸贾对自己的养育之恩而纠结。于是,让屠岸贾自裁或许是最切合其百感交集之情感状态的选择。然而,谁也没想到的是,屠岸贾提起宝剑突然刺向孤儿,程婴挺身而出挡在孤儿身前。这样的处理堪称神来之笔!孤儿必须报仇,屠岸贾必须得死,这才使得天理昭彰;程婴再次救孤,而且为此付出了自己所唯一能够付出的血肉之躯,这实现了程婴人格的最后升华,也是对传统戏曲团圆主义的彻底扬弃。

《程婴救孤》体现出的鲜明现代意味和普遍价值,是其能够唱响世界的重要原因所在。

该剧曾先后赴意大利、法国、美国、泰国、巴基斯坦等国交流演出并登陆百老汇和好莱坞，在欧、亚、美三个大陆，在基督教、佛教和伊斯兰教三种不同的文化土壤中都受到民众的充分认同。作为一出地方戏剧目而取得如此成就，《程婴救孤》交出的成绩单是前所未有的。让中国戏曲唱响世界舞台，让豫腔豫调传达中国气韵，《程婴救孤》不仅是豫剧和中原文化的一朵奇葩，而且已经成为民族戏曲和中国文化的一张名片，成为让世界聆听中国声音的一个动人音符，其积极参与世界文化交流的重要意义也就具有了普遍的价值。

拓　展

拓展一

新世纪文学贯穿着多种人的观念，既有20世纪社会人的观念的延续，又有经纪人、市场人等新的人的观念的凸显，前者在传统精英写作中表现明显，后者在新媒体文学和80后文学中尤为突出。对此，你怎么看？

拓展二

80后文学集体爆发，以韩寒、郭敬明、张悦然、春树等人为代表的80后青春写作，主要专注于青年题材，并具有强烈的时尚色彩，作品主体多定位于当下青少年的"青春遭遇"和"青春心态"。请具体结合你所看某一小说谈谈看法。

拓展三

自21世纪以来，市场经济惊涛拍岸，思想文化瞬息万变，带有强烈商业色彩与市民气息的大众文化迅速崛起。请你结合时代背景解读新媒体时代散文发展的困境与突破。

拓展四

随着我国网络技术的快速发展和普及，网络文学经过二十多年的发展，网络写手队伍庞大，作家结构日趋年轻化，网络作品庞杂，质量良莠不齐。有评论形容图书市场将由"读图时代"进入"读网时代"。2018年6月14日，国家新闻出版广电总局和全国"扫黄打非"办公室联合部署各地，从5月至8月组织开展2018年网络文学专项整治行动，重点整治网络文学作品导向不正确及内容低俗、传播淫秽色情信息、侵权盗版三大问题。2021年2月24日，全国政协委员、山东师范大学新闻与传媒学院教授李掖平透露，她今年准备带上两会的提案方向是将聚焦网络文学的管理与引领。你如何看待网络文学的发展和引领？

作　业

一、精读

1. 王开龄的《仰望：一种精神姿势》
2. 余秋雨的《千年一叹》
3. 李佩甫的《羊的门》《城的灯》《生命册》
4. 陈涌泉的《程婴救孤》《风雨故园》《阿Q与孔乙己》
5. 辛夷坞的《致我们终将逝去的青春》

二、泛读

《手机》《琅琊榜》《盗墓笔记》《行者无疆》《浩气长存》《用破一生心》《诛仙》

三、观看视频

豫剧《程婴救孤》《风雨故园》

晋剧《傅山进京》

滇剧《水莽草》

秦腔《狗儿爷涅槃》